정도전

정도전

1

나라가 나라가 아니었다

임종일
장편역사소설

인문서원

소설 『정도전』(전3권)을 다시 세상에 내놓는다. 처음 이 책을 낸 지 벌써 15년이 흘렀다. 1998년 9월에 첫 권을 냈고, 2000년 6월에 마지막 5권을 출간했으니까 말이다. 초판을 낼 때는 이른바 구제금융 파동으로 요동치고 있었다. 그러면서도 새로운 변화를 꾀하고 있었다.

그러나 21세기가 된 지금도 세상은 어쩐지 편하질 않다. 마치 이방원과 고려의 구 세력에 의해 정도전의 혁명이 무참하게 짓밟히고, 다시 고려 말의 혼돈 상황으로 되돌아간 것처럼 말이다. 기우이길 바라는 마음에서 600여 년의 시간을 넘어 정도전을 다시 불러오고 싶었다.

고려의 망국과 조선의 개국으로 이어지는 시기를 사람들은 흔히 한 편의 드라마처럼 생각한다. 또 사람들은 그 시대를 두고 최영, 정몽주의 '충절'과 이성계, 이방원 부자의 '야심'을 주된 이야깃거리로 삼는다. 틀린 것만은 아니다.

그러나 여말선초(麗末鮮初)라는 시대는 드라마이기 이전에 엄연한 역사의 현실이었으며, 그 한가운데에 정도전이라는 인물이 우뚝 서 있었음을 간과해서는 안 될 것이다.

변방의 한 장수에 지나지 않았던 이성계를 혁명에 끌어들인 장본인이 바로 정도전이었다. 그리고 정몽주는 정도전의 지란지교의 벗이자 열렬한 혁명 동지였다. 정도전을 빼놓고는 조선 왕조 5백 년 역사를 결코 이야기할 수 없다.

삼봉(三峰) 정도전(鄭道傳).

그는 우리 민족사에 가장 위대한 경세가(經世家)이자 사상가였으며, 혁명가였다.

정도전은 시대의 모순과 고민을 외면하지 않고 자기의 것으로 받아들였다. 그는 왕조에 대한 맹목적인 충절보다는 혼돈과 도탄에 빠진 생민(生民)을 살리는 데 그의 혼을 바친, 철저한 민본 사상가였다.

그는 '백성은 먹는 것이 하늘이다. 사람이란 의식(衣食)이 족해야 예(禮)를 아는 법이다'라고 말한다. 때문에 어떤 군주라도 백성들의 춥고 배고픈 현실을 보호해주지 못한다면 민심을 잃게 되고, 민심을 얻지 못한 자는 민에 의해 언제라도 버림받을 수 있었다.

그러한 정도전의 정치·경제 사상은 천의(天意)를 강조했던 맹자의 민본 사상을 훨씬 뛰어넘었다. 뿐만 아니라 서양의 천부인권설이나 인민저항권보다 2세기나 앞선 것이었다. 정도전이 역성혁명과 조선 건국을 주도한 것도 천하 만민을 위함이었지, 이씨 왕조를 위함이 아니었다.

고려 말에 정도전이라는 인물이 없었더라면 우리 민족사는 어떻게 되었을까? 단언컨대 우리 역사는 분열과 혼돈 속에서 몇 백 년은 더 후퇴하고 말았을 것이다.

역사의 기록은 대부분 승자의 기록이다. 그래서인지 나라가 바뀌고 역사 속 인물들의 운명이 엇갈린 큰 사건일수록 실록의 기록은 고의적이리만치 중구난방으로 쓰여 있다. 승자에게 그만큼 자기 잣대를 들이대어 숨기고 뺄 것이 많았다는 이야기다. 때문에 역사소설은 숨겨진 실체와 진실을 찾아가는 과정이어야 한다.

그러나 우리 역사 속에서 정도전이란 인물은 철저히 왜곡되어왔다. 조선조 지배 세력이 그를 끊임없이 폄하하고 소외시켰기 때문이다. 더욱이 안타까운 것은 이 시대에 이르러서까지 그에 대한 편견을 버리지 못하고 있다는 사실이다. 누구도 그를 정당하게 평가하는 데는 인색하다. 여말선초의 우리 역사는 사실부터 심하게 왜곡되고 진실이 아예 함몰된 경우가 많다. 거기서 '승자가 아닌' 정도전의 진짜 모습을 엿보기란 어려운 일이다. 그렇지만 당시 개인 문집들을 포함하여 역사 기록의 자간과 행간에 숨어 있는 진실을 찾아냈을 때 작가이기 이전에 한 인간으로서, 탄식과 희열을 동시에 느끼지 않을 수 없었다. 역사 속으로 들어가면 들어갈수록, 삼봉 정도전은 우리 역사에 가장 위대한 혁명가였기 때문이다.

따라서 이 책 『정도전』의 줄거리는 진실의 편린을 씨줄과 날줄처럼 엮은 것이고, 서술은 물론 등장인물들의 대화들까지 나름대로 사료에 근거한 이야기들임을 밝힌다. 물론 추론과 상상도 필요했지만 일부러 과장하지는 않았다. 또 다른 왜곡이나 억지를 부리지 않기 위함이었다.

이 소설은 정도전 한 사람을 추켜세우려는 것이 아니다. 그를 영웅시하거나 신비화하지도 않았다. 다만 역사서의 자간과 행간 속에 숨겨져 있는, 또는 위정자들이 숨기려 했던 사실(史實)들을 파헤치면서 역사의 실체와 진실을 과감하게 드러내고자 했다. 그런 면에서 『정도전』은 역사적 사실과 진실을 찾아가는 소설이라고 말하고 싶다.

공민왕이 암살된 배경. 500년 왕업의 고려가 망할 수밖에 없었던 이유. 정도전, 정몽주, 이성계 이들 세 사람의 만남과 그 관계. 만고의 충신으로 알려진 최영과 정몽주의 이면. 조선의 개국과 백성이 주인 되는 정도전의 혁명 정치. 고구려의 고토(故土), 요동을 회복하여 만세에 남기고자 했던 정도전의 확고한 북벌 의지. 그리고 왕자의 난이 일어났던 배경과 그 진실 등……

이 소설을 통해 독자들은 우리가 알고 있던 역사적 상식이 뒤집히고 전혀 새롭고 잔혹한 역사적 진실들을 만나는 충격적인 경험을 하게 될 것이다. 그런 경험과 전율을 바탕으로 우리가 숨 쉬고 있는 오늘을 돌아볼 수 있다면 그것이야말로 현대적으로 정도전을 온전히 되살리는 일이 아닐까 싶다.

작품에 인용한 주요 원문은 민족문화추진회에서 간행한 『삼봉집』, 북한 사회과학원에서 편찬한 『고려사』, 세종대왕기념사업회가 발행한 『태조실록』 등을 참조했으며, 조선 정조 이후는 『조선왕조실록 CD-ROM』(서울시스템 제작)을 참고했음을 밝힌다.

책을 다시 내면서 지난 세월에게 고맙다고 말하고 싶었다. 처음 『정도전』을 쓰는 데 10년이 족히 걸렸고 그 후 세상살이는 신산하기 이를 데 없었다. 그러나 그 세월은 결코 헛되지 않았고, 앞으로의 나를 새롭게 만들어갈 것이기에 고맙다.

나의 꿈은 아직 무성하다.

임종일

차례

나라가 나라가 아니었다

'내 기어이 왕위를 내놓아야 하는가!'

충숙왕은 분을 억누르려 깊은 한숨을 몰아쉬었다.

자신을 후견해왔던 원나라 승상 백안첩목아(伯顔帖木兒)가 실각하면서 그는 사방의 눈치를 살피지 않을 수 없었다. 원나라의 새로운 집권자인 연첩목아(燕帖木兒)는 백안첩목아와 원수처럼 지내는 정적. 연첩목아가 자신을 내버려두지 않으리라는 것은 불 보듯 뻔했다.

원나라에서 권력 쟁탈전이 일어날 때마다 피의 보복이 어김없이 뒤따랐다. 그 피바람은 고려의 뜻과 상관없이 고려왕한테까지 몰아쳤다. 왕이 정치를 잘하고 못하고는 따지지 않았다. 누구 쪽에 가까웠느냐가 유일한 판단의 잣대였고, 그 관계에 따라 왕위가 엇갈렸다.

때마침 들려오는 풍문은 충숙왕을 더욱 곤혹스럽게 만들었다. 2년 전에 황실을 숙위한다는 명목으로 입조(立朝)한 세자 정(禎)˚이 연첩목아의 자제들과 자주 어울린다는 것이다. 또 연첩목아가 세자 정을 친아들처럼 아끼고 연회까지 베풀어주었다는 말이 고려에까지 공공연하게 들렸다. 그것은 충숙왕에게 퇴위하라는 무언의 압력이었다.

조정 대신들은 이미 하나둘 등을 돌리기 시작했다. 권문세족이란 작자들은 다음 왕에게 줄을 대려고 앞을 다투어 연경(燕京)˚˚으로 달려가고 없었다. 더 늦추었다가는 고려 왕위를 심왕(瀋王)에게 빼앗길 수도 있는 일. 지금 물러나더라도 형세가 달라지면 아들놈이 아직 어린 나이니 복위할 수도 있었다. 그러나 아무리 곱다시 여기려 해도 충숙왕의 좁은 속으로는 아들이 못내 서운했다.

'내가 물러나면 녀석은 그저 좋아서 어쩔 줄 모르겠지. 아비의 비참한 심정 따위 아랑곳이나 하겠는가? 어린 녀석이 목을 빳빳하게 세우고 시종들에게 호령이나 하며……. 천하에 괘씸한 녀석 같으니라고!'

충숙왕 자신이 예전에 그랬던 것이다. 부왕인 충선왕(忠宣王)에게 왕위를 물려받으면서 마냥 신났던 과거를 돌이켜보면 아들에 대한 의심과 미움도 어쩌면 당연했다. 생각이 거기에 이르자 물러날 마음이 싹 달아났다.

그러나 부왕이 원나라에서 당했던 수모를 생각하면 충숙왕은 등골이 다 서늘해졌다. 명색이 한 나라의 군주였음에도 나중에는 강제로 머리를 깎인 채 토번(吐蕃, 티베트) 땅으로 유배당하지 않았던가. 자신도 부왕처럼 되지 않는다는 보장이 없었다. 더욱이 자신은 왕비였던 복국공주(濮國公主)를 때려죽였다는 의심을 오래 전부터 받고 있는 터였다.

˚ 후일 고려 28대 충혜왕.

˚˚ 원나라 수도.

고려 27대 임금 충숙왕.*

충선왕과 몽골 여인 야속진(也速眞, 의비懿妃) 사이에 태어난 충숙왕은 19
세에 고려 왕이 될 때까지 몽골 사람이나 다름없었다. 몽골에서 나고 자
란 탓에 우리말은 한 마디도 할 줄 몰랐다. 그래서 도(燾)라는 이름보다 몽
골식 이름 아라눌특실리(阿剌訥忒失里)가 더 친숙했다.

충숙왕이 원나라 영왕(營王)의 딸 복국공주에게 장가든 것은 고려 왕
으로 책봉된 뒤였다. 왕은 그다지 복국공주를 사랑하지 않았다. 어차피
정략으로 맺어진 혼인인데다 황녀랍시고 콧대만 높아 마음에 드는 구석
이 하나도 없었던 것이다.

대신에 충숙왕의 마음은 조국에서 맞이한 덕비(德妃) 홍씨(洪氏)*에게 온
통 쏠렸다. 미모와 덕을 한 몸에 갖춘 고려 여인 덕비 홍씨는 원종(元宗)대
무신 정권의 마지막 집권자인 임유무(林惟茂)를 제거하여 왕권을 회복한
공으로 정승에 오른 홍규(洪奎)의 딸이었다.

충숙왕이 툭하면 덕비 처소로 출입하자 복국공주는 강새암이 나서 견
딜 수가 없었다. 원나라 출신의 여느 공주처럼 소유욕과 질투심이 강했
던 복국공주는 황실의 권위와 힘을 빌려서라도 기필코 왕의 사랑을 차
지하려고 들었다.

"왕이 후궁을 편애하면 궁중이 편할 날이 없다는 사실을 모르십니까?
그런데도 한 계집한테 빠져 정사를 멀리하시다니요? 이것은 왕으로서 덕
이 못 됩니다. 앞으로는 후궁 출입을 삼가토록 하세요!"

공주는 마치 어린아이 나무라듯 왕을 다그쳤다.

---

* 재위 1314~1330, 1332~1339.
** 충혜왕과 공민왕의 모후로 뒷날의 명덕태후(明德太后).

충숙왕은 화가 치밀었지만 상대가 원나라 공주인지라 꾹 눌러 참고 한동안 덕비 처소에 출입을 자제했다. 마음은 자나 깨나 덕비 곁을 맴돌았지만 공주의 눈치를 살필 수밖에 없었다.

복국공주는 그래도 마음이 안 놓였던지 덕비를 아예 궁궐 밖으로 쫓아내 버렸다. 충숙왕은 차라리 잘되었다 싶었다. 행궁(行宮)*을 차려 공주 몰래 덕비를 만날 수 있었던 것이다.

한번은 불공을 드린다는 핑계로 묘련사(妙蓮寺)로 거둥하여 모처럼 덕비와 함께 꿀맛 같은 시간을 보내고 있었다. 그런데 그 일이 어찌어찌 복국공주 귀에 들어가고 말았다. 공주는 득달같이 묘련사로 쫓아가 침실을 덮쳤다. 충숙왕과 덕비가 나란히 누워 있는 것을 목격한 공주는 눈이 뒤집혔다.

"이것들이 지금……!"

사람을 잡아먹을 것만 같은 복국공주의 사나운 눈초리에 덕비는 기가 질려 구석에서 몸을 웅크리고, 충숙왕은 무안하여 공주의 시선을 피하기에 급급했다.

"부처님 전에 행궁을 차렸다더니, 그래, 벌건 대낮에 이 짓거리를 하려고 행궁을 차렸소이까?"

충숙왕은 변명할 말이 없었다. 공주는 구석에서 벌벌 떨고 있는 덕비를 향하여 앙칼지게 퍼붓는데, 첫마디부터 '이년'이었다.

"네 이년! 네년이 미색으로 왕의 총기를 흐리고, 이제는 신성한 절간에서까지 음탕한 짓거리를 하다니. 참으로 요사스런 년이 아니더냐? 어디, 내 앞에서도 요사를 떨어볼 테냐, 이년?"

• 임금의 임시 처소.

"……!"

"네 이년! 어째서 꿀 먹은 벙어리더냐? 네년이 스스로 명을 재촉한 줄이나 알렷다!"

당장 달려들어 덕비의 머리채라도 휘어잡을 기세였다. 충숙왕은 복국공주를 달래지 않을 수 없었다.

"공주, 그만 고정하시오! 내, 절에 오다 보니 마침 덕비의 사저를 지나는 길이라, 덕비는 내가 같이 가자고 해서 왔을 뿐이오. 궁 밖에 있는 처지라 상면한 지도 오래되었는데, 공주가 그리 시샘 낼 것까지야 없지 않소?"

시샘이라는 말에 복국공주는 선불 맞은 멧돼지처럼 길길이 날뛰었다.

"시샘이라? 그깟 시샘이 나서 내가 이러는 줄 아시오? 한 나라의 임금이 신성한 절간에서 음탕한 계집과 희락질을 일삼는데, 날더러 그냥 구경만 하고 있으란 말이오?"

복국공주는 왕에게 달려들어 소매를 홱, 잡아끌었다.

"이리 나오세요. 시종들한테 한번 물어보고 여기 스님들한테도 한번 물어봅시다! 명색이 군왕이라는 사람이 대명천지에 절간에서 계집질이 잘한 짓인지 아닌지 한번 물어나봅시다!"

충숙왕의 얼굴이 후끈 달아올랐다. 이대로 공주에게 끌려갔다가는 시종들은 물론, 온 나라 사람들의 웃음거리가 될 것은 불 보듯 뻔한 일. 충숙왕은 소매를 뿌리치며 제법 위엄 있게 공주를 나무랐다.

"허어, 공주……. 이제 그만 이 팔을 놓으세요. 공주의 체면을 생각해야지요!"

그러나 한번 붙잡은 옷소매를 놓아줄 공주가 아니었다.

"계집에게 빠져 나라를 기울게 했다는 말이 결코 옛말이 아니더이다!

내가 여우년한테 홀려 있는 왕을 구하려는데, 체면이 다 무슨 소용이오!"

"어허! 공주는 말을 삼가시오!"

달려온 시종들은 이러지도 못하고 저러지도 못하고, 보기 민망했던지 고개를 돌려버렸다.

옷소매를 붙잡고서 씩씩대는 복국공주. 충숙왕은 진저리가 난다는 듯이 소매를 홱 뿌리쳤다.

그 순간,

"악!"

하는 비명소리와 함께 복국공주가 뒤로 벌렁 나자빠졌다.

소매를 뿌리치려던 왕이 주먹으로 공주의 얼굴을 후려치고 말았던 것이다.

"공…… 공주, 미안하오."

당황한 충숙왕이 쓰러진 공주를 일으켜 세우려 했지만 공주는 거칠게 뿌리치며 욕설을 쏘아붙였다. 황녀로서 차마 입에 담을 수 없는 말들이었다. 공주는 그래도 분이 풀리지 않는지 드세게 충숙왕에게 덤벼들었다. 얼굴을 할퀴고 어의가 찢어졌다. 분노와 수치심에 충숙왕의 얼굴이 벌겋게 달아올랐지만 이미 공주의 눈에는 아무것도 보이지 않았다.

충숙왕은 진저리를 쳤다. 황녀는 지아비에게 이래도 되는가. 입에 거품을 물고 고래고래 악을 쓰는 공주가 악귀처럼 보였다. 다음 순간, 충숙왕은 공주의 가슴팍을 냅다 걷어차 버렸다. 가슴속에 쌓이고 쌓였던 울분이 폭발해버린 것이다.

"전하!"

"아니 되옵니다, 전하!"

덕비와 시종들이 달려들어 충숙왕을 뜯어말렸지만 복국공주는 이미 기절한 뒤였다.

. . .

묘련사에서 돌아온 복국공주는 식음을 전폐하고 드러누웠다. 끙끙 앓으면서도 공주는 충숙왕과 덕비를 향해 끊임없이 저주를 퍼부었다. 말끝마다 원나라로 돌아가 황제에게 고하여 분풀이를 하겠노라고 했다.

그러나 공주는 원나라로 돌아가지 못했다. 병석에서 일어나지 못한 채, 며칠 뒤 그대로 저 세상으로 가버린 것이다. 스스로 화를 이기지 못한 탓이었다. 충숙왕 6년(1319) 9월의 일이었다.

갑작스런 복국공주의 죽음은 충숙왕을 위기에 빠뜨렸다. 아무리 쉬쉬한다 해도 공주가 왕에게 맞아죽었다는 소문은 원나라에까지 흘러들어갈 것이다. 사실이 밝혀지는 날에는 덕비는 물론 충숙왕도 무사하지 못할 판이었다.

다행히 행궁에서 일어난 일이라 목격자들은 시신(侍臣)들과 공주를 호위하던 호라치(胡剌赤)들뿐이었다. 시신들은 당연히 왕의 편이었다. 문제는 원나라 출신의 호라치들이었다. 단사관이 파견되는 동안에 왕은 그들의 입을 금은보화로 단단히 틀어막았다.

복국공주의 장례는 아주 극진하게 치렀다. 공주의 빈전(殯殿)을 연경궁(延慶宮)에 마련하고, 원나라 중서성과 공주의 부왕인 영왕(營王)에게는 애절한 문장으로 부고를 알렸다.

장례를 치른 뒤에는 공주의 초상을 그려 순천사(順天寺)에 영전을 마련했다. 왕이 공주를 얼마나 공경하고 사랑했었나를 보여주기 위함이었다.

그 사이에 원나라 중서성에서 파견한 선사(宣使)가 어김없이 당도했다. 충숙왕은 미리 준비해두었던 금은보화를 꺼냈다. 황실의 내분과 권신들의 권력다툼으로 여일이 없는 사이에 부패해질 대로 부패해진 원나라 벼슬아치들은 금은보화 앞에서 사족을 못 썼다.

충숙왕의 극진한 환대와 뇌물에 눈이 먼 단사관은 충숙왕 대신 복국공주의 호라치와 요리사를 압송해갔다. 공주의 병을 제대로 구완하지 못했다는 이유였다. 원나라에 가서는 충숙왕을 적극 옹호하고 나섰다.

그러나 원나라 중서성은 공주의 죽음에 대한 책임을 물어 충숙왕을 폐하고, 심왕 고(暠)를 고려 왕으로 세우려고 했다. 충숙왕은 재빨리 원나라로 달려가 구구하게 해명을 하고 다녔다. 왕위 따위가 아니라 명줄이 걸린 문제였던 것이다.

충숙왕은 승상 백안첩목아에게 갖가지 보물과 예물을 바치며 매달렸다. 그에 응답이라도 하듯 백안첩목아는 충숙왕을 철저히 감싸주었다.

그러나 든든한 후견자였던 백안첩목아가 실각한 지금, 충숙왕이 기댈 곳은 어디에도 없었다.

충숙왕은 또다시 입술을 깨물었다. 고려 왕위가 하잘것없고, 자기의 신세마저 가련하게 여겨졌다. 아무려나 왕이 온전하게 살 수 있는 길은 이미 정해져 있는 셈이었다. 원나라에 있는 세자 정에게 선위하는 것뿐이었다.

충숙왕 16년(1329) 겨울, 원나라 황제 문종의 즉위와 때를 같이하여 충숙왕은 왕위에서 물러나겠노라는 상서를 중서성(中書省)에 올렸다. 상서가 올라오자 연첩목아는 기다렸다는 듯이 단사관을 파견했다. 이듬해 2월, 원나라 단사관은 고려에 들어온 그날로 국새를 회수하고 모든 국고(國庫)

를 봉인해 버렸다.

고려의 상국(上國)으로서 왕위 여탈권을 쥐고 있는 원나라는 자기 나라의 제왕들을 분봉하거나 폐지하는 것처럼, 또는 행성의 승상을 교체하는 것처럼, 황제의 명(命) 한 마디면 얼마든지 고려 왕을 갈아치울 수 있었던 것이다.

원나라 지배 하의 고려 국왕은 황실의 부마로서 진봉(進封)된 여러 왕 가운데 하나에 불과했다.•

나라의 의례와 의식, 국왕의 면복마저 격이 떨어지는 것은 당연한 일이었다. 이때부터 고려는 조종(祖宗)의 묘호(廟號)를 사용하지 못했고, 원나라 제후나 재상들처럼 충(忠) 자로 시작되는 묘호를 내려 받아야 했으니 충렬왕 이후 나라의 자주성과 국왕의 위상은 더 이상 찾을 수가 없었다.

· · ·

연경에서 책봉문을 받들었을 때 충혜왕••은 16세였다. 귀국하기 전에 연첩목아의 주선으로 원나라 진서(鎭西)의 무정왕(武靖王)의 딸인 덕녕공주(德寧公主)에게 장가를 들었다.

덕녕공주와의 혼인으로 충혜왕은 부마로서 황실의 후원을 기대할 수 있게 되었다. 모후(母后)가 고려 여인이라는 약점은 그대로 있었지만 대신에 승상 연첩목아가 그를 뒷받침하고 있었다.

• 고려왕의 지위는 1등급인 '금인(金印)·수뉴(獸紐)'에 속하는 43왕부(王府) 가운데 서열 41위. 나중에는 같은 고려 왕족이 봉해지는 심양보다 두 단계 아래에 있었다.

•• 忠惠王. 고려 28대 임금(1315~1344, 재위 1330~1332, 복위 1339~1344). 이름은 정(禎), 몽골 이름은 보탑실리(普塔失里). 충숙왕과 덕비 홍씨 사이에 장남으로 태어났으며, 충목왕과 충정왕의 아버지이자 공민왕의 형이다.

충혜왕이 왕위에 오르자 그를 가장 미워하는 자가 있었다. 권력을 잃은 백안첩목아였다. 백안첩목아는 순전히 연첩목아에 대한 적대감 때문에 충혜왕을 미워했던 것이다. 그런데 그를 미워하는 사람이 또 하나 있었으니, 바로 부왕인 충숙왕이었다.

귀국길에 오른 충혜왕이 서경(西京:평양)을 지나 마침 원나라로 소환되어 가는 부왕을 만나게 되었다. 충혜왕은 부왕의 연(輦)*이 저 멀리에서 보이자 기쁜 나머지 시종들보다 앞서 달려갔다. 연 앞에 이르러서는 길바닥에 꿇어앉았다.

그러나 아들을 대하는 순간, 충숙왕의 얼굴이 굳어졌다. 화려한 의관이 눈에 거슬렸고, 아비를 영접하며 호궤(胡跪)**하고 있는 아들을 보자 벌컥 역증이 치밀었던 것이다.

"네가 어느 나라 사람이더냐?"

첫 마디부터 가시가 돋쳐 있는 부왕의 물음에 충혜왕은 당황했다.

"아바마마?"

"대체, 네가 어느 나라 사람이냐고 묻질 않았느냐?"

다그치는 충숙왕의 언성이 높아졌고, 충혜왕은 부왕이 왜 화를 내는지를 몰라 말을 더듬거렸다.

"고, 고려 사람이옵니다, 아바마마······."

"그래? 부모가 모두 고려 사람이니 너도 당연히 고려 사람이겠지. 헌데, 고려 사람인 네가 아비를 맞이하면서 어찌하여 호례(胡禮)를 행하는 것이더냐?"

---

* 임금이 타는 가마.
** 몽골식으로 꿇어앉는 법.

충혜왕은 그제야 잘못을 알아차리고 재빨리 호궤를 풀었다. 그러자 이번에는 아들의 의관을 놓고 충숙왕이 따져 물었다.

"의관을 그토록 사치스럽게 하고서 나라사람들을 대하려 했느냐?"

의관이 사치스럽다면 충혜왕은 얼마든지 변명할 거리가 있었다.

"아바마마, 소자가 어찌 사치할 마음이 있었겠습니까? 소자의 의관은 승상께서 귀국 선물이라며 일습을 마련해 주신 것이오니 너무 나무라지 마소서."

승상이라면 연첩목아 아닌가. 충숙왕에게는 왕위를 빼앗아간 원수나 다름없는 자였다. 충숙왕은 아들을 매섭게 노려보았다.

"이제 보니 네가 승상을 등에 업고서 이 아비를 업수이 여기려 드는구나?"

"아바마마! 소자가 어찌 참람하게도 그런 마음을 품겠사옵니까? 결코 아니옵니다."

"듣기 싫다!"

충혜왕은 땅에 넙죽 엎드렸다. 부왕에게 불측한 마음이라고는 정녕 터럭만큼도 없었다. 하지만 충혜왕은 무작정 잘못을 빌었다.

"아바마마, 소자를 용서하시고 제발 노여움을 푸소서!"

충혜왕의 여린 두 볼에는 어느덧 눈물이 줄줄 흘러내렸다. 열여섯 살 소년의 눈물은 진실이었다. 그러나 부왕은 아들의 눈물을 믿으려 하지 않았다. 부왕은 시종들을 불같이 재촉하며 원나라로 향해 버렸다. 충혜왕은 부왕의 연을 붙잡고 매달렸지만 한번 돌아선 부왕의 마음을 돌이킬 수는 없었다.

그로부터 2년 뒤.

원나라는 난데없이 충혜왕을 폐하고 충숙왕을 복위시켰다. 원나라 황실의 형세가 하루아침에 뒤바뀐 것이다.

승상 연첩목아의 뜻하지 않은 죽음은 원나라 황실에 일대 회오리바람을 몰고 왔다. 문종이 갑자기 죽고, 황후와 황태후는 명종의 아들인 영종(寧宗)을 내세워 섭정했다. 그러나 영종은 재위 두 달 만에 죽고, 권토중래를 노리던 백안첩목아가 영종의 동생인 순제*를 내세우면서 권력을 장악해 버렸다.

'천하는 백안첩목아의 것이다!'

라고 할 만큼 백안의 권세는 막강했다. 승상이 바뀌었으니 고려의 왕위가 갈리는 것은 당연지사였다. 충혜왕이 원나라로 소환되자 그를 기다리고 있는 것은 백안의 질시와 박대였다. 백안은 충혜왕을 가리켜, 천하의 망종이라며 백안시하였다.

부왕에게 따돌림을 받고, 원나라에서는 질시와 모멸을 받는 신세가 된 충혜왕.

"날더러 망종이라구? 흥. 그래? 그렇다면 진짜 망종이 어떤 것인지 한번 보여줄까……."

그때부터 충혜왕은 술과 여자를 탐하기 시작했다. 남은 것은 자학과 분노, 그리고 정치에 대한 환멸뿐이었다. 백안은 충혜왕의 행실을 문제 삼아 고려로 쫓아버렸다. 고국으로 돌아왔지만 이번에는 부왕의 냉대와 질시가 기다리고 있었다.

"네가 백안 승상에게 망종이라는 소리까지 들었다더니, 부마로서 황

---

* 順帝, 재위 1332~1370.

실을 지키지 못하고 이렇게 쫓겨난 것을 보면 네 행실을 가히 짐작할 만하다."

충혜왕은 입술을 깨물었다. 결코 위로의 말을 기대한 것은 아니었지만 부왕에게서조차 망종 소리를 들어야 하다니. 너무 억울하고 괴로워 부왕에게 항변했다.

"아바마마! 소자가 어찌해야 하오리까? 차라리 소자에게 잘못이 있다면 책하여 주시고, 죄가 있다면 벌을 내려주옵소서. 그 또한 못난 자식을 사랑하는 어버이의 사랑과 은혜임을 소자가 어찌 모르리까."

그러나 충숙왕은 끝내 아들을 용납하지 못했다.

"그만 물러가거라! 그리고 이 아비가 부르기 전까지는 문안도 할 것 없으니 근신하며 수양을 쌓도록 하라."

"아바마마!"

"······."

부왕전에서 물러나오며 충혜왕은 세상에서 버림받았다는 절망감에 몸서리를 쳤다. 완전히 벼랑 끝으로 내몰린 심정이었다. 마음 붙일 만한 곳이라고는 모후인 덕비뿐이었다. 그러나 모후를 만날 수도 없었다. 누군가의 이간질에 충숙왕이 덕비를 고향인 남양으로 돌려보낸 뒤, 모자간에 만나지 못하도록 엄명을 내렸던 것이다.

충혜왕은 부왕에 대한 원망으로 가득 차기 시작했다. 원망은 차츰 적개심으로 변해갔고, 부왕이 어서 빨리 죽기만을 바랐다.

· · ·

아들의 원망 때문이었을까. 충숙왕은 복위한 지 8년 뒤인 1339년, 46

세의 나이로 세상을 떠났다. 살아생전 그토록 미워했던 아들이 못내 마음에 걸렸는지, 충숙왕은 아들로 하여금 왕위를 잇도록 하라는 유명(遺命)을 남겼다. 그러나 승상 백안첩목아가 복위를 가로막았다. 고려 조정에서 왕위 계승을 청하자 백안은 그대로 깔아뭉개 버렸다.

"왕도(王燾)가 본래 그리 현명치 못한 사람인데, 병이 들었으니 죽은 것은 마땅하다. 그런데 맏아들이라고 해서 망종이 다시 왕이 되게 할 수는 없다. 고려왕으로는 오직 왕고(王暠)*가 마땅하다."

사신들이 백방으로 노력했으나 백안은 황제에게 고하지도 않은 채, 왕위를 비워두었다. 정식으로 복위하지는 못했지만 충혜왕은 궁궐의 주인으로 군림했다. 하지만 지난 8년 사이에 충혜왕은 이미 파락호로 변해 있었다. 파락호가 궁궐을 차지하니 곧 폭군이었다.

부왕이 세상을 떠난 뒤로 충혜왕이 가장 먼저 한 일은 부왕의 후궁들을 취한 것이었다. 부친이나 형제가 죽고 나서 그의 처첩을 아들이나 동생이 취하는 음풍(淫風)은 몽골에서 전래되었는데, 고려에서는 야만스러운 풍속이라 하여 아주 추악한 짓으로 여겼다.

그러나 충혜왕은 수비(壽妃) 권씨를 취해 후궁으로 들여앉히면서도 부끄러워하지도 않았다. 부왕의 비(妃)는 빈(嬪)이나 다른 후궁들과 달리, 왕에게는 서모(庶母)가 되었다. 왕은 서모를 간(奸)한 셈이었다.

충혜왕은 또 궁인(宮人) 남씨를 간한 다음에 낭장(郎將) 노영서의 처로 주어버렸다. 그들의 살신이 탐나서가 아니었다. 오로지 부왕에 대한 증오와 복수심 때문이었다. 그래도 마음이 풀리지 않았다. 오히려 날이 갈수록 상처들은 좀 더 통쾌하고 자극적인 것을 필요로 했다.

---

* 왕도는 충숙왕, 왕고는 당시 심왕의 이름.

충혜왕은 불현듯 영안궁(永安宮) 쪽으로 시선을 돌렸다. 부왕의 정비이자 지금은 엄연히 태후의 위치에 있는 경화공주(慶華公主)가 거하고 있는 궁이었다. 충숙왕은 복국공주 사후에 다시 조국공주(曹國公主)를 맞이했는데, 그녀가 일찍 죽자 세 번째 정비로 맞이한 황녀가 경화공주였다.

'그 계집이 부왕을 믿고 얼마나 꼿꼿하게 굴었던가.'

충혜왕은 경화공주의 거만한 콧대를 꺾어버리고 싶은 충동에 사로잡혔다. 경화공주를 겁탈하는 것만큼 부왕에 대한 통쾌한 복수는 없을 것 같았다. 충혜왕은 온몸이 짜릿해지는 쾌감에 몸을 떨었다. 당장이라도 달려가 공주를 결딴내고 싶었다. 그러나 다른 비빈들과 달리 원나라 출신인지라 함부로 할 수는 없는 일. 그렇다고 포기할 충혜왕이 아니었다.

부왕을 의릉(毅陵)에 장사지내고 두 달쯤 지나, 충혜왕은 시종들을 거느리고 경화공주가 거처하는 영안궁으로 행차했다.

"어서 오세요, 오늘은 또 어인 행차십니까?"

그동안 몇 차례에 걸쳐 공주를 위한 연회를 베풀었던 터라 경화공주는 충혜왕을 반갑게 맞아들였다.

"하하하……. 모후께서 홀로 쓸쓸하게 지내시는데, 제가 어찌 소홀히 할 수 있겠습니까?"

충혜왕은 능청을 떨며 궁으로 들어섰다. 젊은 공주는 모후라는 말이 부담스러웠지만 꼭 싫지만은 않았다.

"상감께서 그토록 신경을 써주시니 이제는 슬픔도 가신 듯하오이다."

"그렇다면 참으로 다행입니다. 허면, 오늘은 제가 모후께 위로받고 싶은데 모후께서 저를 위해 주연을 베풀어주실 수 있을는지요?"

경화공주는 충혜왕을 위해 기꺼이 주연을 베풀었다. 먹고 마시며 웃고 떠드는 소리가 영안궁에 가득하였다. 이윽고 날이 저물고 밤이 깊어 갔다. 그럼에도 충혜왕은 일어설 기미를 보이지 않았다. 경화공주는 충혜왕에게 넌지시 말을 건네었다.

"밤도 깊었으니 이만 자리를 파하시지요?"

그러나 충혜왕은 못 들은 척, 낭장 송명리(宋明理)에게 만죽을 걸며 더 큰 소리로 웃고 떠들었다. 경화공주는 왕이 못 들은 줄로만 알고, 아까보다는 더 큰 소리로 말했다.

"상감, 밤이 깊었습니다!"

그제야 충혜왕은 공주 쪽으로 얼굴을 돌렸다. 한순간, 충혜왕은 공주의 모습에서 부왕의 얼굴을 보았다. 가슴 밑바닥에 고여 있던 분노가 치밀어 오르는 순간, 충혜왕은 앞에 놓인 술잔을 번쩍 치켜들었다.

"전하, 전하! 여기는 영안궁이옵니다!"

송명리가 말리지 않았더라면 경화공주에게 술잔을 집어던졌을지도 모른다. 왕은 대신에 치켜들었던 술잔을 단숨에 비워내고, 기갈이 들린 듯 연거푸 두 잔을 더 마셨다. 증오와 복수심, 알지 못할 오욕의 찌꺼기들이 한데 뒤섞여 꿈틀거리기 시작했다.

충혜왕은 자리에서 벌떡 일어나더니 경화공주에게 성큼 다가갔다.

"이제 한창 흥이 오르려는데, 모후께서는 흥을 깨시렵니까? 그렇게 꼿꼿하게 계시지만 말고 제가 따르는 술이나 한잔 받으세요. 그리고 저랑 춤이라도 한바탕 추십시다. 선왕의 탈상도 끝나지 않았습니까? 그러니 우리가 여기서 밤을 지새운들 뭐라할 사람도 없습니다."

왕의 말에 공주의 얼굴이 굳어졌다.

"밤을 새우다니요? 상감, 영안궁은 아녀자들이 거하는 곳입니다."

"허어, 아비를 잃어 외로운 몸입니다. 모후께서 위로해주셔야지요?"

"……!"

"무얼 그리 놀라십니까? 부왕이 날더러 망종이라고 했다는데, 그런 말도 듣지 못했습니까? 하하하!"

경화공주는 하얗게 질리고 말았다. 공주는 짐짓 시신(侍臣)들을 큰소리로 나무랐다.

"상감이 저토록 취하셨는데 무엇들 하고 있는 게요! 어서 상감을 궁으로 모시도록 하세요!"

시신들 중에 누군가 충혜왕을 부축하려 들었다. 그러자 충혜왕이 불같이 역정을 냈다.

"어느 놈이냐? 내 사지가 이렇게 멀쩡한데 어느 놈이 부축하려 드는 것이냐? 손끝만 닿아도 내, 그놈의 손목을 잘라버리리라!"

왕을 부축하려던 시신이 슬슬 뒷걸음질을 쳤다. 경화공주는 고개를 설레설레 흔들었다. 그곳에 더 있다가는 무슨 낭패를 당할지 모를 일이었다. 공주는 자리에서 벌떡 일어났다. 도망치듯이 연회장을 빠져나가는 공주를 보고 왕은 터무니없이 큰 소리로 웃음을 터뜨렸다.

"우하하하……! 우하하하!"

뒷덜미라도 낚아챌 것 같은 왕의 웃음 소리에 공주는 목을 움찔했다.

· · ·

그날 밤.

깊은 잠에 빠져 있던 경화공주는 어쩐지 하초가 허전한 느낌이 들었다. 밤기운이 너무 서늘해서 그런가, 생각하며 몸을 뒤척이려고 했다. 그러나 가위에 눌린 듯 몸을 움직일 수가 없었다. 묵직한 무언가가 공주의 가슴께를 짓누르고 있었던 것이다. 어섯눈을 뜬 순간, 공주는 기겁을 했다. 시커먼 것이 자신의 몸을 짓누르고 하초를 더듬는 게 아닌가. 공주는 반사적으로 몸을 일으키며 찢어질 듯 비명을 질렀다.

"아악!"

비명 소리에 놀랐는지 시커먼 것이 침대 밖으로 벌렁, 떨어져나갔다.

"어, 어떤 놈이냐?"

경화공주가 소리를 질렀다. 시커먼 것은 천천히 몸을 일으키더니 어둠 속에서 천연덕스럽게 웃었다.

"흐흐흐……, 나? 망종이오, 공주……."

충혜왕이었다. 공주는 아찔한 현기증을 느꼈다.

"아!"

기가 막혔다. 선왕의 후궁을 취하는 일이야 충선왕, 충숙왕 때도 있었고 자신의 고국인 원나라에서도 흔했다. 그러나 부왕의 정비(正妃)를 취했다는 말은 들어본 적이 없었다. 더욱이 자신은 태후의 위치에 있지 않은가. 공주는 왕을 잔뜩 노려보았다.

"상감! 부끄러움을 안다면 어서 물러가시오!"

그러나 충혜왕은 공주에게 성큼 다가서더니 덥석 손목을 잡아끌었다.

"이러실 것까지야 없지 않소이까?"

경화공주는 사납게 손목을 뿌리쳤다.

"호라치를 부르겠소! 상감은 지금 내가 누군 줄 알고 이러시오?"

"흐흐흐! 무슨 앙탈이 그리 심하신지……. 자고로 앙탈을 부릴수록 계집질하는 맛이야 더 난다고 하지만, 앙탈도 너무 심하면 피차간에 근력만 빠지니 적당히 하십시다."

경화공주는 수치심과 분노로 온몸이 부들부들 떨렸다. 그러나 어떻게든 그 자리를 모면할 생각으로 왕에게 애원하듯이 말했다.

"상감, 상감이 이럴 수는 없습니다. 제발 체통을 지키세요!"

"허허허……, 체통을 따지는 망종도 다 있더란 말이오? 공주도 이젠 체통 따위는 버리시고, 오늘밤은 이 망종과 더불어 열락을 즐겨봅시다. 내 이래뵈도 그것만큼은 절륜이라오……."

왕은 공주를 품 안으로 끌어당겼다. 공주는 왕의 손아귀에서 빠져나오려고 안간힘을 썼지만 젊은 사내의 힘을 당할 재간이 없었다. 공주는 있는 힘을 다해 소리를 질렀다.

"밖에 누구 없느냐! 어서 안으로 들라! 어서!"

공주가 내지르는 소리가 밤하늘을 찢었다. 그러나 어찌된 일인지 달려 들어오는 호라치 하나 없었다. 공주를 시위하던 호라치들은 이미 왕의 시신들에게 묶여 있었던 것이다.

왕은 공주의 입을 손으로 틀어막으려 들었다. 그 틈에 한쪽 손이 풀리자 공주는 왕을 밀쳐내고 밖으로 뛰쳐나가려 했다. 왕이 허리를 끌어안고 넘어뜨렸지만 공주는 발버둥을 쳤다. 공주를 어찌지 못하자, 충혜왕은 밖에 있던 시종을 불렀다. 낭장 송명리가 침실로 뛰어 들어왔다.

"안 되겠다. 공주를 묶어라!"

경화공주는 다급하게 송명리에게 소리쳤다.

"장차 목숨을 부지하려거든 내가 아니라 왕을 묶어야 할 것이다! 어서 왕을 묶고 호라치들을 풀지 못할까!"

송명리가 멈칫했다. 이 일이 상국에 알려지면 목숨이 달아날 수 있는 일. 그러나 지금 당장은 왕명이 더 무서웠다.

"네놈의 머리통이 박살나기 전에 어서 묶지 못할까!"

송명리가 공주의 손과 발을 묶자 충혜왕은 공주의 입을 보자기로 틀어막았다. 공주는 더 이상 발버둥을 칠 수도, 소리를 지를 수도 없게 되었다. 입가에 웃음을 흘리며 공주의 옷을 벗기기 시작하는 충혜왕은 이미 인면(人面)에 수심(獸心)이었다.

· · ·

경화공주는 이튿날로 짐을 꾸렸다. 왕비로서 실절(失節)하였으니 수치심에 고려에 남아 살 수가 없었다. 한시라도 빨리 원나라로 돌아가 충혜왕에게 복수하고픈 일념뿐이었다. 그러나 돌아가려 해도 말을 구할 수가 없었다. 왕이 밤 사이에 마시장(馬市場)을 폐쇄시켜 버렸던 것이다.

경화공주는 좌승상 조적(曺頔)을 영안궁으로 불러들였다. 조적은 본래부터 충혜왕을 반대하고 심왕 고를 추대하는 데 적극적인 자였다.

"좌승상은 천자의 명이 중하오, 고려 왕의 명이 중하오?"

경화공주의 물음에 조적은 망설이지 않고 대답했다.

"응당 천자의 명을 받들어야겠지요."

"그렇다면 왕을 당장 포박하도록 하시오!"

"그게 무슨 말씀이옵니까?"

"왕이 내게 차마 못할 짓을 저질렀소."

경화공주는 간밤에 벌어진 일들을 죄다 털어놓았다. 조적은 주먹을 불끈 쥐었다.

"천자에게 죄를 짓고 어찌 무사할 것입니까? 신이 이 일을 처리할 터인즉 공주마마께서는 염려 놓으십시오."

조적은 벌써부터 가슴이 부풀었다. 원나라 황제와 승상에게 고임을 받을 수 있는 절호의 기회였던 것이다. 원나라는 틀림없이 왕을 징치할 것이고, 고려 왕위는 심왕에게 돌아갈 것이다. 이제 심왕이 즉위하면 모든 공이 나에게 돌아오지 않겠는가.

조적은 즉시 영안궁으로 백관을 소집해 열변을 토했다.

"내가 정승으로서 임금의 황음무도한 짓을 알고서도 모른 체한다면 천자께서 그 죄를 내게 물을 것이요, 백관들도 그 죄를 결코 면치 못할 것이라. 당장 국인(國印)을 영안궁으로 옮기고, 왕을 순군옥에 가둔 뒤에 모든 악소배들을 제거할 것이니 백관들은 공주마마와 나를 따르시오!"

조적은 군사를 모집하여, 칼과 몽둥이로 무장시켜 영안궁을 지키게 했다. 왕이 영안궁을 친다고 해도 원나라에서 단사관이 파견될 때까지는 꿈쩍 않고 버틸 심산이었다. 이어 조적은 두 군데로 사신을 급파했다. 원나라 중서성과 심왕이었다. 중서성에는 충혜왕의 죄상을 알리고, 심왕에게는 곧 고려 왕으로 책봉될 것이니 준비를 하라는 것이었다.

그러나 호락호락 당할 충혜왕이 아니었다. 처음에는 영안궁의 동태를 살피면서 사람을 보내 조적을 회유하려고 하였다. 하지만 공명심으로 잔뜩 들떠 있는 조적이 왕의 말을 들을 리 없었다.

충혜왕은 조적이 괘씸하기 이를 데 없었다. 경화공주를 겁간한 일이야 아무리 숨긴다 한들 원나라도 곧 알게 될 것이고, 자신을 원수보다 더 미워하는 백안 승상이 가만있지 않을 것이다. 그것은 어디까지나 원나라가 왕에게 죄를 물을 일이었다. 그런데 고려 조정에서 녹을 먹고 있는 자가 감히 왕의 죄를 물어 잡아들이려 들다니 그것은 분명 반역이었다.

충혜왕은 수레를 서로 연결하여 궁궐을 튼튼하게 방비한 뒤에, 근신들을 시켜 몰래 시정의 왈짜들을 끌어 모았다. 영안궁을 급습하여 조적을 칠 생각이었다. 조적은 그것도 모르고 수레로 궁궐을 방어하는 것만 보고 안심하였다. 그날 저녁, 충혜왕이 쳐들어왔을 때 애초에 오합지졸에 지나지 않던 무리들인지라 순식간에 흩어지고, 조적은 붙잡히고 말았다. 충혜왕은 조적을 단칼에 쳐 죽이고, 시체를 순군옥 남교(南橋) 밑에 버려 둠으로써 철저히 분풀이를 했다.

분풀이는 했지만 예상대로 원나라가 가만있질 않았다. 그해 겨울, 충혜왕의 죄를 묻기 위해 단사관이 파견되었다. 황제는 왕과 그날 밤 영안궁에 있었던 20여 명의 시신들을 연경으로 압송토록 했다.

충혜왕은 모든 걸 포기했다. 그런데 충혜왕 일행이 연경에 들어서기 직전에 뜻하지 않은 소식이 들려왔다. 백안첩목아가 실각하고 탈탈대부(脫脫大夫)가 집권했다는 것이었다. 충혜왕에게는 더없는 낭보였다.

탈탈은 백안의 조카. 그는 숙부인 백안이 권세를 농단하는 것을 보고, 순제와 함께 은밀히 세력을 규합해서 한순간에 몰락시켜버렸던 것이다. 새로운 집권자 탈탈은 충혜왕을 미워할 이유가 전혀 없었다. 오히려 백안에게 탄압을 받아 고초를 겪었음을 그가 더 잘 알고 있었다. 탈탈은 황제에게 주청하여 형부에 갇혀 있던 충혜왕을 복위시켰다.

대신에 왕의 친동생인 강릉대군(江陵大君) 왕기(王祺)*를 뚤루게(禿魯花, 인질)로 입조시켰다.

• 뒤의 공민왕.

．　．　．

징벌이 아니라 왕위를 다시 찾아 돌아온 충혜왕은 정사는 아예 거들
떠보지도 않은 채, 황음으로 세월을 보냈다.

120여 명이 넘는 여자들을 궁중에 두고, 왕은 하루에도 두세 여자씩
갈아치웠다. 원나라 라마승이 제조했다는 열약(熱藥)까지 먹어가며, 마치
기갈이 들린 사람처럼 여인들의 살신을 탐했다. 예쁜 여자라면 신분과 귀
천도 따지지 않고 기어이 농락하고야 말았다.

충혜왕은 이미 임질(淋疾)에 걸려 있었는데, 원나라에 있을 때 위구르
여자와 관계하여 얻은 병이었다. 왕은 관계하는 여자마다 성병을 퍼뜨리
고 다녔다.

조정에 대신이란 자들이 있었지만 왕의 행실을 애써 모른 척하였다.
단 한 사람, 성산군(星山君) 이조년(李兆年)만이 왕에게 끊임없이 간언을 할
뿐이었다.

이조년은 '담이 몸집보다 크다'고 할 정도로 두려움을 모르고 의지가
강했던 인물이기도 했다. 어느 날은 새 사냥 나간 왕을 끝까지 쫓아가, 무
릎을 꿇고 읍소했다

"전하, 이제 그만 유희를 그치소서. 간사한 자들을 물리치고, 어질고
착한 이를 등용하여 나랏일을 보살피신다면 신은 죽어도 눈을 감을 수
있겠나이다!"

충혜왕은 누구보다 이조년을 공경했지만 충정어린 간언만큼은 도무지
들으려 하지 않았다.

끝내 충혜왕의 마음을 돌리지 못한 이조년은 그 길로 낙향하여 세상

과의 인연을 아예 끊어버렸다.

이화에 월백하고 은한이 삼경인제
일지춘심(一枝春心)을 자규(子規)야 알랴마는
다정도 병인 양하여 잠 못 들어 하노라.

이조년이 남긴 「다정가」만이 더욱 애처롭게 들릴 따름이었다.

그러자 기철(奇轍)을 비롯하여 조익청(曺益淸)과 이운(李芸) 등 원나라에 들러붙어 사는 부원배들이 충혜왕을 공격하기 시작했다. 그중에 기철은 자신의 누이가 원나라 순제의 제2황후(기 황후)로 책봉된 뒤로 부원 세력의 우두머리 노릇을 하고 있었다.

"왕이 황음무도하고, 그 패악을 더 이상 두고 볼 수 없으니 중서성에 상서하여 폐위는 물론 그 죄를 다스리도록 합시다!"

기철의 말에 부원배들은 하나같이 동의하였다. 하지만 고려 조정에서는 그들의 주장에 선뜻 동의하는 자들이 없었다. 왕이 무도한 것은 사실이지만 신하된 자로서 임금의 잘못을 간언하는 것과 원나라에다 소(訴)를 올리는 것은 엄연히 달랐던 것이다. 그러자 기철은 아예 연경으로 가서, 직접 황실과 중서성에 충혜왕의 비행과 실정을 낱낱이 고해 바쳤다.

석 달 뒤, 원나라는 고려에 사신을 보내왔다. 사신이 들어온다는 말에 충혜왕은 갑자기 분기가 치밀었다. 아무리 패악을 저질렀지만 부원배들의 책동에 왕위를 순순히 내주고 싶은 마음이 없었다. 왕은 사신을 맞이하지 않을 생각으로 병을 핑계로 궁궐의 출입마저 금했다. 그런데 뜻밖에도 자정원사(資政院使) 고용보(高龍普)가 사신이라는 말에 금세 의심을 풀었다.

일찍이 원나라에 환자로 공납되었던 고용보는 환관으로서는 최고의 관직인 자정원사에 오른 인물이었다. 당시 원나라에서 고용보라고 하면 친왕(親王)들까지 그의 그림자만 보고서도 달려와 수인사를 할 정도로 황제의 총애를 받고 있었다. 충혜왕은 오래 전부터 그를 우대하여 정1품 삼중대광(三重大匡) 품계를 내리고 완산군(完山君)으로 봉하여 마음을 사두었던 터였다. 충혜왕은 친히 동교(東郊)로 나가 고용보 일행을 정중하게 맞아들였다.

고용보가 사신으로 들어온 지 며칠 뒤, 또 다른 원나라 사신 일행이 고려로 들어오고 있었다. 대경(大卿) 타적(朶赤)을 비롯하여 6명의 사신들이었다. 그들은 하늘에 제사를 지낸 다음에 대사령(大赦令)을 반포하라는 황제의 조서를 받들었다고 했다.

'왜 사신이 또 온단 말인가?'

일말의 불안감이 충혜왕을 사로잡았다. 불과 며칠 간격으로 사신이 잇따라 들어온 예는 거의 없기 때문이었다. 왕은 다시 병이 났다는 핑계로 마중을 나가려 하지 않았다. 그러자 먼저 와 있던 고용보가 왕을 안심시켰다.

"황제 폐하께서 고려 왕이 불경하다는 말씀이 있었습니다만 그동안 제가 굳이 변명하여 아무 탈이 없었습니다. 그런데 조서를 받든 사신을 병을 핑계로 맞아들이지 않는다면 폐하께서는 앞으로 제 말도 의심할 것입니다. 그러니 전하께서는 마중을 나가도록 하십시오!"

충혜왕은 고용보의 말에 따라 조복(朝服)을 갖추어 입고 백관들을 거느리고 동교로 나가 사신을 영접했다. 그리고 황제의 조서를 받들기 위해 백관들과 함께 정동행성으로 갔다. 그러나 정동행성에 도착하여 왕이 받은 것은 조서가 아니라 포승줄이었다. 사신이 아니라 단사관이었던 것이다.

"무엄하다! 이게 이게 무슨 짓인가?"

당황하고 분노한 충혜왕은 원나라 사신들을 노려보았다. 아무리 황제의 명이라 하지만 국왕의 몸으로 포박당할 수는 없는 일이었다. 왕이 포박에 응하지 않자 사신 타적이 대뜸 칼을 빼들었다. 여차하면 내려칠 기세였다. 충혜왕은 더욱 큰 소리로 타적을 꾸짖었다.

"그대가 감히 황제의 명을 사칭하려 드는가! 어찌 감히 나에게 칼을 들이댄단 말인가!"

타적은 움찔하는 듯싶더니 이내 조소를 보냈다.

"이제 그대는 고려 왕이 아니오."

충혜왕이 황황한 눈길을 고용보에게 돌렸다.

"고 원사는 어서 나를 이 지경에서 구해주오!"

그러나 고용보가 충혜왕을 바라보는 눈매는 싸늘했다.

"황제 폐하께 지은 죄가 너무 많았소이다. 죄인은 어서 포승을 받으시오!"

충혜왕은 그제야 깨달았다. 고용보가 미리 사신으로 온 것은 유인책이었음을. 자신이 순순히 왕위를 내놓지 않으리라는 것을 알고 부원배들과 연경에서부터 짜고 왔던 것이다. 충혜왕은 치를 떨며 고용보를 향해 씹어뱉듯이 말했다.

"너 또한 주인을 보고 짖는 개에 지나지 않는 것을, 내가 그걸 모르고 사람 같지 않은 너를 그동안 사람으로 대접을 하였구나."

얼굴이 벌겋게 달아오른 고용보는 무안을 감추려고 타적에게 신경질을 내며 재촉했다.

"대경은 죄인을 포박하지 않고 뭘하고 있는 건가?"

타적이 충혜왕을 다시 묶으려 했지만 왕은 완강하게 버티었다.

"이놈들! 내 발로 걸어갈 터이니 포승을 거두어라!"

국왕으로서의 마지막 자존심은 지키고 싶었던 것일까. 그러나 단사관들은 그것마저 짓밟아버렸다. 포박을 받지 않으려는 왕을 발길로 차며 욕설을 퍼부었다. 왕은 그대로 고꾸라졌다. 백관들은 어처구니가 없어 그저 지켜보기만 할 뿐인데, 어사대의 정6품짜리에 지나지 않는 지평(持平) 노준경(盧俊卿)이 분노에 차서 단사관에게 항의하였다.

"그래도 우리 임금인데 백관들이 보는 앞에서 함부로 발길질이라니, 무도함이 어찌 이다지도 심하단 말이오!"

그러자 백관들도 동요하기 시작했다. 대여섯 명의 신하들이 앞으로 나서며 따지고 들었다.

"신하들과 만백성이 보고 있는데, 어찌 우리 임금을 포박해 간단 말이오!"

"사신들은 당장 그 칼을 치우시오!"

분위기가 자못 험악해지자 타적을 수행해 온 원나라 무사들이 일제히 칼을 빼들었다.

"황제 폐하의 명을 거역하는 자에게는 오직 죽음만이 있을 뿐! 이 무뢰한들을 당장에 처치하라!"

타적의 말이 떨어지기가 무섭게, 백관들을 향해 마구잡이로 칼을 휘둘렀다. 앞으로 나섰던 자들이 피를 뿜으며 쓰러지자 뒤에 있던 백관들은 혼비백산하여 달아나고 말았다.

충혜왕 복위 4년(1343) 10월의 사변(事變)이었다.

포박당한 채 함거(檻車)*에 실려 가는 왕을 구하겠다고 나서는 이는 아무도 없었다. 왕은 이미 고려의 왕이 아니었고, 목숨을 부지하기 위해 도망쳤던 신하들은 이미 고려의 신하들이 아니었다.

충혜왕은 개처럼 원나라로 끌려갔고, 순제는 충혜왕을 친히 국문하면서 이렇게 말했다.

"너는 국왕이 되어 백성의 고혈을 짜내 먹었으니, 네 피를 온 천하의 개에게 먹인다 해도 오히려 부족하다. 그러나 내가 사람 죽이는 것을 싫어하여 목숨만은 살려준다. 멀리 귀양을 보내니 너는 짐을 원망하지 말라!"

끔찍한 저주와 함께 순제는 충혜왕을 게양현(揭陽縣)으로 유배시켜 버렸다. 게양현은 연경에서 자그마치 2만 리나 떨어진, 죽어서도 다시는 돌아오지 못할 멀고도 먼 길이었다.

충혜왕은 게양까지 가지도 못하고 악양현(岳陽縣)에서 세상을 버리고 말았다. 그때 나이 서른이었다.

· · ·

충혜왕이 폐위되자 당장 왕위를 이을 사왕(嗣王)이 걱정이었다.

왕의 적손으로는 덕녕공주와의 사이에 태어난 왕자 흔(昕)과 희비(禧妃) 윤씨와의 사이에 태어난 왕자 저(眡)가 있었지만 둘 다 어린아이였다. 때문에 나라의 앞날을 걱정하는 사람들은 충숙왕의 아들이자, 충혜왕의 동복아우인 왕자 기(祺)**가 왕위를 이을 것을 기대했다.

왕자 기는 어렸을 때부터 총명한 자질과 온후한 성품을 지녀 왕재(王才)

---

* 죄인을 태우는 수레.
** 왕자 흔은 뒤의 충목왕, 왕자 저는 뒤의 충정왕, 왕자 기는 뒤의 공민왕이다.

로서 흠이 없었다. 더욱이 원나라에 볼모로 잡혀 있으면서도 지금까지의 어느 왕과 왕자보다 독서와 수신에 열중하고 있었다. 고려의 기대가 그에게 모아지는 것은 당연한 일이었다.

또 왕자 기는 대원자(大元子)로서 충혜왕이 복위한 뒤로 연경에서 황실을 숙위하고 있었다. 원자라면 다음 왕위를 이을 세자를 의미하였다. 그러나 나라사람들의 뜻만으로 되는 것이 아니었다.

충혜왕의 영구가 고국으로 채 돌아오기도 전에 왕자 흔(昕)은 환관 고용보의 품에 안겨 황제를 알현했다. 8세의 어린 왕자는 자기를 품에 안고 있는 자가 부왕에게 발길질과 욕설을 서슴지 않았던 자라는 것을 아는지 모르는지, 고용보가 시키는 대로 곧잘 했다.

"너는 네 아비를 본받고 싶으냐? 아니면 네 어미를 본받고 싶으냐?"

황제가 묻는 말에 왕자 흔은 또랑또랑 대답했다.

"저는 아버지를 본받지 않으렵니다."

황제는 의아하다는 듯이 두 눈을 둥그렇게 뜨고 왕자에게 물었다.

"왜 그러는고?"

"오로지 어머니를 본받고 어머니의 뜻에 따르기 위함입니다."

"오, 너의 뜻이 정녕 그러하더냐?"

"예, 그러하옵니다."

황제는 아주 흡족한 표정을 지었다. 황제의 마음을 늘 거슬리게 했던 충혜왕의 아들이라는 생각은 어느 순간 싹 가시고 없었다.

"폐하, 이 왕자가 바로 황실의 외손임을 기억하소서."

고용보는 황녀(皇女) 덕녕공주의 소생임을 강조했다. 지금 고려의 국왕으로 오르내리고 있는 왕기는 원나라 공주의 소생이 아니라는 점을 황제에게 확인시키기 위함이었다.

"오, 그래! 역시 황실의 외손이로구나."

"폐하, 저는 오로지 황제 폐하의 높으신 뜻을 따를 것이옵니다."

왕자 흔은 황제를 향해 무릎을 꿇고 고개를 숙였다. 모두가 고용보와 덕녕공주가 시킨 것이었다. 황제는 대단히 만족하였다.

"너로 하여금 정동행성 좌승상과 고려 국왕의 자리를 상속케 할 터이니, 너는 일체의 폐정을 혁신하고 백성들을 구휼하여 짐의 덕을 동방에 펴도록 하라!"

나이 어린 왕이 폐정을 어찌 혁신할 것이며 백성들을 구휼할 방도가 어디 있었겠는가. 그러나 황제의 명을 거역할 사람은 아무도 없었다.

이리하여 왕자 흔이 왕위에 올랐으니, 29대 임금 충목왕(忠穆王)이었다.

· · ·

8살 난 충목왕이 즉위하면서 모든 국정은 모후인 덕녕공주가 거하는 내전(內殿)에서 이루어졌다. 덕녕공주는 오로지 배전(裵佺)과 강윤충(康允忠)만을 신뢰하여 이들 두 사람에게 정사를 맡겼다. 배전은 궁비의 소생이었고, 강윤충은 본래가 천인이었는데 어쩌다 공주의 눈에 들어 권력까지 잡은 것이다. 두 사람은 밤낮없이 내전을 드나들었고, 그들이 오면 덕녕공주는 주변 사람들을 모조리 물렸다. 그러나 벽에도 귀가 있다는 구중궁궐에서 영원한 비밀은 없었다. 얼신(孼臣)들과 젊은 과부인 공주 사이에는 낯 뜨거운 소문이 흘러나왔다.

그 사이에 주인이 없는 나라는 날로 폐단만 쌓일 따름이었다. 이미 충혜왕 때부터 권신과 세족들은 백성들의 토지를 강탈해서라도 부를 늘리기에 혈안이 되어 있었다. 권문세족들은 양민들을 전호(佃戶)*로 삼고 노비들을 부려 농장을 경영했다. 그들뿐만이 아니었다. 왕실과 사원들도 경쟁적으로 토지를 늘리며 부를 쌓았고, 공주의 겁령구(怯怜口)와 내수(內豎)**들까지 백성들의 토지를 뺏는 데 가세하였다.

백성들 눈에는 그들이 모두 '악귀(惡鬼)'로밖에 보이지 않았다. 땅을 뺏앗긴 양민들은 처자식을 팔고 스스로 노비가 되었다. 양민은 부역과 군역을 담당해야 했지만 노비는 그럴 필요가 없었던 것이다. 그래서 나라 사람 절반이 노비가 되었다고 할 정도였다. 그나마 유지하고 있던 나라의 통치 체제가 급속하게 무너졌다.

국세를 거두어야 할 토지는 산천을 경계로 하여 권문세족과 왕실 아니면 사원이 차지해버렸고, 조세를 내는 양민들이 없으니 나라의 부고는 텅텅 비어갔다.

나라의 부고는 비었어도 왕실과 권신들의 창고는 차고 넘쳤다. 부를 주체하지 못한 그들은 몽골풍의 사치와 음란한 생활로 여일이 없었다. 사원들은 백성들의 삶은 아랑곳하지 않고 시도 때도 없이 불사(佛事)를 일으켰다.

국정의 혼란이 극에 달하자 원나라도 고려를 방치할 수만은 없었다. 황제는 충목왕에게 조서를 보내 국정의 문란을 바로잡도록 했다.

고려 왕은 악정을 행한 자, 권력에 의탁하여 백성을 기만하고 억압한

---

* 전호는 조세와 군역을 면할 생각으로 사원이나 권세가와 짜고 토지와 몸을 맡긴 양민(良民)들로 전민이라고도 함.
** 겁령구는 원에서 공주를 따라온 사속인, 내수는 궁중의 잡일을 맡아 하는 구실아치.

자들은 누구를 막론하고 가릴 것이 없이 척결하며, 일체의 폐단을 혁신토록 하라. 왕은 하루빨리 백성들을 안돈시키고 생업을 보전토록 하라! 만일 짐의 명을 실현하지 않거나 태만히 한다면 이런 자들은 반드시 처벌할 것이니라!

제후국의 혼란은 원나라에도 득이 될 것이 없었던 것이다. 황제의 명을 받든 충목왕은 2월(왕3년, 1347)에 정치도감(整治都監)을 설치했다. 왕후(王煦), 김영돈(金永旽), 안축(安軸)을 판사로, 전녹생(全綠生), 서호(徐浩), 정운경(鄭云敬) 등 33명을 정치관(整治官)으로 두었다.

정치도감은 황제의 명으로 설치된 기관이라 조정은 물론 정동행성과 권귀들의 간섭을 받지 않았다. 부패한 관리들을 내쫓고, 비리의 온상인 정동행성을 비롯하여 순군(巡軍), 홀치(忽赤), 응방(鷹坊)을 사정했다. 그리고 토지와 양민을 불법적으로 탈취한 자들도 적발하였다.

정치도감이 밝힌 숙정 대상으로 좌정승 노책(盧頙), 우정승 채하중이 첫손에 꼽혔고, 기 황후의 오라비인 기주(奇輈)와 그 친족인 기삼만(奇三萬), 원나라 환관 고용보의 친척인 첨의참리 신예(辛裔), 역시 황실의 환관 이숙(李淑)의 매부인 찬성사 전영보(全永甫) 등의 부원세력과 충혜왕의 희비 윤씨의 아비 윤계종(尹繼宗)을 비롯하여 다수의 왕족들이 올랐다.

하나같이 권귀들이요 원나라에 빌붙어 호가호위(狐假虎威)하는 자들이었다. 그러나 이들은 정치적인 보복이라며 거세게 반발하고 나섰다.

'땅을 좀 늘리고 노비를 사들였다고 해서 모두 부정한 것이라고 한다면, 삼한에서 부호들은 어떻게 살란 말인가?'

'황제의 명을 빙자하여 대신들을 몰아내고 조정을 차지하려는 수작이

분명한데, 어찌 정치도감의 판결이 옳다고 할 수 있겠는가?'

그럴 때에 순군옥에 가두었던 기삼만의 갑작스런 죽음은 정치도감을 무력화시키고 말았다. 기철은 어린 충목왕을 향해 눈을 부라렸다.

"제 아우 주가 지난 일을 충분히 해명했는데도 곤장을 쳐서 병들게 하더니, 이번에는 겨우 토지 다섯 결을 빼앗은 걸 가지고 저의 조카 삼만을 죽이다니요? 전하께서는 우리 기씨 일족을 다 죽여야 속이 시원하시겠습니까? 장차 이 일을 황후께서도 아실 터인데, 전하께서는 그때 가서 무어라고 변명하실 생각입니까?"

숫제 협박이었다. 어린 왕은 무섭고 떨렸다. 왕은 기철의 요구에 따라 기삼만을 치죄했던 서호 등 정치관을 투옥하지 않을 수 없었고 정치도감은 설치 두 달 만에 해체되고 말았다.

이권에 눈이 먼 조정 대신들의 반목과 대립, 부원배들의 노골적인 협박에 시달리던 어린 왕은 시름시름 앓기 시작했다. 정치도감은 실패했지만 굶주린 백성들을 차마 볼 수가 없어 이를 구제하기 위해 진휼도감(賑恤都監)까지 설치했던 왕은 뜻을 채 펼쳐보지도 못한 채 끝내 이승을 버리고 말았다. 재위한 지 4년, 불과 12세였다.

· · ·

충목왕의 갑작스런 죽음은 왕자 기(祺)가 고려 왕위에 오를 수 있는 절호의 기회였다. 나라사람들은 당연히 왕자 기가 왕위를 이을 것으로 생각했다.

그러나 만사는 나라사람들의 뜻과는 반대로 가고 있었다. 충목왕이 세상을 떠나자, 모후인 덕녕공주는 덕성부원군(德成府院君)으로 봉해진 기철과 정승 왕후(王煦)로 하여금 정동행성의 일을 대행케 했다. 기철은 기 황후의 오라비였고, 왕후는 본래 정승 권부(權溥)의 아들이었으나 충선왕의 양자로 입적되어 지금은 고려의 종실을 지키고 있는 인물이었다.

부원 세력의 상징인 기철과 종실을 대표하며 한때 정치도감을 주도했던 왕후. 두 사람은 세상 사람들이 다 아는 대로 물과 기름의 관계였다. 그런 두 사람을 정동행성 섭행으로 명한 것은 덕녕공주의 속셈이 있기 때문이었다. 왕위를 놓고 대립할 수밖에 없는 두 세력 사이에서 적당히 줄타기하며 실권을 놓치지 않으려는 것이었다.

섭행을 맡은 왕후와 기철은 먼저 원나라에 사신을 보내 충목왕의 훙거 사실을 알렸다. 그런데 왕위 계승 문제를 거론할 때면 기철은 한사코 서두를 것이 없다면서 뒤로 미루었다.

"나라의 보위란 잠시도 비워둘 수 없는 법인데, 하루라도 빨리 사왕을 책봉해달라는 표문(表文)을 올려야 하지 않겠소?"

"그거야 황제 폐하의 마음에 달려 있는 것이지, 우리가 이래라 저래라 할 수는 없는 거잖소. 기다려봅시다. 중서성에서 무슨 답이 내려오겠지요."

왕후는 기철에게 딴 속셈이 있는 게 아닌가 싶어 초조해지기 시작했다. 기철이 충혜왕 때에 입성(立省)을 주장했던 사실이 마음에 걸렸다. 입성이란, 고려 왕부의 실권을 죽이고 나라를 원나라의 일개 행성(行省)으로 편입시키자는 말이었다. 부원 세력들은 충선왕이 복위할 때부터 여차하면 그 같은 주장을 되풀이해 왔었다. 왕은 물론 나라마저 부인하려 드는 책동이었다.

시일을 끌수록 왕위 계승을 놓고 분쟁만 커질 뿐 기철이 그것을 빌미로 또다시 입성을 주장할 수도 있었다. 왕후는 독단으로라도 원나라에 사신을 보내려고 했다. 마음속으로 왕자 기의 추대를 결정한 뒤였다. 마침 원나라 승상 탈탈(脫脫)이 개혁적인 성향을 지니고 있어 그를 움직인다면 왕자 기를 추대할 수 있으리라 믿었다.

왕후는 이제현에게 원나라에 가줄 것을 부탁했다. 이제현은 왕후와 처남매부지간으로 누구보다 서로의 마음을 읽고 있었다. 이제현은 사왕을 책봉해달라는 표문을 써서는 바쁘게 원나라로 향했다. 표문에서 이제현은 민망을 안고 있는 왕자 기를 책봉해 달라는 뜻을 강하게 나타냈다.

표문을 올린 이제현은 연경에 머물면서 왕자 기의 책봉을 위해 동분서주하였다. 그러자 고려에 있던 부원 세력들을 대신하여 노책과 최유(崔濡)가 화급하게 원나라로 달려갔다. 그들은 왕자 기보다는 왕자 저의 책봉을 역설하였다.

"지금은 바야흐로 황제의 덕이 온 세상에 골고루 퍼지고 있는 요순과 같은 태평성대입니다. 이런 때에 변방의 군주를 세우는 데에 나이가 무슨 상관이겠습니까? 왕자 저는 비록 나이가 어리지만 황제의 뜻을 받들기에는 조금도 부족하지 않습니다. 이제 대행왕(大行王)*의 못다 한 충심을 그 아우인 저가 이을 수 있도록 하여주십시오. 이것은 고려의 원로들과 대신들이 원하는 바입니다."

"비록 왕자 기에게 왕재(王才)가 있으나, 본래 재(才)라는 것이 승하면 자칫 풍파를 일으킬 수 있사옵니다. 더구나 그를 추대하는 인물들의 면면을 살펴볼진대, 황실에 충성을 다하는 이들을 원수로 여기고 있는 자들로 분명 다른 저의가 있을 것입니다."

• 임금이 훙한 뒤 시호를 올리기 전의 칭호.

승상 탈탈은 부원배들의 말을 듣고 왕자 저를 택하였다.

원나라에서 황제의 명을 받들고 돌아온 노책과 최유 등이 왕자 저를 수행하여 입조하던 날, 대간과 전법관들이 왕자 저의 길을 가로막았다. 왕자 저가 미워서가 아니었다. 또 다시 어린 왕이 세워지면 나라가 어디로 흘러갈지 너무 잘 알았기 때문이었다. 하지만 그것은 헛된 몸부림에 지나지 않았다. 뜻있는 신하들은 땅을 치며 통곡했다.

· · ·

왕자 기는 조카에게 왕위가 돌아가자 실망과 분노로 잠을 이룰 수가 없었다.

열아홉. 성년이라고는 하지만 한창 예민하던 때. 그는 모든 것을 포기하고도 싶었을 것이다. 그러나 왕자 기는 형님이었던 충혜왕의 황음무도한 생활이 초래했던 파탄을 눈으로 보았기에 결코 그처럼 되고 싶지는 않았다. 자신을 포기하지 않기 위해서라도 사치와 방종에 빠지지 않았다. 경서를 읽으며 수기(修己)에 힘썼다. 외롭고 쓸쓸할 때는 붓대를 들어 선지(宣紙)에 마음을 쏟으며 만사를 잊으려 애썼다.

그즈음 연경에서는 전에 보이지 않던 풍경이 자주 목격되었다. 대규모의 군사가 동원되어 어디론가 원정을 떠나느라 성문 안팎이 말굽과 군호 소리로 요란했다. 옛 남송(南宋) 지역인 강남(江南)에서 반란이 끊이질 않고 세력도 만만치 않다는 거였다. 출정할 때의 기세는 대제국의 군대답게 기세와 위엄이 당당했다. 그러나 개선할 때는 비록 승전이라고는 했지만 깃발이 처져서 돌아왔다. 중국 곳곳에서 반란이 우후죽순처럼 일어났지만 제대로 손을 쓰지 못했다.

게다가 황궁 안에서는 끊임없는 음모와 술수가 난행하고 있었다. 순제는 라마교에 빠져 색음(色淫)과 환각을 구도의 경지로 여긴 채, 정사는 아예 돌보지 않았다. 그 틈에 권신들은 세력을 다투며 분열되었다.

왕자 기는 충정왕 원년(1349) 10월에 원나라 위왕(魏王) 패라첩목아(孛羅帖木兒)의 딸 노국공주(魯國公主)에게 장가들었다. 왕위 계승을 두고 그가 결정적으로 제외된 것은 황녀 출신의 소생이 아니라는 점이었다. 그러나 이제 위왕의 딸에게 장가를 들어 황실의 부마가 되었으니 조카인 충정왕보다 정치적 입지는 강화된 셈이었다.

이때 고려는 어린 충정왕이 즉위하면서 충목왕 대와 다를 바 없는 정치 행태가 그대로 되풀이되고 있었다. 심지어 외적(外敵)이 침략하여 국토를 유린하고 백성들을 살육하는데도 나라에는 군사가 없으니 속수무책이었다. 충정왕 3년(1351) 8월에는 왜선(倭船) 130여 척이 출몰하여 남양부(南陽府)와 쌍부현(雙阜縣 : 경기도 화성 일대)을 초토화시키고 자못 개경까지 위협하였다.

충정왕은 서강(西江 : 예성강)에 주둔하고 있던 만호(萬戶) 인당(印璫)과 전밀직 이권(李權)에게 왜구를 잡으라 명했다. 그러자 이권은 왕 앞에 나아가 아뢰기를,

"전하, 저는 장수의 직첩이 있는 것도 아니요, 그렇다고 조정에서 녹봉을 받고 있는 것도 아닌 터이오라 감히 명을 거행하지 못하겠나이다!"

충정왕은 아무 말도 못하고 뚜벅뚜벅 걸어 나가는 이권의 뒷덜미를 망연히 쳐다볼 뿐이었다. 그 자리에 있던 다른 신하들조차 이권을 나무라는 사람이 없었다.

나라가 이 지경에 이르렀다.

황실의 울타리임을 자처하던 고려가 동쪽의 번병(藩屏) 역할을 제대로 못한다면 원나라에도 결코 이롭지 못한 일. 그해 10월, 원나라는 충정왕을 폐위시켜버렸다. 재위 4년 만이었다. 충정왕은 강화도로 버려졌고, 돌보아주는 이가 아무도 없어 끼니를 제대로 잇지 못하고, 밤이면 어둠을 밝힐 등불조차 없어 무서움에 떨며 소리쳐 우는 소리가 사무쳤다. 그러나 아무도 귀 기울여 주는 이 없이 쓸쓸하게 죽어갔다.

충목왕과 충정왕. 어린 두 임금이 재위했던 6년 동안에 고려의 병은 이미 고황(膏肓) 깊숙이 들어 있었다. 원나라는 강릉대군 왕기를 고려왕으로 선택할 수밖에 없었다.

· · ·

왕자 기가 왕위에 올랐다. 31대 공민왕(恭愍王)이었다.

스물두 살 청년 왕의 가슴은 뜨거웠다. 그러나 그의 머리는 차가웠으며 그의 눈은 고려의 현실을 직시하고 있었다. 그리고 그는 고뇌하는 임금이었다. 쇠망의 길로만 치닫고 있는 고려의 국운을 위해 자신이 무엇을 어떻게 해야 할 것인가를 생각하는 임금이었다.

지금은 비록 상국(上國)인 원나라 황제의 칙명과 비호를 받으며 왕위에 오르지만, 그의 가슴 속에는 엄연히 고려의 국명을 받든 진정한 고려의 국왕이 되리라는 일념이 꿈틀거리고 있었다. 공민왕은 누구도 감히 상상할 수 없는 포부를 가슴에 품고 있었다.

복정삼한(復正三韓)과 대고려의 부활이었다.

그것은 모험이나 꿈이 아니라 결코 피해갈 수 없는 자신의 운명이자 고려의 운명이기도 하였다.

공민왕은 즉위 두 달 만인 원년(1352) 2월에 폐단 정치의 상징이던 정방
(政房)을 전격 폐지하였다. 무신 정권 때 세워진 정방은 말 그대로 복마전
이었다. 충혜왕 이후로는 부원 세력과 권문세족들이 장악하고 있었는데,
왕은 그들의 발호를 억제하기 위해 정방을 아예 없애버린 것이다.

정방을 폐지한 바로 다음날에는 즉위 교서를 반포했다. 교서에서 왕이
친정(親政)하겠노라 공표한 것은 나라의 정사를 정동행성*이 아닌 조정에
서 결정하겠다는 의지의 표명이었다.

공민왕은 또 과감하게 전민변정도감(田民辨整都監)을 설치했다. 권신들이
불법적으로 빼앗은 토지와 노비를 본래의 주인에게 돌려주고, 노예로 전
락한 양민들을 구제해 백성들의 생활을 안정시키고자 함이었다.

그동안 호사를 누리던 권문세족과 부원배들은 원나라에 말을 넣기 시
작했다. 그러자 원나라 승상 탈탈이 공민왕의 개혁 정치에 제동을 걸었다.

> 고려 왕 왕기는 일찍이 황은을 입어 고려의 왕이 되었다……. 이제 왕
> 이 정치를 일신하는 것은 좋으나 검인(儉人)이 끼어들어 용사(用事)를 하
> 니 왕의 총명한 자질을 가릴까 그것이 걱정되는 바이다. 특히 근자에
> 는 승지 유숙과 대언 김득배, 상호군 김용이 젊은 왕을 충동질하여 원
> 로대신들과 왕을 이간질한다고 한다. 고려 왕은 마땅히 이들을 파직하
> 고 현명한 인재를 등용하는 것이 바람직한 일이다!

---

* 征東省. 정식 명칭은 정동행중서성(征東行中書省). '정동'은 일본 정벌을 뜻하고, '행중서성'은
  원나라 중서성의 지방 파견 기관을 가리키는 말이었다. 정동행성이 고려에 설치된 것은 충렬왕 6
  년(1280). 원나라가 일본을 정벌하기 위해 그들의 전방사령부로 설치했으나 일본 원정이 실패한
  뒤에도 계속 존치시키면서 언제부터인가 고려의 실질적인 최고관부로 둔갑해 있었다. 행성의 수
  장인 승상은 고려왕이 겸했으나 형식에 지나지 않았다.

원나라의 자문을 받은 공민왕은 입술을 깨물었다. 자문이 지목한 이들은 왕이 연경에 있을 때부터 10여 년 동안 고락을 함께 했던 수종공신들이었다. 권문세족들이 노리는 것이 바로 그 점이었다. 왕이 총신들을 조정에서 쫓아냄으로써 왕의 손발을 잘라 개혁 의지를 꺾어버리려는 것이었다.

그래도 왕의 총신 중에 조일신이 남아 있었다. 그는 누구보다 공민왕의 마음을 헤아리고 있었다. 왕의 개혁 정치는 기철과 부원 세력에 의해 번번이 막히고 말았다. 전민변정사업은 지지부진했고, 왕이 조금이라도 가까이 하는 신료들은 연일 조정에서 쫓겨났다. 조일신은 이를 사리물었다. 나라의 화근을 제거하지 않고는 왕의 뜻을 하나도 펼칠 수 없었다.

더욱이 기 황후 소생의 태자가 황태자로 책봉되면 원나라에서 기철에게 태위(太尉) 관작을 내릴 것이라고 했다. 태위라면 고려 왕의 정동행성 승상보다 더 높았으며, 원나라 중서성 승상과 같은 반열에 들었으니 가히 왕부를 뛰어넘는 위치였다.

그러기 전에 기철을 제거하지 않으면 임금과 나라에 무슨 화가 닥칠지 몰랐다. 조일신은 공민왕에게 당장 기철을 도모하겠노라 아뢰었다.

"전하! 저에게 날쌔고 용감한 홀치 몇 명만 주소서."

홀치는 궁전을 수비하는 군사들. 조일신은 공민왕의 눈자위가 파르르 떨리는 것을 놓치지 않았다. 조일신이 다시 입을 열었다.

"전하! 홀치들을 제게 주신다면 기어코 기씨 이놈들을……."

공민왕이 조일신의 말을 잘랐다.

"그것은 아니 될 말이오!"

왕의 용안이 갑자기 얼음장처럼 차가워졌다. 조일신은 안타까워 목소리를 높였다.

"전하!"

"⋯⋯."

"전하! 신이 기필코 기철을 죽이겠습니다. 신에게 힘센 장사 열 명만 있으면 되옵니다. 신에게 맡겨주소서. 기철을 처단하여 대의를 바로 세울 것입니다."

그러나 공민왕은 단호했다.

"군사는 단 한 명도 줄 수 없소."

무거운 침묵이 한참 동안 침전을 짓눌렀다. 하지만 공민왕과 조일신의 맥박은 숨이 가쁘게 같이 뛰고 있었다. 황촛불에 붙박혀 있던 왕의 눈길이 조일신을 향했다. 왕의 눈과 조일신의 눈이 황촛불을 사이에 두고 부딪쳤다.

"전하! 하오시면⋯⋯."

조일신은 말을 멈추었다. 쏘는 듯 이글거리는 눈빛이 하고 싶은 말을 대신했다. 기철을 주살시켜도 좋습니까. 왕은 이내 조일신에게서 눈길을 거두더니 무겁게 입을 떼었다.

"경은 내게 묻지 마시오. 나 또한 길을 몰라 헤매는 중생일 뿐입니다. 부처님의 은덕을 바랄 밖에요."

공민왕의 말은 침전 바닥으로 그대로 가라앉았다. 조일신 독단으로 기철을 도모하라는 말이었다. 기철이 무서워서 제거하지 못하는 게 아니었다. 조일신의 말대로 힘센 장사 10여 명만 있으면 얼마든지 죽일 수 있었다. 그러나 기철 뒤에는 기 황후가 있었다. 왕이 나서서 섣불리 기철을 죽였다가 황후의 등살에 못 이겨 황제가 군사를 일으키는 날에는 고려는 끝이었다.

그렇다고 조일신이 제 분에 못 이겨 기철을 죽이겠다고 하는데, 말리지는 않았다. 기철이 제거된다면 그것은 사사로운 원한 관계로 변명될 수 있는 일이었다. 그때는 원나라도 쉽게 군사를 일으키지 못할 것이다.

그러나 하룻밤 사이에 기철과 그 일족들을 제거하려던 조일신의 계획은 모두 실패하고 말았다. 조일신이 전 찬성사 정천기(鄭天起) 등과 시중의 왈짜패들을 모아 기철의 집을 덮쳤지만 정작 기철은 사라지고 없었던 것이다. 조일신은 기철의 동생 기원을 먼저 죽이고, 기철을 찾느라 도성 곳곳을 이 잡듯이 뒤졌지만 흔적조차 없었다.

공민왕은 궁지에 몰릴 수밖에 없었다. 왕은 궁궐을 떠나 단양대군(丹陽大君) 왕후(王珛)의 사저로 옮긴 다음, 은밀하게 누군가를 행궁으로 불렀다. 정동행성 도사(都事)와 삼사좌사를 겸하고 있는 이인복(李仁復)이었다. 공민왕은 그를 가리켜

'과인이 이 공을 보면 스스로 존경하는 마음이 생긴다.'

라고 할 만큼 그의 인품을 신뢰하고 있었다. 또 이인복은 충혜왕 때의 충신 이조년의 손자이기도 했다. 공민왕은 이인복에게 자문을 구했다.

"일이 이 지경에 이르렀으니 과인이 어찌하면 좋겠소?"

이인복은 망설이지 않고 말했다.

"전하! 아직은 원나라가 당당합니다. 결단을 내리소서. 어물어물하시다가는 분명코 전하께 화가 미칠 터이옵니다. 하오니, 조일신을 정동행성에서 체포토록 하소서. 뒷일은 신 등이 감당하겠나이다."

이인복의 말은 간결하면서도 무게가 있었다.

"그렇다면 조일신은……."

차마 '죽일 것이냐'고 물을 수 없었다.

"전하, 이미 돌이킬 수 없는 일입니다!"

"……!"

왕의 눈이 허공을 헤매었다. 조일신과 더불어 신고(辛苦)를 겪으며 웃고 울었던 지난날들이 이토록 허망하게 사라지는가 생각하니 목이 메었다.

이틀 후. 조일신은 정동행성에서 체포되었고 즉시 처형되었다.

공민왕 원년(1352) 가을이었다.

. . .

고려 위에 원나라가 버티고 있는 한, 기철의 오만을 꺾을 힘이 아직 공민왕에게는 없었다. 오히려 조일신의 난으로 왕위마저 위태롭게 되었다. 모든 개혁 정치는 중단되었다. 개혁의 상징이던 전민변정도감이 해체되고 정방이 다시 설치되었다.

공민왕의 수종공신들과 전민변정사업을 주도했던 인사들은 조정에서 여지없이 쫓겨났다. 대신에 개혁과 함께 물러났던 부원 세력들과 권귀들이 다시 조정에 포열하기 시작했다.

공민왕은 정사에서 한 걸음 물러나 불사에 전념하였다. 왕은 아예 궁궐에 도량(道場)을 배설하여 독경 소리에 파묻혔다. 이제 궁궐에는 왕의 측근 신하보다 내원당(內願堂) 승려들의 출입이 잦아졌다. 왕이 정사를 멀리할수록 부원배들과 권문세족들은 물 만난 물고기마냥 날뛰었다.

1. 사리화沙里花

엊그제까지만 해도 메마른 먼지나 일으키며 매운 내가 콧속을 찌르던 들판이었다. 작년 여름부터 시작된 가뭄으로 천지가 버썩버썩 메말라갔다. 봄이 되면서는 땅속까지 말라가는지 우물마저 바닥을 긁어야 했다.

그러다 이틀 동안 내린 비가 천지를 흠뻑 적셨다. 오랜 가뭄에서 벗어난 산야는 그야말로 삼라만상의 조화를 실감케 했다. 살갗을 갈라지게 하던 차가운 바람이 오늘은 언제 그랬더냐 싶게 산들산들 윤기가 묻어날 듯하고, 코끝을 스치는 흙내음은 향기롭기조차 했다.

산과 들판 어디를 둘러보아도 싱그러운 봄기운이 완연했다. 그러나 사람들이 사는 자리는 적막하기 그지없고 한창 봄갈이를 해야 할 전답에는 아직 잡초가 무성했다. 인적마저 쓸쓸하니 들녘을 바라보는 사내의 눈빛에도 그늘이 졌다.

정운경(鄭云敬).

그는 불과 두 달 전까지만 해도 전법사(典法司)의 총랑*으로 있으면서 공민왕의 전민변정사업을 도와 신임이 두터웠다. 그러나 지금은 전주목사로 쫓겨 내려와 있었다. 전민변정사업을 하면서 권신들에게 미운털이 박힌 것이다.

전주목사로 부임한 지 두 달. 그동안 운경은 관아 밖 출입을 삼갔다. 수령이 움직이면 괴로운 것은 백성들뿐임을 일찍부터 봐왔기 때문이었다.

하지만 오늘, 새벽같이 관아를 나선 것은 이틀 동안 내린 비로 가뭄의 고통에서 벗어난 백성들의 즐거워하는 모습을 보고 싶어서였다. 마방(馬房)의 노복 하나만 앞세운 것은 목사의 행차랍시고 공연히 의장을 갖추고, 고을 현감이 마중을 나오고, 아전들이 소란을 피우는 만큼 또 백성들만 들볶이고 괴롭힘을 당하는 것을 꺼리기 때문이었다.

말고삐를 잡고 있던 노복이 운경에게 조심스럽게 물었다.

"저, 나으리……, 어디가 불편하신갑쇼?"

운경은 대꾸 없이 말에서 내렸다. 어디서인가, 산비탈을 휘감으며 들려오는 노랫소리가 있었던 것이다. 노래는 끊어질 듯, 끊어질 듯하다 계속 이어지고 있었다. 운경은 마치 무언가에라도 홀린 듯 노복을 뒤로한 채 노랫소리를 따라갔다.

저놈의 노란 참새 어디서 날아왔나
일 년 지은 이 농사 그 고생도 모르고
늙은 홀아비 홀로 밭 갈고 씨 뿌렸는데
온 밭의 벼와 기장 다 먹어치우네!

---

* 상서형부 또는 형조를 전법사로 수시로 고쳐 불렀다. 총랑은 상서6부의 종4품 벼슬.

노래는 거기서 멈추었지만 뭐라고 웅얼거리는 소리는 계속되었다. 이제는 노래를 이어갈 기력조차 잃은 것일까. 산비탈을 끼고 돌아서자 구부정하게 엎드린 채 땅에서 뭔가를 캐고 있는 한 노인네가 있었다. 홀쭉한 망태기를 어깨에 멘 노인네는 여전히 노랫가락을 입 속에서 웅얼거렸다.

운경이 기척을 하자 노인네와 눈이 맞닥뜨렸다. 순간 운경은 흠칫 놀라지 않을 수 없었다. 뾰족한 몰골에 숯처럼 검게 그을린 모습하며 난발을 한 머리는 차마 살아 있는 사람의 형상이 아니었다. 운경을 본 노인네도 놀라기는 마찬가지였는지 퀭한 두 눈이 잔뜩 겁에 질린 채, 비척비척 뒷걸음질을 치기 시작했다.

"이보시오!"

운경이 노인을 불러 세우려 하자, 노인은 그대로 뒤돌아서더니 허겁지겁 산등성이를 타고 달아났다.

"아, 저 늙은이가……! 영감마님, 제가 후딱 잡아올깝쇼?"

운경의 뒤를 따르던 노복이 앞으로 나서며 금방이라도 달려갈 기세였다. 그러나 운경이 제지했다. 비척이며 도망치고 있는 노인의 뒤를 따라 눈에 띄지 않던 서너 명의 다른 사람들도 후닥닥 흩어지고 있었던 것이다. 그들의 뒷모습을 보며 운경이 탄식하였다.

"사람을 보고 어찌 저리 놀라서 도망치는고!"

노복은 운경이 언짢아서 그런 줄로 알고,

"영감마님, 과히 신경쓰지 마십시오. 화전민들 아니면 유랑걸식하는 자들일 겁니다."

"그렇다고 사람을 보고 도망칠 까닭은 없잖으냐?"

"아뢰옵기 민망하옵니다만, 구실아치라도 나타난 줄 알고 지레 겁을 먹고 도망치지 않았나 싶습니다요."

틀린 말은 아니었다. 백성들이 관리들 보기를 산중에서 굶주린 호랑이를 만난 것처럼 무서워하고 있음을 모르는 바 아니었다.

"그렇다고 저렇게 도망칠 것까지야. 너도 조금 전에 부르던 노랫소리를 들었느냐?"

"그 늙은이가 부르던 것 말씀입니까요?"

"그래. 그것이 무슨 노래인 줄 아느냐?"

노복은 선뜻 대답을 못하고 머뭇거리다가,

"저같이 천한 것이 뭘 알겠습니까만, 듣자하니 「사리화」라는 노래가 아닌가 싶습니다요."

하고 허리를 굽실했다.

"「사리화」? 「사리화」가 무슨 노래이더냐?"

"뭐, 농사를 애써 지어보았자 말짱 헛것이라는 이야기입죠 네."

"헛것이라? 그렇다면 참새는?"

"그러니깐, 일 년 농사를 지어 추수를 해도 말입니다, 땅 임자한테 도조를 내고, 또 그것을 거, 관에다 공부를 바치고 났더니 남는 것이 뭐 없다는 거지요, 네."

노복은 넙죽넙죽 대답은 했지만 아무래도 마음에 걸리는지 사족을 달았다.

"그러니깐…… 제깐 것들이 나랏님 은혜는 생각지 않고 저희들 배고픈 것만 그저 서러워서 말입니다요."

운경은 노래의 뜻을 짐작할 수 있었다. 노랑 참새는 조세랍시고 갖가지 명목을 붙여 뜯어가는 자들을 가리키는 말이었다. 뼈가 빠지게 농사를 지어놓으면 노랑 참새란 놈들이 어디서 날아온지 모르게 날아와서는 모조리 빼앗아간다는 탄식이었다.

거기다가 흉년이라도 드는 해에는 그마저도 다 빼앗겼다. 타작마당의 먼지만 쓸어 담게 되니 농토와 집을 버리고 유민으로 떠도는 자들이 날로 늘어났다. 어떤 고을은 '열 집 가운데 아홉 집이 비었다'라고 할 지경이었다.

태평성대에는 민요가 일어나 백성들은 임금에게 입은 덕을 노래하고 소리 높여 칭송하였다. 태평성대가 별 것인가. 배부르고 등 따스우면 천자도 부러울 것이 없는 게 순박한 백성들의 삶이었다. 그러나 이 나라 백성들은 노래마다 눈물이 배어 있고 가슴에 사무치는 곡절들뿐이었다.

"나으리!"

"⋯⋯."

"저어, 나으리⋯⋯."

노복이 다시 한 번 운경을 조심스럽게 불렀다. 그러나 이렇다 할 대꾸가 없기는 마찬가지였다.

새벽잠에서 깨어나 길을 나설 때까지만 해도 노복은 신명이 났다. 감히 쳐다보지도 못할 높디높은 안전을 노복인 저 혼자서 모시고 행차하는데, 안전이 이것저것 군말을 물을 때마다 제꺽제꺽 시중을 들면서 가슴이 뿌듯하기까지 했다. 제 마음 같아서는,

'쉬잇! 물렀거라! 목사 나으리 행차시다!'

목이 터져라 벽제(辟除) 소리도 요란하게 질러보고 싶었다. 그러나 안전이 애당초 수령관의 행차 티는 눈곱만치도 내지 못하게 한 터라 어디에다 우쭐대고 자시고 할 것이 없었다.

"나으리, 인제 말에 올라타시지요. 돌아갈 길이 제법 멉니다요."

"괜찮다. 조금만 더 걷자꾸나."

운경은 그냥 걷고 싶었다.

· · ·

관아에 이르자, 아전 하나가 팔짝팔짝 뛰듯이 달려 나오더니 대번에 우는소리였다.

"아이고, 나으리! 대체 어디로 행차하셨기에 이제사 오시는 겁니까?"

새벽같이 관아를 나섰다던 목사가 해가 꼴깍 넘어가서야 돌아오니 걱정이 돼서 그러는 줄 알았다. 운경은 대수롭지 않게 물었다.

"무슨 일이 있었기에 이리도 호들갑이더냐?"

운경의 목전까지 달려온 아전은 금방이라도 숨이 넘어갈 듯이,

"에구, 나으리! 큰일이, 아주 큰일이 났습니다요!"

순간, 운경의 미간이 좁혀졌다.

'성상께 변고라도 생겼는가?'

가슴이 덜컥 내려앉았다. 눈길은 황황하게 임금이 계시는 곳, 북쪽으로 향하였다. 이제 보위에 오르신 지 채 1년도 되지 않았는데, 무슨 변고란 말인가! 어느새 눈시울이 뜨거워졌다. 자신도 모르게 거친 말이 튀어나왔다.

"대체 어찌된 일이냐? 어서 소상히 고하지 못할까!"

목소리가 자못 떨렸다. 그러자 아전의 얼굴이 갑자기 뜨악한 표정으로 바뀌었다.

"예?"

"변고는 어찌된 것이라 하더냐?"

"……?"

방금 전까지 죽을상을 하던 아전이 오히려 목사의 안색을 근심스럽게 살폈다. 아전이 급하게 손사래를 쳤다.

"아, 아닙니다요. 그게 아니옵고……. 아이고, 이놈의 주둥아리가 오도 방정을 떨다 그만……."

아전은 몸둘 바를 모르겠다는 듯 두 손을 비벼댔다. 그제야 운경은 사안이 다르다는 것을 알아차렸다. 순간, 맥이 탁 풀렸다.

'이게 무슨 망발이더란 말인가!'

지금 새 임금을 둘러싸고 있는 세력들을 생각하면 언제 무슨 일이 일어날지 알 수 없는 일이었다. 지난해 가을에 있었던 조일신의 난 이후로 임금의 주변은 기철, 권겸, 노책 등과 같은 부원배들과 그들을 추종하는 세력에 완전히 포위되어 있는 형세였다.

임금은 부원배들의 장막에 가려진 채, 하루하루를 그들의 눈치를 보며 지내실 것이다. 수족이 묶여 있는 것이나 다름 아닌데, 믿을 만한 신하들은 권신들에게 끊임없이 견제를 당했다. 신하들 중에 새 임금과 조금이라도 가까운 기색이 보이면 권신들은 나무 곁가지를 치듯이 가차 없이 잘라냈던 것이다.

운경이 외직으로 밀려난 것도 그 때문이었다. 전법사의 총랑으로 있으면서 운경은 형벌과 옥사(獄事)를 다루는 데 공명정대하기로 소문이 나 있었다. 전민변정사업을 할 때는 누구나 꺼려하는 권세가들이 불법으로 탈취한 토지를 과감히 회수하고, 그동안 탈세한 조세마저 부과한 사람이 정운경이었다.

그런 운경이기에 공민왕은 그를 가까이 두고 싶어 했다. 왕은 어느 날, 전법좌랑 서호(徐浩)와 함께 운경을 침전으로 불러들여 친히 궁온(임금이 내리는 술)을 내리려 했다. 서호 또한 운경 못지않게 강직한 성품을 지닌 인물이었다. 충목왕 때 정치도감의 도관(都官)으로 재임할 적에는 왕도 두려워하는 기 황후의 친족 기삼만의 악행을 치죄하여 사람들을 깜짝 놀라게 한 적도 있었다.

그러나 왕은 두 사람은 부를 수 없었다. 권신들이 제지하고 나섰던 것이다.

"전하! 왕궁의 침전은 외인의 출입을 엄하게 하는 곳입니다. 더욱이 침전에 신하를 불러 친히 술을 내리시는 것은 대대로 내려오는 제도에 어긋나는 일이오니 명을 거두소서!"

진짜 속마음이 따로 있음을 공민왕이 어찌 모를까. 하지만 권신들과 부딪치는 것은 왕에게 이로운 일이 아니었다.

왕이 명을 거두었지만 권신들이 눈엣가시인 운경을 그대로 둘 리 없었다. 그들은 운경을 조정에서 쫓아낼 구실을 찾았다. 그러나 아무리 찾아도 꼬투리 잡을 것이 없자 결국 외직으로 밀어내는 수를 생각해냈다.

공민왕은 가납하지 않고 버티었지만, 지방 수령들의 무능과 부패가 심해 운경과 같이 청렴한 자가 필요하다는 강청에는 도리가 없었다.

· · ·

아무튼 성상의 변고가 아니라면 그만이다. 운경은 눈길을 다시 아전에게 주었다.

"그래, 무슨 일이기에 이리 호들갑이란 말인가?"

"예예. 다른 게 아니옵고 관내에 어향사(御香使)가 떴다 하옵니다! 어서 안으로 듭시지요. 판관 이하 관속들이 안전께서 오시기만 눈이 빠져라 기다리고 있습니다요."

아전은 선뜻 움직이지 않는 목사를 보고 안달이 나는지 저라도 앞장 설 모양이었다. 하지만 그러지는 못하고 두어 걸음 물러서서 발을 동동 구르는 시늉을 했다.

운경이 남청(南廳)으로 통하는 중문을 지나자 김 판관(判官)이 종종걸음 으로 달려 나왔다. 운경이 먼저 김 판관에게 물었다.

"어향사가 왔다던가?"

"그러하옵니다. 어째 요즘 몇 달 동안 잠잠하다 싶더니 금마군지사한 테 통기가 왔습니다."

김 판관 또한 낯이 밝지 않았다. 운경의 얼굴에도 금세 그늘이 졌다.

본래 어향사란 나라에서 산천에 제사를 지내기 위해 임금이 지방에 내 려보내는 사신을 말했다. 그러던 것이 원나라의 지배를 받으면서 황제 의 명으로 고려 내의 죄수를 사하거나, 산천의 신에게 제사를 올리기 위 해 원나라에서 보내는 사신을 어향사라고 하였다.

어향사로 고려에 오는 자들은 대부분 고려 출신 환관(宦官)들이었다. 그 들은 본래 고려에서 황실에 공납되었다가 환관으로 출세한 자들로, 황제 의 사신이라 하여 위세가 자못 대단하였다.

이들이 국경에 들어서면서부터 고을의 수령들이 욕을 당하고 심지어 매질까지 당하기 일쑤였다. 그런데 이즈음에는 환관뿐만 아니라 황제의 총애를 입은 공녀의 친속들이 어향사를 대행하기도 하고, 황실이 아닌 정 동행성에서 보내는 자들까지도 어향사를 참칭했다. 그들은 지방관을 위압하여 드러내 놓고 토색질을 하며 돌아다녔다.

아까 아전이 사색이 되었던 이유가 거기에 있었다.

운경이 정청(正廳)에 좌정하자 김 판관이 궁금했던지 물었다.

"농정을 살피고 오시는 길입니까?"

운경은 고개를 끄덕이는 것으로 대답을 대신했다. 아직도 아까 본 노인네의 퀭한 얼굴이 눈앞에 어른거리고 귀에는 노랫소리가 들리는 듯한데, 난데없이 어향사가 들이닥친다고 하니 마음이 더욱 심란해졌다.

"어향사는 봉명(奉命)이라도 지녔다던가?"

봉명이라면 임금이나 천자의 명을 받들고 왔느냐는 말인데, 이즈음에는 정동행성의 관속들까지도 어향사 행세를 하는 판이라 물었던 것이다. 김 판관은 어향사 접대할 일부터 앞세워 걱정하였다.

"봉명을 지녔다면 진즉에 조정이나 행성에서 통지가 있었을 법합니다만……. 그보다는 어서 기로(耆老)들부터 부르셔야죠?"

기로란 관내의 사족이나 향리들. 그들을 부르자는 건 어향사에게 바칠 봉물을 미리 거두자는 말이다. 운경은 단호하게 잘라 말했다.

"그럴 필요 없네. 천자의 명을 빙자해서 백성들의 재물을 뜯어가려는 치들 아닌가? 예법에 맞게 맞이하고, 또 보내면 되는 법."

혹시나 했지만 역시나였다. 쌀 한 톨, 포 한 귀퉁이라도 정당한 것이 아니면 받지를 않는데, 어향사라고 해서 인정 따위를 쓸 인물이 아님을, 지난 두 달 동안 운경을 모시면서 김 판관은 다른 누구보다 잘 알게 되었다. 그렇지만 어향사에게 밉보이면 까닭 없이 욕을 당하기 십상이라 걱정이 되지 않을 수 없었다.

다음날 아침, 금마군지사가 다시 사람을 보내왔다. 우려했던 대로 어향사의 횡포와 오만이 이만저만이 아니라는 것이다. 남원부에서는 교외에까지 영접 나오지 않았다 하여 부사를 매질하였으며, 임실군에서는 봉물이 종이인 것을 알고는 되돌아가 트집을 잡으니 군지사가 부고에 있던 것을 다 쓸어 바쳤다는 이야기였다.

김 판관과 장리(長吏)가 그 이야기를 전해 듣고 운경에게 득달같이 달려왔다. 그들은 안전의 마음을 움직여보려 어향사의 횡포를 조금 더 과장해서 말하였다. 하지만 운경은 놀라는 기색조차 없었다. 심지어 농을 하는 여유까지 부렸다.

"허허, 내 지금까지 어향사 접하기를 십수 번이나, 그중에 존경할 만한 자를 한 번도 만나지 못해, 이번에는 만나려나 했더니 역시나 틀린 모양일세그려!"

"아니, 나으리, 지금 그런 농이 나오십니까?"

이러지도 저러지도 못하고 운경의 낯빛만 살피던 김 판관이 도저히 못 참겠는지 한 마디 했다.

하지만 운경은 못들은 척, 딴소리를 했다.

"그런데, 어향사를 맞이하는 의식은 잘 준비되겠는가?"

그것은 장리의 소관이라 김 판관 대신에 얼른 대답했다.

"그야 물론입죠……."

어향사를 맞이하는 의식이래야 제향이 전부이니 사실 준비하고 말 것도 없는 일이었다.

"성문 밖 정자를 특히 깨끗이 치우시게."

"아니……!"

판관과 장리는 놀란 나머지 벌린 입을 다물지 못했다. 운경은 짐짓 의

아한 표정으로 판관에게 물었다.

"허허, 무얼 그리들 놀라시는가?"

"아니, 안전께오선 영접도 나가지 않을 생각이십니까?"

"나라에서 정한 제도가 있는데 군이 그럴 필요까지 있겠는가?"

운경은 더 이상 말하지 않겠다는 듯이 고개를 들어 먼 하늘을 응시
했다.

· · ·

다음날, 해가 뉘엿뉘엿 기울어갈 때 즈음에야 어향사가 전주목 관내에
도착하였다. 전날 금마군에서 흔연대접을 받는답시고 밤새 주색에 빠져
있다가 해가 중천에 이르러서야 출발한 탓이었다.

김 판관이 교외로 나가 어향사를 맞이하여 들어오는데, 바리바리 봉물
짐을 지고 따르는 노비와 부담마 행렬이 몇 리에까지 뻗쳤다. 운경은 어
향사의 행렬을 보고 있다가 더 나아가지도 물러서지도 않은 채, 정자에
서서 어향사를 맞이했다.

어향사가 정자에 오르자, 운경은 지방관이 어향사를 맞이하는 의식을
행했다. 의식은 국왕의 조서를 맞이하는 것과 같았다. 먼저 읍(揖)을 하고
두 번 절한 다음, 무릎을 꿇고 향을 피운다. 그런 다음 다시 뒤로 물러서
서 역시 두 번 절하고 읍을 하였다.

의식이 진행되는 동안 어향사의 눈꼬리가 찢어졌다. 운경과 아전들을
쳐다보는 눈은 더없이 사나웠다. 이미 교외에서부터 속이 뒤틀려 있던 판
이었다. 판관 이하 관속들은 더욱 안절부절못했지만 운경의 의식은 엄숙
하고 한 치도 어긋남이 없었다. 의식이 끝나자 운경은 태연하게 말했다.

"어향사께서는 이제 관문으로 드시지요?"

"에, 에헴!"

어향사는 일부러 헛기침을 하며 마지못해 운경의 뒤를 따랐다. 정청에 올라가서는 천자의 건강을 묻는 문성례(問聖禮)를 치렀다. 예를 다 갖추고 어향사가 좌정하더니 대뜸 어깃장을 놓았다.

"나는 목사가 영접 나오지 않기에 다리라도 부러진 줄 알았소이다!"

예상한 대로 언사가 방자하고 말투는 뻣뻣하기 그지없었다. 운경도 지지 않고 대거리를 던졌다.

"천자의 명을 받은 사신의 행차 소리를 수십 리 밖에서부터 듣고 있었습니다. 본관은 천자께오서 친림(親臨)이라도 한 줄 알았더니, 어향사 행차라고 하길래 그럴 리가 없다고 괜히 아전들만 혼을 냈지요."

어향사의 행차가 길고 요란함을 꼬집는 말이었다. 어향사도 찔리는 구석이 있으니 냉큼 접어두고 다른 트집을 잡았다.

"그런데 어째 전주목 장관은 백성들을 아주 못살게 구시는 모양이오. 관내에 들어서보니 한길이 그야말로 적막강산이던데?"

길맞이가 없는 것을 두고 하는 말이었다. 운경은 대번에 받아쳤다.

"해안뿐만 아니라 내륙에까지 왜구가 수시로 출몰하고, 백성들은 지난해 흉년으로 초근목피로 연명을 하는데, 무슨 사(使), 무슨 사다 하여 한 번씩 오고갈 적마다 못되먹은 수령 관속들이 옥박질러 토색질을 해가니, 죄 없는 백성들은 무슨 사짜리 붙은 이가 오는 것을 산길에서 호랑이를 만난 것만큼이나 무서워한답니다."

"무어라!"

어향사가 발끈하는데, 운경이 그의 말을 가로막았다.

"하오나, 이렇게 천자께서 어향사를 보내시어 은덕을 베풀고자 함인데, 백성들이 어리석은지라 그토록 높으신 뜻을 헤아리지 못하고 도망을 가니 어향사께서는 넓으신 아량으로 살펴 주실 줄 믿습니다."

언중유골. 전주목에서 봉물 따위는 꿈도 꾸지 말라는 뜻이 담긴 말이었다. 그러나 어향사는 말귀를 못 알아들었는지, 재차 묻는다.

"그런데 전주목에서는 황후마마의 탄일(誕日)에 대비하셨겠지요?"

조일신의 난 이후로 공민왕은 기황후 일족에 대한 예우를 극진히 했다. 황후의 생일을 맞아 잠자리 날개 채 같은 견사(絹絲)를 만들어 바치기까지 했다. 나라에서 황후한테까지 공물을 바친 것은 전례 없는 일이었다.

어향사는 기 황후의 탄일을 맞이했으니 봉물을 내놓으라는 것이다. 운경은 짐짓 시치미를 떼며 되물었다.

"무엇을 대비하라시는 건지?"

운경이 도무지 못 알아듣겠다는 표정을 짓자 어향사는 '어허, 이놈이 정말 뭘 몰라도 단단히 모르는군' 하는 표정으로 되지도 않는 말을 늘어놓기 시작하였다.

"아하, 시골에 있다 보니 세상 돌아가는 실정을 아직 모르는 모양이오. 이제 머지않아 기 황후마마의 원자께서 황태자로 책봉되시면 황후마마의 존귀함이 천하의 으뜸이 되는 것은 당연지사라……. 높으신 황후마마의 외향(外鄕)이 어디오? 이곳 전주목의 관할인 금마군이라. 외향을 다스리는 지방 장관이 예물을 올려도 아주 큰 예물을 올려야지요. 흐흐흐! 우리 황후마마께서 얼마나 기뻐 받으시겠소?"

가슴 속에서 치밀어 오르는 격한 감정을 가까스로 추스르며 운경은 조용히 말했다.

"어향사께서 뭘 잘못 아셨습니다. 금마군이 전주목의 관할이라고는 하나 이미 나라에서 황후마마의 외향을 높이고자 하여 주(州)로 승격시켰으니 응당 금마주에서 예물을 올려도 올려야겠지요."

"어험!"

어향사는 헛기침을 한번 하더니 운경을 쓰윽 훑어보았다. 그러더니,

"전주목사는 어향사를 대하는 예의가 영 아니올시다?"

"본관에게 법도에 어긋남이 있다면 말씀하시지요."

"목사는 지금 이 허리에 차고 있는 금패(金牌)가 안 보이시오?"

어향사는 제 허리에 차고 있는 금패를 내보였다. 어향사임을 나타내는 표신(標信)이다. 저 금패만 있으면 황제의 힘이 미치는 곳은 어디든 돌아다니며 칙사 대접을 받았다. 심지어는 황제의 이름으로 치죄도 할 수 있었다.

운경의 표정이 서서히 굳어지는데,

"나는 천자의 명을 받들고 내려온 사신, 허면 금패 앞에서 무릎을 꿇고 청종해야 하거늘 목사 따위가 감히 어향사를 능멸하려는 건가?"

어향사는 제법 호통을 쳤다. 이쯤에서 다른 지방관들 같으면 무릎을 꿇고 이마에 피가 나도록 머리를 찧으면서 사죄를 할 판이었다. 그런데 운경은 눈 하나 깜짝하지 않았다. 오히려 어향사의 눈을 똑바로 쳐다보면서 대거리를 하는데,

"봉물을 올리라는 것이 천자의 명이오니까?"

그 말에 어향사는 제 앞에 있던 탁자를 내리치며 소리를 질렀다.

"어허! 이자가 천자의 사신을 이토록 박대함은 곧 천자를 우롱함이 아니던가? 천자의 사신이 온다고 할라치면 온 고을 사람들과 함께 고을 밖

까지 달려 나와 영접해야 하거늘, 판관 나부랭이를 보내 천자의 어향사를 우스갯거리로 만들었으니 장차 그 죄를 어떻게 감당하려는가?"

운경의 뒷전에서 부복한 채 안절부절못하고 있는 판관과 녹사, 아전들을 향해 내처 호통을 치는데 제법 서슬이 퍼랬다.

"사령관속은 듣거라! 내가 본래 성질이 사납지 않아 목사의 무례함을 눈감아 주려 했지만 사신이 하는 말마다 토를 다니 어찌 이다지도 방자하더란 말이냐? 내일 아침, 목사의 죄를 정식으로 물을 터인즉 모든 관속들은 새벽같이 정청으로 대령토록 하라! 알겠는가?"

운경을 죄인으로 다스리겠다는 말이었다. 싸늘한 정적이 감돌았다. 판관과 아전들은 감히 고개를 들지 못하고 곁눈질로 두 사람의 눈치만 살피고 있었다.

"어향사!"

운경이 나지막하면서도 무겁게 어향사를 주저앉혔다. 어향사의 호통이 허세임을 그는 잘 알고 있었다.

"내 비록 미관에 불과하나 예의를 알고 염치를 아는 자로서, 어향사를 맞이함에 있어 최고의 예를 갖추고 정중함을 잃지 않았소. 그런데 백성들에게 천자의 은덕을 베풀러 온 줄 알았더니 금패나 흔들어 보이며 하찮은 지방 관속이나 윽박지르고 있으니 어찌 천자의 명을 받든 자라 하겠소?"

"아니, 이 자가……, 닥치지 못할까!"

어향사가 말을 막으려 했지만 이미 터진 봇물이었다. 분노에 찬 운경의 말은 계속되었다.

"어향사, 어향사가 또 나를 문죄하겠다 하였소? 허나 어림없는 일. 본관은 고려의 신하인데 죄가 있다면 응당 우리 임금에게서 받을 터, 어향사에게 문죄받을 이유는 없소이다. 다만……, 다만 본관이 전주목의 장관으로 예하의 관속들이 다 지켜보는 정청에서 이렇게 호통을 당하고 죄인 취급을 받았으니, 앞으로 어찌 저들을 거느리고 다스릴 수 있겠소? 그래서 본관은 오늘로써 사직하고 전주목을 떠날 것이오. 그러니 어향사는 여기 있는 관속들 그만 괴롭히고, 정히 내게 죄를 물으려거든 우리 임금에게 말하시오. 만약 전하께오서 죄를 물으신다면 달게 받으리다!"

운경이 말을 맺고 나자 정청은 무거운 침묵에 휩싸였다. 운경은 어향사를 똑바로 바라보았다. 어향사가 눈길을 돌리더니 또다시 헛기침을 했다. 이내 운경이 자리에서 일어섰다. 정청을 나오는데 뒷전에 있던 아전 하나가 울먹이며 부르는 소리가 들려왔다.

"나으리!"

· · ·

그날 밤 운경은 좀처럼 잠을 이룰 수가 없었다.

벼슬이 무엇이던가. 위로는 임금을 섬기고 아래로는 백성을 섬겨 상하를 조화롭게 하는 것이다. 벼슬아치가 권세를 탐하고 글 읽는 선비가 영화를 탐한다면 임금에게는 불충이요, 백성들에게는 탐관오리밖에 안 되었다.

벼슬길에 오른 지 20여 년. 대대로 이어지던 향리 집안에서 그가 처음으로 과거에 급제하여 출사한 것은 가문의 경사였다. 그러기에 종9품 통사랑(通仕郞)에서 관직을 두루 거치며 정3품 봉순대부(奉順大夫)에 오르기까지 대의와 염치에 벗어나는 일은 스스로 용납하지 않았다.

현실은 그러나 늘 그를 배신했다. 곡학아세(曲學阿世)하며 뇌물과 아부로 권귀에게 의탁하는 자들이 그를 앞질러갔고, 본래 백성들의 것을 몰래 훔쳐 치부한 자들은 그것도 능력이라며 가난을 조롱하기도 했다.

'뜻을 지니고 평생을 살기란 이렇듯 어렵던가.'

참과 거짓이 티끌로 얽혀 있는 세상에 의리가 무시당하고 염치가 버림받는 현실이 절망스럽기도 했다. 사직을 한다고 해서 부원배들이 가만둘 리 없었다. 필경 죄인으로 몰아갈 것이다. 그렇다고 마음을 돌릴 생각은 추호도 없었다.

불현듯 개경에 두고온 부인 우씨(禹氏)와 어린 세 아들이 보고 싶었다.

큰아들 도전(道傳)은 올해로 10살. 도전 밑으로 도존(道存)과 도복(道復)이 있었다. 유학을 배운 사람으로서 장차 세상에 도학을 전하고, 도를 보존하며 덕의 근본으로 삼으라는 뜻으로 지은 이름들이었다.

다음날 아침, 운경이 전주를 떠나려 하자 판관과 아전들이 길을 막고 섰다. 그새 소문을 듣고 달려온 고을의 기로들과 백성들도 울부짖으며 매달렸다.

"나으리! 가지 가십시오, 나으리!"

소맷자락을 붙잡는 이들을 뜨거운 눈물로 뿌리치고 운경은 전주 고을을 떠났다. 순박하기 이를 데 없는 그들을 버리고 떠나는 심정은 차라리 죄인이었다.

· · ·

"도전아, 우리 도전이 집에 있느냐?"

운경은 허름한 대문을 열어젖히며 집안으로 들어섰다. 땔나무의 그을음에 묵향과 서책 냄새, 갓난아이의 젖내가 섞인 익숙하고 그리운 냄새가 콧속으로 스며들었다.

부엌에 있던 부인 우씨가 젖은 손으로 뛰쳐나왔다.

"아니, 전주에 계실 양반이 소식도 없이 어인 일이십니까?"

부인은 지아비가 반가우면서도 놀라움을 감추지 않았다. 운경은 잠시 부인의 얼굴을 바라보다 빙그레 웃으며 말했다.

"일은 무슨 일이겠소? 내, 당신과 애들이 보고 싶어 이렇게 한걸음에 달려왔지."

부인은 더 이상 따져 묻지 않았다. 외직으로 쫓겨난 지 두 달 만에 훌쩍 올라온 것을 보면 필경 무슨 일이 벌어졌을 것이다.

"먼 길 오시느라 행역이 고단하셨을 텐데 어서 안으로 드세요. 시장하시죠? 저녁상 올릴게요."

"그런데 우리 아들놈들은 다 어딜 갔소?"

"어? 방금 전까지 책읽는 소리가 났는데……, 어디 잠깐 놀러나간 모양이지요."

포대기에 싸인 막내 도복은 쌔근쌔근 잠들어 있었다. 막내를 품에 안으니 행역의 고단함도 가슴에 맺혔던 회한도 봄눈 녹듯 사그라지는 것만 같았다. 운경은 다시 부엌으로 나가는 부인의 뒷모습에 대고 짐짓 큰소리로 말했다.

"집에 오니 너무 좋구려. 참과 거짓이 티끌처럼 얽혀 있는 세상……, 내, 벼슬자리를 던져 버리고나니 이렇게 홀가분할 수가 없소. 허허허!"

짐작했던 대로였다. 우씨 부인은 애써 못들은 척 두 아들을 찾았다.

"도전이 이 녀석은 어딜 갔누? 아버지가 오셨는데……. 애, 도전아, 도존아! 어디 있니? 아버님 오셨다, 인사 여쭈어야지!"

부인이 나가고 운경이 책상 위에 펼쳐진 책을 들여다보는데, 밖이 금세 소란해졌다.

"어머니, 떡 한 조각 더 주세요. 형이 내 떡 빼앗아서 거지한테 줘버렸다구요!"

둘째 도존이 씩씩거리자 뒤를 따라 도전이 달려오며 동생에게 꿀밤을 먹였다.

"야, 그럼 배고파 쓰러져 있는 사람을 내버려두고 그냥 오냐?"

그러다 열려 있는 방문 너머로 아버지의 모습을 발견한 형제는 그 자리에 우뚝 멈춰섰다.

"아, 아버지……?"

부엌에서 분주하게 움직이던 우씨 부인이 웃으며 말했다.

"어서 인사 올리지 않고 뭘 하느냐?"

"아버지!"

앞을 다투어 형제가 방안으로 구르듯 뛰어들어가 품에 안겼다.

"오냐, 오냐. 잘들 있었느냐? 어디, 얼마나 컸나 보자. 도전이는 공부 열심히 했느냐?"

"그럼요, 아버지. 이제는 경사(經史)도 제법 읽는답니다!"

"그래, 그래."

"아버지, 형이 형 거하고 내 떡까지 거지한테 줬어요. 그거 잘한 거죠?"

도존이 형에게 질세라 재빨리 이야기에 끼어들었다.

"그럼, 잘했구말구."

운경은 두 아들을 꼭 끌어안았다.

"그런데, 아버지. 멀리 전주 고을로 가셨다더니 다시 서울로 올라오신 건지요?"

대답 대신에 운경이 부드럽게 웃으며 말했다.

"도전아, 사람이란 자고로 마음을 닦아야 하느니라. 글공부가 한낱 과거를 보고 벼슬을 얻기 위한 것이라면 그처럼 구차한 것이 없느니라……."

어린 도전의 고개가 갸웃하더니 초롱한 눈동자가 아버지의 그늘진 눈을 똑바로 바라보았다. 고개를 갸웃하며 상대방의 눈을 들여다보는 것은 도전이 말의 뜻을 잘 몰라 깊이 생각하거나 어떤 답을 구하고자 할 때의 버릇이었다. 그러나 아버지의 입은 더 이상 열리지 않았다.

· · ·

짐작했던 대로 운경의 사직을 둘러싸고 부원배들은 길길이 날뛰었다. 당장 옥에 가두어 죄를 물을 것을 공민왕에게 요구했다. 죄목은 천자에 대한 불경이었다. 공민왕은 그러나 운경의 사직을 받아들일 뿐 죄는 묻지 않았다.

벼슬자리를 털어버리자 당장 살림살이가 궁핍해졌다. 청렴을 목숨처럼 여기는지라 집안에 재물이 쌓여 있을 리 없었다. 전주 고을 사람들이 따로 폐백을 보내왔으나 그마저도 완강하게 거절할 정도였으니 오죽했겠는가. 게다가 병까지 겹쳤지만 운경은 궁색함을 드러내는 일 없었다. 오직 자식들에게 독서를 가르치는 보람으로 훗날을 기약할 따름이었다.

2. 공민왕

'기씨가 고려 왕이 된다!'

언제부터인가 항간에 떠돌던 말이었다. 소문은 당장이라도 사실로 다가올 것 같았다.

공민왕 2년(1353) 6월, 기 황후 소생의 태자*가 황태자로 책봉된 것이다. 고려는 이제 기씨 일족의 세상이 되어버린 듯 했다.

기철 일족은 자신들도 어엿한 왕가(王家)라는 자부심을 내세우며 고려 왕에게 칭신하려 들지 않았다. 기씨 일족과 당여(黨與)들은 원나라에서 수여받은 관작이 날로 높아지면서 정동행성과 고려 조정의 요직을 다 차지했다. 황태자가 장차 천자의 위(位)에 오르면 기씨가 왕씨를 밀어내고 고려 왕이 될 거라는 소문은 갈수록 무성했다.

공민왕은 마음을 졸이며 숱한 밤들을 뜬눈으로 지새워야 했었다. 왕으

• 애유식리달랍愛猷識理達臘 : 뒤의 북원(北元)의 소종(昭宗, 재위 1370~1378).

로서 남면(南面)을 당하는 수모를 겪은 것도 그 즈음이었다.

기씨의 모친 영안왕대부인 이씨를 위한 패아찰연회(孛兒扎宴會)가 열렸을 때의 일이다. 패아찰연회는 친인척들이 한데 모여 결속과 단란함을 과시하는 몽골식 연회. 원나라는 황태자의 외조모인 이씨를 위로하고, 기씨와의 결속을 다진다며 태자 만만(蠻蠻)을 고려에 보내 연회를 베풀도록 했다.

연회 규모는 삼한 이래 최대였다. 연회장이 배설된 연경궁(延慶宮)을 장식하는 데 포(布)만 5,144필이 소요되었다. 연회에 필요한 물품을 조달하기 위해 모든 연회와 불공을 금지시키고, 민가에서는 기름과 꿀과 과실 등의 사용까지 금지시켰다. 물품은 금세 동이 나고, 연회 비용이 부족하자 홍복도감(弘福都監)에서 대신들에게 따로 현물을 거둬들이기도 했다.

온 나라 사람들의 눈과 귀가 연회장으로 쏠렸다. 내키지 않았지만 어쩔 수 없이 호복을 차려 입고 연회장에 들어서던 공민왕은 한순간 걸음을 멈췄다.

'이게 무슨 수모란 말인가!'

연회장에 마련된 공민왕의 자리가 남쪽이 아니라 동쪽을 향해 있었다. 군왕은 남쪽을 향해 앉고, 신하된 자는 군왕을 바라보고 앉는 것이 예로부터 내려온 엄연한 법도였다. 하지만 오늘 연회장에는 만만태자와 노국공주가 남쪽을 향해 나란히 앉고, 공민왕은 서쪽에 있는 영안왕대부인 이씨와 마주앉게끔 배치되어 있는 것이었다.

시녀들을 거느리고 뒤따르던 노국공주도 연회석 배치를 보고는 표정이 굳어졌다. 그러나 만만태자는

"하하, 어서 오십시오, 노국공주. 뭘 그리 멀뚱히 서 계십니까? 어서 이

리 와서 앉으시지요."

아무렇지도 않게 노국공주에게 옆자리에 앉을 것을 독촉했다.

노국공주는 망부석이라도 된 양, 차마 발길이 떨어지지 않았다. 이럴 수는 없다. 자신의 지아비인 공민왕은 누가 뭐래도 이 나라 왕이 아니던가. 아무리 원나라 황실과 기씨 일족을 위한 잔치라지만 이것은 치욕이었다.

"공주, 무얼 하시는 게요. 자, 어서 자리에 앉으십시다."

공민왕은 그러나 신중했다. 노국공주의 심정을 알기에 마음이 아팠지만 표정을 드러내지 않았다. 길을 가다 돌멩이가 발에 걸린다고 걷어차면 발만 아프다. 공민왕은 아직 가야 할 길이 있었다.

연회가 시작되면서 공민왕은 무릎을 꿇은 채로 태자에게 헌배를 올려야 했다. 태자는 일어서서 공민왕이 올린 술잔을 받아 마시고는 왕대부인 이씨에게 잔을 건넸다. 이씨가 마신 다음에야 공민왕에게 차례가 돌아왔다. 그리고 노국공주에게 잔이 건네졌다.

연회 풍경도 철저히 몽골식이었다. 양고기가 산더미처럼 쌓이고, 양고기를 두고 사신과 태자를 수행한 겸인들이 서쪽 섬돌에 앉고, 호위하는 위사들이 동쪽 섬돌에 앉아 있다가 신호가 떨어지면 다투어가며 고기를 먹어치우기 시작한다.

예의도 없고 염치도 없다. 그저 누가 먼저, 더 많이 먹는가 하는 시합이다. 사람들은 그것을 보고 좋아라 웃음을 터뜨린다. 먹고, 마시고, 떠들고 한바탕 소란이 끝나자 호악(胡樂)이 연주된다.

앉아 있던 사람들이 뜰로 내려와 춤을 추기 시작한다. 뜰에는 비단이 쌓여 있고, 비단을 가운데 두고 서쪽에는 원나라 사람들이, 동쪽에는 기철과 권겸, 노책 등 부원배들이 호악에 맞춰 춤을 춘다. 춤을 추면서 몽골 노래를 목청껏 부른다……

공민왕은 눈을 들어 연회장 풍경 너머 하늘을 올려다보았다. 화창한 하늘이었다. 떠들썩한 풍악 소리와 노랫소리 따위는 귀에 들어오지 않았다. 참담할 따름이었다.

'나라가 나라가 아닌데 임금이 임금이겠는가!'

차려진 음식에는 손도 대지 않고 떠들썩하고 먹고 마시고 노래하고 춤추는 사람들을 멍하게 바라보던 노국공주가 문득 공민왕 쪽으로 고개를 돌렸다. 두 사람의 눈이 마주쳤다. 노국공주는 차마 지아비의 그늘진 시선을 받아내지 못하고 먼저 고개를 돌려버렸다.

공민왕은 원나라 의장을 갖추고, 호악에 맞춰 춤을 추고 노래를 부르며 제 나라 임금을 조롱하는 기철과 부원배들에게 시선을 주었다. 그리고 입술을 지그시 깨물었다.

'기다리시오, 공주. 내 저놈들을 죽이고 오늘의 치욕을 갚아주는 날이 반드시 올 것이오! 아니, 오게 할 것이오!'

· · ·

공민왕이 기철과 부원배 세력을 처단하기까지는 3년의 세월을 더 기다려야 했다.

때가 바짝 다가오고 있었다. 공민왕 3년(1354) 11월, 원나라 중서성 승상 탈탈이 회안(淮安)으로 유배당했다는 소식이 전해졌다. 원나라 최고의 권력자로 황태자의 보육까지 맡을 만큼 무소불위의 권력을 휘두르던 탈탈이 남방(南方)에서 일어난 한족(漢族) 반란군 토벌에 실패하고 졸지에 실각한 것이다. 황실에 또다시 내분이 일어나고 있다는 징조였다.

이듬해 5월, 장사성을 토벌하는 데 군사 2천 명과 함께 원군(援軍)으로 참전했던 장수들이 귀국하며 전한 말들은 가히 충격적이었다.

"승상 탈탈이 무려 8백만 군사를 일으켰으나 한족의 기세는 꺾일 줄 모르고 오히려 성해지고 있으니 전란이 쉽게 끝나지는 않을 것이옵니다!"

"원나라 장수들은 싸움이 끝나기도 전에 공을 먼저 다투니, 병사들의 사기는 떨어지고 눈앞에 승전을 두고도 놓치기 일쑤입니다."

장수들의 이야기를 들으면서 공민왕은 마침내 원 제국이 붕괴되고 있음을 직감했다. 그러나 서두르지 않았다. 신중에 신중을 기했다. 부원 세력들의 제거는 단순히 정적을 없애는 차원이 아니라 원나라에 대한 선전 포고나 다름없기 때문이었다. 철저하고 완벽하지 않으면 조일신처럼 우왕좌왕하다 실패할 수밖에 없었다. 그 사이에 조일신의 난 이후로 조정에서 쫓겨났던 김용, 홍의, 정세운, 유숙 등을 드러나지 않게 하나씩 불러들였다.

공민왕 4년(1355) 여름. 공민왕은 쌍성총관부(雙城摠管府)에 조정의 관리를 보냈다. 쌍성으로 유입된 고려 유민들을 조사한다는 명목이었지만 일대의 정세를 탐지하기 위해서였다.

쌍성총관부는 몽골과 전쟁이 한창이던 고종 45년(1258)에 조휘(趙暉)와 탁청(卓靑)이 모국을 배반하고 화주(和州 : 지금의 함남 영흥) 이북의 땅을 들어 원나라에 귀부했던 곳이었다. 원나라는 그곳에 총관부를 설치하고, 조휘와 탁청 일가를 통해 다스리고 있었다.

그해 가을. 공민왕은 쌍성에 밀사를 보내 그곳 천호(千戶)인 이자춘(李子春)을 포섭했다. 이자춘은 쌍성총관 조휘의 사위였던 이춘(李椿)의 둘째

아들. 그는 아버지의 천호직을 세습하여 고려 유민들의 수장 노릇을 하고 있었다.

봄이 되자 쌍성천호 이자춘에게서 한 통의 밀서가 날아왔다.

"쌍성 일대는 지난날처럼 원나라의 힘이 미치지 못하자, 여진족들이 세력을 규합하는 통에 고려인들의 불안이 커지고 있습니다. 이때에 고려의 군대가 들어온다면 기꺼이 내응할 것이옵니다. 전하께오서는 이제 시기를 곧 택하소서!"

결단의 시기는 곧 다가왔다. 5월이 되자, 원나라는 기원의 아들 완자불화(完者不花)를 사신으로 보내 영안왕을 경왕(敬王)으로 올려 추봉하고, 그의 3대조까지 왕위에 추증했다.

완자불화는 황제가 대사도(大司徒) 기철에게 태위(太尉)의 작위를 내려, 조서가 곧 당도하리라는 소식도 함께 전했다. 기철이 태위가 되면 세력이 그에게 몰리고, 의장과 호위 또한 왕 못지않게 엄숙해질 것이었다. 그전에 기철을 제거하지 못한다면 왕위 자체가 위험해질 판이었다.

공민왕은 김용과 정세운을 비롯하여 측신들을 은밀하게 내전으로 불러들였다. 공민왕은 그들을 하나씩 뜯어보았다. 김용과 정세운은 수종 공신이었으며, 홍의와 경천흥은 외척으로 모두 수족과 같이 움직일 수 있는 자들이었다.

"과인이 며칠 내에 대신들을 위해 연회를 크게 베풀려고 하는데, 그대들은 어찌 생각하는가?"

묻고 있는 공민왕의 눈빛은 불타는 듯했다. 누군가 목소리를 한껏 낮추어 여쭈었다.

"하오면, 기철과 그 일족들도 부르실 생각이시옵니까."

공민왕은 대답이 없었다.

희미한 등잔불이 설핏, 흔들렸다. 이심전심. 말이 필요 없었다.

· · ·

다음날, 공민왕은 재상 배천경(裵天敬)과 판밀직 홍의를 기철에게 보내
연회에 참석해줄 것을 청했다.

"갑자기 연회라니? 무슨 연회라 하시던가?"

기철은 무언가 마뜩찮은 표정이었다. 속으로는 자신의 높아진 위상을
확인하는 것만 같아 좋으면서도 짐짓 거만을 부려보는 것이다.

"전하께오서 그동안 원로대신들과 적조하신지라 연회석에서나마 여러
대신들을 뵙겠다 하옵니다."

"그렇다면 조정 대신들만 부르면 될 것이지. 굳이 나까지 부르시던가?"

홍의는 배알이 뒤틀렸지만 끝까지 공손함을 잃지 않고 기철에게 듣기
좋은 말들만 꺼냈다.

"나라의 원로대신들을 다 모시는 자리인데, 대사도께서 빠지신다는 게
말이 되옵니까? 대사도께서 아니 계신다면 아무리 연회가 크다 해도 보
잘것없을 것이옵니다!"

배천경도 맞장구를 쳤다.

"그렇사옵니다. 전하께서 특별히 저와 홍 밀직을 보내시며 부디 연회에
참석하시어 자리를 빛내 달라는 뜻을 전하셨습니다."

기철은 간청에 마지못해 연회에 응하는 것처럼 말했다.

"그러한가? 왕의 뜻이 정 그렇다면 내 기꺼이 참석하리다!"

며칠 후, 기철은 30여 명의 사병을 거느린 채, 권겸과 함께 나타났다. 그

들 일행이 승휴문(承休門)을 지나 궁으로 통하는 동화문(東華門)에 이르렀을 때 미리 나와 있던 홍의가 기철을 맞이했다.

"어서 오시옵소서!"

홍의는 읍을 하며 예를 갖추었다.

"음! 판밀직이 나와 있었구만, 허허허!"

기철은 잔뜩 거드름을 피우며 사병들을 그대로 거느리고 입궐하려 했다. 지엄한 궁궐에 사병을 거느리고 입궐하는 것은 법도에 어긋나는 일임을 기철이 모를 리 없었다. 그런데도 기철은 자기의 위세를 한껏 과시하고 싶었던 것이다.

홍의가 정중하게 제지하고 나섰다.

"여기는 궁궐이옵니다. 더욱이 원로대신들이 모이는 연회장에 겸인들까지 들어가면 어수선하지 않겠습니까? 연회장까지는 제가 모시겠나이다."

기철은 홍의를 무시하고, 권겸을 힐끔 쳐다보았다.

"대신들의 눈도 있고 하니 호위패들은 이곳에서 기다리게 하시지요?"

기철은 마지못해 권겸의 말을 따랐다.

동화문을 지나면 널따란 격구장을 옆으로 끼고 신봉문(神鳳門)으로 쭉 뻗은 길이 나 있었다. 기철을 인도하여 곧장 길을 가던 홍의가 좌춘궁(左春宮)으로 통하는 춘덕문(春德門) 쪽으로 방향을 틀었다. 그러자 권겸이 걸음을 멈추고 홍의에게 물었다.

"아니, 이보게 판밀직! 연회장이 태초문(太初門) 안이라 하지 않았는가?"

홍의는 재빨리 둘러댔다.

"아, 참 제가 미리 말씀드리지 못했군요. 전하께서 태초문은 몸이 불편한 노신들에게 길이 멀다고 하여 가까운 좌춘궁으로 옮겼사옵니다."

권겸은 무언가 꺼림칙한 기색이었다.

"그런가?"

하지만 기철은 너털웃음을 터뜨렸다.

"허허허! 대신들이 모두 늙어빠졌는지라, 근력이 없어 걷기도 힘들겠지요. 허허허, 가십시다. 자 어서들 앞장서시게."

기철이 성대한 연회장을 머릿속에 그리면서 연신 입맛을 다시며 춘덕문으로 들어서는 순간, 뒤에서 덜컥, 하고 문이 닫히는 소리가 들리는가 싶더니 무장을 한 장사들이 난데없이 앞을 가로막았다. 대호군 목인길(睦仁吉)과 우달치 이몽대(李蒙大)*를 비롯하여 10여 명의 장사였다. 기철과 권겸은 기겁을 하였다.

"웨, 웬 놈들이냐?"

"이놈들! 내가 감히 누군 줄 알고서 이러는 것이냐? 어서 왕을 불러라, 어서!"

기철과 권겸이 악다구니를 쓰듯 호통을 쳤지만 누구도 눈 하나 꿈쩍하지 않았다. 앞장 서 있던 강중경이 차갑게 내뱉었다.

"시끄럽다 이놈! 여기가 어디라고 그 더러운 입으로 함부로 성상을 부르느냐!"

"이분은 황태자 전하의 외숙이자 대사도요, 나로 말할 것 같으면 상국의 태부감(太府監) 태감(太監)인 줄 모르더냐 말이냐? 당장, 당장에 칼을 거두거라!"

권겸이 사지를 벌벌 떨면서 말했다. 그러나 강중경은 칼을 빼들며 비장한 어조로 말을 던졌다.

---

* 于達赤, 왕을 호위하는 군사의 하나.

"너희들이 황후의 오라비도 맞고 태부감의 태감인 줄 어찌 모르겠느냐. 그보다 네놈들은 먼저 고려 사람이거늘, 주인을 보고 짖는 개가 되어 우리 임금을 핍박하고 능욕하니 더는 두고 볼 수가 없어 우리가 나섰다. 자, 칼을 받아라!"

"그, 그게 무슨 말씀이시오? 아이고, 잠깐만!"

허둥지둥 돌아서서 달아나려던 기철과 권겸이 서로의 발에 걸려 넘어지면서 땅바닥에 나뒹굴었다. 비단옷이 흙투성이가 되고 관모가 달아난 기철의 얼굴과 수염에도 흙이 묻었다.

"에구구구, 이놈들이 감히 나를!"

기철이 그 와중에도 얼굴에 묻은 흙을 옷자락으로 닦으며 허세를 부리려는 순간,

"쳐라!"

강중경의 말이 떨어지기 무섭게 칼바람 소리가 어지럽게 허공을 갈랐다. 기철이 먼저 명줄이 끊어지면서 붉은 피가 춘덕문으로까지 튀었다. 그 틈에 권겸이 달아났지만 궁문마다 굳게 닫혀 있으니 빠져나갈 구멍이라고는 없었다. 자문(紫門) 앞에서 권겸은 더 이상 도망갈 길이 막히자 뒤쫓아온 목인길에게 애원을 했다.

"살려주시오! 공이 나를 살려만 주신다면 내 그 은혜 백골난망하리다!"

"그러시오? 내게 무엇을 해줄 수 있다는 것이오?"

한껏 비아냥을 담아 목인길이 물었지만, 권겸은 썩은 동앗줄이라도 붙드는 심정으로 말했다.

"마, 말만 하면 내 무엇이든 들어주리다! 무엇이든 말씀만 하시오!"

"다른 것 없다. 이 자리서 당장 네놈의 목만 주면 될 일이다!"

목인길의 칼이 번쩍이면서 권겸은 꼼짝없이 죽고 말았다. 또 한 명의 부원 세력인 노책도 살아남지 못했다. 연회에 참석하지 않았던 그는 북천동(北泉洞) 집에서 칼을 받아야 했다.

공민왕 5년(1356) 5월 정유일(丁酉日)의 거사였다.

이른바 부원 세력 3거두를 제거한 그날, 공민왕은 고려 내정을 간섭하던 정동행성을 철폐시키고, 나라의 모든 관제와 의식은 본래대로 돌리도록 명하였다. 이어 유인우(柳仁雨)를 동북면병마사(東北面兵馬使)로 삼아 쌍성총관부를 일시에 회복시켰다. 원나라에 빼앗긴 지 실로 99년 만의 쾌거였다.

원나라가 가만있을 리 없었다. 황제는 단사관을 보내 고려를 위협하였다.

"고려왕이 사변의 진상을 밝히지 않으면 80만 군병을 일으켜 토벌할 것이다!"

"우리의 천병(天兵)이 한번 나아가면 옥석을 가리지 않고 모두 불살라버릴 것이나 이것을 차마 못하고 있을 뿐이다!"

공민왕은 그러나 두려워하기는커녕, 아예 원나라 순제의 연호인 '지정(至正)'의 사용까지 중지시켜버리고 나라 안팎에 중흥 교서를 반포했다.

> 우리 태조가 창업하고 열성들이 대를 이어오면서 의관과 예악이 찬연하게 빛나고 훌륭했었다. 그러나 근래에 와서 나라의 풍속이 일변하여 세력만을 좇게 되었다!
> 그러나 이제 기철 등을 처단하였으니, 지금부터는 정신을 가다듬어 정치에 노력할 것인 바 법령을 밝히고, 기강을 바로잡아 우리 조종의 제

도를 회복하여 온 나라를 새롭게 하고, 천명을 다시 이어 백성들에게 진실한 은덕을 베풀고자 하노라!

이때부터 왕은 '삼한을 다시 바르게 하리라[復正三韓]'는 개혁 의지를 불태우기 시작했다. 지난 날 부원배들의 모함으로 조정에서 쫓겨났거나 벼슬을 버린 이들도 다시 불렀다. 그중에 정운경이 첫손 꼽혔다. 자식들의 독서를 가르치며 칩거하기 3년. 운경은 병부시랑(兵部侍郎)에 제수되었다. 병부시랑은 무반의 인사를 맡은 중요한 자리였다. 병중에 있었지만 운경은 왕의 부름에 기꺼이 응했다.

정운경은 차츰 벼슬이 올라 공민왕 8년 3월에는 종2품인 영록대부(榮祿大夫)에 오르고, 형부상서(刑部尙書)가 되었다. 그야말로 임금의 고임을 한 몸에 받는 신하였다. 그러나 자신도 모르는 사이에 병은 깊어만 갔다.

·

3. 친민을 알다

공민왕 9년(1360) 봄.

단오를 며칠 앞두고 있었지만 거리는 그저 썰렁하기만 했다.

여느 해 이맘때 같으면 오색 비단으로 장식한 채붕(綵棚)이 거리를 뒤덮고 있었을 터였다. 광화문(廣化門)에 이르는 십자대로(十字大路)에는 형형색색의 실과 종이로 만든 꽃들이 너울거리고, 거리는 마치 수를 놓은 것처럼 화려하기 그지없었다.

사람들은 거리를 장식한 채붕만 보고도 마음이 들뜨기에 충분했다. 이때쯤 사람들의 입에서 나오는 이야기마다 단옷날에 관계되지 않은 것이 없었다. 작년에 보았던 격구며 씨름, 돌싸움, 폭죽놀이, 광대들이 벌이는 갖가지 유희, 그리고 치맛자락을 휘날리며 아슬아슬하게 하늘로 솟구치는 여인네들의 그네타기까지. 단옷날을 전후하여 사나흘 동안은 도성 전체가 온통 잔치 분위기로 흥청거렸던 것이다.

그러나 이번 단오 즈음에는 예년과 같은 모습을 찾아볼 수가 없었다. 시전(市廛)은 벌써 오래 전에 문을 닫아걸었고, 인적이 뜸한 거리에는 주막집의 푸른 깃발만 쓸쓸히 나부꼈다.

북성문(北城門)에서 왕륜사(王輪寺)를 지나 광화문에 이르는 대로도 텅비어 있기는 마찬가지였다. 개경 일대에 삼엄한 계엄령이 내려져 있는 탓이었다.

전란이 끊이지 않고 있었다. 지난해, 그러니까 공민왕 8년(1359) 11월에 얼어붙은 압록강을 건너 쳐들어온 홍건적(紅巾賊)을 겨우 물리친 것이 올해 3월이었다. 그런데 이번에는 대규모의 왜구(倭寇)가 강화도와 양광도(楊廣道 : 지금의 경기도와 충청, 강원 일부 지역.)로 침략하여 개경까지 위협했다.

5월 초하룻날에 강화도를 급습한 왜구들은 3백여 명의 주민을 무참하게 살육하고, 쌀 4만 석을 약탈해 달아났다. 홍건적의 침입 때 강화도 천도를 위해 미리 옮겨 두었던 쌀을 왜구들에게 고스란히 뺏기고 만 것이다.

개경에서 바로 코앞이라고 할 수 있는 강화도가 한낱 도적의 무리에게 유린되었다는 사실은 커다란 충격이었다. 강화도는 백성들이 나라의 도읍(江都)으로 여기는 곳이었다. 일찍이 '천만 몽골 기마군(騎馬軍)들이 새처럼 난다 해도, 지척의 푸른 물을 건너지는 못하리라'며, 30여 년간 이끌어 오던 대몽 항쟁의 심장부이자 상징이었다.

그러나 강화도가 천연의 요새라는 것은 기마군을 주축으로 하는 몽골이나 홍건적에게 해당하는 말이었다. 물질에 익숙한 왜구들에게 강화도는 고려의 등덜미와도 같아 언제라도 치고 빠질 수 있는 곳이었다.

왜구한테 속절없이 농락당한 뒤에야 조정에서는 개경에 계엄령을 내리고 백관을 무장시켰다. 한편으로는 개경 5부의 방(坊)과 리(里)의 장정들을 군사로 징발하여 서강(예성강)과 동강(임진강)을 지키게 했다.

동강과 서강은 모두 조운선(漕運船)이 정박하는 곳. 동강은 도성의 보정문(保正門) 밖 남쪽 30리에, 서강은 선의문(宣義門) 밖 서남쪽 17리에 상거했다. 김포와 교동 앞바다를 통한다면 왜구가 얼마든지 개경을 범할 수 있는 거리였던 것이다.

. . .

절기를 이기지 못해 봄꽃이 흐드러진 대로를 두 명의 젊은이가 나란히 걸어가고 있었다. 예현방(禮賢坊) 국자동(國子洞)에 있는 국자감(國子監)으로 가는 길이었다.

"금년 단오는 다 지나간 것 같네."

"나라가 이토록 어수선한데 단오가 무슨 대수인가?"

두 사람 사이에 잠시 말이 끊겼다. 깃발을 든 군마(軍馬) 하나가 북성문에서 광화문 쪽으로 치달려오고 있었던 것이다. 말발굽 소리가 화급을 다투었다.

"서북쪽에는 아직 홍건적 잔당이 남아 있는 모양일세?"

"자네는 듣지 못했나? 또 다른 홍건적들이 서해도(지금의 황해도)로 쳐들어왔다는데."

"이방실 장군이 다 물리쳤다고 하던데?"

"물리쳤다고는 하지만 전란의 불씨가 꺼지지 않은 모양일세."

"그래보았자 도적의 무리에 지나지 않는데 뭐, 큰 난리야 또 있을까?"

"아니, 홍건적은 그리 간단하게 볼 무리가 아닐세. 저들이 중원을 평정했다며, 황제를 참칭(僭稱)하고 고려까지 복속시키겠다고 큰소리치고 있지 않는가?"

"자네, 요즘 감시(監試 : 국자감시) 보다는 딴생각을 많이 했던 모양이군?"

"음. 절구(絶句)에 매달려 시를 짓는다고 전쟁에서 이기는 것도 아닌데 문장이나 다듬고 있을 수 있겠는가?"

"왜 그래? 이제 곧 9월이면 감시가 있는데."

"감시를 행하면 뭐해? 그리고 과거에 급제하면 또 뭐하구? 나라는 외적들로 위태로운데 조정에서는 천도(遷都)나 운운하고 있고. 사실 말이 천도지, 싸우지도 않고 도망만 가는 것 아닌가."

"자네 말을 들으니 과거는 포기한 사람 같네?"

"나라가 누란의 위기에 빠지면 잠시 붓대를 놓고 칼을 들어야 마땅하지 않겠나?"

"뭐라고? 선비의 몸으로 칼을 들겠다고?"

"외적들을 붓으로 물리칠 수는 없잖은가? 지금도 왜구들이 바로 코앞에서 활개를 치고 있는데 무슨 수를 내야지."

"자네, 무과(武科)라도 있었다면 진짜 무과에 나갈 사람이구만."

"왜, 문(文)과 무(武)를 나누는지 모르겠네. 문은 무가 있어야 성하게 되는 법이고, 무는 문이 있음으로 해서 빛나는 법인데 말일세."

"어, 이 사람, 장가를 들더니 제법 어른스런 말을 다 하는구먼. 말투도 제법 대신 같은데?"

"하하하! 평소에 우리 아버님께서 하신 말씀이라네."

"그런데 이보게, 우리가 어느새 홍국사(興國寺)를 지났나 보네?"

"벌써? 우리 걸음이 그렇게 빨랐나?"

국자감을 찾아가는 두 젊은이.

그중에 한 사람은 형부상서 정운경의 아들 도전이었고, 또 한 사람은 충선왕대에 첨의정승을 지낸 민지의 손자이자, 한때 원나라 국자감에서 이름을 떨친 민선의 아들 안인(閔安仁)이었다.

두 사람은 친구 이존오(李存吾)를 만나기 위해 국자감에 가는 길이었다. 이존오는 지난해에 국자감시에 합격하여 이제 과거를 앞두고 있었다.

세 사람은 같은 공도에서 수학하면서 나이를 따지지 않고 막역하게 지내는 벗들이었다. 그중 도전과 존오는 단 하루라도 보지 못하면 서로가 궁금해서 몸살이 날 정도였다. 그런데 사흘 동안 존오가 코빼기도 보이지 않았다. 지금 찾아간 국자감에도 그는 없었다.

"요즘 누가 국자감에 나와서 공부를 합니까? 아마도 마음에 맞는 사람들끼리 어디 절간방에 모여 과시(科試)나 준비하겠지요."

마침 국자감에 볼일이 있어 들렀다 돌아가는 어느 생원의 말이었다. 민안인이 고개를 갸우뚱거리며 도전을 바라보았다.

"아니, 이 친구 벌써 하천도회*라도 들어갔단 말인가?"

"아니지. 도회에 들어갈 계획이 있었다면 먼저 얘기했겠지."

"아니야, 틀림없이 도회에 간 모양일세."

다음날 저녁 무렵, 이존오가 민안인과 함께 도전의 집으로 찾아왔다.

"어수선한 때에 어딜 그렇게 돌아다녔던가?"

도전이 반가운 기색을 감추고 원망하는 투로 묻는데, 이존오는 득의에 찬 표정이었다.

"큰 공부를 하고 왔다네."

---

* 夏天都會, 여름철에 절간에 모여 공부하는 것, 하과(夏課)라고도 하였다.

"큰 공부라? 홍패*를 따낼 계책이라도 알아냈던가?"

이존오는 짐짓 정색을 하였다.

"자네는 아직 백패도 얻지 못했으면서 웬 홍패 타령이던가?"

도전과 민안인이 동시에 볼멘소리를 터뜨렸다.

"에이, 그깟 백패야 맘만 먹으면 벌써 열 개라도 땄겠네."

"이 사람이 이러다 진짜 홍패라도 따내면 벗들은 거들떠보지도 않을 모양일세."

두 사람은 아직 국자감시에 들지 못한 터였다. 이존오가 웃으면서 손사래를 쳤다.

"하하. 아닐세, 아니야. 이거 말 한번 잘못했다가 홍패를 따기도 전에 동접들한테 몰매를 맞겠네."

"몰매를 맞을지, 군밤을 맞을지는 나중 일이고, 큰 공부를 했다며?"

도전이 이존오에게 물었다. 이존오는 선뜻 대답하지 않고, 민안인을 쳐다보며 씩 웃었다. 도전을 안달나게 하려는 것이었다. 그러나 도전은 팔짱을 낀 채, 그들이 하는 양을 가만히 지켜보았다. 바라던 대로 도전이 조바심을 내지 않자 이존오가 적이 실망한 투로 말하였다.

"쳇, 자네는 토라질 줄도 모르는가. 국자감 생원 정몽주(鄭夢周)의 이름자는 들었겠지?"

도전이 고개를 끄덕였다. 정몽주라면 재주가 뛰어나 벌써부터 인재로 소문나 있었다. 민안인이 말했다.

"어제 우리가 국자감에 헛걸음치고 있을 때 이 친구는 삼각산 절에서 정 생원이 교도로 있는 도회에 우연히 참가했던 모양일세."

• 紅牌, 과거 급제자에게 주는, 붉은 종이로 된 합격 증서. 국자감시 합격자는 백패(白牌)를 줌.

"거기서 그런 말을 들었던가?"

도전이 이존오를 보고 물었다. 이존오는 자못 진지했다.

"우리가 지금 공부하는 사장은 시서육예(詩書六藝) 중에 하나를 익힐 뿐이라는 거지."

"그건 나도 같은 생각일세. 시 문장에는 경세의 도가 없단 말이지."

도전도 언제부터인가 사장에만 매달려 공부하는 것에 회의를 느끼고 있던 터였다.

이존오의 말이 계속되었다.

"사장이 아니라, 심신수양의 학(學)은 나를 먼저 올바르게 하고서야 다른 사람을 올바르게 하며, 세상을 올바르게 할 수 있어야 하는데, 그런 학문이 어디 있느냐 하면……?"

이존오는 일부러 말을 멈추더니 민안인을 쳐다보았다. 민안인이 씨익, 웃었다.

한창 귀가 솔깃해 있는데, 이존오가 말을 멈추자 도전은 사뭇 궁금한 표정이었다. 도전은 알고 싶은 것은 끝까지 파헤치고야 마는 성미인지라 조바심이 나서 두 사람을 재촉하였다.

"어서 말해 보아……."

두 사람은 일부러 뜸을 들였다.

"공짜가 어디 있나? 나도 존오에게 행인엿깨나 바치고서야 들었다네."

민안인의 말에 이존오는 아예 문께로 고개를 기웃거리는 시늉을 하였다.

"단옷날이 내일 모레인데 어째 형부상서 반빗간은 조용해도 너무 조용한 것 같네그려."

먹을 것이라도 내오라는 말이었다. 도전이 그런 이존오를 보고 말했다.

"자네가 목을 빼지 않아도 어련히 다담상이 들어올 터인데, 무어 그리 성화이던가?"

"출출해서 그러지. 며칠 사이에 삼각산에 오르내리다 보니 상을 물리고 나면 금세 또 배가 고프지 무언가?"

민안인도 덩달아 말가지를 놓았다.

"나도 마침 출출하던 참일세. 창포주(菖蒲酒)에 수리떡이라도 내와야지."

"창포주? 거, 좋지. 그런데 유밀과(油密菓)˙는 없나?"

"청백리로 소문난 상서댁에서 그 비싼 유밀과를 하시겠나?"

"참, 그렇구만. 그럼 수리떡이든, 쑥떡이든 가리지 않을 테니 어여 상이나 내오시게."

두 친구의 말장단이 제법 똑똑 맞아떨어졌다. 두 사람의 넉살에 도전이 졌다는 시늉을 했다.

"알았네, 알았어. 조금만 기다리시게. 곧 어머님이 나오실 걸세."

민안인이 정색을 하였다.

"아니, 어머님이 나오시다니?"

"……?"

도전은 민안인이 정색하는 까닭을 몰라 이존오를 쳐다보았다. 그런데 이존오는 한술 더 떠 뜨악한 표정이었다.

"허어! 자네 새악시는 벌써 그네 타러 가시었나?"

도전은 그제야 친구들이 놀리는 줄을 알았다. 도전은 지난해(공민왕 8

˙ 창포주는 여름에 창포 잎을 따서 담가두었다가 우려낸 술. 수리떡과 쑥떡은 단옷날 해먹는 음식이다. 유밀과는 쌀가루를 반죽하여 기름에 살짝 튀겼다가 꿀을 발라먹는데, 그 비용이 만만치 않아 나라에서 한때 금지할 정도로 비싼 음식이었다.

년) 가을에 장가들었던 터였다.

"이 친구들이 실없기는. 어서 하던 이야기나 마저……."

하는데, 밖에서 기척이 났다.

"다담상 들이겠습니다."

밖에서 들려오는 청아한 목소리에 두 벗의 표정이 익살스러워졌다.

"어서 들어오시라고 하지 않고 뭘 하시나?"

도전이 쑥스러운지 흠흠, 헛기침을 하더니 제법 어른 티를 냈다.

"들어오시오, 부인."

이윽고 단아한 모습의 새색시가 작은 찻상을 들고 들어섰다.

"서방님께 벗들 이야기를 많이 들었으나 이렇게 뵙기는 처음입니다."

곱게 인사하는 새색시의 맑고 초롱한 눈빛에 민안인과 이존오가 오히려 낯을 붉혔다.

"천천히 드시고, 말씀들 나누시지요, 저는 이만……."

"아, 예예."

두 사람이 허겁지겁 찻잔을 들었다. 아내가 물러가자 도전이 다시 재촉을 했다.

"그래, 하던 얘기 좀 계속해보게."

이존오가 찻잔을 내려놓으며 너스레를 떨었다.

"달 속의 항아(姮娥)님이신가? 아니면 선녀님이 다녀가신 것인가?"

"실없는 소리 말고, 어서 그 이야기나 해보시게!"

"하하하! 그럼세, 그러니까 사흘 전일세. 국자감에 들렀더니 생원들 몇이서 삼각산으로 들어가는데, 마침 정 생원을 교도로 세웠다지 않는가? 하도 유명짜 한지라 도대체 어떻게 공부를 하나 궁금해지더군. 그래서 냉큼 따라나섰더니 『대학(大學)』과 『중용(中庸)』을 놓고 공부하더라구. 그래서 정 생원에게 물었지. 과거시험에 나오는 것도 아닌데 그 책들을 왜 배워야 하느냐고 말일세. 그랬더니 정 생원 말이, 『대학』과 『중용』은 서로 짝하는 책이라 『대학』은 초학자들이 필히 보아야 할 책이며, 『중용』과 더불어 심성 수양의 책으로 몸과 마음을 닦아 올바르게 하는 도(道)가 두 책에 다 갖추어져 있다는 게야."

'『대학』과 『중용』이라?'

귀에 익은 서책이었다. 아버지의 서재에서 보았던 책이다.

'마음을 닦아야 하느니라. 글공부가 한낱 과거를 보고 벼슬을 얻기 위한 것이라면 그처럼 구차한 것이 없느니라!'

문득 도전의 머릿속에 어린 시절부터 들었던 아버지의 말씀이 떠올랐다.

이존오의 말은 계속되었다.

"그럼, 왜 시문은 공부하지 않느냐고 물었지? 그랬더니 대뜸 사장은 한낱 말예에 지나지 않는다는 거야. 『대학』 『중용』과 같은 책을 보아야 참된 학문을 접하게 되고 그 깊이를 알면 금방 깨달을 수 있다지 뭔가?"

『대학』과 『중용』은 본래 『예기』 49편 가운데 하나였다. 그러나 공도*에서는 가르치지 않는 책이었다. 공도는 과거에 급제하기 위한 시문(詩文)을 최우선으로 가르쳤다.

이른바 9경3사**를 배우는 것은 문장에 수사(修辭)로 쓰거나 응용하기

• 고려 시대에 개경에 있던 12사학(私學).

•• 9경(九經)은 『주역(周易)』, 『상서(尙書)』, 『시전(詩傳)』, 『주례(周禮)』, 『예기(禮記)』, 『춘추(春秋)』, 『좌씨전(左氏傳)』, 『공양전(公羊傳)』, 『곡량전(穀梁傳)』이고, 3사(三史)는 『사기(史記)』, 『한서(漢書)』, 『후한서(後漢書)』이다.

위해서였다. 이렇게 문장이 격식과 미사여구에만 치중하니 경박해지고, 경학(經學)을 배우지 않으니 깊이가 없기 마련이었다.

『대학』과 『중용』은 도전에게 전혀 새로운 세계였다. 주자의 성리학(性理學)을 처음 만나는 순간이기도 했다.

'신심(身心)이 먼저 수련되지 않는 시문은 아무리 아름답더라도 한낱 말예에 지나지 않는다!'

'시 3백 편을 외워도 정사(政事)를 통하지 못한다면 배웠다 한들 무슨 소용이 있으랴. 그런데 마음을 닦음으로 해서 치국평천하에 이르는 도가 있다.'

도전은 알지 못할 흥분에 휩싸였다. 한순간 발끝에서 머리끝까지 전율이 느껴질 정도였다.

성리학.

거기에는 신심성명(身心性命)의 이치(理致)와 나아가 경세(經世)에 이르는 도(道)가 있었다. 그래서 도학이라 하였다.

· · ·

옷깃을 파고드는 밤바람이 제법 차가웠다. 그러나 보름달은 포근하기 그지없었다. 풀벌레 울음소리는 가을 깊은 밤을 고즈넉이 잠재우고자 하나, 어디 한 군데 흠잡을 것 없이 꽉 들어찬 보름달은 밤을 붙잡고서 놓아주질 않는다.

교교한 달빛에 취한 듯, 낮은 산봉우리들이 겹쳐, 그 위에 우뚝 솟아 있는 송악산(松嶽山)이 한결 가깝게 다가왔다. 언제 보아도 늘 당당한 기세로 올곧게 서 있는 산.

그 송악산을 한가슴에 안을 것처럼 도전은 팔을 쭉 뻗었다. 그러고는 주먹을 불끈 쥐었다. 팔뚝에는 금세 굵은 매듭 같은 힘줄이 일어나고 핏줄이 꿈틀거렸다. 형형한 눈빛하며, 당차게 다문 입술, 그야말로 헌헌장부의 다부진 모습이 송악산의 달빛을 받아 그대로 드러났다.

도전은 잠시 눈을 지그시 감았다가 다시 떴다. 송악산은 여전히 우뚝 서 있는 채 도전을 응시하고 있었다. 도전은 송악산을 향하여 나지막이 말했다.

"장차 불후의 사업을 남기어 천년을 기약하는 삶을 살리라!"

그것이 정도전의 포부였다. 천년을 기약하는 삶이란 늘 그의 가슴을 벅차게 했다.

방으로 들어온 도전은 잠자리에 들었다. 하지만 쉽게 잠을 이룰 수가 없었다. 도전은 누웠던 자리에서 벌떡 일어나 등불의 심지를 다시 돋우었다. 그리고 책상을 바짝 끌어당겨 책장을 다시 펴고 소리 내어 읽었다.

"대학지도(大學之道)는 재명명덕(在明明德)하며 재신민(在新民)하며 재지어지선(在止於至善)이라. 대학의 도는 명덕을 밝히는 데 있으며, 백성을 새롭게 하는 데 있으며, 지극한 선에의 머무름에 있음이라."

『대학』 첫머리에 나오는 경구였다.

벌써 수십 번을 반복해서 읽은 구절이었다. 굳이 책장을 펴지 않아도 될 만큼 웬만한 부분은 이미 외우고 있었다. 그러나 주절주절 외운다고만 해서 되는 것이 아니었다. 문장에 담겨 있는 뜻이 과연 무엇인지를 명확하게 깨달아야 했다.

『대학』에서는 '명명덕', '신민', '지어지선' 이 세 가지를 3강령(三綱領)이라 한다. 그리고 '격물(格物)', '치지(致知)', '성의(誠意)', '정심(正心)', '수신(修身)', '제가

(齊家), '치국(治國)', '평천하(平天下)'를 8조목(八條目)이라 하였다.

3강령이 대학의 목표이자 이상이라면 8조목은 3강령을 실천하기 위한 구체적인 방법이었다.

곧 사물의 이치를 깨닫는 격물에서 시작하여 치지·성의·정심을 거쳐 수신을 이룬다. 수신을 이루어야 제가를 이룰 수 있다. 제가를 이룬 후에야 치국을, 치국을 이루어야 비로소 평천하를 이룰 수 있는 것이다.

'나를 닦고서야 사람을, 세상을 다스릴 수 있는 것이다!'

도전은 두 손으로 책을 반듯이 펴고서, 심호흡으로 다시 한 번 마음을 가다듬었다. 그리고 한 문장 한 문장 또박또박 소리를 내어 읽어 내려갔다.

"재명명덕하며……, 재명명덕하며……."

마치 서책에 찍힌 글자를 파내기라도 할 것처럼 한 자 한 자를 눈에 새기고, 스스로 묻고 답하며 마음에 새겼다.

명명덕이란 무엇인가?

밝은 덕을 더욱 밝힌다는 뜻이다.

그렇다면 덕은 무엇인가?

덕의 옛 글자는 덕(悳) 자다. 덕(悳) 자는 곧을 직(直) 자와 마음 심(心)으로 이루어져 있다.

직심(直心)? 곧은 마음이다.

곧은 마음에 두인 변을 더해 덕(德)이 되었다. 곧 덕(德)이란 사람의 곧은 마음을 이르는 것이다.

'사람이 사는 것은 곧음으로 사는 것이다.'

공자의 말이었다. 곧게 사는 것. 그것이 바로 군자의 삶이다.

그렇다면 신민(新民)은 무엇인가?

백성을 새롭게 하라는 것이다.

본디 『대학』이 『예기』에 붙어 있을 때는 '신(新)'이 아니라 '친(親)'이었다.

친민(親民)?

백성을 가까이 곧 친애(親愛)하라는 것이다. 백성을 근친처럼 사랑하고 갓난아이 돌보듯 하라는 것이다. 그래야 백성들이 편안하다. 옛날에 순(舜)임금은 '백성들이 편안하니 아무것도 다스릴 것이 없다'라고 하였다.

순임금이 아무 일을 하지 않고도 다스릴 수 있었다는 것은 그만큼 정치가 잘 이루어져 백성들이 편안했다는 뜻이다. 그것을 무위이치(無爲而治)라 하였다.

그런데, 왜 신민이라 하였을까?

친민을 신민으로 바꾸어 쓴 사람은 송나라 유학자 정이(程頤)였다. 주자는 정이의 뜻을 따라 그대로 신민이라 하였다. 거기에는 '치국평천하'의 깊은 뜻이 담겨 있었다. 그러나 도전이 그 뜻을 명확히 깨닫기까지는 더 많은 세월이 필요했다. 하지만 이때 이미 신민의 참뜻만큼은 가슴에 새기고 있었다.

신민이란 날마다 새롭게 하라는 것[日日新又日新]이다.

밝은 덕을 더욱 밝혀, 능히 밝히지 못한 자들을 새롭게 해야 한다. 군자란 백성을 다스리려 하지 않고 새롭게 하는 데 그 뜻이 있다.

이제 지선(至善)에의 머무름은 무엇을 말함인가?

선(善)에 이르러서는 흔들리지 말라는 것이다.

선은 사리를 올바르게 분별하는 마음에서 비롯된다. 그 마음의 분별은 명덕을 통해 스스로 밝힐 것이요, 스스로 밝힌 덕으로써 민중들을 새롭게 한다.

지선(至善)은 바로 '중화(中和)의 도(道)', 곧 '중용(中庸)'을 말하고 있었다.

그렇다면 중용은 어떻게 체득되는 것일까?

책을 읽을수록 의문은 더했다. 그리고 의문이 더할수록 도전은 배움의 기쁨을 누렸다. 스스로에게 의문을 던지고, 그 의문을 통해 깊고 깊은 뜻을 하나씩 깨달아갔던 것이다.

· · ·

공민왕 9년(1360) 9월, 도전은 국자감시에 합격했다. 그때 나이 19세였다.

어사대부(御史大夫) 이교(李嶠)가 시관(試官)이 되어 시부를 가지고 99명을 뽑는데, 도전은 민안인과 함께 합격하여 기쁨을 나누었다. 국자감시에 합격하면 생원(生員)이 되고, 2년 후에는 예부시에 응시할 수 있는 자격이 주어졌다.

이제 도전의 관심은 바로 한 달 뒤에 있을 예부시에 있었다. 이번 예부시에는 이존오가 응시했다. 도전은 이존오가 급제하리라 믿었다. 그보다는 정몽주가 과연 장원을 차지하느냐에 대한 관심이 더 컸다.

국자감시가 끝난 뒤로 도전은 민안인과 함께 경서를 공부했다.

"이존오와 정 생원은 당연히 급제하겠지?"

민안인이 책을 보다 말고 도전에게 물었다.

"그야 이를 말인가? 정 생원은 으뜸으로 급제할 것이네."

"자네는 정 생원을 한 번도 보지 않았으면서 그 사람 실력을 어찌 그리 장담할 수 있는가?"

아직 한 번도 대면하지 못한 정몽주였지만 도전은 내심 그의 장원을 바라고 있었다.

"방이 붙고 나면 정 생원을 한번 찾아가 만나볼 생각이네."

도전의 말에 민안인이 고개를 갸우뚱하였다.

"자네는 정몽주라는 사람 말만 듣고도 벌써 그 사람을 다 알고 있는 듯하네?"

"하하하! 어떻게 다 안다고 할 수 있겠는가? 그렇지만 왠지 정 생원이 오래 전부터 알고 지낸 벗님 같은 생각이 든다네. 하여튼 두고 보세나. 정 생원이 장원할 것 같으이. 정 못 미더우면 내 말이 맞나 안 맞나 내기라도 해볼 텐가?"

그해 10월, 예부시에서 도전이 장담했던 대로 과연 정몽주가 장원을 차지하였다. 이존오가 급제한 것은 물론이었다. 그 밖에도 임박(林樸)과 문익점(文益漸), 이인민(李仁敏) 등의 이름이 눈에 띄었다. 그들은 곧장 벼슬길로 나아갔다.

그러나 정몽주는 벼슬을 받지 못했다. 대간에서 고신(告身)에 서명해주지 않았던 것이다. 정몽주로부터 3대조까지 관직에 오른 인물이 없으니 출신이 한미하다는 것이 이유였다.

· · ·

"아이구, 이 친구야. 고신이 떨어지지 않아 가뜩이나 심기가 불편할 텐데 우리가 불쑥 찾아간다면 반겨주겠나?"

"아닐세, 심신을 닦아야 군자의 도리를 깨닫고 수신제가치국평천하를 이룰 수 있다고 논하던 이가 아닌가? 그깟 벼슬살이쯤 못 받았다고 코가 빠질 사람이 아닐세."

이존오가 한사코 말렸지만 도전은 막무가내였다. 싫다는 이존오의 등을 기어이 떠밀어 정몽주를 찾아갔다.

그러나 도전의 예상과 달리 정몽주는 깊은 실의에 빠져 있었다. 정몽주는 그리 반기는 기색 없이 이존오에게 말을 건넸다.

"수원서기로 나간다고 들었는데?"

"글쎄, 그리 되었답니다……."

정몽주와 달리 벼슬은 받은 이존오가 어물어물 말을 흐렸다. 그때 도전이 대뜸 정몽주에게 말을 붙였다.

"사형……!"

정몽주와 이존오가 놀란 토끼눈이 되어 도전을 쳐다보았다. 처음 만나 아직 통성명도 하지 않은 터에 대뜸 '사형'이라니. 그러나 도전은 스스럼없이 말했다.

"국자감 생원 정도전이라고 합니다. 여기 이 친구하고는 동문인데, 이 친구가 전부터 사형을 두고두고 칭찬하기에 과장이 끝나면 꼭 한번 만나고 싶어 이렇게 찾아왔습니다. 만나고보니 오랜 벗을 만난 것 같은데, 사형에게 무례가 되지나 않았는지 모르겠습니다."

"꼭 그런 것은 아닙니다만."

정몽주의 말에는 여전히 힘이 없었다. 도전은 그래도 신명이라도 난 듯 말을 붙였다.

"그러면 됐습니다! 글공부가 한낱 과거에 급제하고 벼슬을 얻기 위한 것이라면 그처럼 구차한 것이 없다 하지 않았습니까?"

도전의 말에 내내 풀이 죽어 있던 정몽주가 눈을 번쩍 들어 쳐다보았다. 남의 아픈 심정은 헤아리지 않고 난데없이 찾아와 내심 불쾌했던 터였다. 그러나 도전이 던지는 말을 들으면서 정몽주는 침울하고 시큰둥하던 표정들이 어느새 가셨다. 말마다 거칠 것이 없었던 것이다.

"가문이 한미하다는 대간의 말은, 알고 보면 사형의 재주를 시기해서 하는 말 아니겠습니까? 말하자면, 사형의 재주가 너무 뛰어난 것이 문제인 게지요. 아무리 한미하고 설사 사족이 아니라도 재주와 능력을 갖추었으면 나라가 들어 쓰는 것이 마땅한데 사형은 나라가 인재를 버렸으니 오히려 쓰지 않은 자들의 잘못입니다!"

"벗님의 말을 들으니 내 속이 다 후련합니다. 하하하!"

정몽주도 어느새 도전을 벗으로 부르고 있었다. 처음 만났음에도 두 사람은 마치 오래된 벗처럼 많은 이야기들을 나누었다.

정몽주의 집을 나서면서 이존오가 도전에게 물었다.

"역시 자네는 대단한 친구일세. 그런데, 자네 아까 한낱 과거에 급제하고 벼슬을 살려고 글공부를 했느냐는 말, 어디서 배웠는가?"

"내가 어찌 알았겠는가. 어렸을 때부터 우리 아버님이 늘 하시던 말씀이라네. 그러니 이 서기, 앞으로 벼슬 똑바로 하시게."

"어디, 자네가 무서워서라도 함부로 못하겠네. 하하하!"

4. 전란

"전하! 홍건적이 다시 쳐들어왔사옵니다!"

공민왕 10년(1361) 10월, 수십 만 홍건적이 다시 압록강을 넘어왔다는 급보에 조정이 발칵 뒤집혔다. '용봉(龍鳳)'이라는 연호를 내걸고 홍건적 괴수들이 침입해 들어온 것이다. 아직 나라도 갖추지 않은 도적의 무리들은 임금을 향해 협박을 서슴지 않았다.

'이제 110만 군사를 이끌고 동쪽으로 진군할 터이니 고려 왕은 속히 나와 천자의 군대를 맞아 항복하라!'

공민왕은 망연자실하였다.

'하늘이 나의 부덕을 탓하시는가! 이제, 저 도적들을 어찌 막을 것이며, 그 참화를 어찌 감당할 것인가!'

나오느니 한숨이요, 탄식뿐이었다.

홍건적은 어떤 자들인가?

원나라는 제국을 지배하면서 종족의 신분을 4등급으로 나누었다. 제
1신분은 당연히 몽골족. 제2신분은 서역 계통의 색목인(色目人). 고려는 색
목인과 같은 2신분에 속했다. 제3신분은 중국의 한족(漢族)이었는데, 그중
에 옛날 남송(南宋) 지역민들은 제4신분으로 구별되었다. 몽골에 끝까지
저항했다는 이유에서였다.

제4신분은 원나라 지배를 받는 동안 말단 관직에도 오를 수 없을 정
도로 심한 차별을 받았다. 그럴수록 민족 의식을 강하게 깨우쳤고 원나
라가 쇠락하는 기미를 보이자 전국 각지에서 반란을 일으키기 시작했다.

순제가 즉위하면서 방국진(方國珍)이 절강성(浙江省)에서, 한산동(韓山東)
은 하남(河南)에서, 장사성(張士誠)은 강소(江蘇)에서, 곽자흥(郭子興)은 안휘(
安徽)지방에서 일어났다.

그들 가운데 장사성과 방국진은 고려에 사신을 보내 내빙(來聘)할 정도
로 세력이 컸으나, 나머지는 지역에 할거하면서 각지를 침략했다. 이때 요
동 지역의 여진족들까지 대금(大金)의 자손이라며 들고일어났으니 중원의
혼란은 극에 달했다.

그들 중에 어떤 이는 황제라 하고, 어떤 이는 왕을 칭하였다. 그런데 하
남에서 일어난 한산동은 미륵불을 자처하며, '송나라 휘종의 8세손으로
장차 중원을 통일할 것이다'며 호언했으나 원나라에 의해 곧 토벌되었다.
그 후 부하 유복통(劉福通)이 한산동의 아들 한림아(韓林兒)를 황제로 내세
우고, 10만에 달하는 군사를 구름처럼 이끌고 다니며 약탈을 일삼았다.

바로 그들을 가리켜 홍건적(紅巾賊)이라고 하였다. 머리에 붉은 두건을
둘렀다고 해서 붙여진 이름이었다.* 유복통의 홍건적은 원나라의 토벌과

---

* 명나라를 건국한 주원장(朱元璋)도 한때 백련교도로서 한산동 휘하의 홍건적 출신이었다.

다른 세력과의 다툼에서 점차 동쪽으로 밀려나자 2년 전부터 고려를 겨냥하였다. 공민왕 8년 2월, 고려에 글을 보내 협박하기를,

생민(生民)이 오랫동안 북방 몽골족에 함몰되어 있는 것을 개탄하여 정의를 부르짖고 군사를 일으키어 이미 중원을 회복하였으니, 귀화하는 자들은 무마할 것이나, 깨닫지 못하고 항거하는 자는 죄로써 다스릴 것이다!

홍건적이 글을 보내온 그해 11월, 3천여 명의 홍건적이 압록강의 결빙을 틈타 들어왔다가 물러났지만 조정에서는 그런 사실조차 알지 못했다. 도지휘사(都指揮使) 김원봉(金元鳳)이 문책받을 것이 두려워 보고조차 올리지 않았던 것이다.

그러다 한 달 뒤인, 12월에 4만의 병력을 이끌고 쳐들어왔을 때는 속수무책이었다. 홍건적은 순식간에 의주(義州), 정주(靜州), 인주(麟州)를 떨어뜨리고 청천강 건너 서경(西京)으로 진격했다.

조정에서는 부랴부랴 수시중 이암(李嵒)을 도원수(都元帥)로, 참지성사(參知省事) 경천흥(慶千興)을 부원수로 삼아 군사들을 동원했다. 하지만 이암은 우유부단하여 군사를 제대로 부리지 못했고, 부원수 경천흥은 청천강 못 미처 안주(安州)에 주둔한 채, 도무지 싸울 생각조차 하지 않았다. 적이 두려웠던 것이다.

조정에서는 평장사(平章事) 이승경(李承慶)으로 도원수를 대신하였지만 이번에는 휘하의 장수들이 말을 듣지 않았다. 이승경은 이미 전의를 상실한 장수들을 보고 분을 삭이지 못해 식음을 전폐하다 결국 병을 얻어 전

선에서 물러나고 말았다.

원나라의 지배를 받으면서 60여 년 동안 군사가 제대로 갖추어지지 않은 탓이었다. 부월(斧鉞 : 왕이 하사한 도끼)을 쥔 장수가 자주 바뀌었고, 장수들의 직함이 남발되어 상하가 좀체 구별되지 않으니 지휘 체계가 서질 않고 혼란만 거듭되었다.

아군이 우왕좌왕하는 사이 안주를 무너뜨린 홍건적이 서경을 손아귀에 넣는 것은 순식간이었다. 침략한 지 불과 20일 만이었다.

조정에서 내놓은 대책이라고는 적을 달래는 것뿐이었다. 호부상서 주사충(朱思忠)을 보내 적장에게 세포(細布)와 말안장을 주고, 술과 고기를 가져가 달래서 보내려 해보았다. 또 적과 제대로 싸워보지도 않고 천도를 논의하기 시작했다. 그러자 그동안 숨죽이고 있던 친원 세력들이 때를 만난 듯이 왕을 통박하였다.

"전하께서 나라의 앞날을 생각지 않으시고 상국과 관계를 끊으시니 오늘의 지경에 이른 것이옵니다. 이제라도 상국에 사신을 보내 구원을 청해야 할 것입니다. 작은 나라는 오로지 대국의 보호를 받아야만 사직이 안정될 수 있음을 유념하소서!"

대신들까지 일부 가세하자 공민왕은 의지를 꺾을 수밖에 없었다. 원나라 지배의 상징이었던 정동행성을 다시 설치하고, 원나라와 다시 통교하기 위해 필사적으로 노력을 기울였다.

그러나 표문(表文)을 받들고 원나라로 보낸 사신들은 여진족에게 길이 막히거나, 다행히 심양까지 갔어도 더 이상 들어가지 못하고 번번이 돌아오고 말았다.

그럴 때 다행히 고려를 구한 장수들이 안우(安祐), 김득배(金得培), 이방실

(李芳實)이었다. 이들은 서경과 압록강을 종횡무진하며 사력을 다해 적을 물리쳤는데, 살아서 도망간 자가 겨우 3백여 명에 지나지 않았다.

그로부터 2년 여가 지나 홍건적의 또 다른 무리가 고려의 강토를 침략해 들어온 것이다. 이번의 홍건적은 중국의 산서(山西) 지방에서 북동으로 진출했다가 원나라의 상도(上都:개평開平)에서 밀리자 요동을 거쳐 동쪽으로 내려오던 세력이었다.

· · ·

대신들이 속속 편전으로 모여들었다. 놀라움과 두려움으로 하나같이 표정들이 굳어 있었다. 들리는 말로는 적의 규모가 20만이라 하고, 이성만호의 첩보로는 1백만이라고까지 했다. 실제로 적이 보낸 효유문(曉諭文)에서 110만이라 하였으니 북변의 변란 정도가 아니었다. 자칫 온 강토가 전화에 휩싸일 판이었다.

"전하, 속히 각 도에 동원령을 내려 군사를 점검해야 할 줄로 아옵니다."

시중 염제신의 말에 참지정사(參知政事) 정세운(鄭世雲)이 따지고 들듯이 물었다.

"시중대감, 그야 당연한 말씀이 아닙니까? 하지만 각 도에 군령을 내린다 한들 지금 상황에서 군사가 제대로 소집되겠습니까?"

군사와 소집 여부를 걱정하는 것이 아니라, 국정을 맡은 시중으로서 전란에 대비하지 못한 것을 두고 타박하는 말이었다. 그러자 평장사(平章事) 김용이 정세운을 은근히 꼬집었다.

"시중께서 지금 대책을 말씀하고 계시잖습니까? 지금은 시시비비를 가릴 때가 아닙니다!"

정세운이 발끈해서 김용을 노려보았다. 김용은 짐짓 모르는 척, 정세운의 따가운 시선을 피했다. 조정의 반열로 따지자면 정세운이 김용에게 미칠 수는 없었다. 하지만 왕에게 받는 총애로 따진다면 서로가 앞을 다투는 처지였다. 이번에는 정세운이 김용을 비꼬았다.

"그럼 평장사께서는 무슨 좋은 계책이라도 있으신지요?"

"한시바삐 원나라에 원병을 청할 일입니다. 상국과 위아래로 협공하여 이번 기회에 도적의 무리를 쓸어버릴 일입니다."

"뭐가 무섭고 두려워 원군을 청합니까? 저들은 한낱 도적 떼에 지나지 않는데, 장수만 잘 쓴다면 물리치는 것은 일도 아니지요."

"아무리 도적의 무리라고는 하나 우리보다 숫자가 몇 곱절입니다. 물리치는 것보다는 상국과 협공하여 씨를 말려버린다면 변방이 두고두고 안정될 것 아니오?"

"아니올시다. 우리 신민이 일체가 되어 싸운다면 두려울 것이 없습니다. 또 원나라로 가는 길이 멀고 험한데, 언제 원병을 기다리고 있겠다는 말이오?"

두 사람이 공민왕의 총애를 다투며 사사건건 부딪치는 것은 어제 오늘의 일이 아니었다. 그러나 지금은 말싸움이나 하고 있을 때가 아니었다. 염제신이 정세운을 보고 되물었다.

"그럼, 누굴 원수로 내세우면 좋겠소?"

"그야, 뭐……."

정세운은 얼버무렸다. 스스로 원수가 되어 나가 싸우고 싶은 마음이야 굴뚝 같았다. 수십만 군사를 거느리며 호령을 하는 모습은 상상만 해도 흥분되는 일이었다. 그러나 아직 다른 대신들에 비해 반열이 낮아 선뜻 나설 수가 없었다. 그때 수시중 이암이 나섰다.

"평장사 안우만한 사람이 없을 줄로 아옵니다."

대신들의 눈이 일제히 안우에게 쏠렸다. 묵묵히 앉아 있는 안우의 모습은 벌써 비장함이 감돌고 있었다.

공민왕은 그 자리에서 평장사 안우를 상원수로, 정당문학 김득배를 도병마사로, 추밀원부사 이방실을 도지휘사로 명했다.

군사들을 이끌고 출진한 안우는 청천강을 사이에 두고 처음 몇 번의 접전에서 제법 기세를 올렸다. 안우가 이원계(李元桂) 등과 함께 박주(博州)에 진격하여 1백여 명의 적을 베었고, 이방실은 개주(价州)와 연주(延州)에서도 잇달아 승전보를 올렸다.

공민왕은 기뻐하여 안우를 도원수(都元帥)로 올리고, 한편으로 시중 염제신을 파하고 홍언박(洪彦博)을 시중으로 제수하여 조정을 일신시켰다.

그러자 적은 흩어졌던 세력을 한 군데로 결집하여 밀고 내려왔다. 활과 말에 익숙한 적의 기세는 실로 무서웠다. 사납기가 새매와 같고, 탐욕스럽기는 마치 승냥이와 같았다. 적은 군마가 눈앞에 닥쳐도 이리처럼 덤벼들었고, 불리하면 토끼처럼 교활하게 빠져나갔다. 잔학하기도 이를 데 없었다. 점령지마다 살아 있는 것들이라면 닥치는 대로 살육을 자행하는 살인광들이었다.

그때부터 아군은 수 한번 제대로 써보지 못한 채 밀려나기 시작했다. 이내 청천강을 넘겨주자 아군은 일찌감치 서경을 포기하고 절령책(자비령)에 저지선을 형성했다. 그렇지만 며칠 못 가 다시 무너지고 말았다. 대오를 갖출 겨를도 없었다. 적의 기습에 안우와 김득배가 고군분투했지만 휘하의 군사를 잃고 단신으로 도망칠 정도였다.

· · ·

도원수 안우에게 실망한 공민왕은 평장사 김용을 총병관(摠兵官)으로 내세웠다. 김용은 으쓱해서 제법 호기를 부렸다.

"전하! 신이 나가 단숨에 적을 쳐부술 것이오니 전하께오서는 안심하시고 승전보를 기다리소서!"

김용은 예성강 건너 금교역(金郊驛)에 부절(符節)을 펄럭이며 지휘부를 설치했다. 하지만 막상 눈앞에 적이 닥쳐오자 감히 맞서질 못했다. 거대한 먼지 구름을 일으키며 새카맣게 몰려드는 적을 보고 간담이 서늘해지고 말았던 것이다.

이윽고 적의 선봉이 예성강 건너 우봉현(牛峰縣)과 홍의역(興義驛)에 이르렀다. 우봉현은 개성부(開城府)에 속해 있을 만큼 개경이 코앞이었다. 조정 대신들은 사색이 되어 남행(南幸)을 주장하기 시작했다.

"나라에서 믿을 수 있는 것은 성지(城池)와 군량이올시다. 그런데 지금은 도성이 온전치 못하고, 창고에는 양식이 저장되어 있지 않은데, 무엇으로 개경을 지킬 수 있겠습니까? 일단은 적의 기세를 피했다가 다시 전열을 가다듬어야 할 것입니다."

지추밀원사(知樞密院事) 유숙의 말에 재상들은 하나같이 동의하였다. 하지만 시중 홍언박이 강경하게 반대하고 나섰다.

"개경을 버리다니요? 선대 선왕의 기업을 떨어뜨릴 수는 없는 일입니다. 전하께오서는 백성들과 더불어 목숨을 바쳐서라도 개경을 지켜야 할 것입니다."

"적이 코앞에 닥쳐왔는데, 이대로 앉아서 떼죽음 당하자는 말이오? 지체하다가 행여 성상께서 다치시면 그때는 어떡할 것이오?"

"도성을 버리고 떠난다면 군사들의 사기는 땅에 떨어지고 말 것이오. 또 임금만 바라보고 있는 백성들의 원망을 어찌 감당할 요량이오?"

조정에서 왕의 남행을 거론하고 있다는 말에 김용은 발끈했다. 전선을 지켜야 할 김용이 안우, 이방실, 최영 등을 거느리고 달려왔다. 좌상시(左常侍) 최영은 흥분한 나머지 조정이 쩌렁쩌렁 울리도록 대신들에게 따지고 들었다.

"백성들이 도성에 가득한데 종묘사직을 놓고 어디로 가신다는 말씀입니까? 우리 군사들은 목숨을 다해 잔악한 적과 일전을 불사하고 있습니다!"

최영은 또 공민왕을 향해 큰소리로 아뢰었다.

"전하! 신들이 바라옵건대 전하께오서는 잠시만 기다리소서. 군사를 더 모집해서라도 종묘는 지킬 것입니다!"

최영의 목소리가 워낙 커서 왕도 깜짝 놀랐다. 재상들은 서로 얼굴만 쳐다볼 뿐이었다.

"과인이 종묘를 어찌 쉽게 버리겠소? 다만 적이 홍의역까지 닥쳤다고 하니 성내의 부녀자와 노약자들을 먼저 성 밖으로 내보내도록 하시오."

공민왕의 약속을 받고서야 장수들은 전선으로 돌아갔다.

그날, 민천사(旻天寺)로 거둥한 공민왕은 시종들을 시켜 군사를 모집토록 했다. 그러나 모병에 응하는 자들이라곤 손에 꼽을 정도였다. 전세가 불리하다고 판단한 안우는 어쩔 수 없이 공민왕에게 남행을 권했다.

"전하, 아무래도 남행을 서둘러야겠습니다!"

"과인더러 어디로 가라는 말이오? 그리고 그대들은 장차 어찌할 작정이오?"

"신들은 이곳에 남아 기필코 적을 막을 것이옵니다. 하오니 전하께오서
는 잠시만 안전을 도모하소서!"

"어찌 과인만 살기를 바라겠소?"

하지만 적이 예성강을 건너기 시작했다는 급보에 남행을 결정하지 않
을 수 없었다. 공민왕은 연(輦)을 타고 노국공주와 함께 남행길에 올랐다.
사태가 급박하니 미처 노부˚를 준비할 겨를도 없었다.

금군(禁軍)들까지 모두 싸움터로 내보낸 통에 임금을 호위하는 군사조
차 없었다. 다만 홍언박, 이암, 정세운, 이색 등만이 눈물을 찍어내며 왕의
뒤를 따를 뿐이었다.

숭인문(崇仁門)을 나서자 피난민들의 행렬로 길은 이미 꽉 막혀 있었다.
피난을 떠나는 백성들의 참상은 차마 눈뜨고 볼 수가 없었다. 서로 먼저
가려는 사람들에게 치여 노약자들은 엎어지기 일쑤였고, 어미를 잃은 아
이들의 울부짖는 소리, 어미가 발을 구르며 자식을 애타게 부르는 소리
가 단장을 끊는 듯했다.

그래도 세족들은 거마에 재물을 싣고 사람들을 마구 밟으며 좁을 길
을 뚫고 지나갔다. 수레바퀴에 치여 다친 사람들이 속출하고 통곡 소리
가 여기저기서 그치질 않았다.

공민왕은 급기야 연을 버리고 말에 올라탔다. 연을 타고서는 사람들이
밟혀 길을 재촉할 수 없었던 것이다.

임진강을 건넌 공민왕이 두솔원(兜率院), 광주(廣州), 경안역(慶安驛)을 거
쳐 나흘 후에 이천현(利川縣)에 이르렀을 때 눈비가 섞어 쳤다. 어의가 젖어

•　鹵簿, 임금이 거둥할 때에 갖추는 의장.

추위를 견디다 못한 공민왕과 노국공주는 말에서 내려야 했고, 섶으로 불을 피워 얼어붙은 몸을 녹이고 있을 때 비보가 날아들었다.

개경이 적의 손아귀에 떨어졌던 것이다. 침략 한 달 만이었다. 공민왕의 가슴은 얼어붙고 말았다.

공민왕이 충주에 머무를 때쯤, 전해오는 소식들마다 끔찍했다. 개경을 점령한 홍건적은 양식이 떨어지자 사람을 죽여 인육을 먹는데, 임신한 여인들의 젖가슴을 도려내어 구워 먹는 등 잔악한 짓을 서슴지 않는다는 것이었다. 너무 잔악하여 차마 입에 올리지 못할 정도였다.

정세운은 그 사실을 공민왕에게 아뢰면서 비분강개하였다.

"종묘와 백성들이 도적들에게 무참히 짓밟히고 있는데, 대체 총병관과 군사들은 어디서 무엇을 하는지 모르겠사옵니다!"

정세운의 말이 공민왕에게는 꼭 자신을 탓하는 소리로만 들렸다.

"오직 과인의 탓이지 이를 어쩐단 말인가!"

"아니옵니다, 전하! 어찌 전하를 탓하오리까? 이는 조정 대신들이 안일했기 때문입니다. 나라의 군사란 하루도 소홀히 할 수 없다 했는데, 높은 자리에 있는 자들은 무사하기만을 바랐고, 군사를 이끄는 장수들은 적이 무서워 나가서 싸우려 들지 않으니 통탄을 금할 길이 없사옵니다!"

"적의 기세가 저리 사나우니 어찌 당해낼 것인가?"

"아무리 사납다 한들 저들은 도적의 무리입니다. 지금 아군이 패퇴를 거듭하는 것은 군율이 제대로 서질 않기 때문이요, 장수가 목숨을 걸고 덤빈다면 어느 군사인들 따르지 않겠습니까? 하온데, 총병관은 후방에 진을 치고 앉아 소리만 지르고 있으니 앞으로가 더 걱정이옵니다!"

"과인이 어찌하면 좋겠소?"

"전하, 전하의 애통한 심정을 담은 교서를 내리시어 군사들의 사기를 북돋우시고 백성들의 마음을 위로하소서. 또한 각 도의 군사를 더 징발하여 적을 토멸해야 할 것인즉 이는 한시도 늦추어서는 아니 될 것이옵니다!"

"그대에게 군권을 맡긴다면 능히 해낼 수 있겠는가?"

정세운을 바라보는 왕의 눈길이 간곡했다. 정세운은 망설이지 않고 당장 무릎을 꿇었다.

"신이 비록 부족하오나, 맡겨만 주신다면 이 한 목숨 아까워하지 않고 적을 기필코 쳐부술 것이옵니다!"

복주(안동)에 이르러 행재소(行在所)를 차린 왕은 김용의 부월을 전격 회수하고 정세운을 총병관으로 삼았다.

재상들은 깜짝 놀랐다. 정세운이 비록 왕의 총신이기는 하나 응양군 상호군으로서 안우나 김득배, 이방실에 비해 지위나 군공이 결코 미치지 못하기 때문이었다. 더욱이 재상들이 즐비한 조정에서 차서를 뛰어넘는 기용은 자칫 지휘 체제에 혼란과 불협화음을 일으킬 수도 있는 일이었다.

대신들의 반대에도 공민왕은 완강했다. 정세운의 지위를 중서성 평장사로 올리고 교서까지 내렸다.

"이제 정세운에게 절월(節鉞)을 부여하노니 각처 군관 군사들은 감히 명을 고의로 어기거나, 총병관을 무시하고 과인에게 직접 전과를 올리는 자라도 군법으로 엄하게 다스릴 것이다!"

정세운은 당장 도당에 나가 재상들을 호령했다.

"죽령(竹嶺) 이남에 거주하는 자들은 모두 종군하라고 명하였는데, 아직까지 실행되지 않는 까닭이 무엇이오? 조정이 이래서야 어떻게 난국을 극복할 수 있단 말이오?"

그러고는 유숙을 지목하여 말했다.

"내일 당장 출정할 터이니 경은 지금 당장 군사를 점검하여 죽령에 대기토록 하시오. 만에 하나 기한 내에 닿지 않으면 책임을 면치 못할 것이오!"

재상들은 정세운이 마땅치 않았으나 왕명을 거역할 수 없었고, 위란에 처한 나라를 구하는 일이 우선이었다.

정세운이 기고만장해 있던 차에 마침 김용이 도당으로 들어섰다. 부월을 회수당한 장수의 모습은 물에 빠진 생쥐와 다를 바가 없었다. 정세운은 잔뜩 코가 빠져 있는 김용을 보고 비아냥거렸다.

"전쟁을 아이들 돌싸움 정도로 알았던 모양이지요? 적이 무서워 뒷걸음질이나 치다니요? 설사 산으로 도망가 숨는다 해도 적이 살아 있는 한 자기 목숨을 어찌 구할 것이며, 나라는 어찌 보전할 수 있으리오?"

김용은 주먹이 부르르 떨렸지만 감히 대거리를 못했다. 어제의 정세운이 아니었다. 이제 정세운의 지위는 2상(相)과 3재(宰) 한가운데 있었고, 왕명이 지엄했다. 김용은 이를 갈며 뇌까렸다.

'네놈이 지금은 하룻강아지 범 무서운 줄 모르고 날뛰고 있다만 어디 두고 보자!'

그러나 김용의 바람과는 달리 정세운은 승장이 될 수밖에 없었다.

이듬해인 공민왕 11년(1362) 정월, 도성이 바라보이는 청교역(靑郊驛)으로 20만 병력을 집결시킨 총병관 정세운은 곧바로 개경을 에워쌌다.

홍건적은 성 안에서 꼼짝도 하지 않았다. 그들은 이미 성벽을 온통 소와 말가죽으로 두르고 물을 뿌려 결빙시켜 놓았다. 성벽을 올라타더라도 미끄러질 수밖에 없었다. 그러나 날씨가 포근해지면서 때마침 내린 비로 성벽의 얼음이 녹기 시작했다. 정세운은 기회를 놓치지 않았다.

"이는 선왕들의 영령과 산천이 감동하여 우리를 도우려는 것이오!"

정세운은 안우, 김득배, 이방실, 한방신, 최영, 이성계 등 장수들을 독려하여 새벽을 기해 일제히 공격을 감행했다.

미끄러운 성벽을 믿고 단잠에 취해 있던 홍건적은 아군의 총공격에 혼비백산했다. 성 안에 갇힌 채 쥐새끼처럼 이리저리 몰려 달아나다 저희들끼리 밟혀 죽기도 하였다. 적의 머리를 베어낸 것이 무려 10여 만. 원나라 황제의 옥쇄를 비롯하여 금과 은에다 갖가지 병기들까지 노획물들이 산을 이루었다.

단 하루 만에 개경을 수복한 정세운은 복주에 있는 공민왕에게 승전보를 올렸다.

"신이 부월을 받자옵고 전선으로 나올 때는 전하께 누를 끼칠까 차마 두려웠습니다. 그러나 모든 군사를 총동원하여 개미 떼와 같은 적을 치고 들어가니, 군사들의 기세가 쏟아져 내리는 물과 같아서 적을 무찌르는 데 어려울 것이 없었습니다. 이제 강성했던 적을 격파한 것은 신 등의 공이 아니옵고 생각건대 전하의 은덕이오니……."

공민왕은 눈물을 흘리며 기뻐했다.

"오늘 나라를 회복한 것은 오로지 정세운의 공이로다. 이제 과인의 수치를 그가 씻어주었으니 그 공을 어찌해야 다 갚겠는가?"

공민왕은 내첨사(內詹事) 이대두리(李大豆里)를 보내 총병관 정세운에게 의복과 술을 내려 공을 치하하였다.

왕의 극진한 예우에 정세운은 으쓱하였다. 그러나 내내 전쟁터에 있던 장수들은 서운한 표정을 감추지 못했다. 그중 처음 병권을 맡았던 안우는 못내 씁쓸하였다. 전장의 공이란 으레 주장(主將)에게 돌아가기 마련이었다. 하지만 개경을 수복한 공을 전부 정세운에게 돌리는 데는 적지 않게 불만스러웠다.

사실 도성을 포위하고 있다가 포근한 날씨를 택하여 기습하자는 계책은 시중 홍언박이 내놓은 것이었다. 정세운은 적을 성 밖으로 유인하여 들에서 일전을 치르자고 고집을 피웠다. 아군의 군사력은 생각지 않고 우선 전공을 세우고 싶어 안달이 났던 것이다.

정세운의 말대로 했더라면 대패하고 말았을 터였다. 더욱이 정세운은 아군이 목숨을 걸고 적과 싸울 때, 임진강 건너 두솔원에 진을 치고서 전황만 살피고 있었다. 여차하면 뒤로 빠질 태세였다. 그러다 승리를 거두자 혼자 다 싸운 것처럼 거들먹거리는 꼴이 곱게 보일 리 없었다.

안우처럼 전공을 도둑맞았다고 생각하는 장수가 한둘이 아니었다.

· · ·

"들으셨소이까? 태후마마와 공주마마께서도 정세운에게 의복과 술을 내리셨답니다. 지난날 성상께서 저에게 옥띠를 내리자 그렇게 아까워했다던 공주마마께서 말입니다."

이방실은 안우의 아장(牙帳)을 젖히고 들어서면서부터 볼멘소리를 터뜨렸다.

"글쎄 말이오. 공을 세운 자 따로 있고 상을 받는 자 따로 있으니, 휘하의 병사들에게 무어라고 해야 할지, 그렇지 않아도 고민하고 있던 참이올시다."

"장수는 불벌(不伐)°이라 했거늘. 지금 정세운은 그동안 추위에 떨면서도 목숨을 걸고 싸웠던 군사들 전공은 아랑곳하지 않고 총변관으로 제 공만 앞세우고 있는데 전하께서는 그것도 모르시고……."

"총신이라 그런지 다르긴 한참 다른가봅니다!"

두 사람이 한참 동안 불만을 토로하고 있을 때, 누군가 조심스럽게 아장을 밀치고 들어서는 자가 있었다. 전 공부상서 김림(金琳)이었다.

"김용 총병관께서 보내신 밀서요. 밀서이니만큼 보신 다음에 꼭 불에 태워 없애라는 당부가 계셨소이다!"

그 말과 함께 봉서를 내던진 김림은 곧 사라졌다.

밀서를 읽어 내려가던 안우의 얼굴이 어느 순간 하얗게 질렸다.

"아니, 무언데 그리 놀라십니까?"

이방실의 말에 안우는 밀서를 건네주었다. 이방실 역시 실색을 하였다. 전 총병관 김용이 보낸 밀서에는 왕의 밀지(密旨)라는 것이 담겨 있었는데, 가히 충격적이었다.

> 정세운이 평소에 오만무례하여 과인의 심기를 어지럽히고 재상들을 능멸하기 일쑤였다. 홍적의 난을 당하여서는 늘 과인 곁에 있으면서 조종(祖宗)의 덕이 없음을 한탄하고 전선에 나가 있는 장수들을 모함했다. 과인이 정세운을 총병관으로 임명한 것은 사실 꼬투리를 잡아 처형하려던 참이었다. 그런데 운 좋게도 피 한 방울 묻히지 않고 공을 차지하게 되었으니 개탄할 일이다. 장차 정세운의 교만과 위세를 어찌 보겠는가?

• 장수가 자기의 공을 결코 자랑해서는 안 된다는 말.

그대(김용)는 안우, 김득배, 이방실 3원수로 하여금 속히 정세운을 처단하여 과인의 오랜 근심을 덜고 논공행상을 바르게 잡도록 하라!

공민왕이 내렸다는 밀지는 순전히 김용이 꾸민 것이었다. 김용은 왕의 총애가 정세운에게 쏠리게 되면서 수모를 당할 것이 두려워 모살할 생각까지 한 것이었다.

정세운을 은근히 경원시하던 안우와 이방실은 밀서를 덜컥 믿었다. 정세운이 총병관으로 뛰어오른 과정부터가 딴은 그럴듯했던 것이다. 안우와 이방실은 밀서를 들고 김득배의 아장을 찾았다.

김득배 또한 놀라기는 마찬가지였다. 그러나 김득배는 밀서를 쉽게 믿지 않았다.

"이제 겨우 적을 물리쳤는데, 총병관을 어찌 우리 손으로 죽인단 말이오? 옛날 양저(穰苴)는 함부로 장가(莊賈)를 죽였으나, 위청(衛靑)은 소건(蘇建)을 죽이지 않았소이다.* 이것은 고금의 교훈이올시다. 하물며 성상께서 직접 보낸 밀지도 아닌데 총신을 모살하라니, 섣불리 움직일 수 없어요. 그러니 성상의 진의를 분명히 알 때까지 기다리도록 합시다!"

안우는 마음이 급했다.

"밀지에는 신속히 처단하라고 되어 있소이다. 성상이 계시는 행궁이 여기서 천리길인데, 어느 세월에 진의를 파악한다는 말이오?"

"그러니까 더욱 신중을 기해야지요? 나라에는 엄연히 율(律)이 있소이

---

* 제나라 때 나라가 위기에 처하자 출신과 지위가 미천한 전양저에게 병권을 맡겼다. 양저는 군율을 엄히 세우기 위한 계략으로 왕의 총신 장가를 처형하였다. 위청은 한무제 때 사람으로 역시 미천한 출신으로 병권을 쥐었다. 흉노와의 싸움에 천자의 총신 소건이 죽을 죄를 지었으나 위청은 총신이라 하여 함거에 가두어 행재소로 보내 황제가 결정토록 하였다.

다. 지은 죄가 아무리 무겁다 해도 죄를 자복시킨 다음에야 처형하는 법이거늘. 죄를 묻기도 전에 주살시키는 것은 성상께도 도리가 아니올시다."

이방실의 언성이 높아졌다.

"김 원수! 참으로 답답하시구려. 성상께서 오죽하시면 밀지를 다 내렸겠소이까?"

"아무리 그렇다 한들 장수에게 부월을 내리는 것은 장수의 위엄을 높이기 위한 것입니다. 더욱이 교지까지 내려 총병관으로 명한 장수를 함부로 죽일 수 없는 일입니다!"

"그렇다면 이것이 가짜라는 말이오?"

"단정할 수는 없지만……. 이미 부월을 거둬버린 사람을 통해 밀지를 내립니까? 우리들 중 한 사람을 불러 내릴 수도 있는 일이며, 믿을 만한 사람으로 따진다면 전하의 외척인 시중대감도 계시지 않소이까?"

"김 원수, 평장사 김용이 누구입니까? 전하의 좌명(佐命)공신이올시다. 지금 백관들 중에 그만한 총애를 입은 자가 누가 있습니까?"

"……."

"그런데 밀서를 가지고 온 자는 누구였습니까?"

잠자코 있던 이방실이 대답했다.

"전 공부상서 김림이었소."

김득배는 고개를 갸우뚱하더니, 이방실에게 되물었다.

"그자는 김 재상의 문객이 아닙니까?"

"김 재상의 조카뻘 된다 하더이다. 아무래도 믿을 만한 사람이 없으니 그를 보낸 것이겠지요?"

안우는 김득배와 이방실을 번갈아 보더니, 결연히 말했다.

"임금의 명이 비록 잘못되었다 할지라도 신하된 자는 오직 봉행만 있을 따름이니, 오늘이라도 총병관을 도모해야 할 일입니다."

"김 원수! 어찌하실 생각이오?"

이방실이 김득배의 결심을 재촉했다. 못내 의심을 떨쳐버릴 수는 없었지만 김득배도 결국 두 사람의 말을 따르기로 했다.

"두 분 원수의 뜻이 정 그렇다면 제가 반대해도 소용이 없겠구려. 다만, 그 밀서는 없앨 것이 아니라 도원수께서 간직하고 계시지요."

그날 밤. 안우는 사람을 보내 자신의 아장으로 정세운을 청했다.

"총병관의 탁월한 지휘로 적을 물리쳤으니 군사들이 공경해마지않사옵니다. 이에 저와 여러 원수들이 함께 소연을 마련하여 오늘 밤 총병관을 위로코자 하옵니다!"

정세운은 아무런 의심 없이 냉큼 안우의 아장을 찾았다. 그러나 그를 맞이한 것은 쇠도리깨였다. 정세운은 무어라 한마디도 못한 채 그대로 절명하고 말았다.

· · ·

정세운이 피살되었다는 소식을 가장 먼저 공민왕에게 아뢴 자는 김용이었다.

"전하, 아뢰옵기 황송하오나 진중에 자중지란이 일어난 모양입니다."

"자중지란이라니, 그게 무슨 소리오?"

"안우, 김득배, 이방실, 이들 3원수가 총병관 정세운을 격살했다 하옵니다!"

공민왕이 벌떡 일어섰다.

"대체, 대체 그게 무슨 말이오? 총병관을 격살하다니?"

"그렇사옵니다."

"무슨 연유로 그자들이 총병관을 죽였단 말이오?"

김용은 짐짓 생각만 해도 무섭다는 듯, 온몸을 벌벌 떨었다.

"아뢰옵기 황송하오나, 개경 수복에 따른 공을 총병관이 독차지하자 이에 장수들이 불만을 품고 저지른 모양이옵니다."

"그렇다고 주장(主將)을 죽이다니, 당장 이자들을 처단하지 않고 재상들은 무얼 하고 있다는 말이오?"

공민왕은 분노했고, 모사를 꾸며놓고 내심 조바심을 치던 김용은 속으로 쾌재를 불렀다. 그러면서도 짐짓 왕을 진정시켰다.

"전하, 3원수는 지금 삼한을 수복한 공으로 민망이 모아지고 있습니다. 더욱이 그들의 수중에는 군사들이 있사온데, 섣불리 처단하려 들었다가는 난을 초래할지도 모를 일이옵니다. 하오니 전하께서는 3원수를 안심시켜 행궁으로 불러들이소서. 그때 가서 죄상을 물어도 늦지 않을 것입니다."

"총병관을 함부로 죽인 자들인데, 어떻게 안심시킨단 말이오?"

"전하, 신이 한때 총병관으로서 그들을 수하에 거느렸던지라 누구보다 잘 안다 할 수 있사옵니다. 그자들이 전하께 불측한 마음을 먹었을 리는 없습니다. 다만 사람들이 용렬하여 공을 탐냈을 것입니다."

"그러니 임금의 명이 지엄함을 보여야 할 것이 아니오?"

"하오나 지금은 불편한 심기를 감추소서. 온화한 말씀으로 그들을 달래서야 하옵니다. 겉으로는 그들의 죄를 용서하시고 오히려 상을 내린다 하소서. 그러면 틀림없이 행궁으로 올 것이옵니다. 다만, 이 일은 믿을 만한 사람에게만 맡기는 것이 좋을 듯하옵니다."

김용의 음흉한 속내를 알 리가 없는 공민왕은 모든 것을 김용에게 맡겼다.

"그럼, 경이 알아서 그자들을 불러들이시오. 과인이 직접 그들을 국문할 것이오."

김용의 계략은 맞아떨어졌다. 손에 피 한 방울 묻히지 않고 정적 정세운을 제거하고, 이제 3원수를 처단하는 일까지 제 손에 쥐어진 것이다. 공민왕은 그런 줄도 모르고 지주사(知奏事) 원송수(元松壽)를 3원수에게 보내, 정세운이 마땅히 죽을 짓을 했으니 그를 죽인 죄를 용서한다는 교서를 내렸다.

안우는 왕이 의복과 술까지 내리는 것에 감격하여 왕이 행궁으로 부른다는 말에 즉시 복주로 향했다. 그러나 안우를 기다리고 있는 것은 김용의 사주를 받은 목인길의 칼이었다. 안우는 김용이 보냈다는 밀서를 들어 보이며 소리를 쳤다.

"내게 죄가 있다면 죽어 마땅하나, 전하를 먼저 뵈옵고 이 밀서를 보여 드린 다음에 죽어도 죽을 것이다! 어서 전하를 뵙게 하라!"

하지만 목인길은 안우의 말을 귀에 담지조차 않았다. 안우는 발등을 찍고 싶었지만 이미 돌이킬 수 없는 일이었다.

안우가 죽었다는 말을 듣고 김득배와 이방실은 재빨리 도망을 쳤다. 공민왕은 그들을 더욱 의심할 수밖에 없었다. 왕은 대장군(大將軍) 오인택(吳仁澤)과 어사중승(御史中丞) 정지상(鄭之祥) 등으로 하여금 이방실과 김득배를 체포토록 했다. 결국 이방실은 용궁현(龍宮縣 : 예천)에서 살해당하고, 김득배는 산양현(山陽縣 : 문경)에 숨어 있다 붙잡혀 죽었다.

． ． ．

김득배가 효수된 뒤였다. 그날따라 추적추적 비가 내리는 상주 거리에
한 젊은 선비가 나타났다.

예문검열(藝文檢閱) 정몽주였다. 정몽주는 김득배의 시신 앞에서 통곡했
다. 김득배는 바로 정몽주의 좌주(座主). 좌주란 과거를 주관한 지공거와
동지공거를 급제자가 스승으로 높여서 부르는 말이었다. 좌주 또한 급제
자들을 문생(門生)이라 하여 평생을 제자로 여겼다.

정몽주는 좌주 김득배에 대해 말할 때마다

"내가 오늘 이 자리에 있게 된 것은 모두 좌주의 덕이다. 좌주는 나의
어버이와 같다."

라고 할 만큼 김득배를 공경했다.

정몽주가 과거에 장원하여 세상에 이름을 떨치긴 했으나 1년이 넘도
록 벼슬을 받지 못했다. 정몽주 위로 3대에 걸쳐 실직(實職)을 가진 이가
없으니 가문이 한미하다는 이유로 대간에서 고신(告身)에 서명해주지 않
았던 것이다.

의종 대의 충신 정습명(鄭襲明)의 후손임을 자부하던 정몽주로서는 괴
롭고 답답한 일이었다. 청운의 꿈은 산산이 부서지고, 세상과는 영영 단
절되는 듯싶었다. 그때 정몽주는 미칠 것만 같았다.

정몽주는 좌주인 김득배를 찾아가 심정을 토로했다. 그러자 김득배는
대간의 처사에 분노하며, 공민왕에게 직접 아뢰었다.

"전하! 경자년방에 장원한 정몽주로 말할 것 같으면 충신 정습명의 후
손이옵니다. 그럼에도 대간에서 그의 재주를 시기하여 국사를 우롱하고

있사옵니다. 일찍이 삼한에 정몽주와 같이 뛰어난 인재가 드문 일이온데, 그를 초야에 썩히는 것은 곧 전하의 불행이라 아니할 수 없습니다!"

공민왕은 김득배의 청을 가납하여 정몽주를 예문검열에 제하였다. 김득배가 아니었다면 정몽주의 벼슬길은 아예 열리지 않았을 것이다.

그런 김득배가 억울하게 죽음을 당하자 정몽주는 부모상을 당한 것처럼 슬퍼하며, 모든 사람이 외면하는 김득배의 시신을 손수 수습했다.

군사부일체(君師父一體)라 하였다. 임금과 스승, 아버지의 은혜가 다 같은데 하물며 은공을 입은 좌주임에랴.

정몽주는 김득배의 제를 올리며 통곡했다.

5. 풍성의 칼 백아의 거문고

　김용은 아무런 죄의식이 없었다. 오직 들킬 것만이 두려웠다. 거짓이 또 다른 거짓을 만들면서 김용은 하루하루가 바늘방석과 같았다. 공민왕은 아직 아무것도 모르고 있지만 환도가 이루어지고 조정이 제 자리를 잡으면 백일하에 드러날 일이었다.

　다른 죄라면 왕에게 무릎을 꿇고 빌면서 목숨을 구걸하겠지만 왕을 기만해서 나라를 구한 장수들을 살해한 죄는 죽음을 면할 수 없었다. 김용은 아무리 머리를 굴려보아도 살 수 있는 궁리가 떠오르지 않았다. 홍왕사로 거처를 옮긴 왕은 강안전(康安殿)이 모양만 갖추는 대로 환궁할 계획이었다. 김용은 더욱 초조해졌다.

　그런데 김용에게 천만뜻밖의 왕명이 떨어졌다. 평장사인 그에게 순군제조(巡軍提調)를 겸하라는 것이었다. 순군은 치안과 옥사를 맡아 적지 않은 군사들을 거느리는 곳. 김용의 가슴속에 시커먼 야심이 꿈틀거리기 시작했다.

'이의민, 최충헌 같은 자들도 임금을 제 손바닥에 쥐고서 죽였다 살렸다 했는데, 나라고 해서 임금을 두려워할 게 무언가. 난세에는 영웅을 필요로 하는 법. 자고로 칼에 피를 묻히지 않고 태어난 호걸이 어디 있을까? 상(上)을 도모한 뒤에 대신들 몇 놈만 해치우면 백관들이야 찍소리 못 할 테고, 왕은 심왕을 모셔온다고 누가 뭐라 할 것인가!'

급기야 김용은 왕을 살해할 음모를 꾸몄다. 오래 전부터 적지 않은 문객(門客)들을 거느리고 있던 김용은 순군에다 그들을 포열시켰다. 문객들 대부분이 반평생을 백수로 세월이나 축내고 있다가 황감하게도 직첩을 꿰찼으니 주인의 말이라면 죽는 시늉이라도 할 자들이었다.

김용은 한편으로는 숨을 죽이고 있던 부원 세력에게 은근히 손을 뻗쳤다. 부원 세력은 왕 앞에서 겉으로야 충성을 하는 척했지만 아직도 원나라에 대한 향수에 젖어 있는 치들이었다.

김용은 문객들 중에 순군제공(巡軍提控) 화지원(華之元)과 김수(金守), 조련(曹連) 등을 불러 은밀하게 말을 꺼냈다.

"심왕께서 내게 천자의 밀지를 보내왔다네!"

세 사람은 천자의 밀지라는 말에 놀라 입을 떡 벌렸다. 정세운을 제거할 때 왕지를 사칭했던 김용은 이번에는 천자의 밀지를 사칭할 셈이었다. 김용은 주위를 한 번 더 살핀 다음에 목소리를 한껏 낮추었다.

"내, 천기(天機)를 누설하는 것은 그만큼 자네들을 믿기 때문……. 천자와 황후가 고려 왕을 원수로 여기고 있는 터. 바로 덕흥군을 옹립하라는 것일세. 자, 어찌하겠는가? 공을 세우고 나와 함께 평생 부귀영화를 누릴 것인가, 아니면 내 손에 죽을 것인가?"

김용의 간교한 말투와 눈빛은 불식간에 세 사람을 위압하였다. 그들은 망설이고 말 것도 없이 김용의 역모에 엮이었다. 설사 아니라 한들 김용에 의해 죽음을 면치 못할 처지였다.

윤3월 초하룻날 밤. 김용은 복면을 하고서 화지원과 김수 등 50여 명의 무리를 앞세워 흥왕사로 쳐들어갔다. 김용은 처음부터 공민왕의 침전만 노렸다. 시위패와 환관들이 저항했지만 난적을 당해내지 못했다. 난적들은 곧장 침전으로 들어가 잠들어 있는 왕에게 칼을 꽂았다.

그러나 그들이 살해한 자는 공민왕이 아니라 환관 안도적(安都赤)이었다. 공민왕의 침전 곁방에 있던 환관 이강달(李剛達)과 안도적은 행궁이 갑자기 소란해지면서 칼부림 소리가 들리는 순간 난적이 든 것을 직감했다. 이강달은 다급하게 공민왕을 깨운 뒤, 안도적에게 말했다.

"너는 어서 성상의 침상에 가서 드러눕거라. 설사 난적들이 닥치더라도 꼼짝하지 말고……! 이 나라 사직이 네 한 몸에 달려 있음이야!"

난적들을 피해 창문으로 빠져 나온 이강달은 왕을 업고 태후의 침실로 숨이 끊어져라 달렸다. 그야말로 간발의 차이였다. 이내 침전으로 들이닥친 난적들은 안도적이 왕인 줄 알고 그대로 칼을 내리꽂았던 것이다.

태후는 공민왕을 요로 뒤집어씌우고 밀실에 숨겼다. 그리고 문 앞에는 노국공주가 지키고 섰다. 난적이 들이닥친다면 공주가 목숨을 걸고서라도 막을 태세였다.

그러는 사이 김용은 무리들을 도성에 풀어 시중 홍언박을 살해토록 했다. 그런데 공민왕이 아니라 환관이 대신 죽었다는 사실을 알고, 김용은 재빨리 흥왕사를 빠져나왔다. 복면을 벗어던진 김용은 말을 몰아 순군으로 내달렸다. 순군으로 돌아온 김용은 다급하게 다른 병력을 소집하였다.

"지금 행궁에 난적이 들었다. 감히 우리 임금에게 해를 끼친 자는 한 놈도 살려둘 수 없으니, 너희들은 나를 따르라!"

복면을 썼을 때는 난적이었지만 복면을 벗고 난적을 토벌하는 장수로 돌변한 것이다. 난적의 수괴였다는 사실조차 김용의 기억에는 없는 것 같았다. 김용은 용기백배하여 더 큰소리로 순군들에게 호령을 했다.

"난적들을 쳐 죽이고 공을 세우자. 용감하게 싸우는 자는 상을 줄 것이요, 뒤로 물러서는 자는 벌을 면치 못할 것이다!"

이때 밀직사의 최영과 밀직부사 우제(禹磾), 지도첨의(知都僉議) 안우경(安遇慶) 등이 군사를 편성하여 토벌에 나섰고, 날이 밝았을 때는 난적의 무리들이 다 잡혔다. 난적으로 잡힌 자가 90여 명. 애초에 김용이 앞세웠던 무리는 50여 명이었다. 그중에는 도망친 자들도 있을 터, 나머지는 다 억울하게 붙잡힌 자들이었다.

김용은 그들을 모두 그 자리에서 죽이고 말았다. 입을 막기 위해서였다. 그러고도 김용은 최영, 우제 등과 같이 토적(討賊) 1등 공신에 책록되었으니 원통하게 죽은 자들의 한이 하늘에 사무쳤던 것일까. 며칠 동안 달빛마저 광채를 잃어버렸다.

변란은 하루도 채 못 돼 평정되었지만 수괴가 누구인지 그야말로 오리무중이었다. 공민왕은 이인복과 우제로 하여금 순군에서 난적들을 국문토록 했다. 그러나 대부분 억울하게 잡혀온 자들이었고, 정작 심문해야 할 난적들은 이미 살해된 뒤였다.

이인복은 홍왕사 적난의 수괴로 처음부터 김용을 의심했다. 우선은 난적들 대부분이 순군에 속한 군사들이었다. 또 난적으로 잡힌 자들 대부분이 순군으로 끌려오기 전에 현장에서 즉살되었다는 사실이 의심을 사기에 충분했다. 만약 김용이 떳떳하다면 난적들을 국문하여 수괴와 배후를 밝혔어야 했다. 그렇지 않아도 총병관 정세운 격살과 3원수의 죽음에 의혹의 눈길을 받고 있던 김용이 순전히 자신의 죄를 덮으려 왕까지 시해하려고 변란을 일으킨 것이라고 결론내린 이인복은 참담한 심정으로 공민왕에게 아뢰었다.

"전하, 이번 역모는 평장사 김용이 저지른 짓이옵니다!"

왕은 자신의 귀를 의심했다.

'김용이라니?'

왕은 대번에 이인복에게 역증을 냈다.

"이보시오, 김용은 과인의 고굉지신인데 무엇 때문에 반역을 저지른단 말이오?"

"전하, 김용을 순군에 가두고서 심문하면 죄상은 백일하에 드러날 것이오니, 당장 그자를 잡아들이도록 하소서. 그렇지 않으면 또 어떤 간악한 음모를 꾸밀지 모르옵니다!"

"그만, 그만하시오!"

왕은 앞에 놓인 탁자를 주먹으로 쳤다. 용안이 무섭게 일그러졌다.

"공은 어찌하여 과인의 총신에게 그리 의심을 둔단 말이오. 내 생각해 보니, 지난날 조일신의 난 때도 그를 죽이도록 한 것도 공이 아니었던가?"

왕의 말은 비수가 되어 이인복의 가슴에 꽂혔다. 기철을 주살하려다 실패한 조일신이 조정을 장악하자 공민왕은 이인복을 불러 대책을 물었고, 이인복은 왕을 위해 정동행성에서 체포토록 했던 것이다. 그때의 일을 왕은 지금까지 마음에 담아 두고 있었던 것이다.

그러나 왕도 알고 있었다. 그때 이인복이 아니었더라면 조일신의 난을 제대로 수습하지 못하고, 자칫 왕위마저 위태로웠을 것이다. 그런데 홍왕사 변란의 수괴가 또 왕의 총신인 것을 이인복이 바로 잡아내니 한순간 억하심정에서 하는 말이었다.

그만큼 왕은 믿고 싶지 않았다. 김용은 누구보다 아끼던 총신이었다. 그와 더불어 원나라에서 온갖 신고를 겪었던 수종공신이자, 기철을 제거하는 데도 신명을 다했던 자였다.

김용의 벼슬은 평장사에 올라 수년 동안 3재(宰)의 반열에 들었다. 그동안 수백 결의 토지와 수십 명의 노비도 내렸으니 재물도 웬만한 부호 못지 않게 쌓았을 터였다. 임금의 말이라면 죽는 시늉이라도 하던 자였다. 그런 자가 임금을 시역하려 했다는 사실이 믿기지 않았던 것이다.

이인복은 괴로워하는 공민왕을 차마 제대로 바라볼 수 없었다. 그렇다고 지체할 수는 없는 일이었다. 다시 한 번 간곡하게 왕에게 아뢰었다.

"전하, 지난해 총병관 정세운과 안우, 김득배, 이방실 원수의 죽음도 세상에서는 김용이 간계를 부린 것이라는 소문이 파다하온데, 시중 홍언박을 천살한 죄는 또 얼마나 무거운 죄입니까? 속히 김용을 국문케 하시어 국법에 따라 엄하게 다스리소서!"

공민왕은 신음을 삼키며 말했다.

"알았소. 다만, 김용을 과인에게 데려오시오. 내 친히 국문하리다!"

공민왕 앞에 부복한 김용의 낯빛은 이미 사색이었다. 왕의 눈빛에서는 차마 말로 표현하지 못할 애증이 교차했다. 지난날 조일신을 주살시켰을 때의 아픈 기억이 되살아났다. 왕이 무겁게 말문을 열었다.

"홍왕사의 적변이 정녕 그대의 짓이던가?"

왕의 목소리는 무겁게 가라앉아 있었다. 김용은 대답이 없었다.

거짓이나마 아니라는 소리를 듣고 싶었다. 그러나 김용은 고개를 떨어뜨린 채 부들부들 떨 뿐이었다. 닥쳐올 죽음이 두려운 것이다. 왕은 더 이상 물어볼 말이 없었다.

"그대의 죄는 마땅히 참형에 처할 것이나, 지난날 과인에게 신명을 다했던 공을 생각하여 목숨만은 살려주겠노라. 멀리 원도로……."

공민왕은 끝내 말을 맺지 못했다. 김용에 대한 배신감보다는 믿고 의지하던 신하를 잃었다는 사실이 더 괴로웠다. 왕은 김용을 죽이지 않고 밀성(密城)으로 귀양 보냈다. 그러자 대신들이 우르르 들고일어났다. 대간과 사헌부에서도 연일 상서를 올렸다. 말이야 백번 옳았다. 왕을 시해하려던 역적을 어찌 살려둘 수 있단 말인가.

결국 공민왕은 김용을 참형에 처하지 않을 수 없었다. 그의 머리는 개경에서 효수되고, 사지를 찢어 각 도에 조리돌림을 시켰으며 그가 살던 집은 허물고 연못을 파버렸다.

김용이 참형되자 앓던 이가 빠진 양 시원하게 여기지 않은 이들이 없었다. 그러나 공민왕은 홀로 눈물을 흘렸다.

'황하(黃河)가 마를 때까지, 태산(泰山)이 숫돌만큼 작아질 때까지 영원하리라던 군신의 맹세는 정녕 헛되고 헛된 말이었던가.'

탄식과 회의가 물밀듯이 일면서 공민왕은 정사에 의욕을 잃어버렸다.

· · ·

전란이 할퀴고 간 상처들은 깊었다.

홍건적을 물리치고도 1년이 넘도록 공민왕은 개경으로 환궁하지 못했다. 도성이 초토화돼 버린 통에 임금이 머물 만한 곳이 없었던 것이다. 복주(안동)에서 청주로 옮겼던 공민왕은 이듬해 2월에야 도성 남쪽에 있는 덕수현(德水縣) 홍왕사(興王寺)에 겨우 행궁을 마련하였다. 그러다 홍왕사의 변란 이후에는 전 찬성사 강득룡(姜得龍)의 사저로 옮겼고, 수시로 대신들의 집을 떠돌았다. 임금이 그 정도이니 백성들의 삶은 비참하기 짝이 없었다.

시커멓게 그을린 궁성, 폐허가 된 민가, 끊이지 않는 통곡 소리, 거리마다 산더미처럼 쌓여 있는 백골들은 전란의 참상을 고스란히 말해 주었다. 조정에서는 백골을 땅에 묻는 자에게 하루 세 끼 양식을 주고, 닷새에 포한 필씩을 떼어주었지만 거리에는 여전히 흉물이 굴러다녔다.

거리는 부모를 잃은 아이들이 짝을 지어 몰려다녔다. 먹을 것을 구걸하러 다니는 것이다. 아이들 서넛이 길가에 쭈그리고 앉아 있는 것을 보고 도전이 가던 길을 멈추었다. 베옷으로 가릴 것만 대충 가린 아이들은 땅에서 무언가를 열심히 파고 있었다.

도전은 아이들에게 다가가려다 말았다. 뒤를 돌아보던 한 아이와 눈이 마주쳤는데, 도전을 보고 두려워하는 기색이 역력했던 것이다. 도전은 그 이유를 곧 알아차렸다. 자신이 관복을 입고 있었기 때문이었다.

아이들마저 벼슬아치를 피하고 있는 것이다.

도전이 먼저 아이의 눈길을 피해 돌아섰다. 그리고 멈추었던 걸음을 다시 재촉했다. 아이의 눈이 뒷덜미에 날아와 박히는 것만 같았다.

포의(布衣)를 벗고 관복을 처음 걸칠 때만 해도 자랑스러웠다. 하지만 지금은 자신이 입고 있는 관복에 두려움마저 들었다. 도전은 되뇌었다.

'나는 무엇을 두려워하는 것일까!'

친민(親民).

군자는 백성을 가까이해야 한다. 그런데 무엇을 어떻게 하는 것이 백성들을 가까이하는 것일까. 벼슬이란 위로는 임금을 섬기고 아래로는 백성을 섬겨, 상하를 조화롭게 하는 것이라 했다. 임금을 섬기는 도는 충성과 신의에 있다. 그렇다면 백성을 섬기는 도는 과연 무엇인가.

백성들에게 나는 무엇을 할 수 있을 것인가. 그보다 백성들은 어떤 존재일까. 백성들이라고 해서 다 어리석은 것일까. 아니 그보다 나는 어떤 존재일까. 사족(士族)으로 태어났으니 글을 배웠고, 글을 배웠으니 벼슬에 올랐다. 그러나 조정에는 음모와 술수가 난행하고 있다.

아, 세상이 다 혼탁한데 나만 홀로 깨끗할 수 있을까. 뭇 사람이 다 취했으나 나만 홀로 깨어 있을 수 있을까.

걷고 있는 동안 상념들이 끊임없이 이어지고, 길은 어느덧 광화문께에 이르렀다.

예문관에 있는 정몽주를 만나러 가는 길이었다.

예문관은 본래 보문각(寶文閣)과 더불어 궁궐 안 정전(正殿) 바로 뒤편에 있었다. 그러나 전란으로 참화를 입은 지금은 광화문 대로에 있는 도당(都堂) 곁에 임시로 분사(分司)를 설치하여 정무를 보고 있었다. 조정이 대부분 그런 형편이었다.

광화문에서 숭인문으로 쭉 뻗어 있는 십자대로는 수레와 부역꾼들로 제법 붐볐다. 궁성을 새로 쌓는 역사가 한창이었다. 화려함과 위용을 자랑하며 황궁(皇宮)으로 불렸던 궁궐은 옛 모습을 찾을 수 없었다.

도전이 찾아왔다는 말을 듣고 정몽주가 반갑게 뛰어나왔다. 함박웃음을 지으며 나오는 정몽주를 대하자 방금 전까지 우울했던 도전의 기분도 금세 좋아졌다.

두 사람 사이에 징검다리를 놓아준 것은 주자(朱子)의 신학문이었다. 성리학은 정몽주뿐만 아니라 이색을 필두로 하여 이존오와 이숭인, 권근, 하륜 등 신진사대부를 하나로 묶는 끈이 되었다. 그중에서도 정몽주는 도전에게 큰 힘이 되어주었다.

"어서 오세요. 그렇지 않아도 궁금했는데 충주사록(忠州司錄)에 제배되었다면서요?"

정몽주가 반가워하며 묻는 말에 도전은 겸연쩍어했다.

"예, 그렇답니다."

"드디어 출사(出仕)하게 되었구려. 경하드립니다. 경하드려요!"

"고맙습니다, 사형!"

지난해(공민왕 11년, 1362) 10월 거행된 예부시에 급제한 도전은 올 봄에 충주사록으로 첫 벼슬을 받은 터였다. 정몽주는 자기 일처럼 기뻐하며 팔을 크게 벌리고 도전을 한껏 치켜세웠다.

"이렇게 석갈*하고 나니 과연 인물이 훤하십니다. 정 사록이 충주에 내려가려면 정청이 다 훤하겠구려. 하하하!"

도전은 멋쩍게 웃었다.

"원 별말씀을."

"충주에는 언제 내려갈 겁니까?"

"내일 내려갑니다."

"아니, 그럼 환송연은 어떡합니까? 섭섭해 할 친구들이 여럿일 텐데요?"

"도성이 이토록 어수선한데, 그냥 넘어가지요. 그래서 제가 일부러 찾아다니지 않습니까?"

"그래요. 내려가시면 거, 아전들이 햇병아리 벼슬아치라고 텃세깨나 부

---

* 釋褐, 과거 급제자가 포의(布衣)를 벗고 관복을 입는 것을 두고 하는 말.

리고 면신례(免新禮)를 톡톡히 치를 겁니다."

"하하하! 각오하고 있습니다."

처음 벼슬살이를 나가면 상하 관원들이 신관을 짓궂게 놀리는 것을 신례(新禮)라고 했다. 신관에게 술과 음식을 요구하고 주연에서 갖가지 흉내를 내보라고 시키기도 하고, 때로는 괜한 까탈을 잡고 일부러 망신을 주었다. 과거에 갓 등제하여 어깨에 잔뜩 힘이 들어가 있는 신관의 콧대를 꺾어놓자는 셈이었다. 신례를 면해야 비로소 같이 자리에 앉을 수 있었다.

"그런데, 지금 어딜 다녀오는 길인 듯한데?"

정몽주의 물음에 도전의 얼굴빛이 금세 침울해졌다.

"이번 홍왕사의 변란으로 돌아가신 홍언박 대감 댁에 문상하고 오는 길입니다."

홍언박은 도전의 좌주였다. 임인년 과거에서 시중 홍언박이 지공거, 지도첨의(知都僉議) 유숙(柳淑)이 동지공거가 되어 박실(朴實), 강호문(姜好文) 등 33인을 뽑았던 것. 과거에 붙고 나자 사람들은 몹시 부러워하며 말하였다.

"지공거 홍언박은 공훈 있는 외척에다 수상이요, 동지공거 유숙은 임금이 총애하는 신하이니 그 문생들은 출셋길이 훤하게 열린 셈일세!"

하지만 홍언박은 홍왕사의 변란을 일으킨 김용에 의해 그만 살해되고 말았다. 물론 도전은 좌주에게 의탁하려는 마음은 손톱만큼도 없었다. 오히려 동지공거였던 유숙의 말을 평생 새겨듣고자 했다.

"군자는 당파를 맺지 않는 것이니, 나는 누구와도 당파를 맺지 않겠다. 여러분은 한마음 한뜻으로 오로지 임금만을 받들기 바란다!"

그렇다 해도 졸지에 좌주를 잃은 슬픔은 부모를 잃은 슬픔과 다를 바 없었다. 정몽주의 얼굴에도 어느새 그늘이 졌다. 자신 역시 좌주 김득배를 김용의 모략으로 잃은 슬픔이 되살아났던 것이다. 정몽주는 분개하며 말했다.

"간신의 흉계에 어찌 그리도 속절없이 당하다니. 조정 대신들도 눈이 있고 귀가 있을 터인데, 화를 당하고서야 알다니 참으로 모를 일이오."

"홍왕사의 변란으로 달이 본래의 빛을 잃고 밤이면 구름이 없는 데도 흐린 것은 분노가 하늘에 사무쳤던 것이지요."

김용의 반란으로 갑자기 좌주를 같이 잃은 두 사람은 동병상련과 함께 서로에게 동지 의식을 강하게 느꼈다.

"그런데, 정 사록, 내 그렇지 않아도 한번 만날 생각이었는데 마침 잘 오셨소. 나는 이번에 예문관을 떠날 참이오."

갑자기 정몽주가 화제를 돌렸다. 도전은 깜짝 놀랐다.

"아니, 대간에서 또 무슨 까탈을 잡았습니까?"

"아니오. 이번 일은 스스로 결정했소이다. 나의 좌주이신 한방신 대감께서 동북면에 도지휘사로 나가시는데 종사관으로 따라갈 작정입니다."

한방신은 정몽주가 급제한 과거의 동지공거였다. 도전에게 정몽주의 말은 전혀 뜻밖이었다. 글을 하는 선비로서 붓대를 잡고 임금의 말씀을 대신하여 초(草)를 잡고, 교지(敎旨)를 지어 사방에 펴는 것이 포부라고 늘 말했던 정몽주가 군막에 종사관으로 나간다니. 도전이 의아해서 물었다.

"북변이 늘 불안한데 하필 이럴 때 북방으로 종군하신다구요?"

정몽주는 담담하게 말했다.

"세상은 어지럽고 조정이 너무 시끄럽지 않소? 나라를 살리고 백성을 살린 사람이 억울하게 주살을 당해도 누구 하나 따지지 않고, 임금의 고임을 받던 총신이 하루아침에 역적이 되는 조정이 갑자기 싫고 무서워졌소. 이럴 때 차라리 종군하여 북변도 한번 살필 겸 조정에서 멀어지는 게 마음이 편할 듯싶소."

출사할 때부터 고신이 떨어지지 않아 조정에 염증을 느끼고 있던 정몽주는 좌주 김득배의 죽음과 홍왕사의 변란을 지켜보면서 내심 갈등이 컸던 것이다. 정몽주의 심정을 이해할 수 있었다. 그러나 정몽주 없는 개경이 얼마나 허전할지를 생각하니 벌써부터 마음 한쪽이 싸했다.

"사형이 떠나면 앞으로 글은 누구와 논합니까?"

"하하하! 곧 돌아오게 되겠지요. 정 사록도 그동안에는 충주에 계실 것 아닙니까? 정 사록만 떠나고 나만 남았더라면 내가 더 허전해서 어찌 견디란 말이오?"

"그래도 북방은 너무 멉니다."

"세상살이에 만나고 헤어지는 것은 다반사. 다만 언젠가 우리도 한데 모여 큰 뜻을 펼칠 때가 다가올 것이오."

큰 뜻. 그 한 마디가 도전의 가슴으로 선뜻 다가왔다.

"암, 그래야지요. 모쪼록 북방에 가시면 북변을 평정할 계책도 한번 구상해 보시지요. 언제까지 오랑캐 무리한테 시달릴 수는 없는 일 아니겠습니까? 지난날 고구려의 옛 땅을 회복한다면 변방이 크게 안정되고 그곳 백성들도 이 나라로 마음이 돌아올 것입니다."

"음, 북변을 평정한다?"

"태조 대왕께오서 삼한을 통일하셨을 때는 장차 북방의 옛 땅을 회복하리라는 의지가 있었습니다. 허나 송나라 이후로 북방의 거란, 여진, 몽골이 차례로 흥기하니 의지가 꺾이고 지금까지 저들에게 수난을 당하니, 장차 우리의 옛 땅을 회복하지 않으면 수난은 자손만대에 이어질 것 아니겠습니까?"

정몽주는 도전의 뜻과 기상이 다른 선비들과는 자못 다르다는 것을 깨달았다.

"우리 정 사록은 역시 웅휘한 기백을 지니고 있어요. 하하하!"

"하하! 홀연히 북방으로 가신다니 드리는 말씀이지요."

"아니요. 가슴에 새겨들을 말입니다. 요동 사람들조차 그 땅의 주인이 우리 고려라 하는데, 나라의 화근이 늘 북방에 있으니, 언젠가는 태조 대왕의 유업을 이어야지요.."

"그러고 말구요. 그러기 위해서는 우리의 도학(道學)이 하루빨리 정치에 실현되어야 할 일입니다."

"그렇지. 실천궁행이 없다면 배웠다 한들 무슨 소용이요? 사나이가 뜻을 세웠으면……."

"뜻을 위해 죽을 수도 있어야지요. 하하!"

"하하!"

두 사람은 동시에 웃음을 터뜨렸다. 어쩌면 두 사람의 호기는 서로 닮은 데가 있었다. 정몽주가 '반평생 호기를 다 풀지 못해 말을 타고 압록강 둑을 거듭 달리노라' 하고 말한다면, 도전은 '풍성(豊城)의 칼을 갑(匣) 속에 두고 몇 해를 묵어 있더니, 마침내 뇌공(雷公)을 만났더라오'라며 응수하였다.

· · ·

정몽주는 도전을 바래다주러 대로까지 나왔다. 헤어지기가 아무래도 아쉬웠던 것이다. 잠시 길을 걷다 도전이 문득 생각났다는 듯이 물었다.

"참, 동북면에는 병마사(兵馬使) 이성계의 위명이 대단하다지요?"

"젊은 장수가 전공을 벌써 여러 차례 세웠지요. 이번 홍건적의 난 때 도성을 회복하는 데 앞장을 선 것도 이 병마사였구요."

"활솜씨가 대단하다 들었습니다. 나합출(納哈出) 군대도 활솜씨 하나로 간단히 물리쳤다면서요?"

"이 병마사 활솜씨가 신궁(神躬) 소릴 듣는 황상(黃裳)보다 더 뛰어나다 지요, 아마?"

황상이라면 그의 활솜씨에 감탄한 원나라 순제가 직접 팔뚝을 만져보기까지 했다는 인물이었다. 도전이 무심코 말했다.

"동북면에 가시면 이성계 장군도 만나시겠구려?"

"아무래도 자주 만나겠지요."

도전과 정몽주는 십자대로를 한참 더 걸어와서야 못내 아쉬워하며 헤어졌다.

이제 도전은 첫 벼슬살이를 위해 충주로 내려갈 것이고, 정몽주는 동북면으로 떠날 참이었다. 그리고 동북면에는 이성계가 있었다.

정도전, 정몽주, 이성계.

세 사람의 운명적인 만남이 기다리고 있는 것이다.

6. 북변의 별

"아무래도 하늘에서 무슨 재앙을 내릴 조짐일세."

"그러게나 말일세. 한낮에 태백성(太白星)이 나타나다니, 이런 흉조가 어딨겠나."

사람들은 불안감에 사로잡혔다. 저녁 무렵 서쪽 하늘에 떠올라야 할 별이 난데없이 낮에 나타난 것이다. 흔히 개밥바라기라고 부르는 별이 이틀 동안이나 계속해서 보였다. 공민왕 12년(1363) 5월이었다.

민심이 자못 흉흉해지자 천문 관측 기관인 서운관(書雲觀)에서 태백성의 변괴를 공민왕에게 아뢰었다. 공민왕 역시 놀라기는 마찬가지였다. 하늘의 이상한 징후는 사람에게 어떤 경계를 나타내려는 것 아닌가.

김용의 난 이후 정사를 멀리했던 공민왕이었다. 반란의 충격에서 좀처럼 헤어나질 못했다. 그 사이에도 나라는 안팎으로 우환에 시달렸다. 왕이 마음을 다잡지 않으면 어떤 재앙이 닥칠지 모를 일이었다.

며칠 후 공민왕은 심기일전하여 편전으로 거둥하였다. 그리고 중흥의 의지를 담아 교서를 반포하였다.

"요즈음 가뭄이 계속되고, 별들의 이상한 징후는 또다시 재난을 암시하고 있다. 이에 과인을 먼저 책망하고 백성들에게 은혜를 베풀어야 함을 다시금 깨달았다. 이제 조정과 지방의 대소 신료들은 과인을 잘 보좌하고, 공사(公事)에 헛된 형식보다는 실효를 거두는 데 힘을 써, 기필코 중흥의 정치를 이루도록 하라!"

중흥 교서와 함께 구태의연한 조정도 일신시켰다. 시중 염제신을 파하고, 원나라에 사행중인 이공수를 좌정승, 유탁(柳濯)을 우정승으로 앉혔다. 누구보다 왕이 밤낮을 가리지 않고 편전으로 나가 정사를 살폈다. 전란과 흉년으로 고통당하는 백성들을 위무하는 데 주력했다. 특별히 왕명을 내려 백성들의 조세를 대대적으로 감면하였다.

"각 도와 주현(州縣)에서 경자년(공민왕 9년) 이전에 미납한 공부(貢賦)는 일체 면제할 것이다. 전란의 피해가 큰 경기의 백성들에게는 앞으로 3년 동안 공사의 전조(田租)를 3분의 1로 감면한다. 그리고 용구(龍駒 : 지금의 용인) 이북의 여러 역(驛)은 시탄(柴炭)의 공납을 3년간 면제토록 할 것이다!"

백성들은 너나없이 기뻐했다. 그런데 강계(江界)에서 날아든 첩보는 또다시 공민왕의 심기를 건드렸다.

"원나라의 사신 이가노(李家奴)가 황제의 조서(詔書)를 받들고 오는데, 임금을 폐하고 덕흥군을 국왕으로 책봉한다 하옵니다!"

공민왕은 분노하여 밀직부사 우제를 접반사로 보내며 서릿발같이 명했다.

"그대는 원나라 사신에게 먼저 사절의 용건이 무엇인지 물으라. 만에 하나 조서의 내용이 사실이라면 과인의 허락 없이는 단 한 발짝도 이 땅에 발을 붙이지 못하도록 하라. 필요하면 군사를 동원해도 좋다!"

원나라와 소원했던 관계를 회복하기 위해 나름대로 노력을 기울여왔던 공민왕이었기에 순제의 처사는 생각할수록 괘씸했다.

이자송을 원나라에 보내 홍건적의 난이 평정된 사실을 알리고, 노획한 황제의 옥새와 금보(金寶)까지 고스란히 보낸 것이 지난해 6월이었다. 그런데 원나라는 사신들을 억류한 채, 해를 넘기도록 돌려보내지 않았다. 12월에는 원나라가 덕흥군을 고려 왕으로 세웠다는 말이 풍문처럼 들리고, 이어 노국공주의 부왕인 위왕 패라첩목아가 유배당했다는 사실도 알았다.

그래도 공민왕은 금년 3월, 찬성사 이공수와 밀직제학 허강(許綱)을 다시 원나라에 사신으로 보냈다. 원나라에 의지하려는 것이 아니라 그들의 본심을 알고 중원의 정세를 살피기 위해서였다. 기 황후의 외사촌 오빠인 이공수를 사신으로 택한 것도 그 때문이었다.

한편으로 조정에서는 백관과 기로(耆老)들의 이름으로 원나라 중서성과 어사대(御史臺), 첨사원(詹事院)에까지 강력하게 항의문을 보냈다.

과연 우리나라에 무슨 죄가 있어서 이러는가? 우리 왕은 즉위한 이래 조빙(朝聘)의 도리를 성실하게 지켜왔다. 더욱이 두 번에 걸친 외적의 침입을 신기한 전술로 격퇴하여 이룩한 공적에 대해서도 이미 알리지 않았는가? 그런데 연경에서는 불령배(不逞輩)들의 참소가 끊이지 않고, 갑자기 다른 의논이 있는지 모르겠다. 귀 조정에서는 무슨 근거로 간신들이 참소하는 말을 믿는가? 우리로서는 이해할 수가 없다!

몇 개월이 지나도록 원나라는 아무 반응이 없었다. 그러다 이가노라는 자가 순제의 조서를 들고 불쑥 나타났던 것이다. 긴장과 불안 속에서 사람들의 관심이 강계로 쏠려 있을 때, 때마침 원나라에서 돌아온 역관(譯官) 이득춘(李得春)의 말은 의혹과 긴장을 더 부풀렸다.

"황제가 덕흥군을 국왕으로 책봉하고 기삼보노를 원자로 삼아 요양성의 군사를 동원하였다 하니, 머잖아 가짜왕 덕흥군이 들어올 것이옵니다!"

기삼보노를 원자로 세웠다는 것은 기 황후가 결국 기씨를 고려왕으로 세우겠다는 야욕이었다. 덕흥군은 기 황후의 술책에 놀아나는 허수아비에 지나지 않았다. 그런데 정작 공민왕을 놀라게 한 것은 이득춘의 다음 말이었다.

"또한 신이 듣기로는 좌정승에는 최유, 우정승에는 이공수를 임명하여 그들을 선봉에 세웠다 하옵니다!"

최유는 충정왕 대부터 폐주(吠主) 노릇을 하던 반역자임이 틀림없었지만 이공수는 아무리 해도 저들의 술책에 넘어갈 인물이 아니라고 믿었던 터였다. 성품이 강직하고 지금까지 왕 편에서 충성을 다했던 인물이 아니던가. 그를 믿었기에 원나라에 또 사신으로 보낸 것이다.

공민왕은 배신감이 소용돌이치기 시작했다. 불과 며칠 전 이공수를 조정의 우두머리인 좌정승에 앉혔던 왕이었기에 실망은 더 클 수밖에 없었다. 이제는 원나라에 억류되어 있는 다른 사신들까지 의심되었다.

공민왕은 어금니를 사리물었다. 이득춘이 물러가자 왕은 즉각 이공수를 좌정승에서 파하고 유탁을 명하였다.

유탁은 백관회의를 소집하여 공민왕에게 충성을 맹세했다.

"우리 임금이 즉위하신 이래 원나라에 성의를 다해왔다. 그런데 황제는 적신(賊臣)들의 무함에 속아, 왕위를 교체하고 군사를 동원하였다 한다. 그러나 신민(臣民)들은 오로지 우리 임금을 따를 뿐이니, 누가 우리 임금을 해할 수 있겠는가? 이제 우리도 군사를 일으켜 저들을 막아야겠다!"

공민왕은 그 다음날로 경천흥을 서북면 도원수로, 안우경(安遇慶)을 도지휘사로 명하여 의주로 급파하고, 인주, 이성, 정주 등 압록강 일대의 요지마다 군사를 배치토록 했다.

한편 이인임(李仁任)을 서북면 도순문사(都巡問使) 겸 평양윤(平壤尹)으로 임명하여 징병과 군량을 조달토록 했다. 각 도에는 병마사를 급파하였고, 여차하면 왕이 남행할 대책까지 세워놓았다.

· · · ·

공민왕은 어느 때보다 신경을 날카롭게 곤두세웠다.

군사를 총지휘하는 도원수로 경천흥을 세운 것은 순전히 그가 명덕태후 홍씨의 조카사위였기 때문이었다. 사실 그는 성격이 유약하여 애초부터 장수로서는 적합한 인물이 아니었다.

홍건적의 침입 때의 일이다. 경천흥을 서북면 원수로 삼아 군사 1천을 거느리고 안주에 주둔케 하였다. 경천흥은 그러나 적이 무서워 감히 싸울 생각을 하지 않았다. 왕은 대로하여 경천흥을 군령(軍令)으로 논죄하려고 했다.

그러자 시중 홍언박이 공민왕에게

"전하, 경천흥이 언제나 공평하고 독실하여 조정에는 맞는 인물이오나 무예에는 능하지 못한 자입니다. 그런 자를 싸움터에 보냈으니, 이는 쓰는 사람의 잘못입니다."

라고 아뢰어, 왕이 겨우 노기를 푼 적이 있었다. 그런 그를 다시 도원수로 보낸 것은 순전히 다른 장수들을 믿지 못하기 때문이었다.

그래도 마음이 놓이지 않는지 변방에 파견된 장수들에게 전처럼 전권을 맡기지 않았다. 군사의 배치와 이동은 물론 모든 방책을 중앙의 지시에 따르도록 했다. 장수들 중에 누가 언제 배반할지 모른다는 의심을 떨쳐버리지 못했던 것이다.

공민왕의 불신은 이제 거의 병적이었다. 장수들뿐만 아니라 조정의 대소신료들에게도 의심의 눈초리를 향했다. 원나라와 내통하는 자들이 틀림없이 있을 거라 믿고 뒤를 캐도록 했다.

그럴 때, 호군 배자부(裵自富)가 덕흥군과 내통한 사실이 드러났다. 덕흥군에게 몰래 밀직부사의 직을 받고 개경에서 내응하기로 약조했던 것이다. 배자부는 즉시 참형에 처해졌다. 그런데 이번에는 누군가 공민왕에게 은밀히 말을 집어넣기를,

"전하, 항간에 떠도는 말로 밀직부사 주사충(朱思忠)이 가짜왕과 통한다 하옵니다."

주사충이라면 공민왕 8년(1359), 홍건적의 1차 침입 때 목숨을 걸고 적진에 들어가 담판을 시도했던 충신이었다. 공민왕은 앞뒤 가리지 않고 사헌부에 득달같이 명했다.

"주사충을 당장 잡아들여, 역모의 죄가 얼마나 무섭고 두려운지 온 세상이 알도록 하라!"

죄 없는 주사충은 펄쩍 뛰었다.

"역모라니? 가당치도 않은 말이오. 지금 집정대신 두세 사람이 공은 내

세울 것이 없고 괜히 임금의 마음을 얻고자 무고한 것이오!"

그렇지만 누구도 그를 변명해 주지 않았다. 주사충이 끝내 죽음을 당하자 대소신료들은 서로를 불신의 눈초리로 쳐다보며 몸을 보전하는 데만 급급했다.

신하들을 믿을 수 없게 된 공민왕은 정방(政房)을 다시 설치했다. 정방에는 김용의 반란을 평정하는 데 공을 세웠던 무장들이 중용되었다. 판밀직사사(判密直司事) 최영을 비롯하여 우제, 한휘(韓暉), 오인택(吳仁澤), 양백연(楊伯淵), 김한진(金漢眞) 등이 바로 그들이었다.

그들은 대개 보수적인 세족 출신들이었지만 왕은 그들의 군사력이 절대적으로 필요했다. 또 그들의 벼슬과 권한을 높여줌으로써 충성을 유도할 의도였다. 그들은 이내 신흥 무장 세력으로 급부상하였다.

그중 단연 돋보이는 장수가 있었다. 최영이었다. 사람들이 그를 가리켜,

"용의 얼굴에 봉의 눈을 가지고 있으면서 걸음을 걸을 때는 마치 범이 걷는 것 같다."

라고 말할 정도로 풍채가 헌걸차고 당당했으며 싸움터에서는 용맹하기로 누구나 인정하는 인물이었다. 왕은 최영을 문하부의 평리(評理)로 올리고, 밀직부사 오인택과 함께 정방의 제조(提調)를 겸하도록 하였다.

그러나 정방은 대신들 사이에 반목과 분쟁만 불러일으킬 뿐이었다. 정방에서 처음 전주(銓注)를 행할 때의 일이다. 역시 정방제조를 겸하고 있는 좌정승 유탁이,

"먼저 대간(臺諫)을 정하도록 합시다."

라고 하자, 최영은 대번에 볼멘소리를 터뜨렸다.

"아니, 어째서 대간을 먼저 정한단 말이오?"

"인사를 하려면 고신에 서사권을 행사하는 대간을 먼저 정해야 다른 관직을 정하지 않겠소?"

유탁의 말에 최영은 고개를 갸웃하며,

"그래요? 그렇다면 내 사람들을 대간에다 앉혀야겠소이다."

라고 하더니, 특유의 거친 목소리로 아전을 불렀다.

"아전은 이리 들라! 너는 당장 가서 우달치(于達赤)* 인명부를 가져오너라. 내가 급히 사람을 좀 뽑아야겠다."

좌정승이야 안중에도 없다는 식이었다. 유탁은 애써 불쾌한 기색을 감추며 말했다.

"최 평리, 대간의 직임을 어찌 우달치에게 맡긴단 말이오?"

"아니, 우달치가 어때서요? 정방에서 내려 보낸 안(案)에 서명만 잘하면 될 것 아닙니까?"

최영의 대거리에 유탁의 낯이 거칠어졌다. 그러자 오인택이 최영을 만류하고 나섰다.

"대간의 자리는 옛날부터 경사(經史)에 능한 선비나 명망 있는 사람을 발탁했습니다. 그런데 어떻게 우달치 중에서 뽑을 수 있겠습니까?"

최영이 발끈했다.

"아니, 그게 무슨 소리요, 부사? 전쟁이 코앞에 닥쳤는데, 경사가 다 무슨 소용이오? 지금은 전시요, 전시! 무릇 나라에 어려움이 있거든 임금도 정전을 피하고, 장수를 불러 조서를 내린다 하였소이다. 그런데 지금 상황에서 굳이 문무를 따지는 까닭이 무엇이오?"

오인택이 듣고 보니 딴에는 틀린 말도 아닌지라 한술 더 떴다.

• 궁중 숙위 장교의 하나.

"하, 듣고 보니 과연 옳으신 말씀입니다. 사실, 그동안 무신들이 조정에 들어갈 때마다 대성(臺省)에서 얼마나 까다롭게 굴었습니까?"

최영과 오인택은 유탁에게 의견을 묻지도 않고 휘하에 있는 부하들을 먼저 배치하려 들었다. 두 사람의 수작을 보다못해 유탁이 탁자를 치며 화를 냈다.

"이것들 보세요. 국사를 다루는 데는 엄연히 공과 사를 구별해야 하거늘, 그대들은 여기가 지금 옛날 중방(重房)*인 줄 아시오?"

오인택이 눈을 휘둥그레 뜨고서는 대거리를 했다.

"아니, 집정대신께서는 왜 그리 큰소리십니까? 우리도 전하의 명으로 정방제조가 되었소이다? 의견이 있으시면 조용조용 말씀하시구려."

숫제 비아냥거리는 투였다. 유탁은 더 이상 화를 참지 못하고 자리를 박차고 나가 그 즉시 사직서를 올렸다. 병을 핑계 대었지만 기실은 최영과 오인택의 전횡을 방조하고 있는 공민왕에 대한 반발이었다.

왕은 유탁의 사직을 허락하지 않았다. 유탁은 그러나 다시는 정방에 참여하지 않았다. 그사이에 최영과 오인택은 자기 사람들을 멋대로 정안(政案)에 올렸다.

왕도 그대로 가납했다. 뿐만 아니었다. 대간들을 직접 편전으로 불러들여 왕이 보는 앞에서 정안에 서명토록 했다. 무장들은 득의에 차서 떠벌렸다.

"만약 대성에서 우리들 고신에 서명하지 않는 자가 있다면 이번 전쟁터에 데리고 나가 앞장을 세울 테다!"

그렇게 해서 신흥 무장들이 조정에 포열한 뒤에 원나라 사신 이가노

---

* 장수들이 모여 군사(軍事)를 논의하는 곳.

가 7월에야 개경에 당도했다. 압록강을 건너고도 한 달이 넘도록 길을 지체시킨 것이다.

백관들이 선의문(宣義門) 밖에서 이가노를 맞이했다. 지난날 같았으면 임금이 면복을 갖추고, 예성강 건너 금교역에서 사신을 극진하게 맞아들였을 터였다. 그러나 이제는 격이 달랐다. 또 백관들 뒤로는 위의(威儀)를 엄하게 갖춘, 수천의 군사가 도열해 있었다. 이가노가 들어올 때를 대비하여 군사들을 동쪽 교외에 주둔시켜 두었던 것이다.

이가노는 내심 겁을 집어 먹었다. 강계에서 개경에 이르기까지 진을 치고 있는 군사들은 원나라와 일전불사의 각오를 여실히 보여주고 있었다.

사신을 맞이한 좌정승 유탁도 거두절미하고 첫마디부터 매몰차게 쏘아붙였다.

"조서에 우리 임금의 인장을 회수하라는 말이 있다는데 그게 사실이오? 대체 우리나라가 대국에 무슨 잘못을 저질렀기에 그러는 것이오? 대국이라면 변방의 백성들을 안무하고 덕음을 끼쳐야 할 터인데, 간신배들의 무고에 놀아나고 있으니 어찌 통탄하지 않으리오!

유탁의 비난에 이가노는 무색해서 둘러댔다.

"나는 조서를 받든 사신일 뿐인데 그 까닭을 어찌 소상히 알겠소이까?"

유탁은 단호하게 잘라 말했다.

"대국은 조서를 스스로 거두어야 할 것이오. 사신도 이미 보아서 알겠지만 고려 신민들은 오로지 우리 임금을 섬길 뿐이오. 그래도 고집을 피운다면 이는 대국이 스스로 변방의 울타리를 거두어버리는 꼴이 되고 말 것이오!"

"알겠소. 내가 비록 황제 폐하께 직접 아뢸 수는 없으나 중서성에는 분명히 말할 수 있소이다. 모든 것이 무고임이 밝혀지면 천자께서도 분명 조서를 거두실 겁니다. 태조 때부터 맺어온 생구(甥舅)*의 혈연이 어찌 하루아침에 깨지겠소?"

이가노의 말은 진심이었다. 그는 개경에 들어온 지 나흘 만에 서둘러 원나라로 돌아갔다. 조정에서는 그에게 금띠와 안마(鞍馬) 등을 선물로 주면서 당부의 말을 잊지 않았다.

"모쪼록 폐하께 아뢰어 왕위를 빼앗으려는 덕흥군과 최유를 우리나라에 소환시키는 데 힘을 써주시오. 그들이 소환되어야만 나라사람들의 울분이 풀릴 것이오!"

"여부가 있겠습니까!"

그러나 이가노가 돌아간 지 몇 달이 지나도록 원나라는 묵묵부답이었다.

· · ·

가을이 지나고 겨울이 닥치면서 압록강이 서서히 얼어붙기 시작했다. 북변에는 어느덧 인마(人馬)의 흔적조차 보이질 않았다. 강 너머 요양로(遼陽路)로 이어지는 벌판은 벌써 몇 개월째 어떤 동요도 보이지 않았다. 오히려 눈이 산야를 뒤덮으면서 서북변의 풍경은 더없이 아득했다. 그러나 놓을 수 없는 긴장의 끈이 강줄기를 따라 이어지고 있었다.

폭풍 전야와도 같던 고요는 곧 깨졌다. 계묘년(癸卯年, 공민왕 12년)이 다 저물어가던 12월 어느 날. 압록강 너머에 마침내 한 무리의 군사들이 나타났던 것이다. 요동에 진을 치고 있던 덕흥군의 척후들이었다.

___

• 장인과 사위.

5월부터 해가 다 지나도록 적을 기다리고 있던 고려군의 진중(陣中)이 술렁이기 시작했다. 설마 덕흥군이 쳐들어오랴 싶었는데, 며칠 뒤에는 압록강 기슭에까지 나타나 시위를 벌였다.

아군은 그러나 압록강 안쪽에 진을 친 채, 적이 자못 위협을 가해도 꼼짝도 하지 않았다. 병력을 함부로 움직이지 말고 모든 전략을 중앙의 지시에 따르라는 공민왕의 엄명이 있었기 때문이었다.

전황(戰況)이란 시시각각 변하고 분초를 다투게 마련이다. 그런데 개경에서 전선까지는 수백리길. 첩보를 올리고, 다시 지시를 받느라 많은 시간이 허비되었다.

게다가 사방은 눈이 쌓여 있고 들에는 살을 에는 듯한 찬바람이 쌩쌩 몰아치는데 한여름에 출정했던 병사들은 추위를 견딜 솜옷조차 지급받지 못했다. 도롱이를 두른 채 한겨울 밤을 지내야 했으니 병사들 태반이 동상에 걸렸고 얼어 죽은 자들이 속출했다.

그뿐이 아니었다. 군량미가 턱없이 부족하여 한 움큼의 조로 연명하는 날들이 많았다. 그것조차 제대로 조달되지 않으니 군마(軍馬)와 양식을 바꿔먹는 것이 예사였다. 동상으로 대오(隊伍)에서 이탈한 병사들은 민가를 찾아다니며 걸식하다 먹을 것을 얻지 못하면 강도로 돌변하였고, 봉주(鳳州)에서는 병사들이 굶주림을 참다못해 반란까지 일으켰다. 그러나 주모자들만 처단되었을 뿐, 사정은 아무것도 달라지지 않았다.

상황이 최악으로 치닫고 있는데도 도원수는 물론 누구 하나 조정에 사실을 알리지 않았다. 그동안 공민왕은 여러 차례 체복사*를 진중에 파견

---

* 임금의 명령을 받고 지방에 가서 벼슬아치들의 군무(軍務)에 관한 범죄 사실을 조사하는 임시 벼슬, 또는 그 벼슬아치.

했지만 사정을 모르기는 마찬가지였다. 체복사들이 실상을 사실대로 고하지 않았던 것이다.

그렇게 군사들의 사기가 떨어질 대로 떨어져 있을 때, 덕흥군은 마침내 압록강을 건너 의주로 공격해 들어오기 시작했다. 해가 바뀌어 갑진년(甲辰年, 공민왕 13년) 정월 초하룻날이었다.

처음에는 도지휘사 안우경이 적을 맞이하여 제법 호각지세를 이루는 듯했다. 적과 일곱 차례나 접전을 벌이면서도 승부가 나질 않았다. 하지만 다음날 전투에서 아군은 수많은 사상자를 낸 채 패퇴하고 말았다.

적은 자못 기세가 올라 이번에는 정주로 치고 들어왔다. 정주는 도병마사 홍선(洪瑄)이 지키고 있었지만 힘 한번 제대로 써보지도 못하고 장수가 적에게 붙잡히고 말았다. 의주와 정주를 떨어뜨린 덕흥군은 곧장 선주(宣州)까지 밀고 내려와 진을 쳤다.

아군이 청천강 이남으로 패퇴했다는 말이 들리면서 개경은 다시 불안에 휩싸였다. 공민왕은 한마디로 어처구니가 없었다.

"대체 우리 군사들은 가만히 앉아서 당하기만 했단 말인가? 적이 1만에 불과하고 그것도 오합지졸이라고들 하지 않았는가? 도원수는 어디서 무엇을 하고 있었던고!"

그러나 앉아서 탄식만 하고 있기에는 상황이 너무 절박했다. 청천강이 무너지면 서경(平壤)이 바로 코앞이었다. 공민왕은 다급하게 최영을 불러들였다.

"그대가 서북면으로 달려가 난적들을 토벌해야겠소."

최영은 망설이지 않고 답하였다.

"전하, 장수가 전장에 나가지 않으면 어디로 가겠습니까? 말씀대로 즉시 따를 것이옵니다!"

공민왕은 최영을 찬성사(贊成事)로 벼슬을 더 올리고 서북면도순위사(都巡慰使)로 명하였다. 출진에 앞서 최영은 왕에게 두 가지 청을 드렸다.

"전하, 진중에 있는 장수는 비록 임금의 명이라도 받들지 못할 때가 있는 법입니다. 전황에 따라 군사를 움직여야 하기 때문입니다. 전하께오서 신을 믿고 이미 군사를 총괄토록 하셨으니, 모든 군권을 신에게 맡겨주소서!"

공민왕은 마지못해 허락했다.

"좋소. 그대에게 맡기리다. 또 하나 청은 무엇이오?"

"덕흥군은 기마군을 주축으로 한 군대이옵니다. 그들의 기세를 꺾기 위해 꼭 필요한 장수가 있사옵니다."

"그게 누구요?"

"동북면병마사 이성계이옵니다. 이성계 군대는 기마와 궁술에 아주 능하여 적을 물리치는 데 커다란 힘이 될 것이옵니다!"

"좋소! 동북면에 당장 출정을 명할 터이니, 장군은 길을 재촉토록 하시오! 서북에 이르거든 전세를 소상하게 거짓 없이 알려주오!"

"전하, 염려 놓으소서. 신은 목숨을 다해 기어이 난신적자의 무리들을 토벌하고야 말 것이옵니다!"

최영이 큰소리로 자신은 했지만 안주에 이르고 보니 아군은 한심하기 짝이 없었다. 군사들은 굶주린 채 바람막이 하나 없이 노숙하고 있었다. 그런 곳에 군기가 제대로 서겠는가. 장수들이 아무리 독려해도 전의를 상실한 병사들은 나가서 싸우려 들지 않았다.

그사이에 적은 이미 수주(隨州)와 달천(獺川)까지 밀고 내려와 곧 청천강을 넘어올 기세였다. 최영은 급히 서북면의 실상을 왕에게 고하고 군량미와 의복의 지원을 청했다.

공민왕은 할 말을 잃었다.

'그동안 서북면에 파견한 체복사들만 수 명이었는데, 그자들은 모두 진중에서 허깨비만 보고 왔다는 말이던가.'

공민왕은 그날부터 당장 감선(減膳)*을 행하고, 유사(有司)의 관리들을 불같이 재촉하여 군량미와 의복을 서북면으로 급송했다. 군량미가 도착할 즈음에 동북면병마사 이성계가 기병 1천을 거느리고 아군에 합세했다.

"어서 오시오, 장군!"

최영은 군영 밖에까지 나와 이성계를 반갑게 맞이했다. 홍건적 난 때에 처음 만난 두 사람이, 2년 만에 역시 전장에서 재회한 것이었다.

"황초령(黃草嶺)을 넘는데 쌓인 눈으로 지체되어 도순위사께 걱정을 끼쳐드렸습니다!"

최영은 웃으면서 고개를 가로저었다.

"아니오. 내가 생각했던 것보다 사나흘은 앞당겨 온 것이오. 이제 장군이 합세했으니 그야말로 천군만마를 얻은 셈이오!"

"과찬의 말씀입니다."

"그래, 동북면은 별일 없겠지요?"

"나합출과 여진족들 세력이 여전합니다만, 새로 부임한 한방신 도병마사가 요지를 지키고 있으니 크게 염려할 것까지야 있겠습니까?"

"음, 그래요. 설마 이 장군이 없다고 무슨 일이야 있겠소?"

"당연히 그래야지요. 그런데 가짜왕의 기세가 제법 사납다고 들었습

---

* 나라와 백성들이 어려움에 처했을 때 임금이 수라를 줄이는 것.

니다만?"

"저들이 용감하고 잘 싸워서가 아니라 우리가 먼저 전의를 상실했기 때문이라오. 병사들의 사기가 이만저만 떨어져 있는 게 아닙니다. 다행히 군량미와 솜옷이 도착하여 우선 병사들을 배불리 먹이고, 흐트러진 군기를 바로 세우고 있소이다. 이제 장군까지 왔으니 전열을 정비하여 난적들을 물리쳐야지요. 장군에 대한 기대가 크오."

"장수가 눈앞에 적을 두고 싸움을 두려워하겠습니까? 전력을 다하겠습니다!"

최영이 이성계의 손을 덥석 잡자 이성계도 최영의 손을 맞잡았다. 뜨거운 피가 서로에게 흐를 것처럼 두 사람은 의기투합하였다. 최영은 2년 전 개경 수복 때, 이성계가 얼음으로 미끄러운 성벽을 말을 탄 채 과감히 박차고 올라가던 인상이 강하게 남아 있었다. 이성계 역시 최영에게 남다른 감동을 지니고 있었다. 최영의 강직한 성품과 무인으로서의 용맹을 존경하고 있던 터였다.

· · ·

최영은 아군을 3군으로 편성하였다. 최영이 중군(中軍)을 맡고, 좌익에 지용수(池龍壽), 나세(羅世), 안우경 등을 세우고, 우익에는 우제, 박춘, 이성계를 세웠다. 그리고 곧장 정주로 나아갔다.

그러나 달천에서 적과 맞닥뜨리자 아군의 전열은 무참하게 흐트러지고 말았다. 아군은 적의 함성 소리만 듣고도 두려워서 뒷걸음질을 쳤다. 중군의 선두에 서 있던 최영이 목이 터져라 군사들을 독려했다.

"두려워 말라! 놈들은 우리 대군을 보고 겁에 질려 소릴 지르고 있을 뿐이다!”

“진군하라! 한 발이라도 뒤로 물러서는 자는 군령으로 엄히 다스릴 것이다!”

그러나 아군은 더 이상 앞으로 나가지 못한 채 우왕좌왕할 뿐이었다. 그사이에 적이 좌군을 치고 들어와 위태하다는 급보가 날아왔다. 최영은 좌군을 응원하기 위해 중군의 머리를 급하게 돌렸다. 하지만 좌군은 접전도 치르기 전에 병사들이 다 도망쳐 버렸다. 아군의 전열은 마치 사태가 지듯 순식간에 무너지고 말았던 것이다.

싸움에 나가서 지금까지 물러서는 법이 없었던 최영에게는 참담한 패배가 아닐 수 없었다. 최영은 장수들을 급히 소집하여 거친 목소리로 다그쳤다.

“어찌하여 적과 싸우기도 전에 물러선단 말인가? 대체 그러고도 그대들이 장수라 할 수 있소?”

장수들은 전열이 흐트러진 탓을 서로 다른 사람에게 떠밀었다. 또 어떤 장수는 겁에 질린 병사들을 탓하며 적당히 시간을 끌어보자는 치들도 있었다.

“장군, 적의 기세를 아무래도 당해낼 수 없으니, 당분간 청천강을 사이에 두고 방어하고 있는 편이 나을 듯싶소이다. 함부로 진군했다가는 낭패를 당하기 십상입니다.”

그때 누군가 분연히 말했다.

“병사들을 탓할 까닭도 시간을 끌 까닭도 없습니다. 병사들은 장수의 마음으로 그들의 마음을 삼는다 하였습니다. 그런데 아군은 지금 장수들이 먼저 겁을 먹고 뒤에 처져 있는데 병사들이 감히 싸우려 들겠습니까?”

장수들의 시선이 일제히 그에게 쏠렸다. 동북면에서 온 이성계였다. 장수들의 시선은 곱지 않았다. 개중에는 이성계에게 대놓고 비아냥거리기도 했다.

"그렇다면 동북면에서 오신 분이 한번 앞장을 서보시지 그러오?"

누군가는 가소롭다는 듯이 낄낄거렸다. 순간, 최영이 장수들을 향해 불같이 화를 냈다.

"감히 내 앞에서 입을 함부로 놀리는 자가 누구인가? 명색이 장수란 자들이 병사들 뒤꽁무니만 쫓아다니면서 부끄러운 줄도 모른단 말인가!"

최영의 호통에 장수들은 입을 쏙 다물어버렸다. 최영은 즉시 공격하라는 명을 어기고 도망쳤던 몇몇 장교와 병사들의 목을 베어 각 군영에 조리를 돌리며 무섭게 경고했다.

"적 앞에서 단 한 발짝이라도 물러서는 자나, 군령을 가볍게 여긴 자는 이처럼 가차 없이 벨 것이다!"

병사들은 물론 장수들도 그제야 최영이 무서운 줄을 알고 군기를 바로 세우기 시작했다.

이틀 후, 척후로부터 급보가 날아들었다. 적이 기마군을 가운데 두고, 좌우에 보군(步軍)을 거느리고서 진군해온다는 것이었다. 적의 대오는 정연했다.

최영은 급히 이성계를 불렀다.

"적이 3대로 나뉘었으나, 가운데 기마군만 부순다면 나머지는 오합지졸들에 지나지 않을 것이니 오늘은 사활을 걸고 한바탕 싸울 만하지 않소?"

능선에서 바라보니 적의 기마는 3천이 넘는 듯했다. 숫자상 아군을 훨씬 압도하고 있었다. 이성계는 최영을 바라보았다. 그의 눈빛은 분노와 전의가 한데 뒤섞여 끓고 있었다. 최영이 자신에게 바라는 것이 무엇인지 알고 있다는 뜻이었다.

"본관은 설사 사지라 해도 도순위사의 영을 따를 뿐입니다!"

"좋소! 이 장군이 선봉으로 나가 적의 기마를 흐트러 놓으시오. 그러면 나는 좌우에서 치고 들어가리다!"

이윽고 이성계가 기마 1천을 거느리고 나가 적과 마주섰다. 이미 수차례 싸움에서 소리만 질러도 아군이 도망을 쳤던지라 불과 1천에 지나지 않는 이성계의 기마군을 보자 적은 단단히 허세를 부렸다.

"천자의 군대가 나가는데 감히 길을 막아서는 자가 웬 놈이더냐?"

이성계 뒤에 서 있던 편장(偏將) 하나가 앞으로 썩 나서며 적장을 향해 호통을 쳤다. 이두란(李豆蘭)이었다.

"이놈들! 동북면병마사 이성계 장군이시다! 뉘 앞이라고 혓바닥을 함부로 놀리느냐!"

"난 또 최영이라는 놈인 줄 알았구나. 그래, 최영은 어째 보이지 않고 너 같은 애송이를 내보냈더냐? 그렇지, 최영이란 놈도 겁을 집어먹은 모양이로구나. 하하하!"

웃음이 채 그치기 전에 이성계의 목소리가 산야를 쩌렁쩌렁 울렸다.

"난신적자들은 듣거라! 월(越)나라 새는 남쪽 가지에 둥지를 틀고, 여우와 담비도 죽을 때가 되면 제가 태어난 굴을 향해 머리를 눕힌다 하거늘, 너희들은 사람으로 태어나 어찌 새와 짐승만도 못한가? 제 나라 임금을 모해하고, 제 나라 백성들을 살육하고도 살기를 바라겠느냐! 그래도 우리 임금께서 네놈들을 불쌍히 여겨 지금까지 살려두었다만 오늘은 용서하지 않을 터. 살기를 바라는 자는 무기를 버리고 이리로 오라! 고향에서 부모와 친척이 기다리고 있지 않느냐? 아니라면, 나머지는 이 벌판에서 까마귀밥이 되어 끝내 고혼으로 떠돌 것이다!"

이성계의 대갈에 적진은 갑자기 쥐 죽은 듯 조용해졌다. 새와 짐승만도 못하여 제 나라와 임금을 배신했느냐, 고향땅을 밟기도 전에 고혼으로 떠돌 것이라는 말에 적병들이 움찔했던 것이다. 당황한 적장이 다시 소리를 쳤다.

"이놈아, 우리는 황제 폐하의 천병(天兵)이다! 지금이라도 천자와 우리 임금께 용서를 빌고 우리 편이 된다면 살려둘 것이요, 아니면 뜨거운 맛을 볼 것이다!"

이성계는 더 이상 대꾸하지 않고 등에 지고 있던 동개를 내리더니 큰 깍지[大哨]를 엄지손가락에 끼웠다. 활을 쏘는 다른 무사들과 달리 순록의 뿔로 깎아 만든, 배만큼 큰 깍지였다. 그리고 동개에는 궁깃이 큰 대우전(大羽箭), 살촉을 버들잎처럼 만든 유엽전(柳葉箭), 속이 빈 나무 깍지를 깃에 단 우는살[鳴鏑]이 묶음으로 나란히 들어 있었다.

이성계는 그중에 우는살을 빼들었다. 우는살은 허공을 가르는 소리가 마치 울음 소리 같아 붙여진 이름이었다.

적장과의 거리는 수백 보 이상 떨어져 있었다. 눈대중으로 치더라도 활 두 바탕은 족히 되는 거리였다. 적장도 거리가 충분히 떨어져 있는지라 대놓고 더 지껄였다.

"그래, 어디 한번 쏘아봐라, 이놈! 네놈의 화살이 여기까지 날아오면 내, 참으로 가상히 여길 것이다!"

누가보아도 화살을 쏘아 맞추기는 무리인 거리였지만 아군은 숨을 죽이고 지켜보았다. 이내 시위를 떠난 화살이 바람을 가르는가 싶더니 적장의 떠드는 소리가 더 이상 들리지 않았다. 놀랍게도 이성계가 쏜 화살이 적장의 주둥이에 그대로 꽂혔던 것이다. 가히 한 치의 오차도 없었다.

순간, 적진은 크게 동요했고 아군 진영에서는 함성이 터졌다. 뒤이어 지축을 울리며 이성계의 기마군이 적진을 향해 돌진하였다. 마치 천둥이 치는 듯한 이성계군의 함성 소리에 놀란 적들은 급격히 전열이 흐트러졌다.

그때를 기다렸던 최영이 좌우군에 일제히 공격 명령을 내렸다. 아군은 모처럼 용기백배하여 적을 향하여 진격해 들어갔다. 이미 장수를 잃고 기선을 제압당한 적은 노도와 같이 밀려드는 아군을 보고 혼비백산하였다.

아군은 처음으로 승리를 맛보았다. 완벽한 대승이었다. 최영은 그것으로 만족하지 않았다. 적이 숨을 돌릴 틈도 주지 않고 몰아붙였다. 덕흥군은 쫓기다 못해 자신들의 군영에 불을 지르고 뿔뿔이 흩어졌다.

아군은 파죽지세로 치고 올라갔다. 사흘 만에 의주와 강계를 회복하고 비로소 압록강 일대가 평정되었다. 덕흥군이 몽한군(蒙韓軍)을 이끌고 압록강을 처음 건널 때는 1만의 군사였으나 살아서 돌아간 자는 겨우 17기뿐이었다.

그러나 이성계는 승리의 기쁨을 채 누릴 틈도 없이 말머리를 고향으로 돌려야 했다. 여진족 삼선(三善)·삼개(三介) 형제가 동북면으로 쳐들어와 화주(和州 : 지금의 함남 영흥) 이북이 함몰되어 버렸다는 소식이 전해졌기 때문이다.

삼선·삼개는 이성계의 고종사촌이었다. 쌍성(雙城)이 아직 원나라의 지배를 받고 있을 때, 이자춘의 누이, 그러니까 이성계의 친고모가 삼해양(三海陽 : 지금의 길주)의 다루가치 김방괘(金方卦)에게 시집가서 두 아들을 낳았다. 그들이 바로 삼선과 삼개 형제였다.

그들은 여진 땅과 고려의 북변을 넘나들며 수백 호의 세력을 형성하였고, 함주의 이성계 집안과도 막역한 사이였다. 하지만 쌍성 일대가 고려에 회복되면서 등을 돌렸다. 원나라의 심양행성 승상을 자처하는 나합출과 전 쌍성총관 조소생(趙小生)처럼 그들도 틈만 나면 쌍성 지역을 차지하려 들었다. 그러나 이성계가 버티고 있으니 감히 엄두를 내지 못하다가 그가 비웠다는 말을 듣고 여진족들과 합세하여 동북면으로 치고 들어온 것이다.

군사 6천이 홀면(忽面)을 지키고 있었지만 무력하기 짝이 없었다. 삼선·삼개가 쳐들어오자 지병마사(知兵馬使) 전이도(全以道)는 지레 겁을 먹고, 휘하의 군사들마저 버려둔 채 저 혼자 도망쳐 버렸다.

도지휘사 한방신은 그런 전이도를 문책하지 않았다. 오히려 군사를 더 내주어 이번에는 이희(李熙)와 함께 함주를 지키도록 했지만 삼선·삼개를 당하지 못했다. 미련하고 겁 많은 장수 때문에 불과 며칠 만에 수천의 군사와 요충지를 잃어버린 것이었다.

다급해진 한방신은 조정에 급히 지원을 청했다. 교주도(交州道)병마사 성사달(成士達)이 정병 5백 기와 함께 합세했다. 그러나 성사달 역시 그들을 이기지 못했다.

그사이 함주마저 떨어뜨린 삼선·삼개가 곧장 화주로 향했다. 도지휘사 한방신은 도병마사 김귀(金貴)와 함께 모든 군사를 이끌고 나갔지만 패퇴를 거듭하다 화주마저 내주고 말았다. 한방신은 철관(鐵關)에 진을 치고 이성계가 돌아오기만을 눈이 빠지게 기다렸다.

급보를 접한 이성계는 즉시 철관으로 치달렸다. 격렬했던 전투의 피로가 채 풀리지 않은 탓에 군마가 다 지쳐 있었다. 그래도 이성계는 밤낮을 가리자 않고 길을 재촉했다. 이성계에게 동북면은 태를 묻은 고향이자 무장으로서 근거지였다. 그곳을 잃는다면 돌아갈 곳이 없었다.

동북면과 이성계. 그 둘은 묘한 함수 관계를 이루고 있었다.

당시 동북면은 고려 초 동계(東界)의 일부였던 철령 이북에서 정주 이남의 화주 지역과 함주 이북 지역을 말했다. 그중에 함주는 북변의 요충지라 나라에서도 중요하게 여기는 곳이었다. 주민들은 토착민과 여진인들이 주류를 이루고 남방에서 유민으로 흘러 들어와 정착한 이들도 많았다.

그런데 동북면 사람들은 고려 조정의 지배를 노골적으로 기피했다. 특히 유민 집단은 중앙에 대한 거부감이 아주 강했다. 그들 대부분이 포학한 정치와 권세가들의 침탈을 견디다 못해 고향을 버리고 떠돌다 흘러 들어온 자들이었기 때문이다.

처음 쌍성을 회복할 때만 해도 동북면의 민심은 고려에 모아졌다. 고려에 내응한 이자춘이 민심을 결속하고 있기 때문이었다. 그런데 조정에서는 동북면을 직접 지배하기 위해 이자춘을 경직(京職)으로 불러올리고 병마사를 파견했다. 고려에 귀부한 천호와 백호들을 믿지 않았던 것이다. 다만 조도적을 호군에 임명하고 천호패를 주어 여진인들을 무마토록 했다.

하지만 동북면병마사 유인우(柳仁雨)는 처음 부임했을 때와 달리 탐학을 일삼았다. 휘하의 장수들도 마찬가지였다. 그들은 무고한 사람들의 재물을 빼앗고, 남의 아내와 첩을 겁탈하는가 하면 백성들의 소와 말을 예사로 징발했다.

천호 조도적이 유인우의 탐학을 보다 못해 항의하고 나섰다.

"이곳 동북면은 병마사가 목민관 역할까지 해야 하는 곳이오. 변방이란 늘 위태한 곳이라 만약 적침을 당하게 되면 백성들을 군사로 징발해야 하는데, 병마사가 인심을 잃으면 누가 싸우려 하겠소이까?"

조도적은 유인우가 끝내 잘못을 고치지 않는다면 조정에 고하겠노라고 단단히 별렀다. 그러자 유인우는 잘못이 드러나는 것이 두려워 조도적을 죽여 버렸다.

그때부터 동북면 민심은 싸늘하게 돌아서고 말았다. 다른 병마사가 동북면에 파견되어 호구에 따라 군사를 징발하려 해도 주민들은 응하지 않았다. 조세도 제대로 내지 않았다. 징집과 징세를 피해 아예 여진 지역으로 도망친 주민들은 여진족과 합세하여 관군을 공격하기조차 했다.

변방을 수비할 군사를 제대로 징발하지 못하자 조정에서는 삼남 지역의 천민들을 데려다 보충하는 고육지책을 쓰기도 했다. 하지만 그것조차 제대로 이루어지지 않았다. 공민왕은 하는 수 없이 이자춘을 동북면으로 다시 내려 보냈다. 주민들을 회유할 만한 인물이 달리 없었던 것이다.

그런 이자춘이 공민왕 10년 4월에 46세의 나이로 갑자기 죽자 동북면은 힘의 공백 상태로 급속히 빠져들었다. 사람들이

'이제 동북면에는 인물이 없다.'

라고 말할 정도였다. 그러나 그것은 기우에 불과했다. 이자춘의 둘째 아들 이성계가 있었던 것이다.

공민왕 10년 9월, 독로강 만호 박의(朴義)의 난이 일어났을 때, 이성계는 친병 1천5백을 거느리고 나가 난적을 격파하면서 세인의 주목을 받기 시작했다. 그때 이성계는 금오위 상장군과 동북면 상만호의 직을 가지고 있었다. 나이는 겨우 27세였지만 사람을 품는 성품과 탁월한 용병술, 그리고 뛰어난 활솜씨로 단숨에 동북면의 민심을 사로잡았던 것이다.

· · ·

이윽고 철관에 이르자, 사람들이 우르르 달려 나와 환호와 눈물로 이성계를 맞이했다. 여진족들을 피해 빠져나온 동북면 사람들이었다. 이성계는 고향 사람들을 보자 왈칵 눈물이 쏟아질 것만 같았다. 자신에게는 피붙이와도 같은 존재들이었다.

이성계가 왔다는 말에 한방신이 아장을 밀어젖히며 뛰어나왔다. 이성계는 한방신에게 정중하게 예를 올렸다.

"삼선·삼개 놈들이 동북면을 농락했다는 말을 듣고 밤낮을 가리지 않고 한달음에 달려왔습니다!"

이성계는 평소의 그답지 않게 흥분하고 있었다.

"그러게 말이오. 그런데 이 병마사는 왜 이렇게 늦었소?"

눈보라를 헤치며 숨이 가쁘도록 달려왔건만 한방신은 언뜻 이성계를 질책하고 있었다. 이성계가 아니고서는 동북면을 제대로 다스릴 수 없다는 패배감이 은연중에 작용했던 것이다. 한방신은 떨떠름한 표정이었다.

"이곳 지리와 인심은 이 병마사가 훤히 꿰고 있을 것이오. 게다가 동북면 사람들은 우리처럼 중앙에서 내려온 벼슬아치들을 아주 싫어하지 않소이까? 이들을 다스리려고 할수록 본관은 한계만 느꼈을 따름이오. 적이 침략하여 군사를 징발하는데 이 장군이 와야 응할 수 있다니. 허헛, 이거야 참."

숫제 이성계를 원망하는 투였다. 하지만 이성계에게는 패장의 변명으로만 들렸다. 더 이상 듣고 싶지 않아 한방신의 말을 자르고 말했다.

"도지휘사가 계시고, 아군의 세력이 저들보다 세 배는 더 많으니 곧 회복할 수 있을 것입니다!"

"그래요. 뭐, 이제 장군이 왔다는 말만 듣고도 적들이 주춤할 게 아니 겠소? 그래, 어찌하면 좋을지 전략을 어서 들어봅시다."

이성계는 도지휘사의 아장으로 들어가 여러 장수들 앞에서 조심스럽 게 운을 떼었다.

"도지휘사가 계시는데, 말씀드리기 송구스럽습니다만."

한방신이 엄연히 주장(主將)이었던 것이다. 이성계는 계속해서 말을 이 었다.

"제가 중군에 설 테니, 도지휘사와 도병마사께서는 좌우군을 맡아 측 면에서 저를 지원해 주십시오!"

도병마사 김귀가 이의를 달았다.

"아니, 그런 무모한 전략이 어디 있소? 장군의 기마는 채 1천도 되질 않 는데, 너무 무리한 전략이 아니오? 몇 배의 병력을 가지고서도 저들을 당 하지 못했는데."

아직 동북면이 어떤 곳인지를 모르고 하는 소리였다. 이성계는 웃으 면서 말했다.

"과히 염려하지 마시지요. 1천이 아니라, 단 1백이라 해도 이곳 백성들 이 힘을 보태는 한 능히 적을 물리칠 수 있습니다."

이성계는 서북면에서 달려오는 동안 머릿속에 그려두었던 작전 계획을 찬찬히 설명하기 시작했다.

"제가 아무래도 동북면의 사정을 잘 알고 있으니 몇 가지 계획을 말씀 드리지요. 삼선·삼개는 어렸을 때부터 여진 땅에서 뒹굴고 자란지라 활 솜씨와 말 타기에 아주 능란한 자들입니다. 따라서 저들과 야전에서 맞닥뜨리는 것은 아군에게 아무래도 불리할 것입니다. 제가 중군을 맡아 치고 들어갈 터이니 그때 좌우군이 퇴로에 은폐하고 있다가 저들을 친다면 꼼짝하지 못할 것입니다. 싸움에서는 적의 기선을 제압하는 것이 중요합니다. 더욱이 변방의 민심이란 세력에 따라 모이고 흩어지는 것이 다반사라. 이곳 토착민들은 일찍부터 여진인들과 일부 원나라에 귀부한 세력과는 아주 가깝습니다. 혈연 관계를 맺은 이들도 많지요. 하지만 생존을 위해서라면 강한 자에게 붙기 마련. 적의 예봉을 꺾는다면 다른 여진인들까지 우리 편이 될 것입니다. 한 가지 도지휘사께 감히 드리고자 하는 말씀은 군령을 엄하게 내려, 민가에 결코 피해가 없도록 해야 합니다. 이곳 백성들에게 원망을 사는 일은 아군에게 이롭지 못할뿐더러 오히려 적을 사서 만드는 것과 같습니다!"

이성계가 말하는 동안 유심히 그를 살피는 눈이 있었다. 호기심에 가득 찬 눈은 이성계의 일거수일투족을 놓치지 않았다. 그는 아장 안에 있는 다른 사람들과는 분위기가 사뭇 달랐다. 한눈에 보기에도 글 읽는 선비 티가 났다. 바로 한방신의 종사관 정몽주였다.

이성계한테 정몽주가 받은 첫인상은 날카롭고 강렬했다. 이성계의 서늘한 눈매가 그런 인상을 짙게 풍겼던 것이다. 이성계는 체구는 그리 크지 않았지만 걸음걸이는 장수답게 무거웠다. 그래서인지 아장 안의 다른 장수들을 압도하였다.

전략을 논하는 말 한 마디 한 마디에는 자신감이 넘쳤다. 그런 반면에 거만한 티는 찾아볼 수 없었다. 대개의 장수들이 싸움에 나가 적군의 목을 몇 개 베어놓고는 허풍을 떨면서 자랑하기 일쑤인데, 이성계는 굳이 공을 따지지 않았다.

정몽주는 이성계가 가히 최영과 비견할 만한 장수라고 여겼다. 그가 훗날 이성계를 가리켜

'풍채가 호준(豪俊)함은 화봉(華峰)의 송골매요, 지략이 뛰어남은 남양(南陽)의 와룡이라.'

라고 할 만했다.

며칠 후. 이성계의 기마군이 중군에 서고, 도지휘사 한방신이 좌군으로, 도병마사 김귀가 우군으로 편성된 아군은 3면으로 나누어 화주로 치고 들어갔다. 삼선·삼개와 여진족은 이성계 앞에서 그야말로 고양이 앞의 쥐였다. 화주를 단숨에 회복한 아군은 거칠 것이 없이 함주를 되찾고, 삼선·삼개 형제를 여진 땅으로 쫓아내 버렸다. 이성계가 돌아온 지 불과 사흘 만이었다.

이성계는 덕흥군의 난과 삼선·삼개의 침략을 물리친 공으로 '단성양절익대(端誠亮節翊戴)' 공신호와 함께 밀직부사의 직을 받았다. 그러나 아직은 활 잘 쏘고, 싸움 잘하는 변방의 젊은 장수에 지나지 않았다.

7. 납자의 길 구세의 길

도전이 전교시(典校寺)*의 주부(主簿)로 전임되어 개경으로 올라온 것은 북방의 전란이 끝난 뒤였다. 충주사록으로 내려간 지 1년 만이었다.

북방은 평정되었지만 조정의 분위기는 무척 어수선했다. 문무의 관직이 이전보다 몇 배씩 늘어나면서 각사(各司)마다 출입하는 벼슬아치들로 비좁을 정도였다.

전쟁이나 반란이 끝나면 논공행상은 자연히 뒤따르는 법. 공과(功過)에 따라 공이 있는 자에게는 상을 주어 명예와 사기를 높여주고, 잘못이 있는 자에게 벌을 내리는 것은 훗날을 경계하고자 함이었다. 그래서 상벌은 나라의 권병(權柄)이라고까지 하였다. 상벌이 지극히 엄하고 올바르게 실행되어야 백성을 바른길로 이끌 수 있는 법이다.

그런데 덕흥군의 난에 참전했던 대부분의 장사(將士)들한테는 공과를

---

* 도서의 보관 및 출판을 맡는 곳.

따지기보다 포상이 먼저 내려졌다. 상이 아니라 벌을 받아야 할 장수들이 많았지만 공민왕은 덕흥군에게 넘어가지 않고 싸워준 것만으로도 고마운 일이라고 여겼다.

하지만 출정한 사람은 많고 벼슬자리는 턱없이 부족했다. 정방에서는 문무의 관직을 몇 배로 늘리는 방편을 취했다. 그래도 벼슬을 받지 못한 자들은 첨설직(添設職)*이라도 내렸다. 그러다 보니 길거리에서 발에 채이는 것이 벼슬아치라고 조롱을 할 정도였다.

나라의 최고위 관직인 재상과 추상만 해도 50여 명이 넘었다. 본래 나라의 정사는 재상과 추상이 도당에 모여 협의하고, 의결된 정안을 가지고 임금에게 올려 명을 받은 뒤에야 실행되었다. 따라서 6부의 상서(尚書)가 정3품직에 지나지 않았던 고려의 관제에서 재추(宰樞)는 상당히 고관이었다. '재5추7'이라 하여 재상 5명, 추상 7명으로 수도 제한하였다.

지금까지는 재추를 합쳐 아무리 많아도 20명을 넘은 적이 없었는데, 덕흥군의 난 이후로 재상은 14명, 추상은 16명으로 늘렸다. 더욱이 재추의 첨설직인 상의(商議)한테까지 서사권을 줌으로써 재추의 실제 숫자가 50여 명이 넘었던 것이다.

재추의 수가 그 정도이니 그 밑의 관직은 서너 배 이상 늘어날 수밖에 없었다. 게다가 재추의 대부분을 무장들이 차지하면서 조정은 마치 무신집권기의 중방(重房)을 그대로 옮겨다 놓은 듯했다. 특히나 인사를 논하는 정방은 옛날의 폐단이 그대로 나타났다. 공(功)보다는 청탁과 뇌물에 따라 벼슬자리가 달라지는 일이 비일비재했던 것이다.

---

* 실제의 직무와 권한이 없는 자리로 산직(散職)이라고도 함.

벼슬이란 위로는 임금을 섬기고, 아래로는 백성을 섬기는 것임을 아버지 운경에게서 배웠던 도전이었다. 그러나 현실은 꼭 그렇지 않았다.

"진사란 선비로서 작록(爵祿)을 받으러 나간다는 뜻임을 너도 잘 알 것이다."

도전은 첫 벼슬살이를 나갈 때 아버지의 당부가 다시금 떠올랐다.

"그러나 선비가 작록을 받았을 때는 꼭 명심해야 할 것이 있다. 첫째는 귀해지는 것을 탐하지 말고, 둘째는 재물을 탐하지 말 것이야. 이 두 가지는 탐해서 얻어지는 것이 아니다. 사실 벼슬살이란 참으로 고단한 것이다. 임금을 섬기고 백성을 섬기는 일이거늘, 제 일신의 편함과 이해만 따지려 들면 자칫 소인배가 되기 십상이다. 하지만 명심하거라. 군자란 아무리 어려워도 옛 성현들에게 배운 그대로를 실천해야 하느니라."

출사하는 아들에게 당부의 말을 하며 아버지는 무척 감회에 젖어 있었다. 어쩌면 아버지의 심회에 평생 동안 간직했던 말인지도 모른다. 아버지는 말했었다.

"임금을 세우고, 나라에 관부(官府)와 벼슬아치를 두는 것은 모두가 백성을 위함인 것이다!"

그러나 관부는 백성들 위에 군림하고 있었다. 벼슬아치들은 백성들에게 종노릇을 강요하며 호령했다. 뿐만 아니라 제 이익을 위해서라면 백성들을 속이고 함부로 빼앗고도 그것이 부끄러운 짓인 줄을 몰랐다. 한마디로 염치가 없었다.

그뿐이랴. 임금이 아무리 개혁과 중흥을 외쳐도 벼슬아치들은 자리보전에만 급급했다. 출세를 위해서라면 남을 헐뜯고 모함하는 것은 예사였다. 고쳐야 할 폐단은 이미 하나의 관습이나 관례로 굳어져버렸다. 어쩌다 바른말을 하는 자는 오히려 따돌림을 당했다. 사람들은 그것을 두고 어쩔 수 없는 현실이라고들 했다.

출사한 지 겨우 1년. 도전은 벼슬살이에 회의를 느끼곤 하였다. 벗들을 만나서도 자신의 심정을 그대로 토로하였다.

"선비로서 뜻을 꺾으면서까지 벼슬살이를 꼭 해야 하는지 모르겠습니다."

정몽주와 이존오의 생각도 크게 다르지 않았다.

"청운의 뜻을 이루지 못한다면 아무리 젊은 나이에 벼슬에 올랐다 한들 무슨 소용이 있겠소?"

"살같이 빠른 세월이라, 언젠가 귀밑머리 하얗게 새어 인생을 한탄하게 될 터인데 그것이 차마 두렵네."

하지만 그들의 탄식은 탄식으로 그치지 않았다. 오히려 품은 뜻을 버리지 않겠다는 다짐이었다.

이즈음, 이존오는 감찰규정(監察糾正, 정6품)에 있었다. 그리고 정몽주는 동북면에서 돌아온 뒤 벼슬이 훌쩍 뛰어올라 전보도감(典寶都監) 판관(종5품)에 전임되어 있었다.

그들은 박상충(朴尙衷)과 김구용(金九容), 이숭인, 하륜, 권근 등 뜻이 맞는 사람들끼리 거의 날마다 만났다. 한데 모여 술잔을 나누며 시문을 짓고, 또 경서를 놓고 시사(時事)를 논하기도 하였다.

"전하께서 지난날 정방을 폐지한 것은 권신들의 천단을 막고자 함이었는데, 정방을 다시 설치하고서는 몇몇 권신들이 농단을 다 부리고 있지 않습니까?"

"정방제조를 맡고 있는 오인택과 김달상네 집에는 벼슬을 사려는 자들

176

이 줄을 섰다 하더이다."

"사람만 제대로 쓴다면야 무슨 걱정이 있겠소? 문제는 상벌이 제대로 시행되지 않는 데 있습니다. 상이 올바로 행해지면 공이 없는 자들은 자연히 물러나고, 벌이 마땅히 주어지면 간사한 자들은 두려워할 줄을 알게 되는 법인데, 별다른 공도 없이 벼슬자릴 꿰차고 있는 자들이 어디 한둘이어야죠."

"도당은 재추들이 하도 많아 사소한 것을 놓고도 분쟁이 끊이지 않는다 하더이다. 전하께서 하명하신 일은 서로 떠넘기기 일쑤고, 생각이 있는 중신들은 비난이 두려워 바른말을 하지 않으니 국사가 표류할 수밖에요."

"사공이 많으니 배가 산으로 가는 게지요. 50명이 넘는 재추들이 다들 방귀깨나 뀐다는 이들인데 한자리에 모이면 오죽할까?"

"도당이 그런 형편인데 다른 데는 어쩌겠소? 이러다 전하의 중흥 의지가 꺾이지나 않을지 그게 걱정이오."

"전하께서 많이 지치신 모양이오."

"그러실 만도 하지요. 복정삼한의 뜻을 이루었다는 병신년 이래 지금까지 내우외환이 그칠 날이 없잖습니까? 올해만 해도 북방에 난리가 나고, 겨우 안정되는 듯싶더니 이번에는 남방에 왜구가 창궐하고 있어요."

"아, 언제나 전하의 중흥 의지가 제대로 펼쳐질는지요?"

누구의 말이랄 것이 없었다. 서로가 같은 뜻을 품고 있으니 나라를 걱정하고 세태를 비판하는 눈이 서로 다르지 않았던 것이다. 그래도 그들은 현실을 암담하게 보지 않았다. 영민하고 개혁 의지가 강한 공민왕이 있기 때문이었다.

"그래도 이제 공주마마께서 회임하셨으니 전하께서도 크게 힘을 얻으셨을 겁니다."

그랬다. 노국공주의 회임은 공민왕뿐만 아니라 나라사람들에게 더 없
는 희망을 안겨주었다.

"당연하신 말씀. 그동안 후사가 없어 얼마나 노심초사하셨습니까?"

"이제 원자가 태어나시면 종사가 안정되고, 종사가 안정되면 원나라도
더 이상 우리 임금을 모해하진 못할 것입니다."

"이르다마다요. 모쪼록 전하께서 큰 시름을 더시면 중흥 정치에 더욱
매진하시겠지요."

가슴속에 품은 뜻은 같았다. 그러나 지금은 아주 작은 불씨에 지나지
않았다. 하지만 작은 불씨가 바람을 만나 불길을 지피면 거칠 것 없이 타
오르리라는 것을 도전과 그의 벗들은 믿었다.

・ ・ ・

노국공주의 회임은 온 나라의 경사였다. 공민왕은 누구보다 기뻐했고
원자의 탄생을 기대했다. 사월 초파일이 지나고 5월로 접어들면서 공민
왕에게 기쁜 소식이 또 하나 들려왔다. 노국공주의 아버지 패라첩목아의
유배가 풀리고 태위(太尉)로 다시 제배되었다는 것이었다. 그전에 원나라
순제는 그동안 고려를 끝없이 모략했던 중서성 승상 삭사감과 기 황후에
붙어 못된 짓만 골라했던 환관 박불화의 죄를 물어 귀양 보냈음을 사신
을 통해 알려왔던 터였다.

장인의 복위로 공민왕은 노국공주에게 비로소 낯이 섰다. 배원 정책
으로 인해 장인이 원나라에서 핍박받은 것을 생각하면 지아비로서 차마
못할 짓을 했던 게 아니던가.

그러나 이제 모든 것이 순조롭게 풀렸다. 6월에는 명주(明州)의 사도(司徒)를 자처하는 방국진(方國珍)이 활과 화살, 침향(沉香)과 서적을 바쳤다. 7월에는 오왕(吳王) 장사성(張士誠)이 옥영(玉纓)과 옥정자(玉頂子)와 채단 40필을 바쳤다.

이때 중원에서는 영웅호걸이라고 하는 자들이 저마다 왕을 칭하며 세력을 떨치고 있었다. 방국진과 장사성도 그들 가운데 하나였다. 그들의 내빙(來聘)은 홍건적과 덕흥군의 난을 물리치면서 고려의 위상이 확연히 달라졌음을 말해주었다.

원자에 대한 기다림과 설레임으로 을사년(乙巳年)*이 다가왔다. 그런데 정월에 난데없는 지진이 일어났다. 공민왕은 불길한 마음에 공주의 순산을 기원하며 2죄(罪)** 이하의 죄수들을 사면했다.

그럼에도 노국공주는 난산기를 보이더니 곧 위독해졌다. 왕은 잠시도 공주의 곁을 떠나지 않고 극진히 보살폈다. 공주는 사경을 헤매는 고통 속에서도 왕의 손을 꼬옥 쥐고 놓지 않았다.

내원당(內願堂)에서는 순산을 기원하는 승려들의 독경 소리가 쉼 없이 울려 퍼졌다. 하지만 탈진한 공주는 신음 소리마저 잦아들었다. 왕은 급히 전국의 사찰과 신사(神祠)에서 기도를 올리도록 명하고, 1죄 이하의 죄수들까지 사면하였다. 그러나 바로 그날 밤. 공주는 끝내 명을 놓고 말았다.

휘의노국대장공주(徽懿魯國大長公主).

몽골 이름이 보탑실리(寶塔失里)인 그녀는 원나라 종실 위왕 패라첩목아

• 공민왕 14년(1365).
•• 1죄는 참형, 2죄는 교형에 해당하는 죄인.

의 딸로 순제와는 8촌, 충숙왕비였던 조국공주(曹國公主) 금동(金童)과는 숙질간이었다. 그러나 그녀는 원나라 출신의 여느 공주와 달랐다. 다른 공주들이 황실의 권위를 내세워 왕의 사랑을 얻으려 했다면 노국공주는 오히려 조국을 배신함으로써 진정한 사랑을 얻고자 했다.

김용의 홍왕사 반란 때는 공민왕이 숨어 있는 방문 앞에서 목숨을 걸고 난군의 진입을 막았을 만큼 공주의 사랑은 헌신적이었다. 부왕이 고초를 당해도 공주는 한 번도 왕을 탓한 적이 없었다.

그러기에 공민왕의 회한은 더욱 깊고도 애절했다. 공주를 사랑했으면서도 공민왕은 좀체 속마음을 드러낸 적이 없었다. 오히려 정사를 핑계로 멀리하기 일쑤였다. 그녀가 원나라 출신이라는 이유 때문에 때로는 미워하기까지 했다.

그래도 공주는 언제나 공민왕에게 충실했다. 오로지 공민왕이 훌륭한 군왕이 되어 고려의 중흥을 이루기만을 바랐다. 그러나 염원하던 고려의 중흥을 보지 못한 채, 비운만을 안고 가버린 것이다.

공주를 잃은 공민왕은 차마 하늘을 원망하였다.

"아, 하늘은 끝내 나를 버리시는가!"

애통한 마음을 가눌 길이 없었다. 왕은 공주의 시신 곁에서 마치 산 사람을 대하듯이 어루만지며 공주의 이름을 하염없이 불렀다.

"공주, 나요, 나! 어서 눈을 떠보시오, 공주. 제발 한 번만이라도 다시 눈을 뜨고 나를 보시오!"

그럴수록 슬픔은 더했다. 공민왕의 애처로운 모습에 시종신들과 환관들이 왕을 부르며 통곡했다. 왕이 넋을 잃고 슬퍼하자 찬성사 최영이 조심스럽게 아뢰었다.

"전하, 이제 그만 눈물을 거두시고 거하실 곳으로 옮기소서. 그래야 공주마마를 편히 모실 수 있사옵니다."

공민왕은 그러나 고개를 가로저었다.

"공주와 과인은 살아도 같이 살고, 죽어도 같이 죽자고 맹세했다오. 이제 공주가 먼저 가버렸는데 날더러 어디로 가란 말이오?"

"전하, 애통하고 비통하신 마음을 신들이 어찌 모르오리까. 하오나 전하, 상심으로 행여 옥체를 상하실까 심히 염려되옵니다. 이제 그만……."

"그대들은 과인을 이대로 내버려두오."

그러자 모후인 명덕태후 홍씨가 나섰다.

"상감, 군왕은 한 사람의 몸이 아니라 만백성의 몸임을 잊지 말아야지요. 이제 그만 슬픔을 가누고 부디 앞날을 생각하세요. 천 갈래 만 갈래로 찢어지는 이 어미의 심정은 어쩌겠소?"

왕은 그제야 마지못해 덕녕공주의 궁으로 거처를 옮기면서, 상사(喪事)를 종실 왕복명(王福命)에게 맡겼다. 그리고 재상들에게 엄하게 명하였다.

"경들은 제국공주의 예에 따라 공주의 장례를 극진히 하되, 제국공주 때보다 더했으면 더했지 결코 소홀히 해서는 아니 될 것이오!"

왕은 장례의 규모와 위의(威儀)에 지나치리만큼 집착했다. 공주가 세상을 떠난 지 이레째 되는 날마다 수백 명의 중들이 빈전에서 절까지 공주의 혼여(魂輿)를 따라 독경을 했다. 이날이 되면 크고 작은 깃발이 길을 덮고, 징과 북을 치는 소리와 독경 소리가 하루 내내 도성에 가득하였다. 또 전국의 사찰에서는 공주의 극락왕생을 비는 제를 올렸다. 사찰마다 비단으로 장식하고 대웅전 좌우는 금은 채단으로 나열하여 참배하는 사람들이 눈이 부실 정도였다.

이처럼 장례 규모가 크고 사치스럽다 보니 그렇지 않아도 부족한 국고가 금세 바닥났지만 왕은 개의치 않았다. 그렇게라도 해서 공주에게 다하지 못한 사랑을 주고 싶었던 것이다.

· · ·

나라가 큰 슬픔에 빠져 있는 사이에 이번에는 왜구의 침탈이 끊이질 않았다. 공민왕은 동·서강의 도지휘사를 겸하고 있는 찬성사 최영으로 하여금 동강에 나가 지키도록 하였다. 왜구를 미리 막으려는 조치였다.

하지만 그 며칠 후, 일단의 왜구들이 창릉(昌陵)에까지 쳐들어와 재실(齋室)에 있는 진영(眞影)을 훔쳐 달아났지만 최영은 그 사실조차 까마득히 몰랐다. 가뜩이나 상심해 있던 공민왕은 크게 노하였다.

"최영의 이름만 들어도 왜구들이 놀라서 도망간다더니, 창릉까지 쳐들어왔는데도 도지휘사가 어찌 모르고 있었단 말인가!"

왕은 당장 최영의 도지휘사직을 파하고, 김속명(金續命)으로 하여금 대신토록 했다. 최영은 그러나 왕명에 불복하였다.

"아무리 왕명이라도 반드시 양부(兩府)를 거쳐야 하는 법. 더욱이 군사를 움직이는 도지휘사의 직을 양부에 묻지도 않고 파하는 것은 있을 수 없는 일입니다!"

한마디로 왕명이 무색해지고 말았다. 감히 있을 수 없는 일이 벌어진 것이다. 대신들은 물론 대간도 침묵을 지켰다. 모두들 쉬쉬하며 알면서도 모른 척했다. 막강한 군사를 거느리고 있을 뿐 아니라 정방의 제조로 인사를 휘두르는 최영이 무서웠던 것이다.

• 재부와 추부, 즉 도당을 말함.

182

공민왕은 충격과 분노에 몸을 떨었다. 도당에 명한다 한들 최영이 가만있지 않을 것이고, 그렇다고 최영을 그대로둔다면 왕의 권위는 한없이 추락할 수밖에 없었다. 왕은 입술을 깨물며 중대 결심을 했다.

노국공주를 운암사(雲岩寺) 동쪽 기슭에 장사지내고 나서 며칠 뒤, 왕은 김속명의 아우인 김원명(金元命)을 내전으로 불러들여 은밀히 분부를 내렸다.

"편조(遍照)를 속히 찾아봐 주시겠소?"

김원명은 뜻밖의 분부에 깜짝 놀랐다. 편조를 처음 왕에게 이끌었던 사람이 김원명이었다. 그러나 편조는 조정대신들을 향해 악담을 퍼붓고 기행을 일삼다 궁중에서 홀연히 모습을 감추어버렸다. 벌써 7년 전의 일이었다. 그런데 편조를 다시 찾아오라는 것이다. 김원명이 조심스레 물었다.

"어인 일로 그를 찾으시옵니까?"

"까닭은 차차 알게 될 터이니 서둘러 찾아봐 주시오."

며칠 후. 김원명은 사람들의 눈을 피해 한밤중에 중 한 사람을 데리고 궁문으로 들어섰다.

남루하기 짝이 없는 납의(衲衣). 길게 흐트러뜨린 머리 사이로 드러나는 날카로운 눈매와 차갑게 빛나는 두 눈…….

그가 바로 편조였다. 법명인 편조는 광명편조(光明遍照)를 줄인 말. 광명편조는 범어 비로자나불(毘盧遮那佛)을 의역한 말이었다. 비로자나불은 불교의 연화장(蓮華藏) 세계에 살면서 법계(法界)에 광명을 두루 비추어 중생을 제도하는 부처였다. 그 부처는 바로 화엄경의 설주(說主)이자 화엄종의 주존불(主尊佛)이었다. 편조라는 법명은 사바 세계의 중생들을 구제하겠노라는 납자(衲子 : 승려)의 열망을 담아 스스로 지은 것이었다.

편조는 머리를 길게 늘어뜨렸을 뿐 달라진 것이 거의 없었다. 여전히 누더기 같은 납의에 허리춤에는 바릿대를 차고 있었다.

. . .

7년 전, 편조를 처음 만났을 때의 기억이 공민왕에게는 그대로 남아 있었다.

"천승(賤僧) 편조라 하옵니다."

"천승이라니오? 속세를 떠난 불가에도 귀천이 따로 있던가요?"

승려를 누구보다 공대하는 공민왕이라 편조의 겸손이 지나치다고 생각했다. 하지만 그것은 겸손으로 하는 말이 아니었다. 편조의 솔직한 고백이었다. 천노(賤奴)의 자식이니 아무리 가사를 걸쳤다 한들 천인의 핏줄이었다. 편조는 경상도 영산(靈山) 출생으로 그의 어머니는 계성현(桂城縣)에 있는 옥천사(玉川寺)의 노비였다.

아버지가 사족이라도 어머니가 천인이면 자식도 천인이 되어야 하는 법에 따라 편조는 애당초 중이 될 수도 없는 처지였다. 인종 때부터 천인이 승려가 되는 것을 법으로 금하였기 때문이다. 더욱이 충렬왕 26년(1300)부터는 부모 중에 한 사람이라도 천인이면 자식도 반드시 천인이 되었다. 그럼에도 편조가 중이 될 수 있었던 것은 아비들 덕이었다.

"천승이 사노(寺奴)를 면하고 중 노릇이나마 할 수 있었던 것은 이승에서 아비들을 잘 만난 덕이지요. 아비들이 아니었더라면 천승의 혼은 지금쯤 구천에 떠돌고 있을 것이옵니다!"

편조가 말한 아비들이란 그에게 성씨를 준 신씨(辛氏)와 의붓아버지 강씨(姜氏)를 두고 하는 말이었다. 그들은 영산 지방에서 내로라하는 호족 출신들로 천첩에게서 난 자식을 노비의 적에서 빼주었던 것이다.

공민왕은 편조의 솔직함에 금세 마음이 끌렸다. 왕은 편조를 내원당에 머물게 하고 수시로 면대했다. 그는 경사에도 해박하여 왕과 더불어 옛 성현들을 논하기도 했다. 때로는 국사를 놓고 편조에게 자문을 구한 적도 있었다. 그럴 때면 편조는 권문세족들을 서슴없이 비판하였다.

"조정의 대신이란 자들은 사실 하나같이 도둑들이지요. 임금을 속여 지위와 녹봉을 탐하고, 백성들 것을 탈취하여 부를 쌓으니 도둑이 아니고 무어겠습니까? 또 권력과 부를 자자손손 물려주는데, 알고 보면 도둑질 세습이라, 명문가입네 하고 큰소리치는 놈 치고 도둑놈 집안이 아닌 데가 없습니다. 그뿐입니까? 그자들이 결국은 나라를 병들게 하고 불쌍한 백성들을 한사코 도탄에 빠뜨리니 결국 부처님의 정토(淨土)를 방해하는 정말 큰 도둑들이랍니다!"

권귀들에게는 악담이랄 수밖에 없었다. 하지만 공민왕에게는 속이 다 후련한 이야기였다. 왕은 권문세족을 가리켜 '만국족당(滿國族黨)', 심지어 나라의 적이라고까지 여기고 있던 터였다. 언젠가 왕은 편조에게 불쑥 말을 던졌다.

"대사께서 나라의 정사를 맡으면 어찌하겠소?"

그때 편조는 너털웃음을 터뜨리며 말했다.

"하하하! 욕심과 다툼뿐인 아수라 같은 조정을 아미타불의 서방정토 (西方淨土)로 왜 만들지 못하겠습니까? 다만 천승에게 그런 일이 주어지겠습니까?"

처음에는 단지 농으로 주고받은 말이었다. 왕은 그러나 그때의 말이

진심이었다.

편조가 궁중에서 쫓겨난 것은 승정(僧政)을 둘러싸고 왕사 보허(普虛)와 갈등을 빚고, 조정 대신들이 '나라를 어지럽게 할 중놈', '요승(妖僧)'이라며 성토하고 나섰기 때문이었다. 그러나 편조는 쫓겨나기 전에 온다간다 말도 없이 제발로 궁궐을 나가버렸다. 7년 전의 일이었다.

. . .

공민왕은 김원명을 물리치고 반가운 낯으로 편조에게 물었다.

"그동안 어디서 무엇을 하며 지냈소?"

"천승에게 갈 곳이 어디 있겠습니까? 두타(頭陀)가 되어 걸식을 하며 불쌍한 중생들과 더불어 살았습지요."

"그래요."

왕은 한참 동안 편조를 바라보았다. 그러다 무겁게 말을 꺼냈다.

"선사, 선사가 과인을 구해주어야겠소!"

절실함이 묻어나는 말이었다. 편조는 담담한 어조로 왕에게 물었다.

"전하, 괴로우십니까?"

"어찌 괴롭지 않겠소?"

"전하, 누구에게나 삶은 괴로움일 따름입니다. 생로병사만이 괴로움이 아닙지요. 사랑하는 사람과 헤어져야 하는 괴로움(愛別離苦), 미워하는 사람과는 만나야 하는 괴로움(怨憎會苦), 구하려 해도 얻지 못하는 괴로움(求不得苦), 번뇌의 수풀 속에 뿌리박고 있는 이 몸이 또한 괴로움(五陰盛苦)입니다."

"무엇이 그토록 괴롭게 한단 말이오?"

186

"탐욕과 성냄과 어리석음 때문이지요."

"그 세 가지를 다 버린다 해도 남는 괴로움과 슬픔은 어찌합니까?"

"집착을 버리셔야 합니다."

"과인이 무엇에 집착한단 말이오?"

"전하, 슬픔도 집착이옵니다. 이제 상심을 가누소서. 군주는 만인의 몸이옵니다."

"선사가 어찌 부부의 애틋한 정을 알겠소?"

"전하, 천승이 비록 부부의 연을 맺은 적은 없으나 어찌 사랑하는 사람이 없었으리오. 낳아주신 어머님을 사랑하였고 한때는 품지 말아야 할 연정을 품은 적도 있사옵니다. 하지만 모두가 집착이요 괴로움일 따름이랍니다."

"그래, 선사는 그 괴로움에서 자유롭소?"

"육신이 있는 한 어찌 자유로울 수 있겠사옵니까? 부처님께서는 이 헛된 육신을 벗어버릴 때라야 진실한 생명이 있다고 하셨는데……."

"가만……."

왕은 편조의 말을 잘랐다. 그를 찾은 것은 설법을 듣기 위해서가 아니었다. 왕이 다시 물었다.

"선사는 왜구가 창릉에 침입하여 재실의 진영을 훔쳐갔다는 말을 들었소?"

"전하, 진영이야 다시 봉안하면 되는 일입니다. 또 잃었던 재물이야 다시 얼마든지 채울 수 있사옵니다. 하오나 애꿎은 백성들의 생명은 그 무엇을 가져와도 다시 찾을 길이 없사옵니다. 천승은 다만 그것이 안타까울 따름입니다!"

왕은 순간 눈시울이 뜨거워졌다. 외적으로부터 백성들 생명조차 제대로 지켜주지 못하는 군주의 심정은 참담했다. 장수들에 대한 분노가 새삼 치밀어 올랐다.

"과인이 장수들에게 군사를 맡긴 것은 외적을 막으라는 것이었소. 그런데 오히려 군사를 세력으로 삼고 있다오. 특히 최영은 과인이 3재(宰)에까지 올려주었거늘."

편조는 입을 꼭 다물었다. 왕도 더 이상 분을 내지 않고 조용히 편조를 불렀다.

"선사!"

"말씀하오소서, 전하."

"선사가 과인과 이 나라 백성들을 구해주어야겠소!"

"……!"

편조는 대답 대신에 지그시 눈을 감았다.

"과인은 지금 몹시 지쳐 있소."

왕은 확실히 지치고 피곤한 기색이었다. 왕의 말이 계속되었다.

"과인이 보위에 오른 지 어느덧 14년이오. 그동안 나라를 개혁하고 중흥시키기 위해 노심초사했건만 해마다 변란과 재해가 거듭되니 과인의 공덕이 어찌 요순(堯舜)을 따를 수 있겠소? 다만 힘을 다한다면 이루어질 것으로 생각했지만 과인의 정치는 늘 막히고 말았소. 과인이 유약한 탓인지 한번 쓴 사람은 잘못이 있더라도 내치지 못하고, 개혁 정치도 중신들이 반대하면 거두고 말았소. 전란이 잇따르면서 조정에는 무신들이 포열할 수밖에 없고, 이제는 장수들이 대놓고 왕을 능멸하고 있는 데도 어찌할 수가 없소."

왕은 노기를 가라앉히려는 듯 잠시 말을 멈추었다가 강한 어조로 말했다.

"선사, 선사는 이제 환속하여 과인을 구해주시오!"

편조가 눈을 번쩍 떴다.

"전하, 천승은 이 몸 하나도 돌보지 못해 두타승으로 떠돌며 천한 몸뚱아릴 괴롭히는데, 어찌 천승더러 감히 전하를 구하라 하오십니까?"

"아니오, 선사. 오랫동안 선사의 언행과 경륜을 잊지 않고 있었소. 선사라면 능히 해낼 수 있을 것이오!"

"전하, 신은 일개 천승에 지나지 않사옵니다. 어찌 저같은 사람이 정사를 바룰 수 있겠사옵니까? 천승은 조정에 아무 경험도 연줄도 없사옵니다."

"바로 그것이오. 선사가 이세독립지인(離世獨立之人)이기 때문에 과인이 쓰려는 것이오."

이세독립지인. 세상과 떨어져 홀로 있는 사람이라는 말이었다. 왕의 말은 계속되었다.

"세신대족이란 자들은 친당(親黨)으로 뿌리가 얽히고설키어 오직 제 편의 이익만 도모하고 잘못은 감추고 있으니 선사도 언젠가 말하지 않았소? 도둑질을 세습하는 자들이라고 말이오. 과인이 나라의 대계를 위해 군사를 도모하려 해도 그들의 눈치를 봐야 하는 실정이오!"

왕은 말을 하면서 어느덧 격앙되어 있었다.

"그래서 신진들 중에 간혹 쓸 만한 자를 뽑아 쓰기도 했소. 하지만 힘이 없으니 권력에 쫓겨나거나, 더러 명망을 얻은 자들은 가문이 한미한 것을 부끄럽게 여기고, 세족들과 혼인하여 출세에만 눈이 어둡고, 또 유생이란 자들은 처음부터 유약하고 군세지 못한 것들이라, 이들 세 부류가 다 쓸모없더이다."

"굳이 천승을 택하신 것은?"

"그렇소. 선사는 불도를 터득했으니 세상의 욕심은 다 버렸을 터. 또 출신이 미천하니 권귀들과는 인척 관계로 얽혀 정실이 개입되지 않을 터요, 자식이 없으니 재물을 쌓아 물려줄 것도 없고, 게다가 경사에 밝으니 도리를 알 것이요, 정사가 어둡다 하나 과인의 뜻을 알 터이니 선사가 개혁을 밀어붙인다면 누구도 꼼짝하지 못할 것이오!"

왕의 간곡한 말에 편조의 마음이 서서히 움직였다. 자신을 늘 괴롭혔던 천출의 한을 풀고도 싶었다. 왕후장상의 씨가 따로 있겠는가. 더욱이 왕을 도와 세상을 구할 수만 있다면 한 목숨 버린들 아까울 것이 없었다.

왕은 편조의 결심을 재촉했다.

"선사! 이제 환속하여 과인을 도와 나라를 중흥시키고 백성을 구제합시다. 이것은 왕명이오!"

편조는 다시 눈을 감았다.

"선사마저 과인의 명을 거역할 셈이오?"

왕의 말에는 노기마저 묻어 있었다. 그래도 한참 말이 없던 편조가 자세를 고쳐 앉더니 고개를 떨어뜨렸다.

"전하, 천승이 어찌 감히 전하의 명을 거역하겠나이까? 하오나 전하, 조정은 참소와 이간질이 난무하는 곳입니다. 그래서 선한 자가 오히려 악한 자가 되고, 청렴한 자는 바보가 되며, 강직한 자는 놀림을 받는 곳입니다. 하온데 천승이 국정을 맡는다면 온갖 비방과 모략이 난무하고 이 또한 전하를 괴롭힐 것입니다."

"그것은 염려 마시오. 어떤 비방이 들리더라도 과인은 전적으로 선사의 말을 믿을 것이니, 과인이 오늘 선사 앞에서 하늘을 두고 맹세하리다! 다만, 선사도 과인에게 두 가지만 맹세를 해주오!"

"말씀하소서, 전하!"

"선사는 결코 당을 만들지 말고 사사로이 농장을 소유하지 마시오!"

세력을 따로 형성하지 말라는 말이었다. 당파를 짓는다면 공민왕이 말한 세 부류와 다를 것이 없었다. 또 권신들처럼 농장을 바탕으로 권력과 부를 형성하지 말라는 말이었다. 그렇게 되면 나중에는 왕권에 위협이 될 수 있었다.

"대신에 과인은 선사에게 인신지극(人臣至極)의 지위와 녹봉과 저택을 내리리다."

왕의 말에 편조는 웃으면서 답했다.

"납의 한 벌과 바릿대 하나면 그만인 천승에게 파당은 무엇이며 농장은 또 무슨 소용이겠습니까? 천승은 다만 전하를 도와 삼한이 평안해진다면 지난날에도 그랬듯이 미련 없이 다시 두타행을 떠날 것이옵니다!"

"고맙소, 선사! 이제 과인은 오로지 선사만 믿으리다!"

밤이 꽤나 이슥해서야 편조는 왕의 침전에서 물러나왔다. 궁문을 나온 편조는 아무 일도 없었다는 듯이 허름하기 짝이 없는 제 처소로 돌아갔다. 멀리서 개 짖는 소리가 들리고, 어쩌다 나뭇가지를 스치는 바람 소리만 서걱거릴 뿐 도성은 여느 때처럼 고요하기만 했다.

· · ·

며칠 후, 공민왕은 극진하게 예를 갖추어 편조를 스승으로 맞아들이고, 청한거사(淸閑居士)로 불렀다. 아니나 다를까, 조정 대신들이 하나같이 들고 일어났다.

"일찍이 도선비기(道詵秘記)에 중도 아니요 속인(俗人)도 아닌 자가 나타나 정치를 문란케 하고, 결국은 나라를 망친다 하였사온데, 지금 편조란 자가 딱 그런 요승이오니 장차 나라의 우환이 될까 두렵사옵니다. 전하께서는 그를 당장 내치소서!"

공민왕은 그러나 도당과 백관들에게 명하였다.

"과인이 심신의 병이 깊어, 이제 청한거사에게 모든 국사의 섭정을 맡겼으니 앞으로는 과인에게 상주치 말고, 오직 섭정에게 아뢰어 그의 뜻에 따르도록 하라! 섭정의 결심이 곧 과인의 뜻이니라!"

대신들은 해괴한 왕명에 할 말을 잃었다. 절에서 독경을 해야 할 중에게 나라의 정치를 맡긴 일이 고금에 있었던가. 대신들은 그러나 편조의 권력을 곧바로 실감하였다. 왕명까지 거역하며 버티던 찬성사 최영이 하룻밤 사이에 계림윤(鷄林尹)으로 폄직되어버린 것이다. 말이 폄직이지 사실상 파직이나 다름없었다.

대신들은 귀를 의심했다. 설마 사실이라 해도 최영이 크게 반발할 것이라 여겼다. 그러나 편조는 최영을 꼼짝달싹할 수 없게 만들어버렸다. 최영이 사냥을 나가 군영을 비운 틈에 김속명을 시켜 군권을 전격 회수해버린 것이다. 군영을 김속명에게 빼앗긴 최영은 순순히 명에 따를 수밖에 없었다.

"자고로 임금에게 죄를 짓고 목숨을 보전한 자가 없는데, 나는 참으로 무거운 죄를 짓고도 전하께서 죽이지 않고 이렇게 계림윤 자리를 주셨으니 성은의 두터움을 이제야 알겠소!"

공민왕이 도지휘사직을 파한 지 두 달 만이었다. 양광도와 경기 지역의 막강한 군사를 이끌고 있던 최영의 폄출은 가히 변란에 가까웠다.

무장들 중에 반발하는 자들도 없지 않았다. 합포(合浦)를 지키고 있던 정사도(鄭思道)가 최영에게 죄를 묻는 것이 부당하다며 나섰다. 그러나 그가 곧바로 삭탈관직당하자 다른 장수들은 입을 다물어 버렸다.

두 달이 채 못 되어 최영은 계림윤마저 파직당했다. 또 3품 이상의 관작은 삭탈되고 전민(田民)은 완전히 몰수된 채, 감찰사(監察司)에 끌려와 신문을 받은 뒤에 유배형에 처해졌다.

편조를 반대했던 대신들 중에 이인복, 경천흥, 이수산, 홍사범 등은 봉군(封君)되었다. 말이 봉군이지 더 이상 정무에 참여할 수가 없으니 조정에서 쫓겨난 셈이었다. 편조가 섭정을 맡으면서 25명의 조정 대신들이 유배, 파직, 폄직되거나 봉군되어 조정에서 쫓겨났다.

반면에 김보(金普), 이춘부(李春富), 김란(金蘭) 등이 중용되었다. 이들 대부분이 즉위 초에 공민왕이 곁에 두었던 신하들이었으나 조일신의 난과 기철의 복주(伏誅), 김용의 난 등으로 물러나 있었다. 모두가 공민왕이 의도한 대로였다.

조정에 한바탕 광풍이 지나가자 편조는 형인추정도감(刑人推整都監)을 설치했다. 가뭄과 기근으로 동요하고 있는 민심을 다스리고, 억울하게 죄를 받았거나 송사에 걸린 자들을 풀어준 것이다.

그해 7월, 공민왕은 편조를 진평후(眞平侯)로 봉했다. 진평후 편조는 전민변정도감(田民辨整都監)을 다시 설치하고 직접 도감제조가 되어 '공도대의(公道大義)'를 천명했다.

근래에 나라의 기강이 크게 무너지면서 탐욕과 흑심이 떳떳한 것처럼 되어버렸다. 종묘, 학교, 창고, 사지(寺社), 녹전군(錄轉軍) 등의 공수전(公須田)과 나라사람들의 세업(世業) 전민(田民)은 모두 강호(豪强)한 가문들이 탈점해 버렸다.

그들은 혹 돌려주라는 판결을 받았는데도 무시하거나, 혹은 양민을 계속해서 노예로 부리고 있다. 그리고 각 주현(州縣)의 역리(驛吏), 관노(官奴), 양민들로서 군역과 부역에서 도피한 자들을 농장에 은닉하여 백성에게는 해를 끼치고, 나라의 살림을 궁핍하게 만들고 있다. 때문에 하늘도 노하여 수재와 한재, 역질이 계속되고 있는 것이다.

이제 도감을 설치하여 그 시정 사업을 담당케 되었으니 개경은 15일 이내, 지방은 40일 내에 한하여 과거의 잘못을 스스로 시정한 자에게는 죄를 묻지 않을 것이다. 그러나 기한이 지나서 발각된 자나, 함부로 무고한 자는 마땅히 그 벌을 받을 것이다!

영이 반포되자 권문세족들은 하나같이 이를 갈았지만 백성들은 '하늘에서 성인을 내렸다'며 칭송을 아끼지 않았다. 편조는 이틀에 한 번씩 도감에 나가 송사를 처결하면서, 본래부터 천예였던 자들까지 양민이라고 주장하면 그대로 들어주었으니 천민들에게는 살아 있는 미륵불이나 다름없었다.

그해 12월, 편조는 환속하여 이름을 '돈(頓)'으로 고쳐 불렀다.

신돈(辛頓). 이름자인 '돈'은 『화엄경(華嚴經)』에서 말하는 부처의 다섯 가지 가르침 중의 하나인 '돈교(頓敎)'에서 따온 것. 돈이란 한꺼번에 별안간 진리를 깨닫는다는 '돈오돈수(頓悟頓修)', '돈오점수(頓悟漸修)'에 쓰이는 말이었다. 진평후 신돈은 이름에서조차 별안간 진리를 깨달아 납자의 길 대신에 구세의 길을 택했노라 스스로 자부했던 것이다.

공민왕은 그에게 격이 한층 고양된 10자 공신호를 내리면서 정1품 벽상삼한삼중대광(壁上三韓三重大匡)과 영도첨의사사사(領都僉議使司事) 겸 판중방(判重房) 겸 판감찰사사(判監察司事) 겸 제조승록사사(提調僧錄司事) 겸 판서운관사(判書雲觀事)의 벼슬을 더했다.

'벽상삼한삼중대광'과 '영도첨의사사사'는 그야말로 인신지극의 지위. 거기에다 중방과 감찰사, 승록사, 서운관의 판사는 정치 군사의 실권은 물론 국교인 불교의 승정, 나라의 제례, 천체의 운행과 관계된 정무까지 관장하라는 것이었다. 모든 국사를 온전히 신돈에게 맡긴 것이다.

왕은 또 약속한 대로 신돈에게 저택과 수백 명의 노비를 내려주고, 홀치와 충용위 군사 250여 명으로 하여금 밤낮으로 호위케 하였다. 그리고 신돈을 부를 때는 '첨의(僉議)'라 하되, 이름을 함부로 부르지 못하도록 했다.

이제 신돈의 위상과 격은 신하된 자로서는 상상할 수 없을 만큼 달라졌다. 신돈이 승여(乘輿)를 타고 한 번씩 출입할 때마다 1백여 명의 무리들이 뒤를 따랐으며, 그 위세는 왕 못지않았다. 나라사람들은 그를 가리켜 권왕(權王)°이라 불렀다. 그러나 한 하늘에 해가 두 개일 수는 없었다.

• 임시왕이라는 뜻.

8. 천추를 기약하다

신돈이 섭정을 하면서 운경은 품계가 봉익대부(奉翊大夫, 종2품)에 오르고, 검교밀직제학을 겸하여 보문각제학 겸 상호군으로 제수되었다. 하지만 더 이상 조정에 나갈 생각이 없었다. 공민왕의 개혁에는 적극 찬동했지만 신돈의 집권에는 무척 회의적이었다.

도덕에 바탕을 두지 않은 권력이란 썩게 마련이었다. 아첨과 아부에 능한 자들이 주변에 몰려들고, 한번 권력의 단맛을 본 자는 그것을 지키기 위해 수단과 방법을 가리지 않는 것이 권력의 속성이었다.

운경은 신돈에게서 이미 그런 조짐을 보았다. 재상이라는 자들까지 신돈을 찾아가 문안을 올리고 백관들은 신돈의 저택에서 정사를 논했다. 그 중에 약삭빠른 자들은 어느새 신돈에게 기대어 견마잡이를 자처하였다.

전선 목록에는 그런 자들의 이름이 맨 위에 올랐다. 그러니 청탁을 넣으려는 자들로 신돈의 집 문턱이 닳을 지경이었고 아녀자들까지 나서서 신돈에게 헌신하려고 줄을 섰다.

운경은 나서고 싶었지만 병이 너무 무거웠다. 수년 동안 운경을 괴롭혀 온 병마는 숨을 제대로 쉴 수 없을 정도로 고통이 날로 더했다. 그래도 운경은 신음 소리조차 내는 법이 없었다. 그는 제 몸에서 난 병이기에 제 몸 스스로 다스려야 한다고 여겼다. 병마와 싸우면서도 운경의 눈빛은 극도의 인내와 절제를 담고 있었다. 아니, 평생을 그렇게 살아왔는지 모른다.

돌이켜보면 물 흐르듯이 살아온 세월이었다. 높은 자리에 연연하지 않았고, 현실을 비판하기는 했으나 의분을 품고 세상을 바꾸어보려는 마음은 없었다. 다만 염치와 의리를 생명처럼 소중히 여겼을 뿐이었다.

때로는 회의가 가슴을 파고들 때도 있었다. 혼자서만 너무 깨끗하게 살고자 했던 것은 아닐까. 운경은 이제 고향인 경상도 영주(榮州)로 내려가 조용히 죽음을 맞이할 생각이었다. 그래서인지 아들에게 마지막으로 당부하고 싶은 말들이 많았다.

"도전아, 벼슬살이가 생각보다 쉽지 않다는 것은 이제 너도 깨달았을 것이다. 아비로서 마지막으로 네게 부탁하고 싶은 말들이 있다. 사람이란 때로 실수도 하고, 잘못을 저지르기 마련이다. 그러나 사대부는 달라야 한다. 잘못되었을 때는 과감히 물러나 자신의 잘못을 청하는 것이 올바른 처신이다. 자신의 잘못은 감추고 남의 허물을 들추면서 자신이 올바른 척하는 것이야말로 비겁한 짓이 아니겠느냐?"

도전은 한 자도 빠뜨리지 않고 아버지의 말씀을 새겨들었다. 아버지는 그의 스승이자 사표였다.

"장차 바른말을 할 때는 굽힘이 없어야 하고, 옳은 일을 할 때는 흔들림이 없어야 한다. 그것이 도학을 배웠다는 사대부의 기상이다. 한겨울이 되어야 소나무의 푸른 기상이 더욱 드러나는 법. 모쪼록 오늘을 살기 위해 내일 죽는 자가 되지 말고, 의를 위해서라면 오늘은 죽더라도 내일은 영원히 사는 자가 되거라!"

"아버님 말씀, 명심 또 명심하겠습니다. 다만 소자가 한 가지 여쭙고 싶은 것이 있사옵니다."

"말해보거라."

"성현들이 말하기를 군자는 오로지 친민(親民)해야 한다 하였는데, 친민의 참된 뜻이 과연 어디에 있는지 아직 그 뜻이 명확하지 않사옵니다."

운경은 잠자코 아들을 바라보더니, 옛날 주(周)나라 문왕(文王)과 태공망(太公望)이 주고받았던 이야기를 꺼냈다.

"문왕이 묻기를 어떻게 해야 천하 백성들이 귀속하여 복종하겠습니까, 했느니라. 그러자 태공이 말하기를 천하는 한 사람의 천하가 아니라 천하 사람들의 천하입니다, 하였다!"

순간, 도전의 가슴이 커다랗게 울렸다.

'천하는 한 사람의 천하가 아니라 천하 사람들의 천하다!'•

천하는 어느 한 사람의 것이 아니라 천하 만민이 주인이라는 것이다. 천하를 그 주인에게 돌려주었을 때 천하를 얻을 수 있는 법이다.

"태공은 이어, 천하의 이(利)를 천하 백성들과 함께 나누려는 군주는 천하를 얻을 수 있습니다, 그러나 천하의 이를 혼자 차지하려는 군주는 천하를 반드시 잃게 됩니다, 라고 했느니라."

운경은 숨이 가쁜 듯 잠시 말을 멈추었다가 아들에게 물었다.

"여기서 태공망이 말한 이(利)란 무엇이겠느냐?"

• 天下非一人之天下 乃天下之人天下也

"사람을 이롭게 하고 천하를 이롭게 하는 것으로서 곧 천리(天理)와 공리(公理)를 말하는 것이 아닌지요?"

"그렇다. 군자가 백성을 가까이해야 하는 뜻이 바로 거기에 있지 않겠느냐?"

도전은 비로소 친민의 참뜻을 깨달았다. 무엇보다 '천하는 한 사람의 천하가 아니라 천하 사람들의 천하'라는 말이 두고두고 가슴을 울렸다.

· · ·

정운경이 영주로 낙향한 것은 공민왕 14년(1365) 겨울.

그리고 이듬해 정월, 62세를 일기로 생을 마감하였다.

운경의 죽음이 알려지자 그와 교유했던 많은 이들이 먼 길을 마다하지 않고 영주까지 문상하러 왔다. 그들은 운경의 죽음을 하나같이 안타까워하며 말했다.

"풍운이 이다지도 어수선한데, 하늘은 어째서 정 공 같은 이를 먼저 데려 가는고! 아무리 운명이라지만 이토록 안타까울 수가 없네!"

"정 공의 병이 그토록 깊은 줄은 몰랐소이다. 수 년 동안 병을 앓아오면서도 글쎄, 우리한테는 내색 한 번 하지 않았다니요?"

"사람이 워낙 강직하다 보니 남에게 폐를 끼칠까 염려되었던 게지요."

운경의 벗들 사이에서는 그의 인품을 기려 사시(私諡)를 지어주어야 한다는 의논이 일었다. 송 밀직(密直)과 권 검교(檢校)*가 도전에게 말하였다.

"예로부터 살아서는 자(字)로써 그 덕을 밝히고 죽어서는 시호(諡號)로써 그 인품과 절개를 나타낸다 하였다네."

• 기록에 이름이 없이 성씨와 관직만 나온 경우 그대로 원용했음.

"자네 부친 정 공으로 말하자면 마땅히 시호를 받을 만한 분이지만 나라의 법이 시호를 내리는 데 품계를 한정하고 있으니 이것이 안타까운 일이라."

"조정이 흐리지만 않았다면 정 공의 인품과 능력이야 재상을 수차 지내고도 남을 만했지. 그래서 예부터 인품과 절개가 뛰어났으나 나라에서 시호를 주지 못하면 친구들이 뜻을 모아 사시를 지었는데, 도연명(陶淵明)에게 정절(貞節)이라 하고 서중거(徐中車)에게 절효(節孝)라 한 것이 다 이것일세."

"그래, 우리가 정 공의 시호를 남겨 장차 뒷사람들에게 그 뜻을 남겨야 한다고 입을 모아, 부친께 '염의(廉義)'란 사시를 드리기로 하였다네."

염의란 청렴과 의리로 평생을 살아온 운경을 삶을 그대로 나타냈고, 사시를 지은 까닭은 묘표(墓表)에 아직까지 전해지고 있다.

정 선생은 일찍이 과거에 급제하여 빛나는 벼슬을 지냈으니 신분이 가히 높아졌다고 할 만하다. 그래도 집에는 재물을 쌓아두지 않아, 처자가 추위와 배고픔을 면하지 못할 때도 있었건만 선생은 그것을 담담하게 여겼으니 이는 염(廉)이 아니겠는가?

그리고 선생은 친구가 작은 어려움만 당해도 몸소 그를 구원할 책임을 졌으며, 의리가 아니라면 아무리 공경(公卿)의 세력이라도 보기를 하찮게 여겼으니 이는 의(義)가 아니겠는가? 그리하여 묘에 쓰기를 염의선생이라고 한다.

상을 치르고 백일이 지나자 조정에서 도전에게 복직하라는 명이 내려왔다. 공민왕 9년(1360)부터 나랏법으로 3년상을 폐지했던 터라 유학을 하는 사대부들도 부모상을 백일 만에 탈상하는 것이 관례였다.

그런데 도전은 주자(朱子)의 가례(家禮)대로 3년상을 치른다는 결심이었다. 그러려면 사직하는 수밖에 없었다. 주위에서는 도전의 뜻에 반대하는 사람들이 많았다.

"이제 벼슬길이 한창 열려 있는 사람이 3년 동안 발이 묶이면 뒤처지기 마련이요, 3년 뒤에 다시 벼슬에 나간다는 보장도 있는 것이 아니잖소?"

"지금은 신돈의 개혁으로 부패하고 무능한 벼슬아치들이 많이 물러났으니 그만큼 인재가 필요한 때라, 벼슬이 높아질 수 있는 기회올시다."

그들의 말이 아주 틀린 것도 아니었다. 이때 도전의 벼슬은 통례문(通禮門)*의 정7품 지후(祗候)였으니 관운도 순조로운 편이었다. 3년상을 치르는 대신 계속 벼슬을 한다면 2품 이상의 품계는 너끈히 오를 수 있었다. 하지만 도전은 도리를 먼저 택했다.

"옛 성현의 가르침을 따르는 선비로서 자식된 도리를 다하지 못한다면 어찌 도학을 아는 사대부라 하겠습니까? 풍속이 무너지고 시류와 편리에 따라 예의가 달라져도 도리의 근본을 버릴 수 없는 일입니다. 벼슬길이 잠시 지체된다고는 하나, 아버님께서도 생전에 벼슬을 현달의 도구로 삼지 말 것을 늘 당부하셨지요!"

도전은 선친의 무덤 옆에 여막을 짓고 가례를 지키는데, 큰 슬픔이 겹쳤다. 그해 12월에 어머니 우씨(禹氏)마저 세상을 뜨고 만 것이다.

남편의 청렴강직한 기질을 그대로 따랐던 어머니였다. 지난날 운경이 밀성군지사로 있다가 복주목(지금의 안동) 판관으로 전임되었을 때의 이야

---

* 조회 때의 행사 절차와 예식을 맡아보는 곳.

기이다.

고을 밖에서 전임되었다는 소식을 들은 운경은 밀성에 들르지 않고 그 길로 복주목으로 부임하였다. 고을에 들르면 전별이라 하여 백성들이 또 괴롭지 않을까 싶어서였다. 그 말을 듣고 밀성 사람들이 감동하여 월봉이라도 드려야 한다며 우씨 부인을 찾아갔다. 순전히 고을 사람들의 마음을 담아 노자에 보태라는 것이었다. 그러나 우씨 부인은 끝끝내 받지 않고 돌려보냈다. 고을에 들르지도 않고 새로운 부임지로 곧장 떠났던 남편의 마음을 헤아렸기 때문이다.

그런 어머니가 홀연히 남편 뒤를 따른 것이다. 도전은 어머니를 부친의 선영에 부장(附葬)하고 모친의 3년상을 더해 4년 동안의 상기(喪期)를 지켰다.

도전은 상중에 있으면서도 경서에서 제자(諸子)에 이르기까지 깊이 있게 파고들었다. 그중에서도 주자가 집주(集註)한 『맹자』는 하루도 손에서 놓질 않았다. 정몽주가 보내준 책이었다. 도전의 부친상에 앞서 정몽주는 모친상을 당해 역시 3년상을 치르고 있었는데, 어느 날 도전에게 『맹자』 한 질을 보내왔던 것이다. 그러기에 더 소중하고 귀했다.

도전은 『맹자』를 읽는 데 하루에 한 장을 쉽게 넘기지 않았다. 그것을 보고 동생들이 의아해서 묻기도 했다.

"아니, 형님은 『맹자』를 어찌 그토록 더디 읽으십니까?"

"그래요, 형님. 벌써 여러 번 읽은 책이 아닙니까?"

도전은 웃으면서 답했다.

"아니다. 이것은 옛날에 내가 읽었던 그 『맹자』가 아니다. 옛날에는 문구에 얽매여 고루했으나 주자가 집주한 이 『맹자』야말로 살아 있는 맹자를 만날 수 있구나. 공자께서 옛것을 익히고 그것을 미루어 새로운 것을 배운다 하여 온고지신(溫故知新)이라 하셨는데, 오늘에야 그 뜻을 알겠다!"

도전이 두 동생들과 더불어 주자의 신학문(성리학 또는 도학이라 함)을 공부한다는 말이 퍼지자 제법 멀리까지 선비들이 찾아와 제자로서 가르침을 청했다. 도전은 처음엔 마다하였으나 같이 배운다는 마음으로 받아들였다.

도전은 그들에게 단순한 경서가 아니라 실학(實學)을 가르쳤다. 도전이 말하는 실학이란 '옛사람의 덕을 밝히고 백성을 새롭게 하는 학문[古人明德新民之實學]'으로 무엇보다 실천궁행(實踐躬行)을 강조했다.

이때 도전에게 배운 자들 중에 많은 이들이 과거에 올라 벼슬길에 나갔다. 안비판(安秘判), 이안렴(李按廉), 성중서(成中書), 김사농(金司農), 유판도(分版圖) 등이 바로 그들이었다.

상중이었지만 도전에게는 보람 있는 나날이었다. 그러나 개경에서 들려오는 소식들은 도전을 우울하게 만들었다.

정릉과 영전(影殿)의 역사(役事)가 일어나면서 원성이 높고, 도전의 좌주이자 공민왕의 오랜 충신이었던 첨의찬성사 유숙이 조정에서 쫓겨나 낙향했다는 것이었다.

신돈의 위세가 날로 더해지면서 점차 폐해가 드러나는데도 누구 하나 바른말로 고하는 자가 없었다. 그러던 차에 친구 이존오가 신돈을 탄핵하다 고문을 당하고 폄직되었다는 소식은 충격이었다.

그해 3월, 왕이 친히 궁중에서 문수회(文殊會)를 차렸을 때의 이야기다.

문수회가 차려진 첫날은 종친과 재상, 백관과 기로들뿐만 아니라 아전들까지 의관을 정제하고 차례대로 뜰에서 참례했다. 그런 자리에 백관들의 눈이 그만 휘둥그레졌다. 영도첨의 신돈이 재상의 열에 서지 않고 감히 공민왕과 나란히 앉아 있었던 것이다.

예(禮)란 상하를 분별하기 위해 있는 것. 따라서 신하된 자가 왕과 나란히 앉는다는 것은 고금에 없는 일이었다. 그러나 누구도 신돈의 불경을 말하는 자가 없었다. 대유(大儒)로 받드는 이인복과 이색마저 애써 못 본 척하였다.

그러나 좌정언(左正言) 이존오는 묵과하지 않았다. 이존오는 먼저 문하부에 속해 있는 낭관들에게 말했다.

"첨의가 문수회에서 있을 수 없는 무례를 저질렀는데, 지금 첨의의 잘못을 탄핵하지 않는다면 조정의 법도가 무색해지고 말 것이오. 이는 장차 임금에게 화가 미칠 터이니 간관들이 나서지 않을 수 없소이다!"

그러나 간관들은 새파랗게 질려서 오히려 이존오를 뜯어말렸다.

"누가 그걸 모르오. 허나, 첨의를 함부로 탄핵했다가 무슨 화를 당하려고? 지금까지 첨의를 반대했다가 온전한 사람이 없소이다. 괜히 전하의 노여움만 살 뿐이니 좌정언도 모른 척하시구려."

"간관이 권력을 두려워하여 바른말을 하지 못한다면 정사는 어지러울 수밖에 없소. 간관의 직분은 자고로 임금의 허물도 바로잡는 것이거늘 하물며 신하되는 자의 잘못을 아뢰는데 무엇이 두렵단 말이오!"

이존오는 그들의 비겁함을 나무랐지만 낭관들은 아예 눈길을 피하며 고개를 외로 꼬았다. 이존오는 그러나 뜻을 꺾지 않았다. 혼자서 상소 초안을 잡아 친척 형님이자 좌사의대부(左司議大夫)로 있는 정추(鄭樞)를 찾아갔다.

"형님, 나라의 간의대부라는 분이 신돈의 오만무례를 보고서도 어째

입을 다물고 있소? 요물이 나라 망치는 꼴을 두고볼 수는 없는 일이니 저와 같이 전하께 직간(直諫)을 올립시다!"

정추는 상소문을 읽어보더니 결연히 말했다.

"참으로 옳은 말일세. 무엇을 두려워하겠는가!"

정추와 이존오는 곧 공민왕에게 장문의 상소를 올렸다.

전하! 예절이란 임금과 신하가 생긴 이래로 만고불변의 철칙입니다. 군왕이라도 예는 사사로운 것으로 만들 수 없는 법입니다. 그런데 신돈은 과연 어떤 자이기에 이렇게 자고자대(自高自大)하는 것입니까?

그런데 신돈이 권세를 쓰고 상벌을 마음대로 하며, 또한 전하와 더불어 격을 같이하려고 하니 이것은 한 나라에 두 임금이 있는 것입니다. 극도로 참람하고 교만한 것이 습관처럼 되면, 지위가 있는 자들은 본분을 지키지 않게 되고, 백성들마저 그 법도를 벗어나게 되는 법입니다. 이것이 어찌 두려운 일이 아닐 수 있겠습니까?

두 사람의 상소를 대언 권중화(權仲和)가 채 절반도 읽기 전에 공민왕의 안색은 이미 굳어져 있었다.

"그만, 그만! 한 나라에 두 임금이라니? 이자들의 언사가 정녕 과인을 능멸함이 아니더냐? 당장에 정추와 이존오를 들라 이르라. 어디 과인 앞에서도 함부로 말하는지 볼 터이다!"

노발대발하는 공민왕 앞에서 신하들은 숨소리마저 죽였다.

마침내 정추와 이존오가 합문(閤門)으로 들어섰다. 그런데 신돈이 보란 듯이 공민왕과 마주 앉아 있는 것이 아닌가. 순간 이존오는 분기가 충천

하여 그곳이 탑전인 줄 알면서도 신돈을 향해 꾸짖는데,

"늙은 중놈이 어찌 이리도 무례한고! 여기가 감히 성상과 마주 앉을 자리인가!"

그야말로 벼락이 치는 듯한 소리에 신돈은 깜짝 놀라 자기도 모르게 내려앉고 말았다. 공민왕은 그것에 더욱 노하여 두 사람을 순위부에 가두고 찬성사 이춘부, 밀직부사 김란, 첨서밀직 이색, 동지밀직 김달상으로 하여금 국문토록 했다.

정추와 이존오에게 혹독한 고문이 가해졌다. 국문을 맡은 이춘부는 이번 기회에 신돈의 반대 세력들을 일소하려는 속셈으로 경천홍과 유숙 등 명망 있는 대신들을 엮어 넣으려 했다. 그러나 모진 매질에도 두 사람은 꿋꿋하게 말하였다.

"우리 집안이 2대에 걸쳐 간의대부가 되어 나라의 은혜를 크게 입었는데, 어찌 바른말을 하지 않을 수가 있소. 신돈의 위세가 화복을 좌우한다는 것은 세상 사람들이 다 아는데 누가 감히 나를 유인하겠소?"

"나라에서 나를 간관으로 명하였을 때는 그 소임을 다하라는 것이거늘, 첨의의 잘못을 보고 모른 척 넘어간다면 이미 간관이 아닐 터. 배후가 있다는 것이 얼마나 가소로운 일이오!"

아무리 매질을 해도 나올 것이 없자 왕은 두 사람을 처형토록 했다. 그러자 더 이상은 안 되겠다고 생각했는지 밀직부사 임군보와 이색이 구명에 나섰다. 임군보는 공민왕에게 직접 아뢰었다.

"간관들을 죽인다면 이것은 임금의 과오를 드러낼 뿐이요, 그들이 충신임을 나타낼 따름이옵니다. 만약 그들을 죽인다면 누가 장차 바른말을 하려 하겠습니까?"

이색은 국문을 총관하고 있는 사돈이기도 한 이춘부에게 간곡하게 부탁하였다.

"두 사람의 망령된 말은 책벌을 받아 마땅하나, 태조 이래로 간관을 죽인 예가 없는데 이제 와서 하찮은 소유(小儒)들의 말에 처형을 한다면 공연히 영공(令公)*에 대해 여론만 나빠질 것이오!"

이춘부는 사돈의 말을 물리칠 수 없어 공민왕에게 청하여 죽음만은 면케 했다. 대신에 정추는 동래현령(東來縣令)으로, 이존오는 장사감무(長沙監務)로 폄직되었다.

이존오의 소식을 접한 도전은

"존오야말로 진짜 간관이다!"

라며, 그를 친구로 둔 것을 자랑스럽게 여겼다. 그러나 그가 당한 고초를 생각하면 그만 눈시울이 뜨거워졌다. 제자들은 도전에게 물었다.

"선생님, 신돈을 가리켜 권왕이라 하는데 앞으로 어찌될 것인지요?"

도전은 착잡했다. 그는 돌아가신 아버지와 달리 내심 신돈의 개혁에 기대를 걸었던 터였다. 그러나 이존오가 신돈을 탄핵한 것을 보면 아버지 말씀이 맞았다. 도전은 마음이 무거웠다.

"성상께서 오죽하면 신돈을 중용하셨을까? 하지만 사람을 잘못 쓰셨다. 만약 신돈이 중이 아니라 도학을 아는 자였더라면 그토록 교만하고 공명심에 들뜨지는 않았을 것이다. 정치란 백성들이 스스로 염치를 알고 생업에 종사할 수 있도록 하는 것이다. 그런데 신돈은 중생들을 구제한다면서 가난한 자들에게 먹을 것만 나누어주고 있다. 그러니 가난한 자들이 일은 하려들지 않고 신돈이 불사를 일으키는 곳마다 수천 명씩 쫓

---

* 신돈을 가리킴.

아다니고 구걸을 하면서 그를 성인이라 칭송하고 있다. 어떤 자들은 그를 생불(生佛)이라고까지 한다는데 신돈이 그런 말들에 현혹되어 결국은 실패하고 말지 않겠느냐?"

더욱이 중원의 변화가 심상치 않은데 누구도 대비치 않고, 왕은 영전을 짓는 데 국력을 소모하고 있으니 장차 앞날이 걱정이었다.

· · ·

공민왕 15년 5월.

정릉과 노국공주의 영전 역사가 시작되었다.

정릉에는 재실(齋室)을 건조하는 한편 왕륜사 동남쪽에다 공주의 영전을 지었다. 이때 '덕릉(德陵)의 나무를 베어다 옮기는 데 수백 명이 끌어도 나무가 움직이지 않았으며, 숭인문 밖에서 집채 만한 주춧돌을 옮기는 데 땅이 울리기를 마치 소 울음 소리 같았다'라고 할 정도였으니 역사의 규모를 가히 짐작할 수 있었다.

조정은 모든 정무를 제쳐두고 오로지 역사에만 매달렸다. 각 도에서 역꾼(丁차)을 징발하고, 백관들은 품계에 따라 역부(役夫)를 내었다. 군사들은 물론 숙위군까지 역사에 동원되었다. 왜적이 교동도에 침입하여 개경이 소란한데도 나가서 싸울 군사가 없을 정도였다.

나라의 재정은 고갈되고, 게다가 계속되는 가뭄으로 백성들의 원망이 높아졌다. 역꾼들 중에 도망치는 자들이 생기고, 또 영전에 상량(上樑)을 하다 대들보가 무너져 26명이나 깔려 죽기까지 했다.

그런데도 공민왕은 왕륜사의 영전을 헐고 다른 곳에 다시 짓도록 했다. 장소가 협소하여 3천 명의 승려를 한꺼번에 수용할 수 없다는 것이 이유였다. 이번에는 왕이 직접 마암(馬巖)에다 영전 터를 잡았다.

보다 못해 태후 홍씨가 왕에게 사람을 보내 공사를 즉시 중지할 것을 청했다. 그러자 시중 유탁(柳濯)과 동지밀직 안극인(安克仁)도 왕에게 아뢰었다.

"한재가 심해 오곡이 제대로 여물지 않아 백성들이 먹을 것이 없게 되었습니다. 모든 역사를 중지하고 백성들을 속히 고향으로 돌려보내소서!"

심지어 정비(定妃)*의 유모까지 나서서 역사의 중단을 간청했다.

"전하, 지금은 바야흐로 농사철이옵니다. 더욱이 가뭄이 심하여 공사장의 물까지 말랐다 하오니 역사를 그만두소서!"

왕은 그러나 영전 공사의 반대를 곧 왕권에 대한 도전으로 받아들였다. 나라의 수상인 시중을 간언했다는 이유로 순위부에 가두었고, 안극인은 삭탈관직을 당했으며, 정비와 유모는 궁궐에서 쫓겨나고 말았다. 모후한테는 아예 문안조차 드리지 않았다.

공민왕이 영전 역사에 얼마나 병적으로 집착했는가는 훗날, 정릉에 재실이 완공되었을 때 백관들과 더불어 맹세한 글을 보면 엿볼 수 있다.

이제 여러 신하들과 함께 인희전(仁熙殿)**에서 맹세하고 발원한다.
왕비가 쓰던 물품을 처분하여 포목 15,293필을 매입 해전고(解田庫)에 두어 운영하고, 운암사에 밭 2,240결과 노비 46명을 바쳐서 공주의 명복을 빌게 하고, 능지기 114호를 두어 능을 지키게 하였다. 만약 후대의 임금이나 신하가 이 맹세를 지키지 않든가, 이를 침탈하거나 도용하

---

* 안극인의 딸로 공민왕의 제3비.
** 정릉 재실의 이름.

는 자가 있으면 신명은 반드시 그를 죽일 것이다!

도전은 공민왕의 영전 역사를 보면서 주나라 문왕이 세웠던 영대(靈臺)와 진나라 시황제(始皇帝)가 세웠던 아방궁(阿房宮)을 비교하였다. 영대나 아방궁 역시 수년 동안 백성을 동원해서 지은 것은 마찬가지였다. 하지만 영대는 주나라를 더욱 튼튼하게 하며 아름다운 이름을 천추에 남겼지만, 아방궁은 진나라를 망하게 만들고 말았다.

똑같이 백성들의 힘을 끌어들였건만 그토록 흥망이 다른 연유는 무엇일까. 그 차이는 단순하면서도 분명했다. 영대는 천하의 백성들을 위한 것이었지만 아방궁은 오직 한 사람의 제왕을 위해 만들어졌던 것이다.

'천하는 한 사람의 천하가 아니라 천하 사람들의 천하다.'

생각이 거기에 미치면서 도전은 안타까움이 더했다. 인자하고 영민한 임금이 어쩌다 민심을 잃어가면서까지 저토록 대역사를 일으켜야 하는지.

도전은 당장에 달려가 공민왕에게 간언을 올리고 싶었다. 그러나 몸은 아직 복중(服中)에 있었다.

．   ．   ．

공민왕 15년 가을. 뜻밖에도 대풍년이 들자 공민왕은 신돈의 원찰(願刹)인 낙산사(落山寺)로 거둥하였다. 낙산사 부처님 전에서 왕은 신돈을 극구 칭송했다.

"이렇게 풍년이 든 것은 과인이 그동안 얼마나 덕이 없었는지 말해 주는 것이라오. 과인이 지난 15년을 재위하는 동안 전쟁은 그만두고라도 가뭄과 재앙이 해마다 계속되었는데 올해 이처럼 큰 풍년이 든 것은 실로 첨의가 음양을 고르게 다스린 덕이라오!"

"전하, 신은 아니옵니다! 백성을 사랑하는 전하의 지극하신 마음을 하늘이 비로소 감동하신 것이요, 신은 다만 전하의 뜻을 받들었을 따름이오니 이제 머지않아 중흥 정치가 이루어지고, 전하의 오랜 근심도 덜게 될 것이옵니다!"

신돈의 말에 공민왕이 의아한 표정으로 물었다.

"과인의 근심이라니?"

"전하, 반야가 회임한 듯싶사옵니다!"

공민왕은 깜짝 놀랐다. 반야는 왕이 신돈의 집에 머물 때면 수종을 들던 여비였다. 그 여비가 회임을 하였다는 것이다. 왕에게는 무척 반가운 일이었다. 궁중에 비빈이 여럿 있음에도 후사가 없어 늘 걱정이었는데 비로소 근심을 덜게 된 것이다.

그러나 다른 근심이 앞섰다. 하필이면 천비의 몸에서 용종(龍種)을 보게 된 것이다. 고려 왕실은 용의 후손이라는 용종 의식이 강해 중세까지만 해도 왕족 혈통끼리만 혼인을 할 정도였다. 그런데 궁녀도 아니고 사가의 천비의 몸에서 왕자를 보았다면 왕실 혈통에 먹칠을 하는 일이요, 나라사람들도 쉽게 받아들이지 않을 터였다.

"앞으로 어찌하면 좋겠는가?"

"전하께오서는 이 일을 걱정하지 마시고 신에게 맡기소서. 반야가 비록 천비라지만 본래는 사족 출신으로 성품이 반듯하니 친족을 찾아 우선 노비의 적을 없앨 것이옵니다……. 또 반야는 신의 동반인 능우(能祐)의 모친에게 보내 해산한 뒤에 적당한 때를 골라 궁중으로 들인다면 세상 사람들이 어찌 알겠사옵니까?"

"첨의의 말대로 하되, 결코 빈틈이 있어서는 아니 될 것이오. 나라의 후사가 이 일에 달려 있음을 명심하시오!"

"신이 어찌 소홀히 하겠사옵니까?"

낙산사 부처님 앞에서 공민왕과 신돈이 나눈 대화는 아무도 알지 못했다.

그 후 공민왕은 영전 공사에 더 힘을 기울였다. 그러나 이듬해부터 다시 시작된 가뭄과 흉년이 다음해까지 이어졌다. 백성들의 살림은 크게 피폐해지고 나라 곳간에는 마른 먼지만 날렸다. 곳간이 비었으니 관리들에게 녹봉조차 제대로 지급할 수 없게 되었다. 그러자 벼슬아치들은 저만 살겠다고 권문세족에게 몸을 의탁하였고, 신돈은 조정에 대한 통제력을 급격하게 상실하였다.

그러는 사이에 중원에서는 도전의 예견대로 엄청난 지각 변동이 일어나고 있었다.

공민왕 17년(1368) 1월, 주원장(朱元璋)이 금릉(金陵)에 도읍을 정하고 마침내 황제 자리에 오르면서 나라 이름을 대명(大明)이라 했던 것이다.

그해 8월에는 명나라 군사가 원나라 수도 연경을 함락시켰고, 순제는 개평(開平)으로 쫓겨나고 말았다. 고려에 이 소식이 전해진 것은 다음 달인 9월이었다. 원나라에서 돌아온 김지수(金之秀)라는 자가 말하기를,

"명나라 수군 1만여 척이 통주(通州)에 정박하고 대도(大都)로 치고 들어가자 황제와 황후는 겁결에 상도(上都)*로 달아나고, 황태자가 나가 싸웠으나 전패하여 역시 상도로 달아나고 말았다 하옵니다!"

---

* 대도는 원나라의 수도인 연경, 상도는 개평을 말함.

원나라 황제가 출분(出奔)했다는 소식만으로 충격이었다. 공민왕은 즉시 백관회의를 소집했다. 그러나 누구도 쉽게 입을 열려고 하지 않았다. 나라를 맡은 영도첨의 신돈은 대륙의 정세에 밝지 못해 그저 함구로 일관했다. 대신들이 한마디씩 거들었다.

"전하, 원나라가 대도를 버렸다고는 하나 나라가 아주 망한 것은 아니옵고, 형세가 어떻게 변할지 알 수 없는 일이옵니다."

"그러하옵니다, 전하. 원나라가 지난날의 위용을 회복한다면 저들은 홍건적처럼 간데없이 사라질지도 모를 일이옵니다!"

그렇게 말하는 자들은 하늘이 결코 무너질 리 없듯이 원나라도 영원할 것이라고 믿었다. 다만 영녕군(永寧君) 왕빈(王彬)은 조심스럽게 말하기를,

"원나라는 정치가 어지러워져 백성들은 굶주리고 뭇 도적이 날로 번성하여 나라의 운명이 오래가지 못할 것임을 이미 예측했던 바입니다. 신흥 명나라의 세(勢)가 어떤지 지금으로서는 단정짓기 어려우나 원나라가 쉽게 회복하기는 어려운 듯싶습니다!"

공민왕도 같은 생각이었다. 왕은 곧 백관들에게 명하였다.

"중국의 형세가 명나라로 기운 듯하니 그들과 통할 방도를 찾아보도록 하시오!"

조정이 모처럼 숨 가쁘게 돌아갔다. 대륙의 변화에 적절하게 대처하지 못한다면 변방에 처져 있는 작은 나라로서 장래를 예측할 수 없기 때문이었다. 그 얼마 후 원나라 순제는 명나라를 협공하자며 사신을 보내왔다.

"고려가 우리 원나라로 다시 돌아오지 않는다면 남쪽의 주원장을 섬기게 될 것인데, 그리되면 주구(朱寇)*는 고려를 집어삼키고 말 것이다. 그러

• 명나라 주원장을 가리킴.

나 짐은 관대하여 공은 기억해도 죄고는 잊어버리니, 곧 군사를 훈련하고 군마를 잘 길러 우리와 함께 실지 회복을 도모할지어다!"

순제는 때를 잘못 만나 잠시 패퇴했을 뿐이지 고려가 도운다면 곧 회복할 것이라 큰소리를 쳤다. 공민왕은 그러나 순제의 조서를 읽으면서 원나라의 패망을 확실하게 예감했다. 왕은 바로 답을 하지 않고 새로 들어선 명나라의 반응을 기다렸다.

공민왕 18년(1369) 4월 명나라 사신 설사(偰斯)가 고려에 입국했다. 공민왕은 백관을 거느리고 영인문(迎仁門) 밖에 나가 사신을 맞이했다. 설사는 명 황제의 새서(璽書)와 함께 사(紗)와 라(羅) 등 진귀한 채단 40필을 선물로 가져왔다. 명나라 황제의 옥새가 찍힌 새서는 이러했다.

대명(大明) 황제는 고려 국왕에게 글을 보낸다!

금년 정월에 신민이 짐을 추대하여 황제의 위에 오르게 되었다. 그리하여 천하의 호를 대명으로 정하고 연호를 홍무(洪武)라 하였다. 그러나 아직 사이(四夷)가 귀부하지 않아 이제야 고려에 이 사실을 알린다.

예로부터 우리 중국의 군주는 땅을 맞대고 있는 고려 왕과 혹은 신하로, 혹은 손[賓]으로 대하였다. 중국의 문화를 사모한 것은 생령(生靈)을 편안케 하려는 것일 따름이었다. 짐의 덕이 비록 옛날 중국의 명석한 임금들만 못하여 아직 네 오랑캐[四夷]가 귀부하지 않았으나, 천하에 두루 알리지 않을 수가 없어 이 글을 보낸다!

중원의 주인이 이제 명나라임을 확인시켜 주는 말이었다. 이때 원나라는 개평에서 다시 응창(應昌)으로 쫓겨난 터였다. 이때부터 역사는 북원으로 불렀다.

공민왕은 원나라 연호 사용을 중지시켰다. 그렇다고 명나라의 연호 '홍무'를 바로 사용하지는 않았다. 다만 예부상서 홍상재(洪尙載)를 명나라에 파견하여 황제의 등극을 축하하는 표문은 올렸다.

명나라 사신이 다녀간 뒤로, 북원의 중서성 승상을 비롯하여 오왕, 회왕(淮王), 쌍합달왕(雙合達王)이 고려에 줄줄이 사신을 파견하여 예물을 바쳤다. 오왕과 회왕은 고려 왕실에 청혼까지 하였다. 모두 고려 왕의 마음을 얻으려는 것이었다.

석 달 뒤인 8월, 공민왕은 불은사(佛恩寺)로 거둥했다가 갑자기 왕륜사(王輪寺)로 옮겨가면서 교서를 반포했다.

"옛날 우리 태조 대왕은 축(丑), 진(辰), 미(未), 술(戌)년을 맞이하면 3소(三蘇)를 순회하여 머물렀다. 과인도 그 뜻에 따라 서경을 거쳐 금강산을 순회하고 충주에 머물고자 한다!"

공민왕은 이때 무슨 생각으로 태조 대왕을 언급하며 3소를 순회한다고 했을까. 뜻밖에도 요동 회복이었다. 요동은 건국 초부터 고려의 오랜 열망이자 고구려의 후예로서 반드시 회복해야 할 땅이었다. 더욱이 명과 원이 각축을 벌이고, 군웅이 할거하여 혼란스러울 때가 절호의 기회였다. 그러나 군비를 제대로 갖추지 않았으니 함부로 움직일 수 없는 일이었다. 그렇다고 기회를 놓칠 수는 없었다.

서경에 머물면서 공민왕은 '대독(大纛)'을 제작하는 데 심혈을 기울였다. 대독이란 군중(軍中)에서 쓰는 큰 깃발. 그러나 이때 만든 대독은 군기(軍旗) 이상의 의미를 담고 있었다. 왕은 대독이 완성되자, 관리들에게 주야로 지키도록 하면서 말했다.

"이것은 장차 서경을 진수할 때 쓰기 위한 것이다!"

서경을 순행하고 돌아온 왕은 곧장 신돈을 불렀다.

"첨의, 요동의 동녕부(東寧府)* 공벌을 준비해야겠소!"

신돈은 난데없는 말에 당황하여,

"전하, 지금은 영전 역사가 한창인데다, 삼남에는 가뭄으로 백성들이 굶주리고 있사온데, 이런 때에 군사를 일으키는 것은……."

왕은 신돈의 말을 자르고 강한 어조로 말했다.

"첨의께서는 잘 들으세요. 요동은 장차 사직과 만대를 위함입니다. 요동이 명나라의 손에 들어가기 전에 최소한 우리 땅이라는 것쯤은 보여줘야 한단 말입니다!"

"하오나, 전하. 지금은 군사를 일으킬 때가 아니옵니다."

"과인이 어찌 그걸 모르겠소? 하나 과인이 서북면에 가서 보니 그곳은 흉년이 든 것도 아니고, 또한 역사에 정부(丁夫)를 동원한 것도 아니오. 동북면의 사정도 마찬가지라. 동·서북면의 군사만 가지고도 충분히 제압할 수 있을 것이오!"

공민왕은 신돈의 반대에도 불구하고 동녕부 공벌을 단행하였다.

그해 11월, 수문하시중 이인임을 서북면도통사로 명하여 서경에 진수토록 하고, 이성계를 동북면원수 겸 지문하성사(知門下省事)로, 지용수(池龍壽)를 서북면원수 겸 평양윤에 명하였다.

출정하기에 앞서 아군은 대청관(大淸觀)에서 출진제(出陣祭)를 지내고 엄숙하게 군례(軍禮)를 행하였다. 왕은 서경에서 직접 만들었던 '대독'을 이인임에게 건네주었다.

---

* 요양으로 지금의 중국 평톈 지역.

"이것은 장차 고려의 만세를 상징하는 기요. 진중에 이 깃발이 펄럭일 때마다 조종의 신령들이 우리 고려를 도울 것이오!"

이때 동녕부 공벌의 명분은 그곳에 웅거하고 있는 기철의 아들 기새인 첩목아(奇賽因帖木兒)의 잔당 토벌이었다. 그러나 내심은 요동이 고려의 땅임을 확인시키고 명나라의 요동 경략을 저지시키려는 것이었다.

동북면 원수 이성계는 기병 5천과 보병 1만을 거느리고 출진했다. 동북면에서 황초령(黃草嶺)을 넘은 이성계는 6백여 리를 행군하여 설한령(雪寒嶺)*을 넘었다. 거기서 다시 7백여 리를 더 나아가 이윽고 압록강을 건너니, 해가 바뀌어 경술년(庚戌年, 공민왕 19년) 정월이었다.

이성계는 지용수, 양백연(楊伯淵) 등과 합세하여 곧장 동녕부를 치고 들어갔다. 속전속결이었다. 때는 추위가 극에 달한지라 잠시라도 지체했다가는 병사들만 괴로울 따름이었다. 고려가 들어오자 웅거하고 있던 원나라 유장(遺將)들은 험한 산세를 이용하여 강하게 저항했다. 그러나 오라산성(汚羅山城)이 함락되자 나머지 성들도 줄지어 항복하였다. 항복한 장수가 60여 명, 귀순한 민호(民戶)만 무려 1만 호에 달했다.

이성계와 지용수의 아군은 동쪽으로는 황성(皇城), 북쪽으로는 동녕부, 서쪽으로는 바다, 남쪽으로는 압록강에 이르는 일대를 평정하고 2월에 철수했다. 동녕부 1차 공벌이었다.

고려가 동녕부를 평정하고 나자, 그동안 북변을 수시로 괴롭혀 왔던 나합출이 사자를 보내 칭신(稱臣)을 하며 벼슬을 구했다. 공민왕은 나합출에게 삼중대광 사도(司徒)의 벼슬을 주었다. 아주 멀리 달단(達靼 : 타타

---

* 황초령은 지금의 함남 함주에 있는 고개로 진흥왕 순수비가 있는 곳이며, 설한령은 지금의 함남과 평북의 경계를 잇는 고개.

르) 왕도 내빙을 해왔다. 그들은 고려의 힘이 요동에 뻗친 것을 알고 미리 고개를 숙였던 것이다. 그러나 군웅들은 세력에 따라 모이고 흩어지기 마련이었다.

공민왕 19년 4월, 원나라 순제가 응창에서 죽은 뒤에 기 황후 소생의 태자 애유식리달랍이 즉위하였다. 북원의 소종(昭宗, 재위 1370~78)이다. 소종은 즉위하자마자 노국공주의 부왕인 위왕을 처단함으로써 고려를 적으로 삼았고, 요하 주변의 군웅들도 고려에 다시 등을 돌리기 시작했다.

공민왕은 망설이지 않고 2차 출정을 단행했다.

동녕부 2차 공벌은 1차 때처럼 이성계와 지용수와 양백연이 그대로 출정했다. 11월에 의주에서 부교(浮橋)를 가설하여 압록강을 건넌 고려군은 곧바로 요성(遼城)을 무너뜨리고 그 일대에 진수했다.

그러나 겨울이 닥치면서 전투보다는 추위와 군량미 부족으로 사병과 군마가 자꾸 희생되자, 고려군은 어쩔 수 없이 철수했다. 다만 도평의사사에서 동녕부에 자문을 보내 이르기를,

"요심(遼瀋) 지역은 본래 우리나라의 옛 강토이다. 한때 원나라와 우리가 생구(甥舅) 관계를 맺음으로 행성(行省)의 관할 하에 맡겨두었던 것임을 잊지 말라!"

그리고 강계 만호부로 하여금 요심 지역민들에게 방문을 붙여 이르기를,

"요심은 본래 우리나라 지경이다. 대군이 나가면 선량한 백성들에게 피해를 끼칠 우려가 있어 차마 못하고 있을 뿐이다. 백성들 중에 압록강을 건너 우리 백성이 되려는 자에게는 관에서 양식과 종곡을 주어 생업에 안착시킬 것이다!"

라고 하여, 요동이 고려의 영토임을 주지시켰다.

그러자 명나라의 태도가 돌변하기 시작했다. 고려가 요동을 노리고 있다는 것을 간파한 것이다. 명나라는 '요동도지휘사사(遼東都指揮使司)'를 설치하고, 고려의 사신이 요동을 경유하지 못하도록 하였다. 이때부터 고려와 명나라는 요동을 두고 치열하게 신경전을 펼쳤다.

· · ·

도전이 부모상을 마치고 영주에서 개경 밖에 있는 삼봉(三峰)의 옛집으로 돌아온 것은 공민왕 18년 늦은 가을이었다. 도전이 돌아오자 가장 먼저 찾아와 반겨준 이는 친구 이존오였다. 이존오는 장사감무로 폄직되었다가 곧 벼슬을 그만두고 부여(扶餘)에 은둔하고 있던 터였다. 그는 도전이 서신을 보내자 아픈 몸을 이끌고 먼 길을 달려왔다.

이존오는 병색이 완연했다. 앉고 일어설 때 부축을 받지 않으면 안 될 정도였다. 지난날 신돈을 탄핵하다 혹독한 고문으로 얻은 후유증이었다. 그런 몸을 이끌고 찾아온 이존오를 보고 도전은 목이 메었다.

"이 사람아, 뜻이 높은 선비가 깨끗하다 못해 병만 깊이 들었네."

그래도 이존오는 웃음을 잃지 않으려 애썼다.

"하하, 왜, 내가 금방이라도 죽을 것 같은가? 걱정 마시게, 신돈이 죽어야 나도 눈을 감을 걸세……"

"암, 그래야지. 자네가 어떤 사람인데 그리 쉽게 쓰러지겠는가?".

"자네도 이젠 복직해야지?"

도전은 짐짓 얼버무리듯이 말했다.

"글쎄? 조정이 워낙 문란하니 나같은 사람이 들어가서 어디 견뎌내기나 하겠는가?"

"성균관에서 자넬 학관으로 추천할 모양일세. 그곳이라면 그대와 뜻이 맞는 옛 벗님들이 모여 있으니 괜찮지 않겠는가?"

김구용, 정몽주, 박상충, 박의중, 이숭인 등이 성균관 교관을 겸하여 도학을 제창하고 있었다. 그들과 같이 어울려 도학을 토론하고, 가르친다고 생각하면 가슴이 한편 벅찼다. 하지만 그곳에 이존오가 없다는 생각에 금세 쓸쓸해지고 말았다.

도전은 자연스럽게 동녕부 공벌로 이야기를 돌렸다.

"이번 동녕부 공벌을 계기로 전하께서도 신돈을 멀리하신다는 말이 들리던데?"

"1차 출정 때는 군비를 잘 갖추고 나가 성공을 거두었지만 이번엔 조정에서 후방 지원을 제대로 하지 않아 전하께서 크게 노하셨다더니."

"동녕부를 평정하고 옛날 동명왕의 터전임을 상기시켰다고는 하지만 나라의 재정이 없어 군사를 유지할 수 없다니 안타까운 일일세. 신돈에게 그런 통찰력을 기대한 것도 아니네만, 명나라가 요동에 도지휘사를 설치했다니 앞으로 두고두고 분쟁거리가 될 것이 아닌가?"

"처음부터 너무 무리한 원정이었지. 영전을 짓는다고 몇 년째 재정과 인력을 낭비한 데다 흉년은 계속되고, 곳곳에 왜구는 출몰하는데, 동녕부에 군사를 오래 둘 수 없는 일이지."

"그렇지. 그런데 올라오면서 듣자 하니 신돈이 천도를 주장한다면서?"

"그렇다네. 개경이 바다와 가까이 있어 적이 침략하면 위험하다며, 충주 천도를 주장하면서 도선비기(道詵秘記)를 들먹였다네. 개경은 이제 왕기(王氣)가 다했다는 거지."

"왕기가 다했다는 말은 어제 오늘의 말이 아니지. 그래, 전하께서는 어찌하신다는가?"

"도선비기에 그렇다니 개태사(開泰寺)로 나아가 태조 대왕 진전(眞殿)에서 점을 치셨다는데, 두고 볼 일일세."

"땅기운이 쇠잔하고 왕성함이 어찌 나라의 운명과 관계 있겠는가? 천시(天時)와 지리(地理)는 인화(人和)만 같지 못하거늘. 언젠가는 왕사 보허(普虛)가 남경(南京)으로 천도하면 36국이 조공할 것이라고 해서 장단(長湍)에다 궁전을 새로 지은 적도 있었지."

말을 하다 보니 도전은 자신도 모르는 새에 다소 격앙되었다.

"인종 때 묘청도 그런 말을 했다네. 서경으로 천도하면 36방의 나라들이 머리를 조아린다고. 그 뒤로 묘청은 서경에다 대화궁(大花宮)을 세우고 칭제건원(稱帝建元)까지 주장했지만 결국은 한낱 꿈으로 끝나고 말았지. 묘청의 뜻이야 높았지만 방법이 틀렸던 것이지. 불력(佛力)과 술사에 의지해서 나라가 강해진다면 정치가 무슨 소용이겠는가?"

"임금과 대신들이 부처를 혹신하니 백성들마저 따라서 복을 비는 것은 당연한 일. 차라리 나라를 절간에 맡겨버리자는 말은 왜 안 하는지 모르겠네."

"우리 임금께서는 참으로 현명하신 분인데, 어쩌다 부처에게만 공을 들이시는지, 안타까운 일일세. 보허조차 임금의 길은 덕을 닦고 백성들을 교화하는 것에 있으니 반드시 부처를 믿어야 하는 것은 아닙니다, 라고 했다는데 말일세?"

"지난날, 고려 왕업을 도왔다던 승려들과 사찰이 이제는 삼한의 환부(患部)가 되어버렸네!"

"백성들은 굶어 죽고, 나라는 외적들에게 짓밟히고, 거리에는 굶주린 아이들이 먹을 것을 구걸하는데, 사찰은 갈수록 거대해지고 승려들은 놀고먹으면서도 부처처럼 떠받들어지고 있는 현실이라네."

이야기를 나누다 보니 어느덧 밤이 이슥한데, 달빛이 창으로 쏟아져 들어왔다. 도전이 창을 열자 이존오는 고개를 내밀어 달을 보더니 말했다.

"무정(無情)한 달이 사람에게는 유정(有情)을 일으키네그려. 이보게, 친구. 앞으로 달을 보거든 늘 나를 생각하소. 나도 늘 자네를 생각할 테니."

도전은 가슴이 시렸다. 어쩌면 오늘밤이 이존오와 마지막일지도 모른다는 생각이 들었던 것이다.

공민왕 19년 여름. 도전은 성균박사(정7품)로 다시 벼슬에 나갔다. 부친상을 당해 사직한 지 5년 만이었다.

성균관이 중영된 것은 공민왕 16년. 숭문관(崇文館) 옛터에 자리를 잡고, 국학의 중흥을 위해 중외의 유자들과 대소신료들이 품계에 따라 포목을 내어 중건한 것이었다. 이색이 성균대사성(成均大司成)이 되고, 좨주(祭酒) 임박의 상소로 비로소 오경사서재(五經四書齋)로 나뉘면서 성리학은 사장(詞章)을 누르고 선풍을 일켰다.

도전은 정몽주, 박상충 등과 더불어 성리학에 대한 열정을 불태웠다. 교관들은 새벽같이 일어나 성균관 당(堂)에 오르면 학생들은 뜰에 줄지어 서서 두 손을 모으고 예를 표했다. 그리고 제각기 경전을 들고 교관 앞에 나아가 강의를 들었다. 강의를 마치면 문답과 토론이 이루어지는데 어떤 때는 앉은 자리에서 그대로 날을 새기도 했다.

성균관에서 강의를 도맡아 하면서 도전의 학문은 더욱 깊어졌고, 정치와는 거리를 두었지만 벗들과의 동지 의식은 날로 더해갔다.

어지럽기만 하던 조정도 달라지고 있었다. 공민왕이 차츰 정사를 살피기 시작한 것이다. 영전 공사도 예전처럼 독촉하지 않았다. 신돈의 영향력이 줄어들고 있다는 증거였다.

. . .

그즈음 공민왕은 무슨 생각인지 늘 골몰하는 모습이었다. 깊은 밤까지 강녕전의 황촉은 사위지를 않았다. 좀체 잠을 이루지 못했던 것이다. 왕은 깊은 한숨과 함께 외로움이 사무쳤다. 스물두 살의 나이로 왕위에 오를 때 왕은 대고려의 부활을 가슴에 품고 있었다. 그것은 모험이나 꿈이 아니라 자신의 운명이자 고려의 운명이라고 여겼다.

'아! 법도와 규율을 확립하여 백성을 편안케 하여주며 어진 사람과 유능한 인재를 등용하여 오늘보다 더 큰 업적을 거두어야 하리라!'

즉위 교서에서 공민왕이 안팎에 약속한 말이었다. 그러나 정사는 왕의 뜻처럼 이루어지지 않았다. 의지는 강했지만 현실이 따라주지 않았다. 보위에 오른 지 20년이 넘었지만 원나라의 지배에서 벗어나 삼한의 옛 제도와 풍속을 회복한 것 말고는 내세울 만한 업적이 없었다.

정사를 바로잡으면 어김없이 외환이 들이닥치고, 외환을 겨우 물리치면 이번에는 반란이 일어나고, 조정의 대신과 장수들은 제 살길만 모색하니 왕은 마음 둘 곳이 없었다. 그래서 택한 것이 '이세독립지인(離世獨立之人)' 신돈이었다.

왕 앞에는 전처럼 『주서(周書)』의 「무일편(無逸篇)」*이 펼쳐져 있었다. 왕

---

* 「무일편」은 주공(周公)이 성왕(成王)에게 정치의 요도(要道)를 말한 책. 제왕이 안일에 빠지지 않고 몸 닦음을 극히 엄정하게 함으로써 치도(治道)의 모범을 강조하고 있다.

은 「무일편(無逸篇)」을 읽으면서 자책하고 또 자책하였다. 끊이지 않는 내
우외환은 시운으로 돌린다 해도, 영전 역사는 과도했고 신돈의 섭정은
패착이었다. 지난 6년 동안 크게 달라진 것도 나아진 것도 없었다. 오히
려 나라와 백성들의 살림은 피폐해졌고 대륙의 정세는 앞날을 장담할
수 없었다.

못내 괴로운 듯 왕은 탁자에 기대어 이마를 짚고 눈을 감았다. 며칠 전,
모후의 원망 섞인 탄식이 아직 귀에 쟁쟁했다.

"상감이 태자로 계실 때는 나라사람들이 큰 기대를 가지고 상감이 행
여 임금이 되지 못할까 근심하며, 충혜의 무도함을 원망하였소. 하지만
충혜 시대에는 자주 풍년이 들었고 사람도 적게 죽었소. 그런데 지금은
도리어 그때만 못하니 이게 어찌된 일이오, 상감? 더욱이 상감이 병든 것
도 아니고, 늙은 것도 아닌데 어째서 국사를 신돈의 수중에 맡긴 채 나
몰라라 한단 말이오?"

태후는 치밀어 오르는 감정을 이기지 못해 눈물을 흘렸다.

"상감은 지난날 원나라가 충혜를 잡아갔을 때 이 어미의 심정이 어떠
했는지 생각해보았소? 충혜가 그렇게 된 것은 덕이 부족한 탓도 있지만
임금의 잘못을 알고도 간하지 않은 신하들에게도 잘못이 있었던 것입니
다. 그런데 상감은 간언하는 신하들이 있는데도 오히려 그들을 내치니 정
사가 어지러울 수밖에요! 작년에도 흉년이 들어 많은 백성들이 굶어 죽
었고, 금년에 또 큰 가뭄이 심하다는데, 상감은 백성들이 다 죽고 나면
장차 누구와 더불어 임금 노릇을 하시려고 합니까? 상감, 어째서 나라의
정사를 신하에게 맡겨, 공로 있고 죄 없는 사람들을 죽이고, 영전 역사
를 저리 크게 진행하여 화기(和氣)를 손상시키는 것입니까? 상감, 이제라

224

도 상감께서 친히 정사를 돌보도록 하세요. 백성들이 곤핍한 것은 모두 군왕의 탓입니다!"

명덕태후 홍씨의 눈물과 통탄은 끝내 왕의 마음을 움직였다. 왕은 시중 이춘부를 편전으로 불러들였다. 이춘부는 밀직사의 김란과 함께 신돈의 양 날개처럼 움직이는 자였다.

"과인이 듣자 하니, 겨울에 우뢰가 울고 나무에 고드름이 맺혀 천도(天道)가 순조롭지 못하다는데 경은 알고 있소?"

공민왕의 물음에 이춘부는 아주 생경한 낯으로 말했다.

"신은 아직 듣지 못했사옵니다. 아마 일기가 잠시 불순한 탓이 아닐까 하옵니다."

공민왕의 미간이 찌푸려졌다.

"다 과인이 덕이 없기 때문……. 하지만 억울한 죄수가 옥중에 갇혀 있기 때문은 아니오? 과인이 형인추정도감을 설치한 것은 본시 여러 기관들의 잘못을 규찰케 하려는 것이었소. 그런데 경이 판사가 되어 소관 직책을 제대로 수행하지 않으니 정치가 어떻게 되겠소?"

뜻밖의 질타에 이춘부는 적이 당황하였다.

"황송하옵니다, 전하!"

"과인이 이제는 옛날 임금들처럼 친히 정사를 보아야겠소. 당분간 역사를 중지하고 징발했던 각 도의 역꾼들은 모두 고향으로 돌려보내도록 하시오!"

이춘부는 어안이 벙벙하였다. 왕의 말은 계속되었다.

"또한 과인이 듣자 하니 관리들의 태만이 극에 달해 조정에서 권문의 사인(私人) 노릇을 하거나, 고공사(考功司)의 공좌부(公座簿)는 있으나 마나 하다니, 이게 될 말인가? 사헌부로 하여금 반드시 규찰토록 하시오. 그리고 매월 육아일(六衙日)에 6부와 대성(臺省)의 관리들은 과인에게 정무를 주달토록 할 것이며, 사관(史官)은 언제나 과인 옆에 있으면서 사록을 빠뜨리지 않도록 하라 이르시오!"

더 이상 신돈에게 국사를 맡기지 않겠다는 선언이었다. 그날 이후 신돈은 병을 핑계로 조정에 나오지 않았다. 왕이 자신을 버렸음을 이미 헤아려 알고 있었던 것이다. 코 밑이 싸늘해지면서 신돈은 죽음마저 예감하였다.

12월부터 공민왕은 보평청(報平廳)에 나가 친히 정무를 살폈다. 보평청 벽에는 전에 없던 「무일편」이 게시되어 있었다. 공민왕은 또 간의대부 오중륙(吳中陸)에게 명하였다.

"그대는 과인의 장점과 단점을 숨김없이 죄다 말하시오. 또한 조정의 병폐를 지적하고 백성들이 겪고 있는 어려움을 살펴서 과인에게 낱낱이 고하도록 하시오!"

비로소 치도를 회복하겠다는 뜻이었다. 며칠 후 왕은 정릉을 참배하고, 돌아오는 길에는 불일사(佛日寺) 남쪽에 있는 경릉(景陵)과 송악산 북쪽에 있는 헌릉(憲陵)을 참배하였다. 헌릉과 경릉은 고려의 역대 왕 중에 가장 훌륭한 업적을 쌓았던 광종과 문종의 능. 공민왕은 두 임금의 능을 참배하면서 이윽고 결심을 굳혔다.

마침내 첨의평리 김속명이 신돈의 역모를 고하였다. 신돈을 제거하기 위한 수순이었다. 김속명은 임금의 외척이요, 그의 아우 김원명은 신돈을

• 관리들의 출퇴근 기록표.

공민왕에게 이끌었던 자였다. 이끌었던 자를 통해 다시 내치는 것은 괴로운 일이었지만 지금 신돈을 쳐내지 않으면 왕이 위태로웠다.

신돈의 심복 10여 명이 줄줄이 순위부로 잡혀들어가고 신돈은 왕명에 따라 수원으로 유배되었다. 기다렸다는 듯이 헌사(憲司)와 대성(臺省)에서 신돈을 중형에 처할 것을 청하였다. 왕은 가납하였다.

"법이란 천하만민의 공법(公法)인데, 과인이 어찌 사사로운 정으로 법을 꺾겠는가. 상주한 바 대로 마땅히 행할 것이라!"

이틀 후, 신돈은 처형되었다.

공민왕 20년(1371) 7월, 신돈을 섭정으로 삼은 지 6년 만의 일이었다.

· · ·

신돈이 불시에 제거되면서 폄출되었던 대신들이 다시 조정으로 들어왔다. 경천흥은 좌정승 겸 정방제조로, 최영은 찬성사로, 백문보는 정당문학으로, 신돈을 탄핵하다 폄직되었던 정추는 성균대사성으로 돌아왔다. 이때 경천흥은 다시 살아난 목숨이라고 하여 '복흥(復興)'으로 개명까지 하였다.

그러나 이존오는 석 달 전에 31세의 나이로 운명을 달리하고 없었다. 공민왕은 이존오를 성균대사성으로 추증하고, 이존오의 10살짜리 아들 안국(安國)에게 친필로 '간관 존오의 아들 안국'이라고 써서 정방에 내려 보내니, 정방에서는 아들에게 장거직장(掌車直長)이라는 벼슬을 주었다.

조정이 안정되자 공민왕은 수시중 이인임을 따로 불렀다. 왕의 표정은 여전히 무겁기 그지없었다.

"경에게 긴한 부탁이 있어 이렇게 불렀소."

"말씀하오소서, 전하!"

"과인에게 비록 천한 몸에서 얻었지만 원자가 하나 있소!"

밑도 끝도 없이 던지는 왕의 말에 이인임은 꼭 귀신에 홀린 것만 같았다. 공민왕에게 손이 없어 조야가 늘 안타깝게 여기는 터에 갑자기 자식이 있다니. 이인임이 조심스럽게 물었다.

"전하, 신이 어찌해야겠습니까?"

"과인은 오래 전부터 반야라는 여인에게 매달 쌀 30석씩을 보내고 있었소."

반야라는 여인에게 쌀과 포목을 지급하기 시작한 것은 공민왕 17년 9월부터였다.

"이제 반야에게서 원자를 데려와 태후전으로 들일 참인데……. 아무래도 믿고 맡길 만한 사람이 없어 경에게 부탁하는 것이오. 경이 모쪼록 원자의 뒤를 봐주어야겠소!"

청천벽력 같은 소리였지만 왕은 더 이상 묻는 것을 허락하지 않았다. 이인임은 바짝 엎드려 아뢰었다.

"신 이인임, 목숨을 바쳐 지엄하신 분부를 받들 것이옵니다!"

왕이 이인임을 믿는 것은 그가 이조년의 손자이자 시중을 지낸 이인복의 동생이기 때문이었다. 이조년은 충렬왕에서 충혜왕 때까지의 충신이었고, 이인복은 '과인이 이 공을 보면 스스로 존경하는 마음이 생긴다'고 할 정도로 성품을 신뢰하였다. 그러나 이인임은 그들과 달랐다. 왕의 유업을 받았으니 장차 자신에게 권력이 모아질 거라는 생각이 앞섰다.

며칠 후 공민왕은 모니노(牟尼奴)라는 아이를 데리고 태후전으로 거둥하였다.

"원자이옵니다. 비록 어미가 비복이지만 본래는 사족 출신이라 혈통은 바르오니 모후께서는 더는 묻지 마시고 원자를 맡아 길러주십시오!"

왕의 말에 태후 홍씨는 한편으로 반가우면서도 선뜻 믿을 수가 없었다. 임금에게 후사가 없는 것은 조종(祖宗)에는 죄를 짓는 것이요, 나라에는 불안을 안기는 일이었다. 때문에 누구보다 후사를 학수고대하던 태후였다.

"상감, 이 아이가 정녕……?"

공민왕은 재빨리 태후의 말을 가로막았다.

"다른 말씀은 묻지 마소서. 때가 되면 말씀드리겠나이다."

공민왕이 하도 완강하니 태후도 더는 캐물을 수 없었다.

· · ·

신돈이 처형되었다고 하자 사람들은 음양이 회복되었다며 기뻐하였다. 도전은 그러나 어쩐지 쓸쓸한 생각을 떨쳐버릴 수 없었다. 권력무상이라는 말로는 부족했다. 하늘을 찌를 것 같던 권세도, 천하를 호령하던 권력도 하루아침에 떨어지고 나면 덧없기 마련이다.

신돈이 어찌 몰랐으랴. 세상의 부귀와 영화도 뜬구름 같다는 것을. 더구나 불도를 깨우쳤다던 그가 아니던가. 아수라 같은 세상을 서방정토로 만들겠다던 그였지만 끝내는 역모의 죄를 뒤집어쓰고 더러운 이름만 만세에 남겼을 뿐이었다.

무엇이 신돈을 그렇게 만들었는가. 바로 공명심과 교만이었다. 도전은 아버지 운경의 말이 떠올렸다. 그에게 비록 인의는 있었을지 모르나 마음에 뿌리를 박지 못했으니 인의를 알았다고 할 수 없는 일이었다.

도전이 일찌감치 신돈의 실패를 예감했던 것은 바로 그 때문이었다. 도전은 사실 그가 처음에 추진했던 개혁 정치만큼은 긍정했다. 권문세족의 발호를 억압하여 조정의 오랜 병폐를 척결하고 토지와 노비를 변정하여 민생을 살피는 데 주력하였다. 그리고 성균관을 중창하여 신진 유학자를 배출하는 데 터를 마련해주지 않았던가.

하지만 그의 주변에는 늘 아부꾼이 모여들었고, 신돈은 그들의 입에 발린 소리와 권력에 취하고 말았던 것이다. 그의 정치는 언뜻 만인을 위한 것 같았으나 결국은 자기 스스로를 높이는 데 그치고 말았다.

도전은 신돈이 죽었다는 말을 듣고 '추야(秋夜)'를 지으며, 천년을 기약하는 군자의 삶이 어떠해야 하는지를 깊이 새겼다.

> 오늘은 분명 어제가 아닌데
> 내일 아침은 다시 어느 때일까
> 음과 양이 기틀을 멈추지 않아
> 사시는 서로 밀고 옮기네.
> 백년이란 얼마나 되는 건가
> 속절없이 내 마음만 서러울 따름
> 슬프다 저 명리에 허덕이는 사람들
> 늙어서도 아직 모르네.
> 귀한 자는 스스로 교만하고 고집 세고
> 비천한 자는 벌 붙는 짓 많네
> 영화란 번갯불을 쫓는 것
> 죽은 뒤엔 기롱만이 남게 되었네.

그러나 아름다운 저 군자와 선비

마음의 중심은 닳거나 변함이 없네.

높고 높다 운월(雲月)의 정

희고 흰 빙설 같은 모습이로구나.

모쪼록 불후(不朽)의 사업 남기어

천추(千秋)에 실릴 기약을 하네.

이 느낌을 긴 노래로 부르니

가을 바람은 으시시 쓸쓸하구려.*

　신돈이 제거되고 도전은 태상박사(太常博士)**를 겸하였다. 공민왕은 태묘(太廟：종묘)에 친히 제사를 지내면서 도전에게 의식의 절차와 악절(樂節)을 다 맡겼다.

　태묘의 제사는 길례대사(吉禮大祀). 한 치의 소홀함도 없어야 했다. 도전은 의종 때 최윤의(崔允儀)가 편찬한 『상정고금례(詳定古今禮)』로부터 『식목편록(式目編錄)』, 『주관육익(周官六翼)』 등의 문헌과 역대 왕의 기록들을 비교하여 절차와 악절을 만드는 데 만전을 기했다. 그리고 돌아오는 길에는 성균관에 들를 수 있도록 일정을 맞추었다.

　7일에 걸친 제사를 마치고, 공민왕이 성균관을 찾았을 때 생원들과 12도(徒) 학생들은 임금을 위하여 노래를 불렀다.

- 今日非昨日 明朝復何時 陰陽無停機 四時相推移 百年能幾何 徒令我心悲
  哀哉名利人 至老猶未知 貴者自驕固 卑者多詭隨 榮華逐電光 身後有餘譏
  彼美君子士 中心無磷緇 高高雲月情 皎皎氷雪姿 庶將垂不朽 千載以爲期
  感此發長謠 秋風颯凄其
- ** 나라에서 올리는 갖가지 제사 의식과 공신들의 시호를 제정하는 곳인 태상시(太常寺：전의시라고도 함)에 속한 정6품 벼슬.

우리 임금은 지극히 인자하시어

어머니를 잘 봉양하시고,

족친간에 화목하시니

신(臣)들은 머리 숙여 아뢰노라!

우리 임금은 신성(神聖)하시니

군자만을 들어 쓰시고

간악한 자를 멀리하시니

만백성의 부모로서 천년만년 살으시라!

'군자만을 들어 쓰고 간악한 자를 멀리하라'는 경구가 「무일편」만큼이나 공민왕의 심중을 울렸다. 공민왕은 대단히 기뻐하였다.

"성균박사 정도전을 보니 과연 큰일을 맡길 만한 사람이다!"

왕은 도전의 벼슬을 예의정랑(禮儀正郎, 종6품)으로 올리고, 지제고(知制誥)까지 맡겼다. 지제고란 옥새를 맡아 임금이 조정과 중외에 반포하는 교서를 만드는 자리. 사대부라면 한번쯤 그 자리에 올라 붓대를 잡고 싶은 직임이었다. 도전의 탁월한 문장과 경사에 해박한 지식은 지제고를 맡으면서 더욱 빛이 났다. 그러나 나라는 안팎으로 시련이 그치질 않았다.

9. 자제위

왜구의 무리가 27척의 배를 몰고 강화도를 거쳐 양천(陽川 : 지금의 서울 양천구 일대)까지 쳐들어왔다. 그러나 아군은 여러 장수들이 나갔지만 번 번이 패배하고 고개를 떨구며 돌아왔다. 장수들은 변변한 전술조차 없 었고, 궁술을 위주로 하는 아군 병사들은 단병접전(短兵接戰)에 강한 왜구 를 당하지 못했다. 장수들 중에는 왜구가 두려워 아예 도망쳐버린 자들 까지 있었다.

그러니 왜구는 거칠 것이 없었다. 며칠 동안 인근 고을마다 마음대로 분탕질을 해댔다. 왜구가 아군에게 빼앗은 원수기(元首旗)를 펄럭이면서 북 을 울리며 바다로 빠져나가도 멀거니 보고만 있을 뿐이었다. 그 길로 다시 강화도에 들러 원수기를 던져주고는 유유히 사라질 정도였다.

공민왕은 재추들 앞에서 그 일을 따져 묻기조차 싫었다. 왕의 침묵이 어색했던지 찬성사 안사기(安師琦)가 변명하고 나섰다.

"전하, 이번에 출전한 군사들 대부분이 성중애마(成衆愛馬)*라 싸움에 능하지 못한 데다 더욱이 물질에 익숙한 왜구가 불리하면 곧 바다로 도망을 치니 싸울 기회조차 없었던 것이오니……."

왕이 안사기의 말을 자르고 물었다.

"찬성사! 그렇다면 접전도 할 수 없었다는 말인데 왜구들은 무슨 재주로 아군의 원수기를 빼앗아 갔더란 말이오?"

"그것은 전하……."

안사기가 무슨 말을 하려 하자 왕은 벌컥 역정을 냈다.

"됐습니다, 됐어요!"

안사기를 비롯하여 재추들은 달리 할 말이 없었다. 한참이 지나서야 왕이 입을 열었다. 착 가라앉은 목소리에는 노기가 고스란히 배어 있었다.

"재추들은 들으세요. 교동에서 왜구를 보고 도망쳐 버린 만호 나세(羅世)는 당장 옥에 가두고 군율로 다스릴 것이며, 각 사(司)의 성중애마와 5부 방리(五部坊里)**의 장정들은 5군(五軍)으로 나누어 예속시키되, 과인이 직접 5군을 이끌고 군사를 검열할 것인즉, 과인의 명에 어긋남이 없도록 하세요!"

아흐레 후. 왕은 친히 5군을 이끌고 먼저 승천부(昇天府 : 지금의 황해도 개풍군)로 나가 방어책을 점검했다. 승천부에서는 당초 방어책에 들어 있는 교량을 수축하지 않은 사실이 드러나자 개성 참군(參軍) 김신검(金臣儉)을 장형으로 다스렸다.

---

* 내시, 다방(茶房), 별감(別監) 등 문반(文班)에 소속되어 임금을 시종하며 궁궐을 숙위하는 벼슬아치들.
** 당시 개경의 행정 구역은 5부, 35방, 3백44개의 리(里)로 나뉘어 있었다.

다음날은 백마산(白馬山)으로 군사를 이동하였다. 그런데 장수들은 왕의 행행(行幸)을 유람으로 착각하였다. 군사 검열보다는 왕이 머물 시어소(時御所)를 꾸미고 배행한 재추들에게 대접할 술과 음식을 준비하는 데만 정신을 팔았던 것이다.

그 다음날, 왕은 망포봉(芒浦峰)으로 군사를 이동하여 훈련을 참관하였다. 그러나 병사들은 우왕좌왕할 뿐 군령이 제대로 먹혀들지 않았다. 그도 그럴 것이 지휘하는 판사 홍사조(洪師祖)는 갑옷도 입지 않은 채, 버럭버럭 소리만 지르고 있었다.

그것을 보고 왕은 크게 노하고 말았다.

"장수가 군령을 어기니 병사들이 그 영을 따르겠는가! 저자에게 장형을 내려 군령의 엄함을 병사들에게 보이도록 하라!"

왕은 답답한 나머지 친히 군사들을 움직여보았다. 군사들은 그러나 행동이 느리고 규율이 없기는 마찬가지였다. 심지어 임금이 거하는 시어소에 잡인들이 무시로 들락거리는데도 이를 막는 자가 하나도 없었다. 수 일째 강행되는 이동과 훈련에 숙위군마저 지쳐서 꿈쩍도 하지 않았던 것이다. 숙위군이 그 지경이니 다른 군사들의 군기는 말할 것도 없었다.

왕은 호위가 엄하지 못한 죄를 물어, 숙위군의 여러 제조관들을 장형에 처한 뒤에 재추들을 불러 말하였다.

"과인의 이번 걸음은 유람을 즐기려는 것이 아니라 전적으로 군사를 점검하려는 것이었소. 헌데 과인이 직접 명을 내려도 제대로 군사들이 움직이지 않는데, 장수들이 과인을 대신하여 지휘할 때는 오죽하겠소?"

공민왕은 깊은 한숨을 내쉬며 계속해서 말했다.

"돌이켜보면 홍건적의 침입도 미리 막을 수 있었고, 경인년(庚寅年, 충정왕 2년, 1350) 이래로 침구해 오는 왜구의 무리도 얼마든지 대처할 수 있었을 터인데, 백성들은 잡혀가고 나라는 아직도 전화에 시달리고 있으니, 그 원인을 이제야 알았소. 군사들이 제대로 훈련되지 않아 행동에 규율이 없고, 군령이 엄하지 않으니 무슨 수로 적을 당해내겠소? 과인이 무신들을 양성하기 위해 무과를 설치했건만 여러 장수들의 이해다툼으로 그마저 유명무실하게 되었으니, 장차 이 나라 군사를 어찌해야 좋겠소?"

재추들은 그저 고개만 떨어뜨린 채 변명의 말조차 없었다.

5부의 군사를 이끌고 나간 지 보름 만에 궁성으로 돌아오면서 공민왕은 내내 고민에 빠졌다. 태평성대에는 문(文)이 성하고 난세에는 무(武)가 성하는 법. 하지만 문은 나약하고 전쟁터에서 무공을 쌓은 장수들은 왕의 개혁 의지와는 거리가 멀었다.

더욱이 권문이 군벌을 이루고 있었다. 조정에서는 권력을 쥐고, 밖에서는 갖은 불법으로 농장을 확대해가면서 농장에 투탁(投託)한 전호(佃호)들을 군사로 보유하고 있던 것이다. 그런 권신들의 힘은 언제라도 왕권을 압도할 수 있었다.

반면에 친왕 세력은 절대적으로 열세였다. 개혁을 주도했던 측근들은 잦은 변란과 전쟁을 겪는 과정에서 죽고 없었다. 총애했던 자들까지 임금에게 비수를 들이대지 않았던가. 군사를 아무리 통제하려 해도 병폐의 근본이 그대로 있으니 어찌할 수가 없었다.

'무릇 장수란 덧방나무가 수레바퀴를 떠받치듯, 나라를 받치는 동량(棟梁)이어야 한다. 충직하고 용감한 장수가 있음으로 해서 나라는 위세를 떨치고 제왕은 마침내 권세를 크게 넓힐 수 있는 것이다!'

주나라 태공망이 『육도(六韜)』에서 장수에 대해 논한 말이었다. 그러나 공민왕에게는 여태껏 그런 장수가 없었다. 왕에게는 태공망의 말처럼 덧방나무가 수레바퀴를 떠받치듯 나라를 받칠 만한 새로운 세력이 절실했다.

· · ·

그해 가을, 공민왕은 자제위(子弟衛)를 전격 설치하고, 총신인 김흥경(金興慶)으로 하여금 총관(摠管)토록 했다. 선발된 위사들은 하나같이 삼한갑족(甲族)의 자제들이었다.

그전에도 갑족의 자제들을 뽑아 8위에 배치하려 했지만 장수들의 반발로 무산된 적이 있었다. 그런데 이번에는 아예 왕의 친위 부대로 편성한 것이다. 왕은 장차 이들을 왕에게 충성을 다하는 장수들로 키우고 싶었다.

자제위는 궁중의 엄격한 규율 속에서 낮이면 군사 훈련과 경사를 배우고, 밤이면 숙위를 담당하였다. 고된 날들이었지만 자제위 위사들의 자부심은 대단했다. 임금이 거둥할 때마다 언제나 자제위가 앞장섰다. 위사들은 금침을 놓은 붉은 옷과 수정으로 장식한 검은 등거리를 차려입고, 칼을 찬 채 호마(胡馬) 위에 올라타고서 임금의 행행(行幸)을 열고 나갔다.

그러나 품은 뜻은 웅대했지만 설치된 지 오래지 않아 자제위는 궁중에서 크고 작은 말썽을 일으키기 시작했다. 임금의 친위 부대로서 나라의 간성이 되고 북벌의 선봉이 되리라는, 호기로 충만하던 자제위가 갑자기 악행을 키우는 온실이 되어버린 것은 순전히 총관 김흥경 때문이었다.

김흥경은 자제위와 같이 궁중에서 생활하면서 무뢰한처럼 굴었다. 그는 왕백(王伯), 안소(安沼), 정용수(鄭龍壽), 오헌(吳憲) 등을 심복으로 따로 거느렸으며, 궁중에서 풍악을 갖추고 술을 마시는 것쯤 예사로 여겼다.

보다 못해 내시부에서 환관 최만생을 보내 궁중의 법도를 따졌다.

"성상과 태후마마가 계시는 궁궐에서 주연도 모자라 풍악에 기생까지 들이다니요? 성상께서 아시면 경을 칠 일이니 그만 멈추셔야 합니다!"

최만생의 말에 김흥경이 발끈하였다.

"무어라? 경을 친다고 했느냐? 감히 환관 따위가 누구를 경을 친다고? 네놈은 내가 누군 줄은 아느냐?"

"어찌 모르겠습니까? 성상께서 귀하게 여기시는 자제위 총관이신 줄 알기에 드리는 말씀입지요."

"그걸 알면서도 너 따위가 감히! 그러기 전에 네놈부터 경을 칠 일이다, 이놈!"

김흥경은 북채를 뺏어들더니 최만생에게 냅다 휘둘렀다.

"아이고, 왜 이러십니까요?"

"이놈아! 다시 한 번 말해보거라! 경을 친다고 했겠다?"

"아닙니다, 제가 잘못했습니다요!"

최만생이 몇 번이고 빌었지만 김흥경은 무슨 화풀이라도 하듯이 흠씬 두들겨패서 돌려보냈다. 아무리 환관이라지만 총신에게 그토록 수모를 당했으니 내시부에서 한 번쯤 따지고 들 법도 했지만 모두들 입을 다물어버린 통에 최만생만 졸지에 바보가 되고 말았다. 그때부터 최만생은 김흥경과 자제위라면 치를 떨었다.

김흥경의 기고만장은 끝이 없었다. 한번은 전법총랑(典法摠郎) 양윤발(楊允發)이 김흥경의 잘못을 사헌부에 고하였다. 그러자 김흥경은 순위부를 시켜 양윤발을 궁중으로 잡아와서는, 자제위 위사들이 보는 앞에서 발가

벗긴 채 능욕을 안겼다. 때는 엄동설한이었다.

그런가 하면 기생 소근장(小斤莊)을 놓고 재상 이성림(李成林)과 다투다, 왕에게 이성림을 무함하여 봉졸로 떨어뜨렸다. 또 찬성사 안사기와 곧잘 어울려 궁중에서 잔치를 벌이다 밀직사에서 문제 삼자, 김흥경은 쏙 빠지고 안사기만 된통 당하고 말았다.

김흥경은 그런 사실이 무슨 전리품이라도 되는 양 위사들 앞에서 자랑스럽게 떠들어댔다.

"봐라, 전하의 총애를 입은 자는 누구도 건드리지 못하지 않느냐? 위사들은 그저 내 명을 따르고 임금에게 충성을 다하면 그만이니라!"

공민왕이 김흥경의 소행을 분명 알고 있을 터인데도 짐짓 눈감아 주는 것을 보고, 위사들도 차츰 김흥경의 악행을 따라하기 시작했다. 자제위의 규율은 급격하게 흐트러졌고 그중에 홍륜 패거리가 가장 심했다.

홍륜과 홍관은 전 시중 홍언박의 손자들이었다. 홍언박이 태후 홍씨의 조카로 공민왕과는 내외종간이 되므로 그들은 왕에게도 손자뻘이 되는 셈이었다. 그리고 한안은 찬성사 한방신의 아들이었고, 노선은 밀직 노진(盧稹)의 아들, 권진은 밀직부사 권용(權鏞)의 아들이었으니 저마다 집안을 믿고 못된 짓만 골라서 하였다.

걸핏하면 싸움질이요, 궁온(宮醞)을 함부로 훔쳤으며, 경사를 익혀야 할 시간에는 책 대신 음화(淫畵)를 들여다보고, 무술 훈련은 사냥 놀이로 대신했고, 여가 시간에는 음담패설로 무료함을 달래었다. 그러다 춘정을 이기지 못하면 한밤중에 궁궐 담을 넘어 교방(敎坊)을 기웃거리며 계집질도 서슴지 않았다.

홍륜 패당은 급기야 궁녀를 후릴 생각까지 했다. 어느 날, 역시 궁온을

홈쳐 마시고 취기가 오르자 계집 생각이 간절해졌다. 홍륜은 패거리 위사들을 꼬드겼다.

"이보시게들. 옛날 명종 임금 때는 무신들이 궁궐을 마치 사갓집 드나들듯 하며 궁녀들을 심심찮게 후렸다는데, 어떤가? 우리도 궁녀들을 한번 가져보는 것이……?"

홍륜의 말에 한안과 노선이 지레 겁을 먹고 말하였다.

"그러다 들키는 날이면 죽음을 면치 못할 걸세."

술에 취한 홍륜은 기고만장하여 도리어 두 사람을 놀려댔다.

"하하하! 이런 겁쟁이들 같으니, 우리가 누군가 임금의 총애를 입는 자제위 위사들이 아닌가. 궁녀 하나쯤 후렸다고 해서 설마 죽이시기야 하겠는가?"

홍륜은 권진, 홍관과 함께 감히 익비전(益妃殿)으로 월장해 들어갔다. 그런데 후리려고 했던 궁녀는 얼굴도 보지 못한 채, 그만 환관 최만생에게 들키고 말았다.

최만생은 길길이 뛰었다.

"아무리 총신이요, 자제위 위사라고 하지만 감히 중전마마의 전을 범하다니요, 이 일을 알았으니 어찌한단 말이오?"

홍륜과 패거리들은 둘러대면서 사정을 했다.

"술에 취해 어딘 줄도 모르고 월장한 것이니 그대만 눈을 감아주시오!"

"눈을 감다니요? 이미 월장한 것을 다 보았는데, 알고도 모른 척했다가 나중에 들통이 나면 제 목숨은 열 개라도 남아나질 않습니다요."

최만생은 옳다꾸나 싶었다. 그렇잖아도 눈엣가시 같은 자제위였는데 제대로 꼬투리를 잡은 것이다.

"어찌할까요? 당장 성상께 고하리까?"

"그대가 하자는 대로 다 할 터이니 제발 눈감아주시오. 아무도 본 사람이 없질 않소?"

홍륜과 패거리들은 최만생에게 재물을 안겨주고 단단히 입을 틀어막았다.

"알았소. 대신에 위사들도 이제는 제 목숨과 한가지라는 것을 알아야 합니다!"

최만생의 말에 홍륜은 맹세까지 했다.

"알다마다! 내 이렇게 맹세하리다!"

그러나 잠시 입은 틀어막았지만 오래지 않아 엄청난 운명의 사단이 될 줄은 까마득히 몰랐다.

· · ·

요동을 놓고 명나라와 긴장이 고조되고 있던 공민왕 22년(1373) 2월.

뜻밖의 소식이 강계에서 달려왔다. 북원의 사신 파도첩목아(波都帖木兒)와 어산불화(於山不花)가 국경에 당도했다는 것이었다. 공민왕 18년 5월 이후 원나라와 길이 끊어진 지 4년 만이었다.

북원과 가까이 하자던 중신들은 반색을 하였다. 그러나 공민왕은 격앙된 감정을 그대로 드러냈다. 북원의 소종이 노국공주의 부왕인 위왕을 죽이고, 덕흥군으로 모자라 또 심왕 탈탈불화(脫脫不花)를 고려 왕으로 책봉했던 앙금이 아직 가라앉지 않았던 것이다. 왕은 강경했다.

"죽일 것인가, 아니면 그들을 잡아서 명나라로 압송할 것인가, 둘 중 하나만 택하여 말하시오!"

도당에 모인 재추들은 쉽게 말을 꺼내지 못하고 숨을 죽였다. 그때 누군가 조심스럽게 입을 열었다.

"신 찬성사 안사기 아뢰옵니다."

"말해 보시오!"

"전하, 아뢰옵기 황송하오나 명나라가 작년에 화림(和林)으로 쫓겨난 원나라를 정벌하겠다며 군사를 대대적으로 일으켰으나 결국 실패하고 말았습니다. 이는 이미 알려진 사실이온데, 생각해보면 원나라의 힘이 아직 살아 있다는 증거이기도 하옵니다. 중원의 싸움이 어찌될지, 장래의 일이란 알 수 없으니, 일단 원나라 사신을 맞아들여 정세를 소상히 파악하는 것이 좋을 듯하옵니다."

수시중 이인임도 적극 동조하고 나섰다.

"전하, 원나라에 대한 원망을 어찌 신들이 모르겠사옵니까? 하오나, 찬성사의 말대로 장래란 예측할 수 없사오니, 사신의 뜻을 묻고 우리에게 유익한 것을 취하는 것이 현명한 판단이온 줄 사료되옵니다!"

시중 경복흥과 염제신도 크게 반대하지 않았다. 결국 공민왕은 대신들의 청을 받아들이는 대신 원나라 사신을 한밤중에야 접견하였다.

북원의 소종은 조서에서 말하기를,

근자에 병란으로 인하여 잠시 북방으로 옮겨왔다. 그러나 지금 곽확첩목아(廓擴帖木兒)를 승상으로 세워 중흥의 사업이 거의 성취되고 있다. 고려 왕은 세조의 외손이니만큼 천하를 다시 바로잡는 데 조력할 줄 믿는다!

원나라 1대 황제인 세조의 외손을 들먹이는 것은 어제 오늘의 일이 아니었으나 옛날처럼 위압적인 문사는 찾아볼 수 없었다. 그만큼 북원의 처지가 위태롭다는 이야기였다.

사신들은 고려의 도움을 간절하게 청하였다.

"전하, 남적(南賊 : 명나라)의 무리들이 감히 천조를 넘보았으나 지금은 속속 패퇴하고 있는 형국이옵고, 이럴 때 고려가 조력을 한다면 천하를 회복하는 데 그야말로 큰 힘이 될 것이며, 중흥의 업이 기필코 이루어질 것이옵니다!"

공민왕은 그러나 마음에 담고 있던 원망부터 드러냈다.

"황제께서 심왕을 고려왕으로 세울 때는 언제고, 이제 와서 과인에게 도와달라고 하는 것은 무슨 마음이며, 과인의 장인인 위왕을 주살한 까닭은 또 무엇이오?"

사신들 중에 어산불화가 둘러댔다.

"전하, 위왕은 반란을 도모하다 그리된 것이오며, 또한 심왕을 세웠던 것은 전하의 후사(後嗣)를 염려하여 비롯된 일이오니 이제는 노여움을 푸소서."

'후사?'

공민왕은 가슴 한 구석이 뜨끔했다. 임금의 보령 마흔이 넘도록 후사가 세워지지 않은 것은 조종(祖宗)에 죄를 짓고 있음이었다. 왕은 달리 답을 주지 않고 사신들을 서둘러 물리쳤다.

· · ·

원나라 사신들이 돌아가고 난 뒤, 공민왕은 망설임 끝에 문안을 핑계로 모후를 찾아갔다. 태후전에서 자라고 있는 모니노를 왕자로 세울 작정이었던 것이다.

"어머마마, 모니노가 벌써 아홉 살입니다. 성균직강 이숭인이 글을 가르치는데 아이가 여간 영민하지 않다 하더이다!"

태후 홍씨는 왕이 무슨 말을 하려는지 짐작하고서 고개를 가로저었다.

"아이가 아직 어린데 무얼 그리 서두르십니까?"

모니노를 후사로 생각하지 않는다는 뜻을 완곡하게 나타낸 것이다. 왕은 심회가 복잡한 듯 얇은 한숨을 뱉으며 말했다.

"어마마마, 저는 지금 수명이 다 되어 곧 죽을지도 모를 일입니다. 그런데 지금 후사를 정하지 않으면 나라를 누구에게 부탁하며, 또 누가 나의 뜻을 이어 영전 역사를 진행하겠습니까?"

왕은 왕대로, 태후는 태후대로, 서로의 속마음을 몰라주는 상대방이 못내 서운했다.

"상감께서 수명이 다 되다니요? 그런 말씀 마세요! 이 어미가 이렇게 시퍼렇게 살아 있습니다. 상감의 보령 이제 겨우 마흔을 넘겼을 뿐입니다. 아직도 얼마든지 자식을 볼 수가 있는데, 어찌 그리 서운한 말씀을 하십니까?"

태후는 아예 작정한 듯, 심회에 두고 있던 말들을 하나씩 꺼냈다.

"말이 나온 김에 상감한테 이 어미가 싫은 소릴 좀 해야겠습니다. 상감! 지금 벌어지고 있는 영전은 이보다 더 심한 역사(役事)가 없습니다. 오죽하면 해마다 가뭄과 흉년이 드는 것이 역사 때문이라고 하질 않소? 그러니 상감, 이제 역사를 중단하세요!"

공민왕은 새해 들어 영전 역사를 다시 감행하고 있던 터였다. 공민왕은 싫은 기색을 숨기지 않았다.

"그런 말씀을 마십시오. 영전은······."

"어미 말을 더 들으세요!"

태후는 오늘은 그동안 묻어두었던 말을 모조리 하리라 마음먹었다. 이번에는 자제위 이야기를 끄집어냈다.

"자고로 신하란 조정에 나와서는 임금에게 복무하고 집에 가서는 가산(家産)을 돌봐야 하는 법입니다. 그런데 김홍경이 이끄는 자제위를 밤낮으로 대궐 안에 두고 집에는 돌아가지 못하게 하니, 말썽이 일어날 수밖에요!"

자제위의 비행을 공민왕도 어느 정도는 알고 있었다. 하지만 나라가 안정될 때까지는 애써 덮어두려고 했다. 지금 자제위 문제를 들추어낸다는 것은 왕 스스로 치부를 드러내는 일이었다.

"자제위는 왕의 친위 부대입니다. 그리고 위사들은 저의 팔다리와 다름없어 그들이 아니고서는 잠도 편히 이룰 수가 없답니다."

"이 어미가 상감의 심정을 어찌 모르겠소? 하지만 그들도 부모형제가 있고 또 그중에는 처자가 있는 몸들도 있어요. 상감은 일찍이 신돈의 말만 믿고 이 어미의 말은 듣지 않아 하마터면 나라를 망칠 뻔하더니, 이제 또 그러시렵니까? 마땅히 자제위는 윤번제로 숙위토록 하시고 군율을 더 엄하게 세우세요."

태후의 말에 왕은 마땅치 않다는 기색을 드러내며 일어서려 했다. 태후가 왕을 다시 붙잡아 앉혔다.

"상감은 조금만 더 계세요. 아직 어미의 말에 답이 없질 않습니까?"

공민왕은 마뜩찮은 얼굴로 말했다.

"무슨 말씀을 듣고 싶으신지요?"

태후는 방금 전과는 달리 부드러우면서도 강한 어조로 타이르듯이 왕에게 말하였다.

"상감, 상감께서는 어이하여 비빈들을 가까이하지 않으십니까? 이 어미는 손자를 한번 안아보는 것이 소원입니다."

그러자 왕은 스스럼없이 말하였다.

"어머니께서는 벌써 손자를 안고 계시지 않습니까?"

모니노를 두고 하는 말이었다. 하지만 태후는 분명하게 선을 그었다.

"임금에게 후사는 나라를 바로 세우는 일과 같습니다. 상감에게 여러 비빈이 있는데, 그들에게서 왕자를 본다면 이는 조종에 낯이 서는 일이요, 온 나라의 경사가 아니겠습니까?"

"아무리 비빈이 많다 한들 저에게는 노국공주만한 여자가 없습니다."

왕이 깊은 한숨과 함께 내던진 말에 태후는 무어라 이을 말이 없었다.

공민왕에게는 노국공주 말고도 4명의 비(妃)가 더 있었다. 공주에게 오랫동안 손이 없자 재상들의 청으로 왕 8년에 이제현의 딸을 혜비(惠妃)로 맞아들였다. 또 노국공주가 세상을 떠난 후인 왕 15년 10월에 종친 덕풍군(德豊君) 왕의(王義)의 딸과 우상시 안극인의 딸을 동시에 익비(益妃)와 정비(定妃)로 맞아들였고, 왕 20년 11월에는 시중 염제신의 딸을 신비(愼妃)로 삼았다. 종친의 딸까지 비로 맞이한 것은 왕자를 얻기 위함이었지만 왕은 정사에만 골몰할 뿐 좀체 비빈들을 가까이 하지 않았다.•

• 일찍이 고려 왕실에서 왕자는 타성과도 혼인을 할 수 있었지만, 공주는 종실 바깥과 혼인할 수 없었다. 왕실의 순수한 혈통을 지키려는 용종(龍種) 의식 때문이었다. 그러다 충선왕의 복위교서(1309년)에서부터 왕실의 족내혼(族內婚)을 금했다. 그래서 공민왕은 익비의 성을 한씨(韓氏)로 고쳐 비로 맞아들였다. 그리고 본래의 서열은 3비였으나 종친이라 하여 정비(正妃)의 위치로 올렸다. 『고려사』에 기록된, 홍륜과 간통하여 임신했다는 문제의 왕비가 익비다. 그 진실은 마지막 권 '못 다한 이야기'에서 들려드리겠다.

246

태후전을 물러나온 공민왕은 독단을 내리지 않을 수 없었다. 태후의 뜻을 거스르는 것은 괴로웠지만 왕권의 안정을 위해서는 모니노를 정식 원자로 책봉하지 않을 수 없었다.

공민왕 22년(1373) 7월, 왕은 모니노에게 '우(禑)'라는 이름을 지어주고 '강녕부원대군(江寧府院大君)'으로 봉하였다. 그리고 몇 해 전에 죽은 궁인 한씨를 강녕대군 우의 어머니로 반포하면서 한씨의 3대조를 부원대군으로 추증하였다. 또한 백문보와 정당문학 전녹생(田祿生), 성균대사성 정추(鄭樞)를 사부로 삼았다.

그러나 강녕대군을 세자로 세우지는 못했다. 세자를 논의하기도 전에 명나라의 홍무제가 고려를 정벌하겠노라 엄포를 놓는 통에 조정이 발칵 뒤집혔던 것이다.

· · ·

명나라에 갔던 찬성사 강인유(姜仁裕)가 봉천문(奉天門) 아래서 황제로부터 직접 들었다는 말은 이러했다.

너희는 가서 고려 국왕에게 전하라!

내가 만약 너희를 정벌하러 간다면 명주(明州)에서 선박 5백 척을 짓고, 온주(溫州)에서 5백 척, 천주(泉州), 태창(太倉), 광동(廣東), 사천(四川) 등지에서 3개월 내에 7~8천 척의 배를 건조한 다음에 너희들한테 드러내놓고 정벌하러 갈 것이다.

너희 국왕에게 꼭 말하라! 먼저는 당나라 태종이 너희를 정벌하려 했으나 성공하지 못했다. 그러나 그는 정벌할 방도를 몰랐기 때문이었다.

나는 그렇지 않을 것이다. 내가 들으니 너희 나라는 왜구가 2~3백 리를 쳐들어가도 막지를 못하고, 성은 부서진 채 성벽과 성지(城池)를 수축하지 않고 있다는데, 나는 너희를 정벌하러 가면 공공연하게 갈 것이니 빨리 군사를 모으고 성을 수축하도록 하라!

두고 보라, 내가 5년 내에 사막의 호인들을 완전히 쫓아내고 늦어도 10년 내에는 너희를 정벌할 수 있을 것이다. 올 뜻이 있으면 오고, 올 뜻이 없으면 그만두어라!

홍무제의 말은 최후통첩이나 다름없었다. 온 나라가 전운에 휩싸이면서 조정은 대신들에서 백관들까지 당장 두 갈래로 갈라졌다. 명나라와 화해를 하자는 측과 이번 기회에 북원과 관계를 회복하자는 쪽이었다.

이인임과 안사기를 비롯하여 권문세족에 가까운 사람들은 북원과 다시 통할 것을 강하게 촉구했다. 반면 왕의 고임을 받는 일부 중신들과 신진사대부 출신들은 중원의 대세가 이미 명나라로 기울어졌음을 강조하였다. 북원과의 관계를 깨끗이 끊어버림으로써 명나라의 의심을 풀고 나라를 우선 안정시키자는 것이었다.

공민왕에게는 어떤 것도 상책이 아니었다. 화친을 하든, 북원과 관계 회복을 하든 우선은 군비를 튼튼히 할 일이었다. 그러나 나라의 재정은 궁핍했고 군사들은 제대로 훈련되어 있지 않으니 당장 군사를 일으킬 수도 없었다. 홍무제의 말대로 왜구가 2~3백 리를 쳐들어와도 속수무책이니 대놓고 조롱을 해도 할 말이 없었다.

공민왕은 비장한 각오를 했다. 왕은 전쟁에 약한 경복흥 대신에 염제신을 시중으로 임명하고, 찬성사 최영을 불러들였다.

"경을 6도(道) 도순찰사(都巡察使)로 명하니, 하루속히 군적(軍籍)을 정리하고, 장차 명나라의 수군(水軍)에 대비하여 병선(兵船)을 제조토록 하시오. 경에게 장수는 물론 수령관들의 출척권(黜陟權)을 줄 것이니 잘못이 있는 자는 과감히 출척하여 군령을 엄히 세우도록 하시오! 나라가 풍전등화의 위기에 처했음을 경은 한시라도 잊어서는 안 될 것이오!"

양계(兩界)로 불리는 동·서북면을 제외하고 나라의 모든 군권을 최영한 사람에게 맡긴 것이다. 나라가 위기에 처한 상황에서 군사를 휘어잡을 만한 자가 최영 말고는 없었던 것이다.

최영은 가장 먼저 군적을 정리하였다. 이때 군적은 각 도를 분관(分管)하는 장수들이 점유한 채 징발권을 가지고 있었다. 그것을 가리켜 패기(牌記)라 했는데, 백성들은 패기에 한번 오르면 나라의 명보다 장수의 군령을 먼저 따라야 했다. 따라서 군사들 대부분이 사병처럼 장수들에게 예속되어 있었다.

최영은 감찰과 출척을 통해 각 도의 장수들을 장악해 나갔다. 강직하고 엄격한 성품대로 군율에 어긋나는 자는 가차 없이 처벌하였다. 장형을 가할 때 사령이 제 상관이라고 하여 봐주면 그 사령까지 잡아다가 볼기를 치면서 불호령을 내렸다.

"내가 지금 노한 것은 사사로운 감정이 아니다. 오로지 왕명을 받들고 나라를 지키기 위함이다!"

불만들도 터져 나왔다. 병선을 건조하면서 역(役)이 너무 힘들어 집을 버리고 도망가는 백성들도 속출했다. 군량미를 징수하면서는 70세가 넘은 자한테까지 부과하여 원성을 사기도 했다. 그러나 최영은 꿈쩍도 하지 않았다. 그렇게라도 하지 않으면 명나라의 대군을 막을 방도가 없었다.

. . .

그렇게 나라가 전쟁을 준비하고 있을 때 뜻밖에 명나라에서 사신을 보내왔다. 고려를 정벌하겠다고 성언하던 홍무제가 보낸 사신은 기실 중서성의 자문(咨文)이었다. 명나라의 예부주사(禮部主事) 임밀(林密)과 자목대사(孳牧大使) 채빈(蔡斌)이 가져온 중서성 자문은,

황제가 명하기를, 대군을 일으켜 사막(북원을 가리킴)을 정벌할 것인 바 고려국에 원나라가 제주에서 사육하던 말 2~3만 필이 있는 것으로 안다. 그 중 좋은 말 2천 필을 골라서 보내라 하였으니 고려 국왕은 성지(聖旨)를 따르라!

분통 터질 노릇이었다. 정벌 운운하다가 갑자기 제주도의 말을 보내라는 것은 고려의 속마음을 떠보자는 홍무제의 얄팍한 술책이었다. 게다가 사신들은 거만하고 방자하기 이를 데 없었다.

도당에서 재상들이 사신들을 위해 연회를 베풀 때였다. 사신 중에 채빈이 시중 염제신에게 엉뚱한 트집을 잡았다.

"지금 내 관모에 꽂혀 있는 꽃을 한번 보시오. 다른 사람들은 다들 반듯하게 꽂혀 있는데, 어째서 내 관모만 꽃이 비뚤어져 있는 거요? 시중께서 눈이 있으면 말씀을 해보시구려?"

염제신은 애써 웃는 낯으로 둘러댔지만 연회는 어수선한 분위기 속에서 끝났다. 그런데 채빈이 마음에 둔 기생이 그날 밤 수청을 거절하면서 사단이 났다. 화가 난 채빈이 다음날 아침 명나라로 돌아가겠다며 떠

나버렸던 것이다. 사신의 체통이라곤 터럭만큼도 찾아볼 수 없었지만 달랠 수밖에 없었다.

공민왕의 명을 받은 김흥경이 금교역까지 쫓아가 사정을 하고서야 채빈 일행은 못 이기는 척 돌아왔다. 그런데 돌아와서는 시중 염제신을 비롯하여 연회에 참석했던 재상들을 파직시키고 죄를 줄 것을 요구하였다.

그 말을 듣고 친원 세력들이 격분하여 왕에게 달려갔다.

"전하, 사신들의 오만과 무례가 하늘을 찌르고 있사옵니다. 당장 저들을 처단하여 고려의 위엄을 보이고 원나라와 힘을 합한다면 명나라도 어찌 함부로 군사를 움직이지 못할 것이옵니다!"

"그렇사옵니다. 전하께오서는 시기를 놓치지 마시고 속히 결단을 내리소서!"

그러나 공민왕은 강하게 고개를 가로저었다.

"사신들을 죽이고 분을 풀고 싶은 마음이야 과인이 더하다는 것을 경들은 어찌 모르시오? 한번 돌이켜보시오. 과인이 지난날 원나라한테 이보다 더한 굴욕과 수치를 당했음에도 참고 참았던 것은 오로지 사직을 지키고 백성들의 안녕을 지키기 위함이었소. 그런데 하찮은 사신들을 죽여 나라의 대계를 망칠 수는 없는 일이니, 이 일은 과인에게 맡겨두시오!"

공민왕은 사신들의 요구대로 시중 염제신을 파하고 광주(廣州)로 귀양을 보냈다. 그리고 경복흥을 다시 시중에, 이인임을 수시중에 명하였다.

사신들의 말이라면 왕은 다 들어주었다. 그러자 임밀과 채빈의 방자함은 날로 더해갔다. 영빈관에 군사를 더 배치하여 호위해줄 것을 요구하는가 하면, 자신들을 잘 접대한다고 해서 조민수와 홍상재(洪尙載)를 밀직에 임명시켜 줄 것과 채빈에게 수청 드는 기생의 아비에게 낭장(郎將) 벼슬을 달라고까지 하였다.

공민왕은 그들의 청을 거절하지 않았다. 지금은 고려가 약하게 보여야 만 했다. 대국의 사신 앞에서 쩔쩔매는 모습을 보임으로써 명나라의 의심을 피하고, 홍무제와의 일전을 잠시 뒤로 미룰 수 있었다.

그런데 말을 가지러 제주에 갔던 한방언이 겨우 3백 필의 말만 가지고 돌아왔다. 제주 목호(牧胡)들이

"세조 황제께서 방축시켰던 말인데 우리들이 어찌 명나라에 공마(貢馬)로 바치겠는가!"

라며 거부했던 것이다.

임밀과 채빈이 당장 공민왕에게 쫓아왔다.

"전하, 저희들은 황제의 명을 받고 온 사신들이옵니다. 만약 공마 2천 필을 채우지 못하고 돌아간다면 우리는 죽음을 면치 못할 것입니다. 그럴 바엔 차라리 여기서 죽는 게 더 나으니 전하께서 저희들을 죽여주소서!"

공민왕은 그들의 오만한 언사에 말문이 막혀 시중 경복흥을 바라보았다. 경복흥이 나서서 사신들을 달랬다.

"부족한 수를 어떻게든 채울 터이니 사신들은 조금만 더 기다려주시지요."

"우리가 고려에 들어온 지 벌써 석 달이 지났소이다. 그런데 또 기다리라니 황제 폐하의 성화가 대단하시다는 것을 모르고서 하는 말씀입니까?"

임밀이 큰소리를 내자, 채빈이 덧붙였다.

"전하, 성지를 봉행하지 못한 재상 한방언이란 자를 엄벌로 다스려야 할 것이옵니다!"

잠자코 있던 찬성사 안사기가 한방언을 옹호하고 나섰다.

"목호들이 난동을 일으키며 거부하는데 한방언인들 무슨 수로 말을 가져올 수 있었겠소?"

그러자 채빈이 발끈했다.

"재상이라는 분들이 이런 식이니 도대체 왕명이 서고 나라가 제대로 이루어지겠소? 아무튼 한방언을 주살시켜 고려왕이 성의를 다했음을 황제 폐하께 보일 것이며 속히 공마를 채워주시오!"

공민왕은 두말 않고 한방언에게 장형을 내리고 귀양에 처했다. 그렇지 않으면 사신들 앞에서 아까운 신하를 죽여야 될 판이었다.

안사기를 비롯하여 친원 세력들은 부아가 치밀었다.

"조정 대신들이 저토록 수모를 당하고, 사신들 방자하기가 마치 감국(監國)을 나온 자들 같은데, 전하께서는 대체 무슨 생각으로 저렇게까지 굽실거리는 건지 모르겠소?"

안사기가 분통을 터트리자 밀직부사 김의(金義)가 거들었다.

"중원의 대세가 명나라로 기울였다고 하지만 원나라의 기세가 아직 당당한데, 우리 전하는 과거의 원망만 가득해서 나라를 망치고 있습니다. 당장 명나라가 쳐들어온다면 나라도 없어지고, 백성들은 살육을 당할 터인데, 그때 가서 땅을 치고 후회한들 무슨 소용이겠습니까? 그러기 전에 무슨 수를 내야 합니다!"

"수를 내다니?"

"더 늦기 전에 심왕을 세우도록 합시다!"

거침없이 던지는 김의의 말에 좌중은 숨을 죽였다. 김의의 본명은 야열가(也列哥). 그는 본래 몽골인으로 고려에 귀화하여 벼슬이 밀직부사에 이른 자였다. 김의는 계속해서 말했다.

"이대로 명에 공마를 바치고 화친을 한다면 원과는 아주 멀어지게 될 것이요, 고려와 원이 멀어진다면 우리들이 설 자리는 아예 없어지고 말 것입니다. 지금이라도 심왕을 세워 나라의 대계를 바르게 한다면 원이 우리의 병풍이 되어줄 것이요, 또 원이 있는 한 명나라도 우리를 어쩌지는 못할 것입니다!"

그렇잖아도 공민왕에게 불만을 품고 있던 친원 세력들은 금세 의기투합했다. 공민왕을 폐위시키고 심왕을 고려왕으로 맞이한다는 모의는 간단히 이루어졌다.

때를 맞추기라도 하듯, 마침 북방에서 왔다는 호승(胡僧) 하나가 찬성사 안사기의 집 대문을 조심스럽게 두들겼다.

다음날, 안사기는 갑자기 제주 정벌을 주장하고 나섰다.

"전하, 도당에서 논의 끝에 종친과 재상은 물론이요 대언 이상의 벼슬아치들에게 명나라에 바칠 말을 한 마리씩 내도록 했으나, 명나라에 바칠 2천 마리를 채우는 데는 턱없이 부족하옵고, 사신들이 언제까지 머물 수는 없으니, 이번 기회에 제주를 정벌하여 아예 반란의 싹을 자르고 군마를 확보하는 것이 상책일까 하옵니다!"

본디 탐라국(耽羅國)이었던 제주도는 고려의 건국과 함께 주(州)를 설치하고 목사를 파견하여 다스려왔다. 그러다 원나라의 지배를 받으면서 황실 직할의 목장으로 바뀌었다. 말과 노새들은 원나라의 태복시(太僕寺), 선휘원(宣徽院), 중정원(中政院), 자정원(資政院) 등에 소속되어 목호들에 의해 방축되었던 것이다. 그러다 공민왕의 자주 정책으로 제주는 다시 고려에 예속되었지만 목호들은 여전히 고려에 적대적이었다.

"갑자기 군사를 일으키기에는 시일이 너무 촉박하지 않소?"

공민왕의 말에 안사기는 미리 준비했던 대로 말을 꺼냈다.

"6도 도통사 최영이 있사옵니다. 이미 나라의 군권을 그에게 맡기고 군적을 정리하였으니 그로 하여금 정예 병사들을 이끌고 나가게 한다면 원정에 무리가 없을 것입니다."

안사기는 최영과 군사들을 제주로 보내 도성이 비어 있는 틈을 노려 왕을 도모하겠다는 생각이었다. 공민왕은 그러나 아무 의심 없이 최영을 양광·전라·경상도 도통사로 삼아 병선 314척에 정예군사 25,605명을 제주도로 보냈다.

그로부터 며칠 후.

횡포만 부리던 명나라 사신 임밀과 채빈이 갑자기 귀국할 뜻을 밝혔다.

"날은 추워지고 사행(使行)이 오래 지체되어 자칫 황제 폐하의 노여움을 입을까 두렵사옵니다. 우선은 공마 3백 필을 가지고 돌아가오니 나머지는 정료위를 통해 보내주신다면 천만 다행이겠습니다!"

공민왕은 내심 기뻤다. 최영이 제주를 정벌하고 돌아오기만을 기다리고 있었지만 먼저 간다고 하니 말리고 싶지 않았다. 왕은 환송연을 흔연히 베풀고서 그들을 보냈다.

사신들이 돌아가는 길은 밀직부사 김의가 정료위까지 호송을 담당하였다. 그러나 김의는 도중에서 사신들을 죽일 작정이었다. 사신들을 죽임으로써 고려와 명나라 사이에 싸움을 일으키고, 그 혼란을 틈타 원나라를 등에 업은 심왕을 고려왕으로 세운다는 계략이었다. 안사기와 이미 모의한 대로였다. 뜻대로 되지 않는다면 자신은 원나라로 도망치면 그만이었다.

· · ·

명나라 사신을 돌려보냈지만 공민왕의 심기는 가뜩이나 불편했다. 그러던 차에 우달치 윤가관(尹可觀)이 왕의 심기를 또 건드렸다.

"전하, 지금 궁궐에서는 자제위와 속고치들의 문란이 극에 달하였음에도 아무도 말하는 자가 없으니, 이를 바로잡지 않으면 저들의 행패가 날로 더해질 것이옵니다!"

윤가관은 자제위와 속고치들의 비행을 낱낱이 아뢰었다. 말끝에 두리속고치(頭裏速古赤)로서 정랑(正郎)을 겸하고 있는 민이(閔頤)가 궁녀와 사통하고 있다는 사실도 일러바쳤다.

공민왕의 안색에 금세 노여움이 끼쳤다. 그런데 그 노여움은 자제위나 속고치가 아니라 바로 윤가관을 향한 것이었다.

"감히 자제위와 속고치를 모함하다니, 네놈이야말로 경을 칠 놈이로구나!"

왕은 윤가관에게 장형을 내리고, 삭탈관직으로도 모자라 폐서인으로 만들어버렸다. 그러나 자제위와 속고치에 대해서는 아무런 탓도 하지 않았다.

그런데 정작 당사자인 민이는 두려웠다. 언젠가는 화가 자기에게 미칠 것이라 생각하니 하루빨리 궁중에서 벗어나고 싶었다. 궁리 끝에 민이는 도당에 힘을 써 외직으로 빠져나가려고 했다.

얼마 후, 도당에서 각 도의 안렴사를 추천하는 정안에 정랑 민이의 이름이 올라 있었다. 정안에서 민이의 이름을 발견한 왕은 전에 없이 크게 노하였다.

애초에 윤가관이 그의 비행을 고했을 때 왕은 어쩌다 일어날 수 있는 남녀상열지사로 치부하였다. 언젠가 상장군 조린(趙藺)이 궁녀와 사통하여 임신하자, 왕은 조린을 용서하고 궁녀를 조용히 궁 밖으로 내보낸 적도 있었다.

그런데 임금 몰래 빠져나가려는 민이의 행위에 한순간 배신감이 치밀었다. 왕은 당장 민이를 불러들여 다그쳤다.

"네가 과인 옆에 있으면서 무엇이 부족하더냐? 어찌하여 외직으로 나가려 했더냐?"

"전하, 신은 그저……."

"듣기 싫다! 네놈이 정녕 외직으로 나갈 마음이 있었다면 과인에게 말하면 될 터인데, 굳이 도당에 청알을 넣은 것을 보면 네놈이 필시 과인이 모를 죄를 지은 게 아니더냐?"

공민왕은 민이의 변명조차 듣지 않고 정안을 초안했던 입초녹사(入抄錄事) 백규(白珪)까지 순위부에 가두고서 장형으로 다스리도록 했다. 이들은 매질이 얼마나 심했던지 이틀을 못 넘겨 죽고 말았다. 공민왕 23년 9월 신사일의 일이었다.

· · ·

바로 그날. 난데없는 소문이 공민왕을 아연 긴장시켰다. 북원에서 왔다는 호승이 전 찬성사 강순룡(康舜龍)을 찾아가,

"원나라 황제는 심왕 고의 손자를 고려 왕으로 세웠으니, 대신들이 세력을 결집하여 내응한다면 마땅히 이루어질 것이오!"

라고 말했다는 첩보를 접한 것이다.

강순룡 집안은 나라 사람들이 다 아는 부원 세력이었다. 공민왕은 즉시 강순룡과 호승을 잡아다가 국문토록 했다. 그런데 강순룡은 다만 호승에게 들었다 하고, 호승은 찬성사 우제(禹磾)의 집 노복에게 들었다고 둘러댔다.

우제의 노복이 북원에 다니며 행상을 하는데, 그때 얻어들은 말이라는 것이었다. 순위부에서 급히 우제의 노복을 잡아들이려 했지만 이미 종적을 감춘 뒤였다.

뭔가 꺼림칙하고 아귀가 맞지 않는 일들이 벌어지고 있었다. 공민왕은 우제뿐만 아니라 북원과 조력을 하자던 대신들에게도 의심을 두었다.

두렵고 다급해진 것은 안사기였다.

본래는 북원에서 심왕의 군사들이 밀정처럼 도성으로 몰래 들어온 뒤에 적변을 가장하여 임금을 시해하고 궁중과 도당을 장악할 계획이었다. 이미 그의 계략대로 군권을 쥐고 있는 최영과 휘하의 정예군이 멀리 제주도로 원정을 나가 있었다. 도성이 텅 비어 있으니 절호의 기회였다. 그러나 호승이 떠들고 다니는 통에 심왕의 군사들이 닿기도 전에 들통이 날 판이었다.

안사기의 발걸음이 빨라졌다. 그는 궁중에서 김홍경과 척을 지고 있는 내시부 환관 최만생을 몰래 만났다. 최만생은 안사기의 역모에 오래전부터 가담하여 때만 기다리고 있던 참이었다.

내시부 환관 최만생이 자제위 위사 홍륜을 불쑥 찾아온 것은 안사기와 바로 헤어진 다음이었다. 최만생은 급하게 달려온 듯 숨을 헐떡거리며 홍륜에게 말했다.

"아이고, 홍 위사, 우리는 이제 다 죽게 되었습니다!"

최만생은 금방이라도 죽는 시늉을 하였다. 홍륜은 찔리는 구석이 있는지라 가슴이 덜컥 내려앉았다. 그렇잖아도 윤가관과 민이의 일로 두려움에 떨고 있던 터였다.

"무슨 일이오? 전하께서 무슨 말씀이 계셨소?"

최만생은 옳다꾸나 싶었다.

"일뿐이오? 우린 다 죽게 되었다니까요!"

"대체 어찌된 거요?"

"내가 어젯밤 성상께 불려갔는데, 상께오서 우달치 윤가관이 고한 것이 사실이냐 물으시는 거요. 그래서 모르는 일이라고 시치미를 딱 잡아뗐는데, 홍 위사의 일도 다 알고 있다 하시지 뭡니까? 아, 그런데 상께서 말씀하시기를, 홍 위사가 익비전을 월장하여 궁녀를 겁간한 일을 너는 어찌 모르느냐, 하는 것 아니겠소?"

"겁간이라니요? 월장은 했지만 궁녀는 치맛자락도 보지 못했소!"

홍륜의 얼굴이 백지장처럼 하얗게 질려버렸다. 최만생은 홍륜을 힐끔거리며 말을 이었다.

"그래도 난, 절대로 그런 일이 없다고 했지만 성상께서 내 말을 믿으셔야 말이지요. 성상께오서 내일은 영전에 가실 거랍니다. 그리고 돌아오는 길에 화원(花園)에서 자제위를 위해 연회를 베푸실 모양이오. 그런데 그 연회가 무언지 아시오? 우선은 자제위 위사들을 안심시키려는 것이라오."

"……?"

"그런 다음에 홍 위사와 홍관, 권진을 죽여서 다른 위사들한테 본보기로 보여주겠다, 그러십디다! 당신만 죽는 게 아니오. 거짓말을 한 나까지 꼼짝없이 죽게 되었소!"

홍륜이 마른 침을 삼키며 기어들어가는 듯한 소리로 말했다.

"설마, 죽이시기야……?"

최만생은 정색을 하였다.

"아이고, 홍 위사가 몰라서 하는 말이우. 두리속고치 민이를 봐요. 순군 옥에 갇혀서 매 맞아 죽지 않았소? 윤가관은 어떻고요? 아직도 성상을 그렇게 모르시겠소? 어지신 것 같으면서도 한번 눈 밖에 나면 인정사정없어요. 지난 날 총신 조일신에서부터 김용과 신돈, 그자들이 어떻게 죽었소?"

최만생의 말을 들으니 결코 틀린 말은 아니었다. 홍륜은 이제 영락없이 죽었구나 생각하니 앞이 캄캄했다. 그때 최만생이 안색을 싹 바꾸더니 목소리를 한껏 낮추었다.

"그렇다고 아주 살 방도가 없는 것은 아니오."

"어찌, 무슨 방도가 있다는 거요?"

홍륜이 다급하게 묻자 최만생은 한참 뜸을 들였다.

"원나라가 지금 임금을 폐하고 심왕을 고려 왕으로 책봉한 지 오래되었다는 걸 모르오?"

홍륜은 무슨 뚱딴지같은 소리냐는 듯 최만생을 쳐다보았다. 처음에는 원나라로 같이 도망가자는 이야기로 들렸다. 최만생은 눈을 가늘게 뜨고 말없이 홍륜을 바라보았다. 홍륜의 속을 다 들여다보고 있다는 눈빛이었다. 조급해진 홍륜이 먼저 물었다.

"그래, 내가 어찌하면 좋겠소?"

대답 대신 최만생은 주변을 한번 살핀 다음에 입을 떼었다.

"홍 위사, 목숨이 두 개 있는 것도 아닌데, 어떻게든 살아야 하질 않겠소?"

"살 수만 있다면 살아야지요!"

"홍 위사, 원나라에서 뭐 하러 강순룡 대감에게 호승을 보냈겠소? 오래 전부터 모사가 있었기 때문이라오. 어떻소? 우리가 살 길은 모사에 가담하는 수밖에 없어요! 새 임금 탈탈불화가 원나라 군사를 이끌고 벌써 강계에 당도하여 때만 기다리고 있어요. 더욱이 최영이 군사들을 이끌고 제주도로 나가고 없으니, 이를 두고 천재일우라고 하지 않소?"

"⋯⋯!"

"이제 성상만 도모하면?"

시역(弑逆)을 도모하자는 말이었다. 홍륜은 숨이 콱 막히고 정신이 아득해졌다. 최만생은 마디마디 찍어 누르듯이 말을 이어갔다.

"자, 홍 위사! 충신과 역신은 종이 한 장 차이라고 합디다. 어떻소? 목숨도 건지고, 새 임금 밑에서 일등공신이 되는 것이? 그것이 곧 종사를 위함이오. 거사를 도모한 뒤에 정 여기서 살기 싫으면 나랑 같이 천자의 나라에 가서 부귀영화를 누립시다. 태후마마의 궁에 있는 박불화(朴不花)라는 분과 내가 오래전부터 막역한 사이라우."

"그게 사실이오?"

"사실이다마다. 내 목숨은 어디 두 개라서 홍 위사한테 감히 이런 말을 하겠소!"

"조정 대신들도 같은 생각이오?"

"어허, 어째 내 말을 못 믿으시오. 뜻있는 조정 대신들과 기로들이 함께 하고 있어요. 내 말하리까? 수시중 이인임을 비롯하여 강순룡, 우제, 안사기하며, 밀직사의 조희고(趙希古), 성대용(成大庸), 김의 등등. 어떻소? 이름만 들어도 내로라하는 분들이 아니오? 어디 그들뿐인 줄 아시오? 종친들도 이미 가담했다오."

"종친들까지도요? 누구랍니까?"

"거기까지는 나도 모르지만, 홍 위사만 거들면 일은 틀림없소!"

홍륜은 마치 독침을 맞은 것처럼 꼼짝하지 못한 채, 최만생의 역모에 휘말려 들어갔다.

. . .

9월 계미일 아침. 그러니까 호승이 순위부에 잡혔다가 풀려났던 그날이었다.

김홍경의 심복인 오헌이 자제위로 찾아와 밑도 끝도 없는 말을 했다.

"총관! 원나라가 밀정을 보내 전하를 해치려 하는데, 자제위나 속고치에 벌써 손을 뻗쳤다 하더이다. 당장이라도 전하께 아뢰고 역적들을 색출해야 할 것입니다!"

김홍경으로서는 해괴망측한 소리가 아닐 수 없었다.

"그게 무슨 소리던가? 그럼, 내가 거느리고 있는 자제위 위사들 중에 전하를 해치려는 자가 있다는 말인가?"

"그렇소이다!"

"누가 그런 소릴 하던가?"

"순위부에서 나온 말들이랍니다!"

"그런데 왜 전하께 아뢰지 않는 것인가?"

"하도 엄청난 말들이라 누구도 믿지를 않으니, 순위부에서도 쉬쉬하고 있어서 내 총관께 말씀을 드리는 겁니다. 아무래도 호승이 원나라의 밀정인 듯싶소이다!"

김홍경은 갑자기 너털웃음을 터뜨렸다.

"하하하! 호승이라는 놈은 벌써 순위부에서 신문을 받고 풀려났다네. 그리고 함부로 자제위 위사들을 모함하지 말게. 윤가관의 일을 보지 못했는가? 또 민이는 어떻고? 전하께서는 총애하는 근신들을 모함하는 것을 가장 싫어하신다네. 경치지 않으려거든 함부로 입을 놀리지 말게!"

오헌은 그래도 한마디 더했다.

"총관, 그래도 아니 땐 굴뚝에 연기가 날 리 없지 않습니까?"

"허어, 그 주둥이 그만 다물래도. 자넨 지금 누구 죽는 꼴을 보고 싶어서 그러는가? 불경스럽게도 그런 생각을 다 하다니. 당장 물러가시게!"

김홍경은 벌컥 화를 내며 오헌을 쫓아버렸다.

바로 그날.

공민왕은 자제위 위사들을 거느리고 왕륜사에 있는 노국공주 영전에 들렀다. 그리고 돌아오는 길에 수창궁(壽昌宮) 맞은편에 있는 화원에서 위사들을 위해 연회를 베풀었다. 왕은 윤가관과 민이의 일로 잔뜩 풀이 죽어 있는 위사들을 내심 위로해주고 싶었던 것이다.

위사들 중에 홍륜과 권진은 잠을 제대로 이루지 못했는지 눈이 몹시 충혈되어 있었다. 그들의 수척한 모습을 보자 더욱 측은한 생각이 들었다. 왕은 특별히 홍륜을 불러다 술잔을 내리면서 물었다.

"궁궐이 아무리 좋다 해도 지내놓고 보니 너희 집만은 못하지 않더냐?"

홍륜은 당황하여 말을 더듬었다.

"아, 아니옵니다. 전하!"

"하하하! 과인이 어찌 너희들 마음을 모르겠느냐? 조금만 더 기다리거라. 나라가 안정되면 너희들도 곧 편안해질 것이야!"

홍륜에게는 그러나 공민왕의 말이 마치 환청처럼 달리 들렸다.

'하하하! 조금만 더 기다리거라. 네놈들을 꼭 죽이고 말 것이야!'

공민왕은 기분이 몹시 좋은 듯, 평소에 즐기지 않던 술을 마음껏 마시고 대취하였다.

그날 밤. 침전을 숙위하는 번은 묘하게도 홍륜, 권진, 홍관, 한안, 노선들이었다.

10. 달이 떨어지다

만령전(萬齡殿) 뜨락을 화사하게 비추던 달빛도 어느덧 사위어가는데, 왕륜사의 범종 소리는 어둠 속에 파문을 일으키며 어김없이 궁성에까지 울려퍼졌다.

달빛 사이로 시커먼 그림자 몇이 뒷담을 따라가더니 침전 안으로 소리 없이 스며들었다. 침전 안으로 들어서면서 앞서가던 자가 잠시 안팎의 동정을 살피는 듯하더니, 이내 왕의 침실로 향하였다.

이윽고 침실 앞에 이르자 앞장을 섰던 자가 머뭇거리더니 갑자기 한 걸음 뒤로 물러서면서 뒤를 돌아다보았다. 자제위 위사 홍륜이었다.

그러자 중간쯤에 묻혀 있던 자가 앞으로 썩 나서며 홍륜에게 성큼 다가섰다. 환관 최만생이었다.

최만생의 손에 들려 있는 비수가 어둠 속에서 번뜩였다. 그 비수를 홍륜의 목덜미로 들이밀며 낮고 빠른 소리로 윽박질렀다.

"자, 어서!"

홍륜은 흠칫 놀라며 목을 뒤로 뺐다. 최만생이 비수를 까딱까딱 움직이며 재촉했다. 홍륜은 얼굴을 일그러뜨리며 소리 없이 깊은 한숨을 몰아쉬었다. 이제는 빼도 박도 못하게 되었다. 도리가 없었다. 홍륜이 다시 발걸음을 떼며 왕의 침전으로 스며들어갔다. 그 뒤를 최만생과 권진과 홍관이 따라 들어갔다.

이내 침전에서 둔탁한 소리가 몇 차례 흘러나왔다. 피 냄새가 어둠 속에서 훅 끼쳤지만 비명 소리는 들려오지 않았다.

잠시 후, 그들은 침전에서 다급하게 뛰쳐나왔다. 맨 뒤에 나온 최만생이 위사들을 불러 세우고 거듭 다짐을 두었다. 최만생의 목소리는 떨렸고, 위사들은 광기가 희뜩이는 최만생의 눈빛을 감당할 수가 없어 어둠 속에 시선을 두고 있었다.

"처음 계책대로만 하면 될 것이오. 처음 계책대로만! 나는 여기서 일단 빠질 테니까, 그대들은 묘시를 기다렸다가 처음 계책대로만 하시오!"

"……!"

"골백번 말하지만, 거사 뒤에 곧 응징지사(膺懲之師)가 당도할 것이니, 그때까지는 나와 그대들은 모른 척하는 것이오. 내 말 알아듣겠소? 행여 꼬투리가 잡히더라도 입을 봉하고 있으면 그 상급 또한 클 것이니 정신 똑바로 차리고 기다리시오!"

위사들은 최만생의 말이 설사 거짓일지라도 이제는 믿을 수밖에 없었다. 권진은 재차 확인하려는 듯 최만생에게 물었다.

"틀림없겠지요?"

"어허, 이제 고려는 그대들의 것이나 다름 없소!"

최만생의 말끝에 홍륜이 사뭇 애원조로 말했다.

"우리들 것이 아니라도 좋으니 제발 아무 일이나 없게 해주시오."

최만생은 홍륜을 빤히 쳐다보더니 대답 대신에 고개를 끄덕이고는 황망히 만령전을 빠져나갔다. 홍륜 등은 최만생의 뒤를 물끄러미 바라볼 뿐이었다. 마음 같아서는 최만생에게 매달려 따라가고 싶었다. 아니, 궁궐이 아닌 다른 곳으로 당장 도망치고만 싶었다.

하지만 최만생은 이내 어둠 속으로 묻혀버렸다. 달도 이미 저물어 어둠만이 그들을 무겁게 에워싸고 있었다.

. . .

묘시(卯時)를 알리는 범종 소리가 어둠 속으로 막 사라질 즈음, 난데없는 비명 소리가 궁성을 흔들어 깨웠다.

"악! 괴적이다!"

홍륜과 패거리들이 침전 쪽에서 뛰쳐나오며, 정말 괴적을 쫓는 것처럼 허둥대며 소리를 내질렀다.

"저기다! 괴적을 잡아라!"

만령전 앞뜰에서 한바탕 소란이 일어나는 사이에 홍륜은 김흥경에게 헐레벌떡 달려갔다.

"총관, 괴적이 전하의 침전을 범하였사옵니다!"

홍륜의 말에 김흥경은 침상에서 벌떡 일어나긴 했지만, 이것이 꿈인지 생시인지 헷갈렸다.

"무어라?"

"괴적이 들어왔습니다. 변고입니다. 어서 움직이소서!"

잠이 확 달아났다. 어젯밤, 술에 취해 위사들의 부액을 받으며 침소에 들었던 임금이 변고라니, 있을 수 없는 일이었다. 그러나 안색은 이미 하얗게 질려 있었다. 며칠 전 오헌이 은밀히 찔러주었던 말이 퍼뜩 떠올랐던 것이다.

김홍경은 밀직사에 있던 숙위 군사들을 불러 모으고, 홍륜에게 내시부로 즉시 달려가 판사 이강달(李剛達)을 불러오게 하였다.

숙위 군사들의 발자국 소리가 어지러웠다. 김홍경이 한달음에 달려왔지만 막상 침전에 이르자 덜컥 겁이 났다. 침전을 밝히고 있어야 할 황촉이 꺼져 있었고, 달도 없는지라 어둠이 마치 거대한 장벽처럼 침전을 가로막고 있었다. 아직 괴적이 안에 있다면 칼날이 그를 노리고 있을지도 모를 일이었다. 김홍경은 어둠 속을 향해 조심스럽게 임금을 불러보았다.

"전하!"

"……."

기척이 있을 리 없었다. 그 사이에 내시부 판사 이강달이 달려 들어왔다.

"어찌된 일이오?"

이강달은 어찌나 빨리 달려왔던지 금방이라도 숨이 넘어갈 듯했다. 김홍경이 말했다.

"글쎄, 전하께서 아무 말씀이 없으시오."

"그럼, 여태까지 이러고 있었단 말이오?"

이강달은 김홍경을 힐책하더니,

"별명이 있을 때까지는 아무도 들어오지 마시오."

라고 말하고는 몸을 던지듯이 곁방으로 들어가 침전으로 통하는 문

을 조심스레 열었다. 순간, 어둠 속에 괴어 있던 피비린내가 역하게 코를
찔렀다. 이강달은 임금이 변고를 당했음을 직감하였다. 그래도 조심스럽
게 임금을 불러보았다.

"전하!"

기척이 없었다.

이강달은 목이 메었다. 다시 한번 임금을 불렀다.

"전하! 노(奴) 이강달이옵니다. 말씀을 하오소서. 기척이라도 하오소서!"

이강달의 목 메인 음성만이 어둠 속으로 빨려 들어갈 뿐 아무런 기척
도 없었다. 이강달은 어둠 속을 더듬고 들어가 떨리는 손으로 황촉을 켰
다. 불빛 아래 드러난 침전은 차마 눈뜨고는 볼 수 없는 참상 그대로였다.

이강달은 진저리를 쳤다. 왕의 용안은 백납처럼 굳어 있었고, 눈은 부
릅뜬 채 아직 살아서 무섭게 노려보는 것만 같았다. 이강달은 침상으로
다가가 부들부들 떨리는 손으로 왕의 눈을 감겨주었다.

공민왕 23년(1374) 9월 갑신일(甲申日) 새벽이었다.

· · ·

새발심지의 불꽃이 언뜻 흔들렸다.

도전은 눈앞에 어른거리는 무언가에 깜짝 놀라 눈을 떴다. 깜박 졸기
라도 하였던가. 등줄기에 식은땀이 맺혀 있었다. 뭔가 흉한 꿈을 꾸다 깨
어난 것만 같았다. 바람 탓도 아닌데 불꽃이 흔들리면서 구석에 몰려 있
던 어두운 그림자들이 덩달아 술렁이고, 심지가 타 들어가면서 남긴 그을
음은 긴 꼬리를 따라 스멀스멀 허공을 기어오르고 있었다.

깊은 밤. 주인마저 졸고 있는 서재의 적막함에 무료해진 등불이 주인

을 깨우려는 듯 저 혼자 흔들렸던 것일까. 무심코 그을음의 끝을 쫓아가던 도전은 한순간, 흠칫 놀란 눈으로 서재 안을 휘둘러보았다. 누군가, 소리도 없이 스며들어와 저 연약한 불꽃을 날카롭게 벼린 칼로 치고 간 것은 아닐까.

그런 생각이 들자 온 몸에 전율이 뻗쳐왔다. 무언가 알지 못할 불길한 예감이었다. 정말 누군가 비수라도 움켜쥐고서 그의 목을 겨누기라도 한 듯 목덜미가 다 서늘했다.

무엇 때문에 그런 불길한 예감이 드는지 도무지 알 수 없는 일이었다. 도전은 책상 위에 펼쳐져 있는 『맹자』를 덮고서 자리에서 일어났다. 무겁고 불안한 마음을 털어버리고 싶었다.

밖으로 나오자 송악산이 한눈에 들어왔다. 도전은 송악산을 마주한 채 잠시 눈을 지그시 감았다가 떠보았다.

그 순간, 유성 하나가 언뜻 비치는가 싶었다. 밤하늘을 기다랗게 가르며 나타난 유성은 순식간에 달을 다치면서 어디론가 떨어졌다. 도전은 얼어붙은 듯 그 자리에서 한참을 우두커니 서 있었다. 무슨 불길한 징조이기라도 한 것처럼 전율에 휩싸였던 것이다.

'달이 자미성(紫微星)을 범하였다!'

어쩌다 그런 생각이 뇌리에 스쳤던 것일까. 유성이 다만 달을 스쳤을 뿐인데…….

자미성은 천제(天帝)가 거처하는 곳. 그곳에 달이 들면 제왕에게 변고가 있을 징조라고 하였다.

도전은 불현듯 궁성 쪽으로 눈길을 돌렸다.

그때 둔하고 무거운 종소리가 밤의 적막을 깨트렸다. 묘시(卯時)를 알리는 왕륜사의 범종 소리였다.

· · ·

"전하께오서는 다만 편치 않으실 뿐이오!"

침전에서 나온 이강달은 김홍경에게 태연하게 말했다.

"별명이 있을 때까지 침전의 출입을 금하라는 말씀도 계시었소. 그러니 시위를 더 엄하게 하시되 어젯밤에 번을 섰던 위사와 숙위 군사들은 모두 제자리에 머물도록 하시지요."

이강달은 모두들 물러가기를 기다렸다가 김홍경을 따로 불렀다.

"정말 편찮으신 겁니까?"

김홍경이 자못 궁금하여 먼저 물었다. 주변을 살핀 다음에야 이강달이 무겁게 입을 떼었다.

"훙하시었소!"

"예엣! 방금 무어라 하시었소?"

이미 짐작했던 일이었지만 김홍경은 소스라치게 놀랐다.

"쉿! 지금은 언행에 신중을 기할 때. 사직의 운명이 경각에 달려 있음을 명심하시오!"

이강달의 말은 차분한 나머지 오히려 차갑게 들렸다. 김홍경은 등줄기에서 식은땀이 흘렀다. '정말이오?'라고 묻고 싶었지만 이강달의 냉철한 눈빛을 보고는 입이 떨어지질 않았다.

이강달이 물었다.

"총관께 변고를 고한 자가 누구요?"

"자제위 홍륜입니다만."

"아까 내게 보냈던 위사 말입니까?"

"예."

"그자를 잘 감시하도록 하시오. 아까부터 내가 눈여겨보았소만 이 일에 분명 연관된 듯싶소이다!"

"설마 하니 그자들이?"

말은 그렇게 하였지만, 오헌의 말을 듣지 않았던 것이 발등을 찍고 싶을 정도로 후회되었다. 하지만 김홍경은 재빠르게 머리를 굴렸다. 홍륜 등의 음모를 알고도 고하지 않은 사실이 밝혀지는 날에는 자신에게도 화가 미칠 것은 당연지사. 그렇다면 아예 모른 척하는 것이 상수였다.

"아무튼 그자들이 수상쩍소이다. 총관께서 직접 이곳을 지키고 계시오. 나는 태후전으로 달려가 사실을 고해야겠소이다!"

이강달은 총총히 태후전으로 달려갔다.

· · ·

"헉!"

명덕태후 홍씨는 외마디 비명을 질렀다.

이강달의 입에서 청천벽력 같은 말이 떨어졌다. 억장이 무너질 소리였다. 명덕태후 홍씨는 온몸이 덜덜 떨리며 그대로 까무룩 혼줄을 놓아버릴 것 같아 고개를 세차게 흔들었다.

'시해당하다니! 얼마나 자기 자신에 철저했던 왕이었던가. 그런데 어쩌다가, 어쩌다가 그런!'

도무지 믿어지질 않아 연신 고개를 흔들었다. 이강달이 말하였다.

"태후마마, 심지를 굳게 하소서!"

그러나 이강달의 말은 귀에 들려오지도 않는다. 그대로 숨이 멎어 버릴 것 같았다. 한참이 지나서야 겨우 입을 뗐다.

"그래, 옥체를 보았더냐? 옥체는 얼마나 상하셨던고?"

그 가느다랗고 비애에 찬 음성은 그대로 이강달을 전율시켰다. 이강달은 차마 임금의 옥체가 처참하게 난도질당했다고 아뢸 수 없었다. 그런데 태후는 대답을 재촉하였다.

"그대가 보았다고 하지 않았던가?"

이강달은 주저하다가 짐짓 거짓으로 아뢰었다.

"마마, 전하께오서는……, 자는 듯이 누워 계셨사옵니다."

하지만 임금을 칼로 찌를 정도로 흉포한 자라면 옥체가 온전하였겠는가. 태후는 늙은이가 공연한 것을 물었다는 생각이 들면서 가슴 저 밑바닥에 억누르고 있던 설움이 뜨겁게 북받쳐 올랐다. 입술을 깨물며 울음을 삼키고 또 삼켰지만 주름지고 까칠한 볼을 타고 흐르는 눈물은 어찌할 수가 없었다. 태후는 정녕 하늘을 원망하지 않을 수 없었다.

'이렇듯, 하늘은 내게 또다시 참척(慘慽)을 보게 하려고 이 늙은 것을 데려가지 않았더란 말인가!'

공민왕의 모후인 명덕태후 홍씨.

일찍이 충숙왕의 덕비로 봉해졌으나 원나라 출신 복국공주의 질투와 모함을 받아 한때 궁중에서 쫓겨나기도 했었다. 그래도 슬하에 어엿한 두 왕자가 있었기에 모진 세월도 견딜 수 있었다.

그러나 큰아들인 충혜왕이 어미 가슴에 못을 박고 앞서간 것이 벌써 30여 년 전의 일. 부원배(附元輩)들의 협잡으로 원나라에 잡혀간 충혜왕은 이역만리에서 비명에 죽어갔다. 태후의 나이 47세 때의 일이었다.

참척은 그것으로 그치지 않았다. 충혜왕의 아들인 충목왕과 충정왕, 눈에 넣어도 아프지 않을 어린 두 손자들마저 훌쩍 앞서 가버리고 말았다. 충혜왕의 뒤를 이었던 충목왕은 8세에 왕위에 올라 12세의 나이로 갑작스레 훙하였고, 뒤를 이은 충정왕은 14세의 나이로 독살되었던 것이다.

충목왕이야 병약하여 죽었다 해도 충정왕이 독살된 것은 태후의 가슴에 두고두고 한으로 남았다. 원나라에 의해 강제로 퇴위당한 채 강화도에 안치되었던 충정왕은 배고픔과 무서움에 떨다가 누군가에게 죽음을 당하였으니 그 울부짖는 소리가 지금껏 태후의 골수에 사무치고 있었다.

그리고 며느리인 노국공주를 앞서 보낸 것이 또 벌써 10여 년 전의 일. 그런데 이제 공민왕마저 77살의 늙은 어미를 앞서간 것이다.

자식을 잃은 어미의 슬픔으로 말하자면 자신의 살을 칼로 저며 낸다 한들 그보다는 아프지 않을 것이며, 뼈를 깎아낸다 한들 그보다 시리지는 않으리라.

그러나 태후 홍씨는 강한 여인이었다. 피가 나는 줄도 모르고 입술을 깨물며 가슴을 치받는 설움과 두려움을 삼켰다. 아니 혼절할 것만 같은 정신을 차리려는 것이다. 자식을 잃은 어미의 슬픔을 앞세우기에는 사직이 너무 위태로웠다.

정변을 목적으로 하지 않고는 임금을 시해할 리가 없었다. 더욱이 지금은 최영을 비롯한 군사들이 제주에 출정하고 없는 터라 개경은 텅 비어 있는 것이나 마찬가지였다. 역적의 무리들이 그 점을 노렸을지도 모른다고 생각하니 모골이 송연해졌다.

태후는 즉시 밀직사에 명하여 궁성으로 통하는 모든 문을 봉쇄하고 경비를 삼엄하게 하였다. 또한 일체의 말이 새어나가지 않도록 김흥경으로

하여금 만령전을 단속하고, 어젯밤에 번을 들었던 위사들과 숙위 군사의 병장기를 회수할 것도 명하였다.

그리고 시중 경복흥, 수시중 이인임, 찬성사 안사기를 비밀리에 태후전으로 불러들였다.

· · ·

공민왕의 변고를 처음에는 누구도 믿으려 들지 않았다. 그러나 현실은 때로 비정할 정도로 냉정함을 요구할 때가 있었다. 맨 먼저 태후전으로 달려왔던 시중 경복흥이 바로 그런 심정이었다. 지금은 비통에 빠질 때가 아니었다. 임금의 변고는 사직의 운명과 직결되는 법이다.

경복흥은 무겁게 말문을 열었다.

"태후마마, 먼저는 도성 일대에 계엄을 내려야 할 줄로 압니다. 순위부에 명하여 기찰을 강화하고 수상한 자들을 잡아들이도록 하겠사옵니다!"

"북변은 어찌할 생각이오?"

태후는 막연하게나마 원나라의 사주를 받은 자들의 소행이라고 여기고서 북변을 염려하였다. 경복흥이 서둘러 대답했다.

"급하게 전령을 띄워 경계를 강화토록 하겠습니다."

그때 이인임이 들어왔다. 그는 경복흥에게 전말을 듣고 나서, 의외로 차분한 어조로 대책을 내놓았다.

"만약에 지금 도성에 계엄을 내리면 어리석은 백성들은 무슨 난리라도 일어난 줄 알고 틀림없이 피난부터 가려고 할 것입니다. 하오니 지금은 먼저 궁성의 숙위를 엄하게 하고 흉변을 누설치 말아야 합니다. 적신(賊臣)들은 분명 궁궐 안에 있을 터이니 한시바삐 색출해서 그 배후와 진의를 캐야 할 것입니다!"

"시역을 저지른 자가 아직 궁 안에 남아 있겠습니까?"

경복흥의 물음에 이인임은 눈을 가늘게 뜨고 말하였다.

"제게 짐작되는 바가 있습니다."

"짐작되는 바가 있다니, 대체 어느 놈이요?"

"신조(神照)가 아무래도 의심스럽습니다."

신조는 공민왕의 고임을 받는 중이었다. 이인임은 그를 무척 싫어했다. 출신이 분명치 않고, 흉상에다 말투까지 꼭 신돈을 닮았는데 공민왕은 그를 가까이 대하였다. 이인임이 신조를 거론하자 경복흥이 이의를 달았다.

"아니, 그자는 내원당에 머물고 있는 중이 아니오?"

이인임이 전혀 엉뚱한 곳으로 방향을 잡자 한쪽에 비켜 앉아 있던 이강달이 조심스럽게 말을 꺼냈다.

"제가 한 말씀 올리겠습니다."

이강달이 품계는 비록 개성부(開城府) 판사와 같은 정2품 내시부 판사였으나, 환관이기에 감히 재상들의 논의에 낄 수 없었다. 그러나 사안이 엉뚱하게 틀어지자 끼어들지 않을 수 없었다. 이강달은 자제위 위사들이 의심스럽다고 말하려던 참이었다.

그런데 태후는 이강달을 보고서야, 그 자리에 시중들과 함께 불렀던 찬성사 안사기가 보이지 않는다는 사실을 깨달았다.

"그런데 찬성사는 왜 이리 늦는답니까?"

"사람을 보냈습니다만, 병환중이라고 하니 아마도 지체되는 듯싶사옵니다."

이강달의 말에 경복흥이 토를 달았다.

"아니, 어제까지도 멀쩡하던 사람이 병이 나다니요?"

그러자 이인임이 경복흥의 말에 은근히 어깃장을 놓았다.

"지금은 그리 사소한 것을 따질 때가 아닙니다."

사람 좋은 경복흥은 이내 그럴 수도 있다는 듯이 고개를 끄덕였다.

이강달은 아무래도 안 되겠다 싶었는지, 두 사람의 말 틈새로 끼어들었다.

"제 생각에는 자제위 위사 홍륜 등이 의심스럽습니다."

이강달이 던진 말에 모두들 경악하였다.

"무엇이?"

"지금 무어라 하였소?"

무엇보다 태후의 놀라움이 더 컸다.

"그대는 지금 제정신으로 하는 소리인가?"

태후의 음성에는 노기가 실려 있었다. 홍륜은 명덕태후의 조카손자였던 것이다. 시중 경복흥 또한 태후의 조카사위가 되니 홍륜과도 인척이었다. 그런 홍륜이 침전을 범하였다니. 태후와 경복흥은 감히 상상할 수도 없는 일이었다.

그러나 이강달은 차분한 어조로 새벽의 정황을 설명하면서 홍륜의 혐의를 일일이 열거하였다.

"괴적을 보았다는 자가 홍륜뿐이옵니다. 여항(閭巷)의 사갓집도 아닌 지엄한 궁궐에는 각 문(門)과 전(殿)마다 장상(將相)들이 숙위를 하고 위사들이 시위(侍衛)를 하는데, 진짜로 괴적이 나타났다면 다른 군사들도 보았을 것 아니옵니까? 이것이 그에게 혐의를 두는 첫 번째입니다. 다음은 괴적이 침전을 범하였는데도 성상을 시위하는 자가 적은 치지 않고 곧장 밀직사로 달려갔다는 사실입니다. 셋째는 괴적을 목격했다는 위사들의 말이 서로 엇갈립니다. 어떤 자는 모른다고 하고, 어떤 자는 남이 소리를 지르니까 덩달아서 소리를 질렀다고 합니다."

이강달이 말하는 동안 태후와 경복흥은 숨조차 제대로 쉴 수 없었다. 그러나 이인임은 차분한 눈길로 이강달의 말을 하나도 빠트리지 않고 새겨들었다. 이강달이 계속해서 말을 이었다.

"태후마마. 아뢰옵기 황송하오나, 위사 홍륜은 전부터 성상의 총애를 믿고 사뭇 오만하였으며, 궁중 생활이 문란하였다 하온데, 혹시 홍륜이 불측한 마음을 품었다면……."

그쯤에서 경복흥이 이강달의 말을 가로막았다.

"그만하시게."

그러자 이인임이 태후를 바라보며 말하였다.

"지금 이러고 있을 때가 아닌 듯싶사옵니다, 태후마마!"

태후는 하얗게 질린 입술을 떠듬거릴 뿐 제대로 말이 나오질 않았다.

이인임이 태후의 결단을 재촉했다.

"태후마마!"

이윽고 태후의 말이 떨어졌다.

"무엇을 가리겠습니까? 혐의가 있다면 종친이고, 재상이고 가릴 것이 없지요. 수시중은 당장 조치를 취하세요!"

노인 특유의 탁한 음성에는 분노가 끓어오르고 있었다. 이인임은 어쩐지 속내를 들킨 것만 같아 얼굴이 후끈 달아올랐다. 경복흥은 어찌해야 할지를 몰라 이인임을 쳐다보았다. 이인임은 경복흥의 시선을 애써 모른 척하였다.

태후의 노한 음성이 다시 떨어졌다.

"수시중은 무얼 망설입니까? 수백년 사직의 운명이 지금 경각에 처했는데, 당장 순위부에 가두고 추호라도 혐의가 있으면 물고를 내야지요!"

이인임은 심히 괴롭다는 표정으로 입을 열었다.

"태후마마, 홍륜 등 자제위 위사들은 하나같이 명문가의 자제들이라 함부로 다룰 수는 없는 일입니다. 하오니 번잡한 순위부보다는 사헌부에 명하여 따로 국문토록 하소서."

"이제는 수시중이 알아서 하세요."

시역의 진상을 규명하는 데 이인임에게 모든 것을 맡긴다는 태후의 말이었다. 태후전을 물러나오면서 이인임은 가슴이 벅찼다. 임금이 시역을 당했으나 이번 위기를 잘 수습한다면 나라의 권력을 통째로 쥘 수 있는 절호의 기회였다.

11. 그들의 음모

도전은 어느 때보다 일찍 전교시로 나갔다. 뜻밖에 전교령 박상충이 먼저 나와 있었다.

"궁궐 경비가 왜 이렇게 삼엄하답니까?"

"무슨 일이?"

도전의 얼굴이 금세 어두워졌다. 박상충은 별일 아니라는 듯이 말했다.

"아닙니다. 뭐, 그냥 이상하다 싶어서요. 볼일이 있어 도당에 올라갔더니 시중대감은 태후전에 납시었다고 하고, 돌아오는 길에 언뜻 사헌부 쪽을 보았더니 부산한 듯싶어서요."

"출입을 막는지요?"

"뭐, 거기까지는 모르겠습디다. 가까이 가보지는 않았으니까요."

도전의 눈길이 광화문 쪽을 향했다. 박상충이 근심스러운 기색으로 물었다.

"정 부령 안색이 좋지 않소이다. 무슨 걱정이라도?"

"아, 아닙니다. 어젯밤 잠을 좀 설쳐서요."

예감이 좋지 않았다. 도전은 종내 간밤의 전율이 되살아나는 것만 같았다. 지제고로서 왕의 부름을 받은 지도 오래되었던 것이다.

· · ·

궁성 동쪽 동화문(東華門) 옆에 있는 사헌부 옥사에 국문청이 준비되었다.

본래 역모와 같은 중죄인을 다룰 때는 국정을 책임지고 있는 문하시중이 총관하여 사헌부와 순위부, 형부 등 3사가 합동으로 신문하였다.

그런데 이인임은 사헌부에서 극비리에 국문을 진행하였다. 시중 경복흥은 홍륜과 홍관의 인척이라는 이유로 배제되었다. 이제 이인임이 마음먹기에 따라 사직의 운명이 갈릴 수 있었다. 자연 나라의 권력은 이미 그의 손에 쥐어져 있었다.

사헌부로 끌려오기까지 완강하게 버티던 홍륜은 옥사에 갇히자 의외로 고분고분해졌다. 그러나 시역의 죄를 묻자 펄펄 뛰었다.

"그게 무슨 해괴한 소리요? 나는 침전에서 나오는 괴적을 보았을 뿐이지, 전하의 침실에는 얼씬도 하지 않았소이다!"

홍륜은 필사적으로 부인했다. 신문하는 사헌관에게 오히려 호통을 치기도 했다.

"내가 누군 줄이나 알고 이러는 거요? 태후마마의 조카손자인 나를 대역죄인으로 몰다니 이것은 필시 누군가의 모함이오!"

그러나 한식경도 지나지 않아 홍륜의 죄는 백일하에 드러났다. 홍관이 먼저 실토해버렸던 것이다.

형리(刑吏)가 주리를 틀려고 하자 겁이 많은 홍관이 눈물을 쥐어짜며 살려달라고 애원했다.

"제발, 살려주시오. 저는 아무 잘못도 없습니다. 전하를 시역한 자는 최만생과 홍륜이옵니다. 저는 다만 하자는 대로 따랐을 뿐이니 제발 살려주시오!"

곧이어 환관 최만생이 사헌부로 잡혀 들어왔다.

최만생이 잡혔다는 형리의 말에 홍륜은 처음에는 거짓말일 거라고 여겼다. 최만생의 말대로라면 그는 이미 도성을 벗어나 안전한 곳에서 장차를 대비하고 있어야 했다. 그래서 최만생이 결박당한 채 질질 끌려 들어오자 무슨 허깨비라도 보는 양 제 눈을 의심하기조차 했다. 하지만 영락없이 최만생이었다. 그쯤 되자 홍륜도 자복하지 않을 수가 없었다.

"처음부터 최만생이 시켜서 한 일이올시다. 저는 다만 이 한 목숨 부지하려다 그만……."

홍륜은 모든 것을 털어놓았다. 최만생과 조정 대신들이 원나라와 내통하고 있다는 것, 심왕이 원나라 군대와 함께 곧 들어온다는 것을.

신문을 하던 사헌관은 제 귀를 의심했고, 진술을 기록하던 아전조차 놀란 나머지 손이 떨려 붓을 제대로 써내려가질 못했다.

"네놈 말이 정녕 사실이렸다?"

사헌관이 윽박지르는데 모든 것을 체념한 듯, 홍륜은 오히려 담담해졌다.

"이제 와서 제가 무엇 때문에 거짓말을 하겠습니까?"

"어느 놈들과 흉계를 꾸민다고 하더냐?"

사헌관은 홍륜이 실토하는 이름자만 듣고도 가슴이 벌벌 떨렸다. 조정의 중추인 재상들이 들어 있었다. 더욱이 궁궐을 호위하고 군사의 기무를 맡은 밀직사에 역적의 무리들이 포열하고 있었다. 사헌관은 그들의 이름을 되뇌이며 이인임에게 달려갔다.

사헌관으로부터 홍륜의 진술을 전해들은 이인임의 얼굴이 순식간에 굳어졌다. 옆에 있던 대사헌 유연(柳淵)이 놀란 빛으로 이인임에게 물었다.

"최만생의 말과 사뭇 다르지 않습니까?"

최만생은 홍륜이 시켜서 한 짓이라고 진술했던 것이다. 최만생은 사헌부에서 말하기를,

"제가 홍륜을 만난 것은 사실입니다. 하지만 홍륜이 익비전에서 궁녀를 겁간한 일이 들통 나, 성상께서 심히 노하셨다는 말을 해주기 위해서였지요. 저희 환관짜리라는 것들이 고관대작들에게 궁중의 비밀한 일들을 넌지시 알려주고 거기서 떨어지는 부스러기나 주워 먹고 사는 게 어제 오늘의 일이 아니잖습니까요? 더욱이 홍륜으로 말하자면 태후마마의 손자요, 명문거족의 자제라 혹시 떨어질 것이 없지 않나 해서 말을 건네주었던 것입니다요. 그런데 홍륜이 본시 의심이 많고 무도한 자인지는 모르나, 제 말을 듣더니 자기도 민이처럼 죽을지도 모른다면서, 감히 불궤를 저지르면서 저를 꾀었던 것입니다. 천예로 태어나 평생을 환관짜리로 비루하게 사는 것이 늘 서러웠는데, 홍륜이 선뜻 금붙이를 안겨주자 그만 눈이 멀고 말았던 거지요. 그것만 가지면 멀리 북관으로 나가 호위호식하며 살 수 있겠다, 이 생각만 했던 것입니다. 에고, 제가 죽을 죄인이니 어서 저를 죽여주시오!"

최만생의 거짓말은 너무나 그럴듯했다. 홍륜의 말과는 동기나 배후가

완전히 달랐다. 그런데도 이인임은 무슨 생각을 하는지 아무 말이 없었다. 유연이 답답하다는 듯 재촉하고 나섰다.

"홍륜이 거명한 자들을 어서 잡아들이셔야지요. 이것은 단순한 시역이 아니라 반란을 꾀하려는 역적들의 음모임이 틀림없잖습니까?"

이인임은 오히려 불쾌한 낯을 드러냈다.

"허어, 아서요!"

유연의 언성이 높아졌다.

"화급을 다투는 일이 아닙니까?"

"대사헌! 이 일은 무작정 크게 벌일 것이 아니오."

차갑게 내뱉는 이인임의 말에 유연이 발끈했다.

"대감! 이건 반란이올시다, 반란! 어서 태후마마께 사실을 고하고, 역적의 무리들을 잡아들여야 할 것입니다. 종사가 위태롭지 않소이까?"

이인임이 다시 정색을 하며 유연의 말을 가로막았다.

"이보시오, 대사헌! 그렇게 떠들 일이 아니래도!"

이인임은 날카로운 눈매로 유연을 위압하였다. 이인임은 짐짓 목소리를 낮추면서도 쏘아붙이듯이 말했다.

"홍륜이 누구요?"

"……."

"대사헌은 어째서 태후마마의 안위를 생각지 않으시오?"

자칫 태후 홍씨까지도 연루될 수 있다는 말이 아닌가. 유연은 정신이 아찔해졌다. 거기까지는 미처 생각지 못했던 것이다. 이인임이 계속해서 말했다.

"홍륜이란 자가 본시 간사한 놈이오. 오죽하면 제 아비 홍사우가 자제위에 뽑힌 것을 반대하였겠소? 지엄한 궁궐에서 궁녀를 겁간하고, 궁온을 함부로 훔쳐 먹던 놈입니다. 그런데 대사헌은 어쩌자고 그런 놈의 말을 믿으려는 것이오?"

이인임은 유연이 더 이상 다른 말을 못하도록 아예 빗장을 단단히 걸었다.

"대사헌 말대로 종사의 안위가 걸린 문제요. 말을 아끼세요, 말을!"

유연은 무슨 말을 더 하려다 입을 쏙 다물고 말았다. 이인임은 대사헌을 앞세우고 국문하는 곳으로 자리를 옮겼다. 직접 국문할 심산이었다.

· · ·

"네놈이 극악무도한 죄를 저지르고 이제 와서 감히 조정 대신들을 무함하다니! 어린 놈이 참으로 간악하기 그지없구나!"

이인임의 호통에 놀라 홍륜이 말을 더듬거렸다.

"아, 아니올시다. 저는 정녕 최만생의 말에 넘어간 것입니다."

이인임은 매서운 눈초리로 홍륜을 노려보았다.

"네놈 말대로 하자면 반란군이 벌써 개경에 당도했어야 하지 않느냐? 아니면 역모자들이 내응을 해서 벌써 궁궐과 조정을 장악했거나……. 그런데 조야는 쥐 죽은 듯 조용하다. 이놈! 그래도 거짓말을 하겠느냐?"

이인임의 눈초리가 너무 무서워 홍륜은 제대로 바라보지도 못했다.

"바, 반란군이 쳐들어온다고 한 것은 아니지만 최만생이 분명 그렇게 말했습니다. 이는 최만생한테 물으시면 소상해질 것입니다."

"허어! 저놈이 벌써 이랬다저랬다 하지 않느냐? 네 이놈! 그렇게 허망한 소릴 늘어놓는다고 해서 네놈의 죄가 없어질 줄 알았더냐?"

사헌관과는 달리 이인임이 제 말을 믿어주지 않자 홍륜은 당황하기 시작했다.

"아, 아니올습니다. 수시중대감!"

이인임이 벌떡 일어서면서 호통을 질렀다.

"당장 물고를 내기 전에 감히 시역을 저지른 까닭을 대지 못하겠느냐!"

홍륜은 아까 사헌관에게 미처 말하지 못했던 새로운 사실까지 털어놓았다.

"지, 진짜올습니다. 제 말을 믿으소서! 최만생은 지금 명나라 사신을 호송하고 있는 밀직부사 김의가 원나라의 간자(間者)라는 말도 했습니다. 김의는 분명 사신들을 처단하고 원나라로 도망칠 것입니다. 그자를 추포하소서. 그러면 최만생의 말이 거짓임이 금세 드러날 것입니다!"

그러나 이인임은 어찌된 속인지 홍륜의 말을 귀에 담으려 하질 않았다. 홍륜을 아예 실성한 놈으로 취급하였다.

"허어! 저놈이 분명 정신이 나간 모양이다. 형리는 저놈이 정신을 차릴 때까지 매우 쳐라!"

"예이-!"

"으아악!!"

처절한 비명 소리가 허공을 찢었고, 혹독한 매질을 견디지 못한 홍륜은 혼절하고 말았다.

· · ·

이인임은 국문을 속히 종결할 생각이었다. 그에게는 시역의 배후와 의혹을 밝히기보다는 강녕대군 우를 보위에 올리고 섭정이 되는 일이 더

급했다.

공민왕을 시역한 뒤에 심왕을 세우려던 친원파들은 입도 뻥긋하지 못했다. 나이 어린 왕을 세워 권력을 장악하려는 이인임의 속셈을 간파한 것이다.

이인임과 친원파 세력 사이에 이해관계가 절묘하게 맞아떨어졌다. 이인임으로서는 시역 죄인들이 붙잡히고 복죄까지 한 마당에 더 이상의 변란이 없으면 그만이었다. 시역의 배후인 친원파들은 자신들을 향한 의혹들이 가라앉기만을 고대했던 것이다.

이인임은 홍륜이 거명한 대신들을 한사코 감싸고돌았다. 자신의 뜻대로 정권을 장악하려면 그들의 힘이 필요했기 때문이었다.

"홍륜이란 놈이 자신의 죄상을 은폐하고 조정을 분란에 빠뜨려, 그 틈에 제 살 구멍을 찾으려고 온갖 거짓말을 할 따름이오. 그놈 말대로 하자면 재추들 중에 온전할 자가 과연 누가 있겠소?"

이인임의 말에 대사헌 유연이 반발하였다.

"홍륜의 말이 거짓말이라고 하기에는 앞뒤가 너무 조리에 맞지 않습니까? 더욱이 홍륜이 처음부터 시역을 저지를 생각이었다면 침전에서 굳이 뒤로 빠졌겠습니까? 칼로 찌른 자는 최만생이요, 홍륜은 칼에 피도 묻히지 않았습니다. 수시중께서 그 점을 간과한 채 최만생의 말만 믿는 까닭을 모르겠소이다!"

이인임은 사뭇 언짢다는 표정으로 말했다.

"그럼, 대사헌은 재추들이 원나라와 짜고서 그 같은 음모를 꾸몄다고 믿소이까?"

"믿는다기보다……."

유연은 말을 흐리고 말았다. '이다' '아니다' 딱잘라 말하기에는 그도 곤란했던 것이다. 이인임은 상대가 망설이거나 허점을 보일 때면 재빨리 물고 늘어졌다. 그리고 한번 문 것은 결코 놓치지 않았다.

"대체 그런 말이 어디 있소이까? 맞으며 맞고, 틀리면 역신인 거지요. 웅창마저 빼앗기고 화림으로 쫓겨난 원나라가 고려에 사신 하나를 보내는 데는 수 개월. 그마저 길이 막혀 되돌아가기 일쑤인데, 어느 틈에 탈탈불화가 군사를 이끌고 강계 건너편에 와 있단 말이오? 홍륜은 저 혼자 살고자 지금 북원에서 왔다는 중놈의 허망한 말을 흉내 내고 있을 따름이오!"

유연은 이인임의 말에 수긍하면서도 말꼬리를 달았다.

"하지만 배후가 너무 의심스럽지 않습니까?"

"배후라?"

순간, 이인임의 눈빛이 차갑게 빛나기 시작했다. 이인임은 짐짓 이제야 깨달았다는 듯이 정색을 하며 말하였다.

"배후가 있다면 당연히 캐야겠지요. 그리고 보니 역적의 아비들을 생각지 못했구려."

불길은 전혀 엉뚱한 방향으로 번져갔다.

· · ·

그날 밤 태후전.

"이제 어찌할 생각이오?"

"태후마마께오서 결단을 내리셔야 하옵니다!"

"……"

명덕태후 홍씨는 말이 없었다.

288

이인임은 국문을 속히 종결하자고 태후를 압박하고 있었다. 홍륜을 국문한 결과 화가 태후에게 미칠 수도 있음을 은근히 내비쳤던 터였다.

그러나 태후는 의혹을 완전히 씻기 위해서라도 관련자들을 소환하라고 요구했다.

이인임은 태후를 올려다보았다. 팔순을 바라보는 노인의 수척한 얼굴이 안쓰럽다. 손끝으로 건드리면 금방이라도 허물어져 내릴 것 같다. 하지만 결코 함부로 건드릴 수 없는 기품이 서려 있었다.

이인임이 다시 한 번 태후의 결심을 촉구했다.

"태후마마!"

태후를 부르는 이인임의 언사가 자못 도전적이다. 그러나 태후도 이인임 못지않았다. 태후는 여전히 시선을 다른 곳에 둔 채, 한 마디 한 마디를 되씹듯이 물었다.

"여죄를 추궁할 이유가 없다는 말씀이오?"

"그렇사옵니다, 마마. 홍륜 등은 오로지 자신들의 죄를 덮을 요량으로 감히 시역을 저질렀던 것입니다!"

"어째서 수시중은 최만생의 말만 믿고 홍륜과 권진 등의 진술은 믿질 않는 겁니까?"

이인임은 순간, 아차 싶었다. 사헌부 밖으로는 한 마디도 새나가지 않도록 철저히 입단속을 했건만 누군가 태후전에 말을 옮기는 자가 있었던 것이다. 전할 만한 자는 대사헌 유연뿐이었다.

이인임은 어금니를 사리물었다. 여기서 밀리면 안 된다. 이인임은 은근히 언성을 높였다.

"태후마마! 홍륜의 말은 해괴하기 그지없는 것들입니다. 만약 홍륜의 말을 믿고 옥사를 일으켰다가 무고로 밝혀지면 대신들의 반발을 어찌 감당하시려 하옵니까? 미심쩍기는 하나 지금은 종사를 위해서라도 대신들의 힘이 필요할 때이옵니다. 더욱이 헌사에서 시중대감이 홍륜과 인척이라며 혐의를 두고 있사온데 대체 어디까지 잡아들여야 하는지요?"

태후의 안색이 달라졌다. 충격을 받은 태후는 손을 가늘게 떨고 있었다. 이인임이 노렸던 바였다. 혐의가 확산될수록 태후의 인척들 중에 온전할 자가 없었다. 이인임은 태후를 주시하면서 말을 이었다.

"시중대감은 또 태후마마의 조카사위이온데 어찌 함부로 잡아들일 수 있겠습니까?"

이인임은 '태후의 조카사위'라는 말에 힘을 주었다. 효과는 금세 나타났다. 태후는 처연한 목소리로 탄식을 내뱉었다.

"어쩌다 천하의 망종이 홍씨 가문에서 태어났단 말인고!"

이인임은 때를 놓치지 않고 마음에 품고 있던 말을 던졌다.

"태후마마, 궁궐과 조정에 눈들이 있으니 변고를 더 이상 숨길 수만은 없는 일입니다. 하여, 내일은 발상거애(發喪擧哀)를 행해야 할 줄로 아옵니다."

발상거애란 사왕(嗣王)이 백관을 거느리고 초혼을 부른 뒤에 머리를 풀고 울면서 선왕의 상사를 안팎에 반포하는 것. 태후는 놀란 눈빛으로 이인임을 빤히 바라보았다.

"아직 후사도 정해지지 않았는데 발상을 하다니요? 고금에 그런 일이 있습니까?"

이인임은 기다렸다는 듯이 망설이지 않고 대답했다.

"강녕부원대군이 계시지 않습니까?"

태후가 적이 당황한 기색으로,

"아니, 강녕은……."

하려는데, 이인임이 대번에 말빗장을 질렀다.

"선왕께오서 이미 대군으로 삼으셨고, 신에게 유고를 맡기셨으니 미룰
것이 없사옵니다!"

태후는 망연자실했다. 태후는 아직까지 강녕대군 우를 공민왕의 정
식 후사로 인정하지 않고 있었던 것이다. 태후는 아까와 달리 강경하게
말했다.

"사왕을 그리 쉽게 정할 일이 아닙니다!"

그렇다고 물러날 이인임이 아니었다. 나라의 운명이 제 손아귀에 쥐어
져 있으니 거칠 것이 없었다.

"나라의 보위란 한시도 비워둘 수가 없는 법입니다. 선왕께오서 일찍
이 대군을 세우신 것도 나라의 대계를 염려하셨기 때문이었습니다. 그런
데 이 비상한 시국에 선왕의 뜻을 저버린다면 나라에 큰 혼란만 일으킬
뿐임을 유념하셔야 합니다!"

이인임의 말은 제법 조리에 맞고 틀림이 없었다. 공민왕의 유업을 받들
고자 하는 신하로서의 충직함도 깃들어 있는 듯도 싶었다. 그러나 태후는
이인임의 야욕을 알아차리기라도 한 듯 완고하게 반대했다.

"그렇다 한들 강녕은 이제 겨우 열 살짜리 어린아입니다. 국사가 막중
하여 임금이 아침저녁으로 애써도 부족할 터인데."

"보령을 말씀하시오나 조정에는 정사에 밝고 훌륭한 원로대신들이 얼
마든지 있사옵니다. 그들을 믿으소서."

"종친들 중에도 현명하고 어진 이가 얼마든지 있소이다."

이인임은 태후한테서 그 말이 나올 줄 알고 미리 대비해 둔 말이 있었다.

"종친들 중에 선왕과 가까운 분으로 따지자면 심왕을 추대해야 할 것입니다. 그러나 심왕은 이미 오래 전부터 고려의 원수가 되어 있습니다. 어찌 원수를 왕으로 모실 수 있겠습니까?"

태후가 종친을 언급한 것은 심왕을 세우자는 뜻이 아님을 이인임이 모르지 않을 터. 이인임은 일부러 태후의 심기를 건드리고 있었다. 태후는 대번에 노한 빛을 띠며 언성을 높였다.

"종친들 중에 마땅한 이를 세우자는 것이지, 내가 언제 심왕을 세우자고 하였소?"

"태후마마, 강녕대군은 선왕께서 이미 원자로 세우셨습니다. 지난해 7월의 일이옵니다. 더욱이 강녕대군은 태후마마의 적손이 아니옵니까? 만약 적손을 세우지 않고 종친들 중에 임금을 세운다면 선왕의 시역과 관련하여 억측이 난무하고 장차 더 큰 혼란을 자초하고 말 것입니다. 이는 불을 보듯 뻔한 일입니다!"

이인임의 말은 태후의 아픈 곳을 정통으로 찌르고 있었다.

"하지만 강녕은⋯⋯."

태후는 무슨 말을 하려다 신음처럼 삼키고 말았다. 강녕대군이 공민왕의 적자인지 의심스럽다는 말은 차마 꺼낼 수 없었던 것이다. 77세의 태후는 설전에 지친 표정이 역력하였다. 이인임은 강한 어조로 밀어붙였다.

"태후마마, 사직을 안정시키는 일입니다. 궁중에는 수많은 눈과 입들이 있는데, 언제까지 국문을 핑계하여 변고를 숨길 수 있겠습니까? 내일 아침 국상을 발표하고, 재상들이 강녕대군을 모시고 발상을 거행토록 하겠사옵니다!"

더 이상 반대할 명분이 없었다. 태후는 마지못해 발상만큼은 허락했다.

"그렇다면 발상은 하되, 사왕은 여러 재상들과 종친들이 모여 논의하
도록 하세요!"

"말씀대로 따르겠사옵니다!"

이인임은 회심의 미소를 지으며 태후전을 물러나왔다. 이제 고려의 권
력은 자신의 손에 통째로 쥐어진 것이나 마찬가지였던 것이다.

. . .

국상이 발표되었다. 공민왕이 시해된 지 사흘 만이었다. 보방(寶房)에 빈
소가 마련되고, 강녕대군 우가 원자로서 재상들과 함께 발상거애하였다.
공민왕의 변고에 대해서는 이렇게 발표되었다.

이번 흉변(凶變)은 환자 최만생과 자제위의 홍륜, 권진, 홍관, 한안, 노선
등이 근신(近臣) 김흥경과 임금의 총애를 놓고 서로 다투며 반목을 하
다, 묵은 원한을 품고 악독한 짓을 감행한 것이다. 다행히 하늘에 계신
조종 신령들의 도움을 입어 최만생 등을 붙잡을 수 있었다!

그 이상의 사실은 철저히 함구시켰다. 홍륜과 홍관, 권진 그리고 최만
생의 죄상은 명백했다. 그런데 이인임은 위사들 가운데 한안과 노선까지
그들의 무리에 포함시키고 있었다. 한안의 아비 한방신과 노선의 아비 노
진(盧溍)까지 제거하려는 이인임의 모략이었다.

시역에 가담한 적이 없는 한안과 노선으로서는 억울하기 짝이 없는 노

릇이었다. 그들은 끝까지 가담 사실을 부인했다. 그러나 이인임은 같은 날 숙위하면서도 시역을 저지른 사실을 몰랐을 리 없다며 일축해 버렸다. 처음에는 한안과 노선의 가담 사실을 부인하던 홍륜도 매질에 못 이겨 결국에는 시인하고 말았다.

이인임의 계산은 치밀했다. 임금을 시역한 대역무도한 죄인들이니 그 인척들은 말할 나위가 없고, 역적의 집안과 가까웠던 자들까지도 얼마든지 옭아맬 수 있었다. 한 다리만 건너도 동학(同學)이니 동년(同年)이니 문생(門生)이니 하며 뿌리처럼 얽혀 있는 것이 조정이었던 것이다.

조정에는 뜬소문과 억측이 난무하기 시작했다. 역적들과 가까웠던 자들은 불똥이 자기에게 튀지나 않을까 노심초사하며 이인임의 눈치를 살피기에 급급했다. 그럴 때 이인임이 손짓을 하면 달려오지 않을 자가 없었다. 단숨에 조정을 장악한 수시중 이인임은 이제 왕을 세우는 일만 남아 있었다.

광화문을 지나 궁성으로 통하는 승휴문(承休門)으로 들어서면 도평의사사(都評議使司)가 마주보였다. 도평의사사는 나라의 최고 관부로서 재상과 추상 들이 모여 정사를 논의하는 곳으로 도당(都堂)이라고 불렀다.

후사 문제를 논의하는 도당의 분위기는 긴장이 감돌았다. 모두들 굳은 표정으로 선뜻 입을 여는 자가 없었다. 서로들 눈치만 살필 뿐이었다.

이인임 역시 입을 굳게 다문 채 대신들을 주시하였다. 그는 결코 서두르지 않고 일이 되어가는 모양만 지켜볼 요량이었다. 시중 경복흥이 마지못해,

"말씀들을 하시지요."

라고 말을 꺼내자, 판삼사사 이수산이 조심스럽게 입을 열었다.

"후사는 태후마마와 종실에서 응당 결정할 일이지, 도당에서 대신들이 논의할 사안은 아닌 듯하외다!"

도당이 잠시 술렁거렸다. 이수산의 말이 백번 맞는 말이었던 것이다. 그렇지만 이인임은 흔들리지 않았다. 이때를 대비하여 종친들까지 이미 손을 써놓았던 것이다. 기다렸다는 듯이 밀직 왕안덕(王安德)이 이수산에게 쏘아붙였다.

"선왕께오서 강녕대군을 후계자로 삼았는데, 무슨 논의가 더 필요합니까?"

그러자 영녕군(永寧君) 왕유(王瑜)가 왕안덕을 거들고 나섰다.

"옳으신 말씀입니다. 강녕대군 말고 보위를 이을 만한 분이 누가 있습니까?"

찬성사 안사기도 한 마디 덧붙였다.

"대군께서 대행왕(代行王)*의 상주로서 발상거애까지 하셨는데, 이미 사왕은 정해진 것이 아닙니까?"

그러고는 짐짓 이인임을 쳐다보며,

"그렇지 않습니까?"

라며 동의를 구했다. 이인임은 안사기의 시선이 부담스러운 듯, 눈길을 경복흥에게 돌리며 말을 건넸다.

"시중께서는 어찌 생각하시는지요?"

대신들의 시선이 일제히 경복흥에게 쏠렸다. 경복흥은 머뭇거렸다. 태후의 뜻이 종친 중에서 임금을 세우는 데 있음을 모르는 바 아니었다. 하지만 대세가 이미 이인임에게 굳어지고 있었다. 그런 판에 자기가 나서

---

* 임금이 세상을 떠난 뒤 시호를 올리기 전의 칭호.

서 굳이 말을 보태고 싶지는 않았다. 경복흥의 대답이 없자 이인임은 다시 한 번 재촉하였다.

"여러 대신들은 아마도 시중 대감의 의중을 알고 싶은 듯합니다만."

경복흥은 마지못해 에둘러 입을 열었다.

"나보다는 태후마마의 의향이 어떠신지 물어보는 것이?"

이인임은 재빨리 경복흥의 말을 자르고 아예 단정을 지어버렸다.

"태후마마께서도 당연히 적손이 후사를 잇는 것을 바라고 계시니 강녕대군을 후사로 모시도록 하십시다!"

더 이상 이의를 다는 자는 없었다. 도당에서는 마침내 태후의 교지를 받들고 백관들을 인솔하여 강녕대군 우를 왕으로 세웠다.

그가 바로 고려 32대 임금 우왕(禑王)으로 이때 나이 10세였다.

10월 경신일(庚申日)에는 정릉 서쪽에 공민왕을 장사지내고 '현릉(玄陵)'이라 하였다.•

장사를 지내던 날, 어린 우왕은 참최(斬衰)를 입고 머리와 허리에는 마질(麻絰)을 두른 채, 연복사(演福寺) 서편 거리에서 나와 백관들이 촛불을 들고 인도하는 부왕의 상여를 맞이하면서 목 놓아 울었다.

우왕 또한 알 수 없는 자신의 출생 비밀, 부자간의 따뜻한 정은커녕 왕자로 인정조차 받지 못했던 아픈 기억들, 그런데 이제 상여 앞에서나마 아비와 자식임을 확인해야 하는 비애가 어린 가슴에 한으로 남았던 것일까.

보교[肩輿]를 타고 상여를 따르던 우왕은 선의문(宣義門)에 이르자 예법에 따라 더 이상 상여를 따를 수 없었다. 우왕은 보교에서 뛰어내려 상여를 붙잡고 몸부림을 쳤다. 끝내 하직 인사를 올릴 제 어린 우왕이 통곡하

• '공민'이란 시호는 우왕 11년(1385) 명나라에서 내려준 것이다.

는 소리가 산야에 사무쳤다.

．　．　．

우왕이 즉위하면서 모든 권력은 이인임에게로 쏠렸다. 시중 경복흥이 있었지만 국사는 모두 이인임의 손에서 결정되었다.

본래 재상과 추밀의 숙위는 양 사에서 한 명씩 순번대로 하게 되어 있었다. 그런데 이인임은 모든 재상과 추밀에게 무기를 소지하고 숙위에 임하도록 하였다. 변란에 대비한다는 명목이었으나 기실은 재추들을 통제하기 위함이었다. 누구도 거역하지 못했다.

이인임은 홍륜과 최만생을 백관들과 백성들이 보는 가운데 저자에서 능지처참했다. 한안과 권진 등은 효수되었고, 그 일족들도 역률에 따라 죽음을 당하였다. 겨우 살아난 자들은 먼 곳으로 유배되거나 관비로 떨어졌다. 이렇게 당대의 삼한갑족 홍언박, 한방신, 권용, 노신의 가계는 멸문지화를 당하였다.

자제위는 해산되었고 김흥경은 언양(彦陽)으로 유배되었다가 곧 죽음을 당했다. 공민왕의 총애를 받았던 속고치와 환관들도 일시에 척결되었다. 역적의 집안과 가까웠던 자들 중에 이인임의 눈에 거슬리는 자들은 예외 없이 조정에서 쫓겨났다. 그리고 종실의 궁궐 출입도 함부로 할 수 없었다.

국상을 마치자 이인임은 밀직사 장자온(張子溫)과 전공판서(典工判書) 민백훤(閔伯萱)을 명나라에 보내 공민왕의 상사를 고하고, 시호(諡號)와 우왕의 승습(承襲)을 청하였다. 그런데 사신을 보낸 뒤 며칠 만에 개주참(開州站)으로부터 당도한 급보에 이인임은 가슴이 덜컥 내려앉았다.

"밀직부사 김의가 명나라 사신 채빈과 그 아들을 살해한 뒤, 임밀을 납치하여 나합출에게 도망쳤다 하옵니다!"

홍륜의 말이 이제 와서 사실로 드러난 것이다. 그러나 이인임은 벌컥 역정부터 냈다.

"명나라 사신들이 떠난 지가 언제인데, 여태까지 국경을 넘지 않았더란 말이냐?"

"자세히 알 수는 없사오나, 호송을 맡은 김의가 압록강에 이르러 갖은 핑계를 대면서 여러 날을 지체하였다 하옵니다!"

그 말을 듣고 명나라로 사행을 떠났던 장자온과 민백훤은 안주(安州)에서 그대로 돌아오고 말았다. 그대로 명나라에 들어갔다가는 죽음을 당할 것이 뻔했던 것이다.

이인임은 뚜렷한 묘책이 떠오르질 않았다. 사신들을 죽였으니 명나라에 무어라 변명할 말이 없었다. 이인임은 급하게 찬성사 안사기를 찾았다.

"무슨 묘책이라도 있습니까?"

이인임이 애써 태연한 표정으로 물었지만 속은 시커멓게 타 들어가고 있었다. 안사기는 그러나 짐짓 여유를 부렸다.

"명나라에서 사신을 살해한 죄를 물어 당국(當國)의 입조(入朝)를 요구할 텐데 그것이 걱정입니다."

이인임이 낯을 붉히며 쏘아붙였다.

"그래서 그대를 찾은 것이 아니요?"

"글쎄요. 묘책이 어디 있겠습니까? 지금은 상책이 아니라 하책이라도 쓸 만한 것은 써야지요."

반가워할 줄 알았는데 이인임은 안사기를 넌지시 바라보기만 할 뿐이었다. 그러니 조급한 쪽은 오히려 계책을 말하는 쪽이 되어버렸다. 이내 안사기가 입을 열었다.

"이런 말씀은 순전히 총재[冢宰]를 생각해서 드리는 겁니다."

안사기는 잠시 말을 멈추고 이인임의 의중을 살폈다. 이인임은 여전히 시답잖은 표정이었다.

"말씀하세요."

"자고로 국왕이 시역되면 정승된 자가 먼저 그 죄를 받는다고 하였소이다. 더욱이 걸핏하면 응징지사 운운하는 명나라가 가만있을 리도 없고, 만에 하나 명나라가 출병을 하게 된다면 가장 먼저 정승이 죄를 받을 것이니……."

안사기는 말을 잠시 멈추고 이인임 쪽으로 몸을 바짝 붙였다.

"차라리 이번 기회에 원나라를 다시 섬기고 힘을 합치는 것이 상책이 아닐까 싶습니다!"

이인임은 안사기를 빤히 쳐다보았다. 사실 진즉부터 원나라를 마음에 두고 있던 터였다. 시역의 죄는 제쳐놓고라도, 사신을 살해한 책임을 물어 정승을 입조시키라고 한다면 영락없이 자기가 가야 할 판이었다. 살아남으려면 명나라와 관계를 끊는 것이 우선이었다.

명나라가 날로 위협을 가해올 테지만 전쟁을 쉽게 일으키지는 못할 것이라는 계산도 있었다. 이인임은 입을 굳게 다문 채, 안사기를 뚫어지게 바라보았다. 안사기는 이인임의 눈길이 조금은 거북한 듯 수염을 쓸어내렸다. 그때 이인임이 불쑥,

"혹시 홍륜이란 자가 사헌부에서 국문을 받을 때 했다는 말을 들은 바가 있소?"

라고 묻는데, 안사기는 적이 당황하였다.

"예?"

"홍륜이란 놈이 시역을 저지른 데는 원나라를 따르려는 대신들이 배후에 있다고 합디다만."

안사기는 대번에 자신을 지목하는 말인 줄 알고 안색이 굳어졌다.

"그, 그게 무슨 말씀이신지?"

이인임이 느닷없이 웃음을 터트렸다.

"하하하! 그러니까 그런 허망한 소리가 어디 있겠소?"

안사기는 이인임의 음흉한 말재간에 완전히 넋을 잃고 말았다. 밀직부사 김의를 호송관으로 삼으면서 여차하면 사신들을 죽일 거라는 것은 이인임도 이미 알고 있는 일이었다. 그런데 이제 와서 시치미를 뚝 떼고 있는 것이다. 어쩌면 시역의 배후까지 알고 있을 거라 생각하니 안사기는 뒷덜미가 서늘해졌다.

이인임은 언제 그랬더냐 싶게 진지한 표정으로 물었다.

"원나라가 북도로 물러간 뒤로 국력이 쇠해졌을 터인데, 우리한테 뭐, 얼마나 도움이 되겠소?"

"총재가 살고 제가 사는 길은 원나라밖에 없으니 어찌하겠습니까?"

안사기의 말에 이인임이 소리 없이 웃음을 흘렸다. 그들은 서로 상대의 음흉한 속마음을 읽고 있었던 것이다.

며칠 후 이인임은 삼사좌사(三司左使) 이희필(李希必)을 서북면 상원수로 명하여 급파했다. 명나라의 군사적 행동에 대비하기 위한 조치였다. 그리고 바로 그날. 이인임은 판밀직사사(判密直司事) 김서(金湑)를 북원으로 보내 공민왕의 상사를 고하도록 했다.

공민왕 18년(1369) 5월에 원나라와 국교가 단절된 이래 원나라가 몇 차례 사신을 보내오긴 했지만 고려에서 정식으로 사신을 보내기는 실로 5년 만이었다.

    · · ·

원나라에 사신을 보냈다는 말을 듣고 도전은 부랴부랴 전교령 박상충을 찾아갔다.

"현릉이 훙하신 지 석 달이 지나도록 명나라에 부고조차 하지 않더니, 이번에는 사신들이 살해되었는데도 그 사실조차 숨긴 채, 불쑥 원나라에 먼저 상사를 고하다니요? 이건 무슨 흉계가 있는 것이 분명합니다."

박상충도 동감의 뜻을 나타냈다.

"김의가 개주참에서 명나라 사신을 살해하고 원나라로 도망친 것은 필시 현릉의 변고와 관련이 있는 듯싶소이다."

두 사람의 얼굴에 금세 근심이 내려앉았다.

"처음부터 원나라와 모략이 있었던 것은 아닐까요?"

도전의 말에 박상충이 덧붙여 말했다.

"모략이 있다면 그것은 분명 찬성사 안사기일 겁니다. 오래전부터 그의 집에 호인(胡人)들 출입이 잦고, 밀직부사 김의가 수족 노릇을 해왔으니까요."

도전이 고개를 갸우뚱하였다.

"그러고 보니, 호송관으로 김의를 천거한 자가 바로 안사기 아닙니까?"

"확실치는 않습니다만, 김의가 본래 호인(胡人)이라 중국말에 능하다고 하여 천거했다는 말이 있습디다."

박상충의 말을 도전이 받았다.

"그것만 해도 벌써 안사기는 혐의를 벗기 어려운 일입니다. 최만생과 홍륜이 대역죄를 저지른 데는 누군가의 사주가 있지 않고는 어려운 일입니다. 그런데도 이 시중은 의혹을 덮기에만 급급하니, 필시 이 시중한테도 혐의가 있는 게 분명합니다."

"맞는 말입니다. 일이 이 지경에 이르렀는데도 어째서 간관들은 붓을 놓고 입을 봉하고 있는지 모르겠습니다."

"화를 당할까 두려운 게지요. 조정이 이 시중의 천하가 아닙니까?"

"정사를 바루어야 할 간관들이 권력의 눈치를 살피면 정사가 더 어지러워지는 법인데 말이오."

"암담한 일이오. 지금의 정세는 마치 타는 불 위에 장작더미를 잔뜩 쌓아놓고 그 위에서 자면서도 아직 타고 있지 않으니 평안하다, 평안하다, 하는 것과 다를 바가 무어 있겠소?"

두 사람은 동시에 깊은 한숨을 내쉬었다. 정국은 마치 안개 속에 갇혀 있는 것만 같았다. 선왕이 시역을 당했는데 배후도 밝혀지지 않은 채, 의혹만 눈덩이처럼 커지고 있었다. 그러던 차에 명나라 사신들까지 살해를 당했건만 역시 배후를 캐지도 않고 덜컥 원나라와 다시 통하다니, 여기에는 분명 흉계가 도사리고 있었다.

도전이 정색을 하고 말했다.

"이렇게 앉아서 마냥 탓만 하고 있을 때가 아닌 듯싶습니다. 도당으로 올라가십시다. 수시중을 직접 만나서 간하는 것도 한 방법이지 않겠습니까?"

한직의 3, 4품짜리 벼슬아치가 국사를 맡고 있는 당국(當國) 이인임을 면대하기란 사실 임금을 뵙는 것만큼 어려운 일이었다. 그러나 두 사람은 망설이지 않고 곧장 도당으로 올라갔다.

　　　　　　　　・　・　・

전교령 박상충과 전교부령 정도전이 도당에 올라오자, 이인임은 내심 이들의 무례함을 나무라며 내치려고 했다. 그러다 곧 생각을 바꾸었다. 왕명으로 '대소 신료들은 나라와 백성들을 편안하게 할 정책이 있거든 기탄없이 말하라'고 교서를 내렸던 터였다. 이인임은 이들 신진사대부들에게 자신이 얼마나 덕이 넓은지를 은근히 보여주고도 싶었다.

박상충이 먼저 말을 꺼냈다.

"선왕께서 오래 전에 명나라를 사대하기로 하셨는데, 이제 와서 굳이 북원에 사신을 보내는 까닭을 알 수 없습니다. 이는 선왕의 유지를 거스르는 일이 아닙니까?"

이인임은 천연덕스럽게 대답하였다.

"다 나라를 편하게 하자는 것 아니겠소? 원나라에서 괜히 심왕을 고려 왕으로 책봉하니 어쩌니 하면 나라가 소란해질 것은 뻔한 일이라. 그래 김서를 보내, 선왕의 적자로 후사를 정했음을 통보한 것이지, 뭐 다른 뜻이야 있겠소?"

이번에는 도전이 따지고 물었다.

"그렇다 한들, 남쪽의 명나라가 강하고 북으로 쫓겨난 원나라가 약하다는 것은 세상이 다 아는 바입니다. 그런데 이제 와서 원나라와 통하려는 것은 나라의 대계를 위해서도 결코 좋은 일은 아닌데, 어찌하여 명에는 부고조차 하지 않는 것입니까?"

이인임은 대답 대신에 가소롭다는 듯이 웃음을 터뜨리고는 그만이었다. 도전이 다시 따지고 들었다.

"한 가지만 더 여쭙겠습니다. 김의가 반역을 저질렀는데도 진상을 파악하지 않는 이유는 대체 무엇입니까? 게다가 서북면에 군사를 증강하였는데, 이는 명나라한테 괜한 오해만 살 것입니다."

이인임은 여전히 웃음을 지우지 않고

"여러분 말이 일리가 없는 것도 아니오. 허나, 이미 태후전에서도 하교하신 일이라 나로서는 따르는 것이 당연지사 아니겠소?"

라며, 짐짓 태후전으로 탓을 돌렸다. 그러자 박상충이 강경한 어조로 따졌다.

"명나라에 선왕의 변고를 고해야 함은 물론이려니와 김의의 반역에 대해서도 사신을 보내 해명해야 할 것입니다. 그러지 않으면 나라에 전화(戰禍)가 닥칠 수도 있는 일입니다!"

"난들 어찌 하루라도 빨리 고하고 싶지 않겠소? 그러나 명 황제가 변덕이 심하고 자못 포악하다고 하니 대신들이 가려고 하질 않소이다. 나야말로 고민을 하던 참이라오."

"그럼, 사신은 보내실 작정이십니까?"

"물론이지요. 누구라도 가겠다면 막을 이유가 없잖소이까? 그렇다고 여러분은 아직 품계가 이르지 못하였고……."

대국에 보낼 사신은 재상이나 정2품 이상은 되어야 했다. 이인임은 재빨리 덧붙여서 말하였다.

"어디, 명나라에 사신으로 갈 만한 분이 있다면 추천해 주시구려."

이인임은 그렇게 말하고는 자리를 털고 일어나 버렸다.

두 사람은 도당을 물러나왔다. 그러나 명나라에 사신을 보내겠노라는 확답을 받은 것만으로도 성과는 있었다. 문제는 누가 가겠느냐는 것이었다. 두 사람은 그 길로 판종부시사(判宗簿寺事) 최원(崔源)을 찾아갔다.

"판사께서 아무래도 명나라에 가셔야 할 것 같습니다!"

두 사람의 말에 최원은 적이 당황하였다.

"아니, 지금 날더러 죽으러 가란 말이오?"

"그래서 감히 드리는 말씀이옵니다. 지금 재상들 중에 진정으로 나라를 걱정하는 자들이 없습니다. 다들 이인임에게만 빌붙어 원나라를 다시 끌어들이려고 합니다. 이는 천하를 위한 계책이 아닙니다!"

"그 흉계를 깨뜨리려면 명나라와 통하는 수밖에 없는데 누구도 나서질 않고 있습니다. 판사께서는 덕망과 학식을 갖추셨으니 명 황제도 함부로 못할 것입니다. 그래서 부디 나라를 위해 명나라에 가주십사 하는 것입니다!"

마침내 최원은 두 사람의 간곡한 청을 받아들였다.

"나라가 편안해진다는데, 한번 죽는 것을 무어 그리 두려워하겠소. 가십시다. 수시중에게 가서 내가 나서겠노라고 하겠소."

최원이 명나라에 가겠다고 나서자 이인임은 떨떠름한 표정이었다.

"아니, 이 추운 한겨울에 먼 길을 떠나겠다구요? 행역이 여간 고달프지 않을 터인데, 겨울이 지나 해토머리께나 가시지 그러시오."

최원의 몸을 걱정해주는 듯했지만 사실은 명나라에 들어가는 것을 하루라도 늦추려는 술수였다. 하지만 최원의 의지는 확고했다.

"장차 나라에 닥쳐올 전화를 생각하면 이것저것 따질 겨를이 없습니다."

해가 바뀌어, 을묘년(우왕 원년, 1375) 1월이 되어서야 이인임은 마지못해 최원을 명나라에 사신으로 파견했다. 최원은 선왕의 상사를 고하고, 시호와 우왕의 승습(承襲)을 청하는 표문을 가지고 개경을 떠났다.

살을 에는 듯한 매서운 바람과 눈보라가 휘몰아치는 날이다. 일을 주도했던 도전과 박상충을 비롯하여 정몽주와 신진사대부들이 사행길에 오르는 최원을 금교역까지 나가 전송했다. 죽음을 각오하고 떠나는 길이라 보내는 사람이나 떠나는 사람이나 비장한 심정은 마찬가지였다.

북쪽으로 갈수록 더욱 거세지는 추위와 눈보라는 사행길이 얼마나 험난할 것인가를 예고하는 듯했다. 그러나 최원은 끝내 명나라에 들어갈 수 없었다.

의주에 도착한 최원 일행이 국경을 넘으려는데, 의주 만호는 정료위의 동태가 심상치 않다면서 도강을 차일피일 미루었다. 사신이 명나라로 들어가려면 국경에서 일차로 정료위에 입국을 통지하고, 정료위는 요동도지휘사사에 통지했다. 거기서 다시 명나라 중서성의 허락이 떨어져야 정료위에서 사신을 호위할 군사를 보내왔다.

그런데 의주 만호는 갖은 핑계를 대며 정료위에 통지조차 하지 않았다. 최원이 길을 열라고 호통을 치기도 하고 어르기도 했지만 만호는 요지부동이었다. 최원이 당도하기 전에 이미 개경에서 밀지를 내려 명나라 입국을 막았던 것이다.

의주에서 발이 묶인 채 꼬박 한 달을 보내고서야 최원은 박상충과 정도전의 말대로 뭔가 흉계가 도사리고 있음을 간파하였다. 최원은 비장한 각오로 의주 만호에게 말했다.

"내, 죽더라도 명나라 땅에 들어가서 죽을 것이니 어서 길을 여시오. 만약 길을 열지 않는다면 나 혼자서 필마단기(匹馬單騎)로라도 들어갈 터

306

이니 그리 아시오. 그마저 막는다면 조정에서 만호의 죄를 물을 것이오!"

만호도 더 이상 최원의 발을 묶고 있을 명분이 없었다. 의주 만호는 정료위에 사신의 입국을 통지했다. 하지만 최원의 그런 기대는 애당초 허망한 것이었다. 수일이 지나, 정료위에서 관리가 나오자 만호는 군사를 거느리고 나가 다짜고짜 싸움을 걸어 쫓아버리고 말았던 것이다. 최원은 하는 수 없이 개경으로 발길을 돌려야만 했다.

최원이 돌아올 즈음, 이성(泥城) 만호한테서 날아든 급보는 조정을 혼란에 빠뜨렸다.

"심왕 탈탈불화가 원나라 군사의 호위를 받으며, 김의와 김서를 진봉사로 앞세우고 이미 신주(信州)에 도착하였다 합니다!"

난데없이 심왕이 들어온다는 말에 민심은 금세 흉흉해졌다. 안사기의 말만 믿고 신진사대부들의 따가운 눈총을 받아가면서까지 원나라에 사신을 파견했던 이인임은 당황하였다.

"그럴 리가 없습니다! 분명 첩보가 잘못되었을 게요. 허 참!"

안사기의 말에 이인임이 차갑게 쏘아붙였다.

"그럼, 이성 만호가 본 것은 허깨비였단 말이오?"

"무언가 오해가 있는 듯하오이다."

"오해라니? 경은 개경에 있으면서도 원나라의 속마음을 어찌 그리 잘 아시오?"

"소신인들 어찌 그걸 알겠습니까? 다만 우리와 화친을 원했던 원나라가 일부러 심왕을 보내 불화를 일으키려고 할 리가 없다는 말씀입니다."

"그런데 어찌하여 이런 소식만 날아온단 말이오?"

이인임의 언성이 높아지자 안사기는 고개를 쏙 집어넣었다. 이인임은 눈가를 파르르 떨며, 모든 혐의가 다 안사기에게 있는 것처럼 질책하였다.

"아무튼 조정에 두 마음을 품고 있는 자가 있다면 용서치 않을 것이오. 또한 똑똑히 전하시오. 심왕이 고려 땅에 한 발짝이라도 발을 붙이려 했다간 죽음을 면치 못할 것이오!"

이인임은 재빠르게 대처해나갔다. 일찍이 덕흥군의 내침 때 서북면 도순문사 겸 평양윤으로서 징병과 군량 징발에 공을 세운 적이 있는 그였다. 각 도에 군사 동원령을 내리고, 지문하부사(知門下府事) 임견미(林堅味)를 서경 상원수로, 문하평리 양백연(楊伯淵)을 안주 상원수로, 찬성사 지윤을 서북면 도체찰사로 명하여 서북면으로 군사들을 총동원하다시피 하였다.

뿐만 아니라 장수들이 출정하기에 앞서, 이인임은 백관들을 인솔하여 효사관(孝思館)으로 나가 맹세하는 의식까지 행하였다. 그는 태조 대왕의 진영 앞에서 백관들과 함께 맹세하기를,

무뢰배들이 심왕 고의 손자를 앞세우고 국경에 와서 왕위를 엿보고 있다. 맹세하노니, 우리들은 힘을 다하여 그들을 완강히 물리칠 것이며 계승한 새 임금을 받듦으로써 위로는 선왕의 은덕에 보답하고 아래로는 부모처자를 보전할 것이다. 만약 오늘의 맹세를 어기면 나라에서 그 죄를 밝힐 뿐 아니라, 조종(祖宗)과 산천의 신명(神明)이 반드시 죽음을 내릴 것이다!

맹세를 마친 군사들이 북변으로 향하고 있을 때, 이성 원수 최공철(崔公哲)이 휘하의 군사 2백여 명을 거느리고 압록강 건너로 도망쳤다는 소식이 전해졌다. 이인임은 바짝 긴장하여 궁성의 경계와 도성 순찰을 강

화시켰다.

그런데 개경을 떠나 안주에 주둔한 상원수 양백연의 보고는 허망하기까지 하였다. 이성 만호가 보았던 것은 심왕의 군대가 아니라 요양과 심양 지역의 난민들이라는 것이었다. 이성 만호는 불과 몇백 명의 도적떼에 지레 겁을 내어, 조정에 그같은 급보부터 올렸던 것이다. 국론이 바로 서질 않으니 북변의 장수들조차 갈피를 잡지 못하고 갈팡질팡하기만 했다.

그러나 북변의 소란은 오히려 이인임의 권력을 탄탄하게 굳혀주는 계기가 되었다. 안팎의 여론이 자연스럽게 이인임에게로 결집되었던 것이다. 원나라와의 통교에 불만을 품던 일부 신진사대부들한테는 결사 항전이라는 의지를 보여줌으로써 그들의 의심을 누그러뜨릴 수 있었다. 반면에 이인임은 원나라에 의탁하려는 세력들을 압박하여 확실하게 자기편으로 끌어들였다.

이인임은 빈틈이 없었다. '사람이 멧부리에 걸려 넘어지지는 않는다. 다만 작은 돌부리에 걸려 넘어지는 법이다.' 그렇게 생각하며, 이인임은 매사에 돌다리도 두들겨보고 건넌다는 심정으로 정권을 철저히 장악하였다.

어린 우왕에게는 자신의 영향권을 벗어날 수 없도록 튼튼히 울타리를 쳐두었다. 정방은 그를 추종하는 최영, 지윤, 임견미 등을 제조(提調)로 임명하여 얼마든지 조종할 수 있었다. 그리고 요소요소에 인척과 추종자들을 심었다.

명나라는 이상하리만치 조용했다. 공민왕이 시역된 사실을 명나라가 모를 리 없을 터. 게다가 사신들이 살해되고, 정료위 군사들과 충돌이 있었는데도 명나라 황제는 침묵하고 있었다. 명나라는 고려가 북원과 통할 것이라 판단하고 정세를 관망하고 있던 터였다.

대륙의 정세가 이미 명나라 쪽으로 기울었음은 노회한 이인임도 알고
있었다. 그러나 명나라의 침묵이 길수록 이인임의 불안은 더해졌고 그럴
수록 친원 세력을 가까이 두었다.

거기에는 또 다른 이유가 있었다. 서북면 도체찰사로 나갔던 지윤이
개경으로 돌아오면서 밀서 한 통을 가져왔는데, 바로 북원으로 망명한 김
의가 보낸 것이었다. 김의를 따라 원나라로 들어갔던 자가 서경에서 지윤
을 만나 전한 것이었다. 밀서에 담겨 있기를,

"원나라 조정에서는 공민왕이 원을 배반하고 명나라와 통하였으므로
시역의 죄를 물을 것도 없다며, 새로 즉위한 왕과 재상이 충성을 다하면
그보다 더 좋은 일은 없을 것이라 하오이다. 이제 황제가 곧 새 왕을 책봉
하는 사신을 보낼 터이니 맞을 준비를 하시오!"

이인임은 밀서를 읽자마자 불태워버렸다. 반역자에게 밀서를 받는다
는 게 여간 꺼림칙하지 않았다. 하지만 반역자라도 자신의 권력에 도움만
된다면 시비를 가릴 것이 있겠는가.

이인임은 안사기를 시켜 밀서를 가지고 온 자를 몰래 만나보도록 했다.
안사기가 전하는 말은 이인임을 더욱 안심시켰다.

"원나라가 북방으로 옮겨간 뒤로 어진 재상을 임명하고, 지난날 천하
를 떨게 했던 기마 군사를 다시 일으켜, 감히 명나라가 더 이상 넘보지
못한다 하더이다. 무엇보다 황제 스스로 모후의 핏줄이 고려인이요, 또한
고려 왕이 세조의 외손이라 하여 부디 천하를 회복하는 데 힘을 합치기
를 바라고 있다 하더이다!"

안사기는 원나라 소종이 이인임을 신임하고 있다는 말도 빠뜨리지 않
았다.

"황제께서는 고려의 집정자(執政者)에 대해서 들으니, 옛날 태갑(太甲)의 공을 세운 이윤(伊尹)을 능가하고 주 성왕(周成王)을 보필한 주공(周公)에 견줄 만하다는 말씀도 빠뜨리지 않았다고 합니다!"

안사기의 입에 발린 소리인 줄 뻔히 알면서도 딱히 기분 나쁠 것까지는 없었다. 이인임은 흐뭇한 미소를 지으며 안사기에게 넌지시 일렀다.

"행역이 여간 고단하지 않았을 텐데 찬성사가 그자를 잘 위무해주시구려. 다만 말을 아끼고 또 아껴야 할 것이오!"

입을 단속하라는 말이었다. 안사기는 자신 있게 말했다.

"여부가 있겠습니까? 그렇지 않아도 모처에 안돈시켜 놓았습니다."

그러나 발 없는 말이 천리를 가는 법이었다. 반역자 김의를 따라갔던 자들이 비밀리에 돌아왔다는 소문이 이미 도성 안에 떠돌고 있었다. 그들 중에 서 모(某)라는 자는 김의의 밀서를 가지고 온 공으로 이인임에게 후한 상을 받았다는 말까지 아주 구체적으로 사람들 입에 오르내렸다.

반역자들이 돌아왔다면 형률에 따라 다스리는 것이 당연지사였다. 더욱이 모반(謀叛)은 역률로 다스리는 죄 중에서도 가장 큰 죄였다. 어쩌다 임금이 가상히 여기는 바가 있어 죄를 감해줄 수는 있으나, 사헌부나 형부에서의 문죄까지 면하는 것은 아니었다.

서 모라는 위인은 반역의 무리에 끼었던 자였다. 그런 자가 문죄는커녕 대로를 활보하고 다닌다면 권력자의 비호를 받지 않고는 있을 수 없는 일이었다. 게다가 어디서 행하(行下)가 나오는지 날마다 교방을 들락거리며 흥청망청이었다. 거기 기생들에게 흘린 말 또한 가관이었다.

"내가 모 재상의 고임을 받아 원도(元都)에 다녀왔는데, 원도에서 천자에게 흔연대접을 받은 것을 생각하면 거기서 보낸 며칠이 정녕 남가지몽

(南柯之夢)이었더니라. 천자가 내린 선온(宣醞)은 향기만으로도 취하지를 않나, 호적(胡笛) 소리는 그치지 않고 호년(胡女)들이 주야로 침식을 살펴주고 수청을 드니, 하! 내 조만간에 그 재상의 밀사로 다시 원도에 다녀올 터인즉, 그때 돌아오면 네년들이 평생 보도 듣도 못한 것들을 선물로 가져와 호사시켜 주리라!"

교방은 바로 광화문 아래께에 있었다. 그러니 교방 거리에서 흘러나온 서 모의 말이 광화문 대로에 줄줄이 들어차 있는 여러 관부까지 닿는 데는 단 하루해도 걸리지 않았다.

김의의 첩자가 도성에 들어왔다는 말을 듣고 도전과 박상충은 경악하였다. 심왕이 김의를 앞세우고 당도하였다 하여 한바탕 난리를 치른 것이 바로 엊그제인데, 어느 틈에 그자들이 들어와 버젓이 활개를 치고 다닌다니, 허무맹랑하기 짝이 없는 일이었다.

소문이라는 것이 본래 형체가 없는 터라 과장되기 마련이었다. 하지만 재상을 들먹거리고 밀서 운운하는 것은 허투루 흘려들을 말이 아니었다. 그를 잡아들인다면 시역의 진실을 밝힐 수 있는 일이었다.

도전과 박상충은 발걸음을 재촉했다.

12. 태항산 올라가노라니 황하가 내리쏟는구나

도전과 박상충은 사실을 좀 더 확인하기 위해 대언 임박(林璞)을 찾아갔다. 그런데 두 사람은 임박한테서 더욱 놀라운 사실을 들었다.

요양성에서 군림하고 있는 나합출이 조정에 사람을 보내 묻기를,

"재상이 김의를 보내 청원하기를 왕이 훙거하고 후사가 없어 심왕을 왕으로 삼고자 한다고 하여 우리 황제가 탈탈불화를 고려 왕으로 봉한 것인데, 이제 와서 사왕이 정해졌다고 하니 지금 왕은 누구의 손인가?"

원나라로 도망간 김의가 명분을 내세우기 위해 재상이 보낸 것처럼 위장할 수도 있는 일이었다. 그러나 나합출이 그런 사실을 우리 조정에 물었는데도 쉬쉬하는 것은 무언가 음모가 도사리고 있음이 분명했다. 임박은 단정적으로 말하였다.

"이것은 분명 수시중이 알면서도 모른 척하고 있는 게요."

도전도 짐작은 한 일이었다. 그러나 막상 사실로 닥치고 보니 믿어지질

않았다. 도전이 임박에게 물었다.

"그렇다면 수시중이 김의의 무리와 모종의 거래를 했다는 말이 아닙니까?"

"그렇지 않고서야 반역자들이 어찌 도성을 활보하고 다닐 수 있겠소?"

도전의 목소리가 가늘게 떨렸다.

"있을 수 없는 일입니다!"

박상충은 분개하여 주먹을 불끈 쥐었다.

"결국 현릉을 시역한 배후에는 원나라의 조종을 받은 안사기와 김의 같은 적신들이 있었다는 이야깁니다. 그리고 이인임은 그 배후를 일찍이 알면서도 눌러 덮고서 반역자들을 이용하고 있는 것입니다. 오직 권력을 쥐고 흔들 욕심으로 말입니다."

"현릉을 생각하면 참으로 통곡을 할 일입니다. 천하의 간신 중의 간신이 아닙니까? 그러고도 효사관에 나가 충성을 맹세하고, 현릉을 말할 때는 슬픔의 눈물을 흘리니, 어찌 그리 간악할 수 있단 말입니까? 당장 이인임의 죄를 묻고 시역의 배후를 밝히려면 태후께서 섭정에 나서야 합니다!"

도전의 말에 임박이 무겁게 말문을 열었다.

"허나, 태후는 연로하신데다 지칠 대로 지쳐 계세요. 더구나 시중 경복흥도 꼼짝 못하고 있는 터에 섭정 운운했다가는 미친 사람 취급받기 십상이올시다."

임박의 말에 도전이 따지듯이 말했다.

"현릉을 시역한 간적(奸賊)들이 도당을 차지하고 있는데, 이대로 보고만 있으란 말입니까? 나라가 백척간두에 서 있음입니다. 죽을 때 죽더라도 따질 것은 따지고 밝힐 것은 밝혀야지요!"

임박은 물끄러미 도전을 바라보더니 나직하게 말했다.

"오늘 정 부령을 보니, 몇 해 전에 탑전(榻前)에서 신돈을 호되게 나무라던 이존오가 생각나는구려."

이존오! 그 이름을 듣자 도전은 명치 끝이 아릿하게 아파왔다. 임박은 도전과 박상충을 번갈아 바라보더니 역시 어두운 표정으로 말했다.

"내 한 가지 말씀 드리리다. 자고로 신하된 자가 한번 권력에 눈이 어두워지면 그것을 지키는 데 수단과 방법을 가리지 않소이다. 임금도 나라도 보이지 않는 거지요. 오늘날 수시중 이인임이 바로 그렇소이다. 수시중은 지금 무소불위한 권력의 마력에 취해 있어요. 그런 자를 지금 논핵하는 것은 섶을 지고 불에 뛰어드는 격이올시다. 그처럼 허망한 일이 어디 있겠소이까?"

한때는 공민왕의 총애를 입으며 권력의 핵심에 있었던 임박이었다. 그래서 누구보다 권력의 힘을 잘 알고서 하는 말이었다. 하지만 도전과 박상충이 그쯤을 몰라서 이인임을 논핵하려는 것은 아니지 않은가. 권력이 아무리 무섭다 한들 그것이 두려워 바른말을 못한대서야 도학을 따르는 사대부라고 할 수 없는 일이었다.

"간신들이 나라를 팔아먹으려는데, 지켜보고만 있으란 말입니까?"

도전의 말에 박상충도 한마디 하지 않을 수 없었다.

"어쩨 오늘 우리가 대언을 잘못 찾아온 듯싶습니다!"

그러자 두 사람보다 임박이 더 실망하는 기색이었다. 정작 하고 싶은 말은 아직 꺼내지도 않았는데, 두 사람이 성급하게 단정짓고 있었던 것이다. 임박이 짐짓 농조로 말하였다.

"그렇게들 생각하시오? 이거이거, 그렇다면 내가 더 서운하외다."

그제야 두 사람은 임박의 뜻이 다른 곳에 있음을 깨달았다. 임박이 나름 계책을 내놓았다.

"상소를 올리도록 하십시다. 그런데 선왕의 시역과 관련해서는 일체 언급을 해서는 아니 되오. 명백하지 않은 사실을 말하였다가 자칫 태후전은 물론 어리신 임금의 안위까지도 건드릴 수 있소이다. 그리고 수시중이 김의와 음모하였다는 증거가 드러나지 않았는데, 서 모라는 자의 말만 가지고 시중을 논핵하려 들면 오히려 총재를 모함했다는 죄를 뒤집어쓰게 될 것이오. 그러니, 우선 찬성사 안사기를 겨냥해서 상소를 하십시다. 그러면 수시중도 어쩔 수 없이 서 모라는 자를 잡아들일 것이고, 그자를 족치면 안사기가 엮이지 않을 수 없을 것이오. 그리고 안사기를 국문하다 보면 분명 단서가 될 만한 것들이 튀어나올 것이오."

도전과 박상충이 동시에 물었다.

"이인임이 사실을 또 덮어버리면 어떡합니까?"

"그럴 수는 없을 일. 상소가 올라오면 제가 은밀히 태후전에 내용을 소상히 알리리다. 그쯤 되면 아무리 이인임이라한들 어떻게 숨길 수 있겠소?"

임박의 어조는 확신에 차 있었다.

"안사기의 말을 하나도 놓치지 않는다면 분명 어떤 단서가 나올 것이오. 그때 가서 이인임을 논핵해도 늦지 않소이다."

도전과 박상충은 3인이 연명으로 상소하자고 했다. 그러나 임박은 고개를 내저었다.

"그건 아니됩니다. 만약 연명으로 상소를 올리면 분명 배후를 물을 것이고 자칫 역모로 몰릴 수도 있으니 이번에는 한 사람의 이름으로 하는

게 마땅합니다. 설사 죄가 엮이더라도 한 사람이 우선 감당하고, 뒤에 또 상소를 올리면 되니까요."

결국 상소는 박상충 이름으로 올리기로 하였다. 세 사람이 결의를 다지고 자리에서 일어설 때 도전은 문득 임박의 허리춤에 시선을 멈추었다. 임박은 아직 소대(素帶)를 차고 있었다. 우왕도 이미 백일 만에 상복을 벗었는데, 소대를 차고 있음은 상복을 계속 입고 있는 것을 의미했다.

"대언께서는 언제 상(喪)을 벗으시렵니까?"

도전의 물음에 임박은 망설이지 않고 대답하였다.

"군사부일체라 하지 않았소이까? 사대부라면 부모상을 당해 3년상을 치릅니다. 임금 또한 어버이와 같으시니 3년상을 치러야지요. 마음 같아서야 현릉을 지키며 온전하게 상을 마치고 싶소이다마는, 상을 다 치를 때까지 내가 과연 살아 있기나 할런지 모르겠소."

도전은 임박이 말끝을 흐리며 눈시울을 붉히는 것을 놓치지 않았다.

· · ·

마침내 박상충이 상소를 올렸다.

전하, 신은 감히 묻고자 하옵니다. 선왕이 훙하신 직후에 아직 장사도 지내지 않았고, 명나라 사신이 우리의 국경 내에 있는데 북원과 먼저 교통할 의논을 일으켜 민심을 현혹케 한 자가 누구입니까?

김의가 반역한 것은 대죄를 저지른 것입니다. 그런데 그 사실을 명나라에 통보하지도 않고 진상을 은폐시키려는 것은 무엇 때문입니까?

선왕의 명에 의하여 사신을 호송한 자는 김의뿐만이 아닙니다. 대신으로서 왕의 명을 받고 안주까지 갔다가 제 멋대로 돌아온 자는 누구입니까?

명나라 정료위에서 사신을 맞이하려고 파견한 관리를 함부로 죽이고, 거짓말을 퍼뜨려 도망치게 하고서는 지금에 와서는 모른 척하는 자는 누구이며, 서북군으로서 정료위를 치려고 한 자는 과연 누구입니까?

최원이 죽음을 각오하고 명나라에 사신으로 가려 하였을 때 오히려 도당에서는 반대한 대신들이 있다고 들었습니다. 그들은 누구입니까?

지금 듣건대 김의와 함께 나라를 배반하고 따라갔던 자가 북원의 밀사로 들어왔다고 합니다. 그런데 어찌하여 그 죄를 묻지 않는 것입니까?

김의가 감히 밀서를 보냈다는데, 그 증거를 인멸시키고, 사단을 일으켜 사람을 함부로 죽인 자와 역적을 그대로 두고 추궁하지 않은 것은 무엇 때문입니까?

정세가 이러할진대 아무리 바보라 해도 그 이해와 시비가 어디에 있는지 알 수 있는 일입니다. 김의가 반역을 한 것은 반드시 사주한 자가 있기 때문일 것입니다. 이것이 그야말로 위급존망의 관건입니다.

전하! 사태가 이러하니 전하께서는 두세 명의 충직한 대신들과 함께 이것을 분간하여 처리하도록 하옵소서! 그렇지 않으면 장차 나라와 백성들이 위태롭게 될 것이옵니다!

상소가 올라가자 예상대로 이인임이 밀직사의 입을 막았다. 그러나 임박이 곧바로 태후전에 상소의 내용을 알려주었고, 태후는 도저히 믿기지 않아 박상충을 직접 불러들여 상소 사실을 확인했다. 박상충은 공민왕의 훙변 이후의 의혹들을 태후에게 낱낱이 아뢰었다.

태후는 곧장 편전으로 나아가 우왕이 있는 곳에서 이인임을 불러들였다. 이인임이 합문으로 들어서자마자 태후는 대뜸 물었다.

"내가 들으니 명나라 사신을 죽이고 원으로 도망쳤던 김의가 수시중한테 밀서를 보냈다면서요?"

이인임은 고개를 뻣뻣하게 쳐들고 태후를 바라보았다.

"태후마마! 무슨 말씀이시온지?"

그러다 이인임은 찔끔했다. 생각보다 태후의 서슬이 시퍼랬던 것이다. 홍륜의 옥사 이후 태후전에 얌전히 들어앉아 있기만 하던 노인네였다. 이인임이 눈에 보이지 않게 태후를 압박하여 정사에 참여하는 것을 막았던 것이다. 그 때문에 포한이라도 품었던 것일까. 태후의 말마디에는 가시가 돋쳐 있었다.

"밀서가 수시중한테 들어갔다는데, 어찌 본인이 모르신단 말이오? 또 정료위와 사단을 일으키고 정료위를 치겠다고까지 했다는데 이 일도 집정대신은 모르는 일입니까?"

이인임은 불쾌하다는 듯 미간을 찌푸리며,

"신이 비록 미욱하기는 하나 국사에 진력을 다하고 있사옵니다. 그런데 김의란 자의 밀서를 받았다는 말은 지나친 억측이십니다. 그자는 나라를 배반하고……."

라고 하는데, 태후는 더 들을 필요도 없다는 듯이 우왕을 향해 물었다.

"그럼, 상감께서는 아시는 일이오?"

우왕은 당황하여 변명하듯이 말했다.

"할마마마, 저도 잘 모르는 일이옵니다."

태후는 다시 이인임에게 고개를 돌리며 언성을 높였다.

"상감도 모르시고, 집정대신도 모르는 일인데, 그렇다면 전교시 판사 박상충의 상소는 어찌된 것이며, 우리 조정에 물었다는 나합출의 말은 무엇이란 말이오? 나라의 막중대사를 대신들 몰래 따로 처결하는 곳이라도 달리 있다는 말입니까?"

이인임은 박상충이 죽이고 싶도록 미웠다. 돌부리를 미처 뽑아버리지 못한 것이 후회막급이었다. 이인임은 재빨리 변명을 둘러댔다.

"태후마마, 박상충의 말은 황당하기 그지없는지라……."

그러나 이번에도 태후는 이인임의 말을 사정없이 잘랐다.

"황당한 말이라 탑전(榻前)에 올리지 않고 밀직사에서 상소를 붙들고 있더란 말이오?"

이인임은 무색하여 그만 입을 다물어버렸다. 누군가 태후전에 말을 집어넣은 자가 있었던 것이다. 갑자기 뒷덜미가 서늘해졌다. 이도 발톱도 다 빠진 늙은 호랑이로만 생각했더니, 아직 발톱이 남아 있었던가. 태후는 여전히 노기를 가라앉히지 않은 채 우왕에게 나무라듯이 말하였다.

"상감께서는 박상충의 상소를 급히 유사(有司)에 내려 보내 진상을 철저히 밝히도록 하세요. 난신적자들이 조정에 포열하고 있습니다. 두 마음을 품고 있는 자들을 어찌 신하라고 할 수 있겠습니까?"

뒤에 하는 말은 숫제 자신을 콕 집어서 하는 소리 같았다. 이인임은 고개를 조아리고 일부러 목이 멘 듯이 말하였다.

"태후마마, 신이 미욱한 탓이오니 신을 나무라소서!"

우왕은 태후의 노기를 풀어줄 만한 말을 찾지 못해 그저 근심스러운 낯으로 바라볼 뿐이었다.

이인임이 다시 고개를 들고 말했다.

"지금 곧장 중신들을 모아 상소에 관해 논의토록 하겠사옵니다."

태후가 벌컥 역정을 냈다.

"아니, 그게 무슨 말씀이오? 역적들이 준동하고 있는데 언제까지 논의만 하고 계실 겁니까?"

"……."

이인임은 태후의 매서운 눈초리가 못내 거북한 듯, 다른 곳으로 슬그머니 시선을 떨구었다. 이내 태후의 명이 떨어졌다.

"지금 당장 안사기를 순위부에 잡아들여 그자의 죄를 묻고, 그자와 더불어 역모를 꾀한 자들은 물론 부화뇌동한 자들까지도 빠짐없이 색출해야 할 것입니다!"

이인임은 가슴이 덜컥 내려앉았다. 안사기를 신문하다 보면 무슨 말이 튀어나올지 모를 일이었다. 그렇다고 이제 와서 태후의 명을 거역할 명분이 없었다. 이인임은 머리를 조아리고 전에 없이 정중하게 말했다.

"분부대로 거행하겠사옵니다, 마마!"

이인임은 식은땀을 흘리며 편전을 물러나왔다. 그러나 신봉문(神鳳門)에서 승평문(昇平門)에 이르는 길을 다 걸어 나올 때쯤 이인임의 머릿속에서는 벌써 한 가지 계책이 정리되어 있었다.

· · ·

찬성사 안사기가 난데없이 자결했다는 소식이 들린 것은 그로부터 이틀 뒤였다.

도당에서 박상충의 상소를 놓고 논의하면서 이인임은 일부러 시간을 끌었다. 그런 다음에야 순위부에 명하여 안사기를 체포토록 했을 때 그는 이미 도망치고 없었다. 북방에서 왔다는 호승도, 서 모라는 자도 행방이 묘연했다. 요처에 숨어 있던 안사기는 사람들의 밀고로 꼬리가 잡혔지만 순위부 군사들이 덮쳤을 때는 이미 숨이 끊어진 뒤였다.

안사기는 공민왕의 시역과 관련하여 모든 의혹을 풀 수 있었던 유일한 열쇠였다. 그가 의문의 자결을 했으니 갖가지 억측이 나돌 수밖에 없었다.

이인임은 그런 억측을 일소시키려는 듯, 안사기의 목을 베어 저자에 내걸었다. 그리고 강순룡, 조희고(趙希古), 성대용(成大庸) 등을 안사기의 도당이라 하여 순위부에 가두었다가 유배형에 처하였다. 죽은 자는 말이 없고, 유배를 당한 자들은 억울함만을 호소할 뿐이었다. 이로써 공민왕 시역의 진실은 영원히 미궁 속으로 빠져버렸다.

안사기가 죽고 난 뒤에, 이인임은 원나라 중서성에 보낼 백관들의 연명서(連名書)를 만들었다. 연명서는 심왕을 고려 왕으로 세우려는 원나라와 확실하게 선을 긋겠다는 선언이었다. 거기에는 친원파들에 대한 경고도 담겨 있었다.

우리나라는 세조 황제가 홍업을 이룩할 때에 우리 충경왕(忠敬王 : 원종元宗)이 가장 먼저 입조하여 황제의 은고(恩顧)를 받고 성조(聖朝)의 제왕 및 부마의 예에 준하여 왕위를 받았었다. 이제 선왕은 바로 충숙왕의 친자로서 습위하였으며, 원자 우에게 왕위를 잇도록 유지를 남기었다. 삼가 판밀직 김서를 보내 선왕의 부음을 전하게 하였더니, 이제 돌아와서 알게 되었는 바, 심왕의 손자 탈탈불화는 우리나라로 출가한 원나라 공주의 후손도 아니면서 엉뚱한 야망을 품고 왕위를 쟁취하고자 날뛰고 있다. 이는 세조 황제가 정한 바와도 크게 위반되는 일이니 귀국에서는 이를 금지하여 줄 것을 바라는 바이다!

이인임은 백관들은 물론 종친과 기로들에게 연명서에 서명케 했다. 그러나 조정 신료들 중에 세 사람은 끝끝내 서명을 거부했다. 임박과 박상충과 정도전이었다.

"간신들과 원나라가 시역의 배후에 있는데, 그건 따지지 않으면서 무슨 연명서란 말입니까."

"연명서는 이인임이 자신의 의혹을 감추려는 수작에 지나지 않으니 어찌 서명할 수 있겠소!"

연명서에 서명을 거부하는 것은 이인임에 대한 정면 도전이나 다름없었다. 대사헌 이보림(李寶林)은 세 사람 중에 임박을 먼저 논핵하고 나섰다.

"연명서에 대언 임박이 서명하지 않은 것은 심왕을 맞아 세우려는 속셈에서 비롯된 것이니, 마땅히 치죄를 해야 할 것입니다!"

이보림이 도전과 박상충을 두고 임박을 먼저 탄핵한 것은 이인임이 그를 눈엣가시처럼 여긴다는 사실을 알기 때문이었다. 임박은 곧 삭탈관직에 폐서인되어 경상도 길안현(吉安縣)으로 유배되었다.

"간신이 나라를 팔아먹고 반역의 무리들은 편히 발을 뻗고 자는데, 충신과 의사는 설 곳이 없구려."

박상충의 말대로 종사와 생민을 지키려던 충신 의사는 설 곳이 없었다. 일찍이 스스로 염려하던 대로 임박은 끝내 무함으로 죽음을 당하고 말았다. 그 사이에 도전은 전교시에서 성균사예 겸 예문관응교로 전임되었다. 전교령 박상충과 늘 붙어 다니며 의혹을 캐고 있는 도전을 따로 떼어놓으려는 것이었다.

고려 조정의 연명서를 받은 원나라가 기다렸다는 듯이 사신을 보내왔다. 이인임은 재추들을 소집하여 사신을 맞이할 의논을 했다. 그런데 사신이 전하는 말이 어이가 없었다.

"고려 왕이 일찍이 우리를 배반하고 명나라에 귀순하였으므로 시왕(弑王)의 죄를 용서한다는 폐하의 말씀이 있었다!"

공민왕이 원나라를 버리고 명나라를 섬겼으니 시해를 당한 것은 굳이 따져 묻지 않겠다는 것이었다.

도전은 격분하였다.

"우리가 본래 죄가 없는데 무엇을 용서한다는 말인가? 그런데도 조정에서 사신을 맞아들인다면 이 나라 신민들이 그야말로 대역(大逆)을 뒤집어쓰는 꼴이 되고 맙니다."

"옳으신 말씀입니다. 만약 그리 된다면 후에 무슨 면목으로 현릉을 지하에서 만날 수 있겠습니까……."

박상충의 탄식 끝에 도전이 함께 있던 정몽주를 보고 말했다.

"이제 정 공께서 사의대부(司議大夫)로 돌아왔으니, 총재가 그르치고 있는 나라의 대계를 반드시 바로잡을 일입니다?"

이때 정몽주는 경상도 안렴사직을 마치고 대간으로 들어갔던 것이다. 정몽주는 힘을 주어 말했다.

"여부가 있겠습니까? 다른 재상들의 말은 들을 것도 없이 즉시 북원의 조서를 회수하고, 대계를 바로잡을 일이지요!"

신진사대부들의 반발에 부닥치자 이인임은 기막힌 술책을 내놓았다.

"성균사예 겸 예문관 응교 정도전을 접반사로 명하니 속히 강계로 나가 원나라 사신을 영접토록 이르라!"

도당의 명이 내려왔을 때 도전은 순간 당황하였다. 그러나 이인임이 자신을 함정에 빠뜨리려는 수작임을 곧 알아차렸다. 원나라 사신을 나라 밖으로 몰아낼 것을 주장하는 자를 오히려 접반사로 삼은 것은 도전을 올무에 엮으려는 것이었다.

조정의 명을 거역한다면 응당 그 죄를 면하기 어려운 일. 죄를 받지 않으려면 조정의 명을 받들 수밖에 없었다. 그렇게 되면 도전은 표리부동한 사람이 되어 다른 사대부들로부터 따돌림당할 것이었다. 이인임은 교활하게도 그 점을 노린 것이다.

도전은 그러나 생각하고 말 것도 없이 대번에 명을 거부하였다. 원나라 사신을 반대하는 것은 나라의 대계를 바로 세우려는 것이었다. 그러니 설사 죄를 받는다 한들 두려울 것이 없었다.

다만 이인임의 흉계대로 버려둘 수는 없는 일이었다. 도전은 그 길로 시중 경복흥을 찾아갔다. 조정을 바로 세우고 국사를 위해 나설 만한 인물이 그밖에 없었다. 도전은 경복흥에게 그동안의 사정을 말하고 소신을 밝혔다.

"지금 원나라가 시역의 죄를 용서한다는데, 이는 진실을 영원히 묻어버리자는 것입니다. 그럼에도 저더러 원나라 사신을 맞이하라고 한다면 저는 마땅히 선왕의 유지에 따라 사신의 목을 베어올 것입니다!"

경복흥이 미간을 찌푸렸다.

"그렇다면 그대의 주장은 반신 김의와 다를 것이 무어 있겠소?"

"시중께선 어찌 그리 말씀하십니까? 김의는 처음부터 불측한 마음을 품고서 모반을 꾀했습니다. 하오나 저의 충정은 현릉의 유업을 받들고, 참으로 이 나라 종사와 생민을 전화에서 구하고자 함입니다. 오히려 도당에 줄지어 앉아 바른말을 못하고 권력의 눈치만 살피는 재상들이야말로 김의와 다를 바가 없는 것이지요!"

"어째 언사가 불손하구려?"

경복흥이 자격지심에서 하는 말이었다. 경복흥은 이인임이 정권을 장악한 후로는 도당에 얼굴을 내미는 날이 드물었다. 도전은 아랑곳하지 않고 계속해서 말했다.

"지금 이인임은 나라를 팔아 자신의 권력만 지키려는 자입니다. 이를 내버려둔다면 장차 나라의 큰 화근이 될 것이오니 시중께서 마땅히 정사를 바로잡으셔야 할 일입니다. 선왕의 고굉이자 더욱이 태후마마의 조카 사위인 시중대감께서 바로잡지 않으면 누가 나서겠습니까?"

"어험!"

경복흥은 일부러 헛기침을 하며 불편한 심기를 드러냈다. 그래도 도전은 심중에 있는 말을 마저 쏟아냈다.

"어리신 임금을 등에 업고 나라의 권력을 손아귀에 쥐고 흔드는 이인임이올시다. 그들이 시중 대감과 태후전을 걸림돌로 여기고 있음을 대감도 아실 것입니다. 더 늦기 전에 바로잡지 않는다면 시중대감의 앞날 또한 예측할 수 없을 것이기에 드리는 말씀이옵니다!"

"그러면, 나더러 이인임을 제거라도 하란 말인가?"

경복흥의 목소리가 자못 떨렸다.

"눈앞에서 불의를 뻔히 보고서도 모른 척해서야 되겠습니까?"

"무어라? 가만 보니 그대는 지금 나를 생각하는 척하면서 실제로는 능멸하고자 함이 아니던가?"

도전은 굽히지 않고 말하였다.

"시중대감, 이인임을 탄핵하고 제거하는 것은 시중대감을 위해서가 아니라 종사와 생민을 위해섭니다! 어찌 그걸 모르십니까?"

이인임을 제거하라는 말에 경복흥은 노발대발했다.

"어허! 이 자가 지금 날더러 역모라도 꾸미라는 것인가?"

"대감! 역모가 아니라 종사와 생민을 위한 일입니다!"

"듣기 싫소! 그대 따위의 충정은 내게 필요 없으니, 썩 물러가시오!"

경복흥은 이인임이 두려워 감히 맞설 엄두조차 나지 않았던 것이다. 쫓겨나다시피 경복흥의 집에서 나온 도전의 심정은 참담했다.

그러나 도전은 포기하지 않았다. 그 길로 태후전으로 달려갔다.

"태후마마, 성균사예 겸 예문관 응교 정도전 태후전에 엎드려 간곡히 아뢰고자 하옵니다."

태후는 도전을 기꺼이 인견했다. 도전은 망설이지 않고 속에 있는 말들을 다 쏟아냈다.

"태후마마, 일찍이 선왕께오서 삼한을 바로 세우셨던 것은 이 나라 종사와 생령을 만세에 보전하려는 원대하고도 장한 뜻이 있었기 때문이었습니다. 선왕이 즉위하시기 전, 원나라가 이 나라의 상국(上國)으로 군림하던 때는 나라는 있으되 감히 나라라고 할 수 없는 지경이었습니다. 그러다 정녕 하늘이 도우시어 선왕을 내리셨습니다. 선왕께오서는 누구도 감히 상상하지 못했던 용기와 결단으로 기철 등 부원 세력들을 처단하고, 쌍성총관부를 단숨에 회복하시면서 중흥의 기치를 올렸습니다. 그러나 뜻하지 않은 선왕의 흉변으로……."

거침없이 말을 이어가던 도전이 잠시 말을 멈추었다. 태후가 눈물을 글썽이고 있었던 것이다. 도전도 목이 메었다.

태후는 이제 예전 같지 않았다. 한때는 허리를 곧추세우고 궁궐이 떠나가라 쩌렁쩌렁 호령하던 명덕태후도 이제는 풍상에 지치고 근심과 한숨으로 날을 지새우는 가련한 노인네였다. 태후는 깊은 한숨을 몰아쉬더니 나직하니 말했다.

"괜찮소, 어서 말하시오. 이 늙은이가 잠시 주책을 부렸던가 보오."

도전은 태후를 괴롭히는 것만 같아 가슴이 미어졌지만 말을 이었다.

"하온데, 집정대신이 이제 와서 다시 원나라를 섬기겠다고 하니 어찌 백성들이 놀라지 않겠으며, 식견이 있는 자마다 통탄하지 않는 자가 없습니다. 더욱이 이인임은 안사기, 김의와 공모하여 명나라 사신을 죽이고, 지금에 와서는 김의와 몰래 밀서를 주고받는다 하옵는데 이는 대역죄로 다스려야 할 일이옵니다. 또한 이인임은 어리신 전하의 눈과 귀를 가려 나라의 실상을 제대로 보지 못하게 하면서 오로지 자기의 권세만을 탐하오니 그 간사한 죄를 어찌 묻지 않을 수 있겠사옵니까? 그가 비록 백관과 더불어 효사관에 나가 맹세하여 말하기를 전하만 섬긴다고 하였으나, 현릉의 흙이 채 마르기도 전에 선왕의 유업을 버리고 오랑캐와 통하려는 것은 심왕에게 공을 들여놓음으로써 후일의 화를 면하려는 술책인 것입니다. 일이 이러한데 신더러 원나라 사신을 맞이하라는 것은 곧 선왕의 유업을 배신하는 것이니 신이 어찌 행할 수 있겠습니까? 태후마마, 마마께오서는 이 나라 왕실의 큰 어른이십니다. 간사한 자들이 제 욕심을 앞세워 나라를 무너뜨리고, 백성들을 도탄에 빠뜨리려 하고 있사옵니다. 바라옵기는 태후마마께오서 옳고 그름을 판단하시어 정녕 나라와 백성들이 평안하도록 조처하소서!"

도전이 말을 마치자 무거운 침묵이 흘렀다. 태후는 애써 힘을 내려는 듯, 고개를 끄덕이며 말했다.

"알았소. 내, 그대의 말을 흘려듣진 않으리다!"

하지만 태후의 목소리에는 거의 힘이 실려 있지 않았다. 태후는 종사를 지탱하고 있는 마지막 보루였다. 그런 태후마저 쓰러진다면 종사가 어디로 갈지 알 수 없는 일이었다.

도전이 물러간 뒤에 태후는 곧장 이인임을 불러 원나라 사신 문제를 따졌다. 그러나 이인임은 오히려 정도전에게 죄를 줄 것을 청하였다.

"나라의 명이란 엄한 것입니다. 그런데 그 자는 신하된 자로서 조정의 명을 거역하고 재상들을 함부로 모해하고 있습니다. 기강을 바로 세우기 위해서라도 정도전과 같은 자는 마땅히 그 죄를 물어야 할 것입니다."

"그 또한 우국충정에서 간하는 말인데, 어찌 죄를 줄 수 있겠소? 정승의 뜻이 정 그렇다면 접반사를 다른 사람으로 바꾸면 되는 일이 아니오?"

"제가 정도전을 접반사로 삼은 것은 그가 선왕 때부터 통례문에서 의식을 관장하여 여러 가지로 예의를 잘 알기 때문이었습니다. 그런데 지금에 와서 그자가 원하지 않는다고 하여 접반사를 바꾼다면 도당이야말로 나라사람들의 웃음거리가 되고 말 것입니다."

"접반사로 적당한 인물이 그렇게 없더란 말입니까?"

"태후마마, 이것은 도당에서 결정할 문제이옵니다."

"그대의 결정이 곧 도당의 결정 아니오?"

태후가 날카롭게 쏘아붙였다.

결론을 내리지 못한 채 태후전을 물러나온 이인임은 그날로 병을 핑계로 정무를 거부해 버렸다.

순전히 정도전 한 사람 때문이었다. 4품짜리 벼슬아치 하나에게 나라를 맡고 있는 당국이 휘둘리고 있는 꼴이었다. 도전에게 당장 압박이 들어왔다.

"일이 커지면 그대의 벼슬길이 막히고 말 텐데, 괜한 고집 피우지 말고 이쯤에서 물러나는 게 어떤가?"

"이 시중이 그냥 두지 않을 텐데, 그 보복을 어찌 감당하려고……?"

적당히 타협하고 물러서라는 말이었다. 그러나 도전은 뜻을 굽히지 않았다. 지난날 아버지 운경이 했던 말이 새삼 떠오르며 용기를 주었다.

'장차 바른말을 할 때는 굽힘이 없어야 하고, 옳은 일을 할 때는 흔들림이 없어야 한다. 그것이 사대부의 도리이다!'

그러나 어린 우왕은 자신의 방패와 같던 이인임이 조정에 나오지 않자 하루하루가 불안하기만 했다. 우왕은 태후전으로 달려와 눈물로 호소하였다.

"할마마마, 이 정승이 다시 정무를 볼 수 있도록 하여주소서. 이 정승은 저를 보호하고자 하여 원나라 사신을 맞아들이려 했던 것입니다. 그런데도 그의 충정은 모르시고 신진들의 말만 들으시니 이 정승인들 섭섭하지 않았겠습니까? 할마마마께오서는 모쪼록 외로운 저를 불쌍히 여기시어 그가 다시 조정에 나오도록 힘써 주소서!"

어린 우왕의 하소연을 태후는 차마 거절할 수 없었다. 태후는 이인임의 집으로 사람을 보내 정무에 복귀할 것을 권유하였다. 우왕도 따로 사람을 보내 이인임을 지극히 위로하였다. 그러기를 세 차례. 이인임은 마지못한 듯이 조정에 나왔고, 정무에 복귀하면서 맨 먼저 일은 도전을 귀양 보내는 것이었다.

"정도전의 관직을 삭탈하고 전라도 회진현(會津縣 : 나주)으로 유배형에 처하니 헌사는 즉시 시행토록 하라!"

명이 떨어지기가 무섭게 헌사에서 달려나온 서리와 순위부 군사들이 도전의 집을 지키고 서서 유배지로 떠날 것을 재촉하였다.

전라도 회진현!

도전은 한순간 절망감에 온몸을 떨었다. 다른 이들 같았으면 개경에서 그리 멀리 떨어지지 않는 곳으로 유배형이 내려졌을 텐데, 회진현은 천리 나 떨어진 머나먼 곳이었다.

그러나 조정의 명을 거역한 것은 어차피 죽음을 각오한 일이었다. 아침에 도를 알면 저녁에 죽어도 좋고, 의리를 지키는 것은 생명과도 바꿀 수 없는 일이었다. 그렇게 생각하니 유배가 오히려 홀가분하게 여겨졌다. 다만 공민왕 시역의 배후와 진실을 밝히지 못한 것이 못내 통탄스러웠다.

정몽주, 박상충, 김구용, 이숭인, 권근 등 많은 벗들이 보정문(保定門)을 지나 청교역(靑郊驛)에까지 따라 나와 도전을 전송하였다. 박상충은 도전의 손을 꼭 잡고서 말하였다.

"회진은 내 고향이오. 그곳 사람들이 본래 순박하고 정이 많으니 결코 그대를 박절하게 대하지는 않을 것이오. 내 당장 고향에 있는 친구들에게 서신을 보낼 터이니, 친구들이 찾아오거들랑 나를 본듯 반겨주오."

"이르다 뿐입니까?"

성균관에서 누구보다 도전을 따르던 권근은 자신을 질책하며 괴로워하였다.

"위태로운 시대에 부질없이 관복에 큰 띠를 매고 있으니 부끄러울 따름입니다."

도전은 오히려 그를 위로하였다.

"나는 다만 내 갈 길을 갈 뿐……. 조정의 물이 아무리 흐리다고는 하나, 그대 같은 이가 있으니 믿고 떠날 수 있지요."

정몽주는 말없이 술잔을 내밀었다. 서로의 마음을 잘 읽고 있기에 위로의 말을 건넬 것도 없었다. 정몽주는 연거푸 술잔을 비우며 탄식했다.

"무엇이 나라를 위함이고, 무엇이 종사와 생민을 보존함이던고!"

그러자 다른 사람들의 입에서도 탄식이 쏟아졌다.

"그러게 말이오. 충신은 죄인이 되어 귀양을 가고, 간신은 도당에 높이 앉아 호령하고 있는데, 우리들은 대체 무엇을 어찌해야 하나?"

"이러다 이 나라가 현릉(공민왕) 이전으로 되돌아가는 것이나 아닌지 모르겠소이다!"

"암담한 일이오. 태후께서는 몸져 누우셨다고 하니 이인임이 더욱 기고만장해질 것이 아니겠소?"

친구들이 거푸 술잔을 건네며 도전을 좀 더 붙잡으려 하는데, 압송관은 몸이 달아 길을 재촉하였다.

"갈 길이 멉니다. 지금 떠나서 임진강을 건너야 해 떨어지기 전에 겨우 파평현에 이를 수 있습니다. 어서 서두르시지요."

도전은 친구들을 뒤로 하고 부인 최씨의 손을 꼬옥 잡았다. 이제 떠나면 언제나 돌아올까. 기약 없는 세월을 홀로 가계를 꾸려나가야 할 아내에게 위로의 말이라도 건네고 싶었지만 입이 쉽게 떨어지지 않았다. 부인 최씨가 먼저 입을 열었다.

"서방님은 집안 걱정 마시고 부디 몸을 살피세요."

"내가 너무 고지식하고 찬찬하지 못하여 이렇게 귀양살이를 가고 당신을 고생시키는구려."

"아닙니다. 서방님만큼이나 고생하겠습니까?"

도전의 강직함을 누구보다도 잘 아는 아내 최씨였다. 그 강직함이 순전히 시아버지에게 물려받은 것임도 알고 있었다. 최씨는 시아버지인 염의공(廉義公) 정운경이 세상의 공리에 어긋나는 일은 결코 용납하지 않았음을 일찍이 보았던 터였다.

도전은 잡은 손에 힘을 주었다. 가냘픈 손이었다. 문득, 가슴이 아렸다.

'나는 못난 지아비인가!'

하지만 막상 입에서 나온 말은

"하늘이 결코 무심하지 않을 것이오!"

최씨는 입술을 깨물었다. 눈물을 참으려는 것이다. 도전은 손을 놓고 돌아섰다. 아내의 눈물을 보지 않기 위해서였다.

그때였다.

"멈추시오! 잠깐, 멈추시오!"

저만치서 먼지를 일으키며 말을 탄 사람이 숨가쁘게 달려왔다. 염흥방이 급하게 사람을 보내온 것이다.

"염 대감께서 간곡하게 말씀을 드린 고로 이 정승의 노여움이 어느 정도 풀렸다 하니 발행을 잠시 늦추라 하더이다!"

그 말에 친구들은 너나없이 기뻐하였다.

"수시중의 노여움이 풀렸다니 이런 다행이 없소."

"그래요. 기다려봅시다. 필시 유배를 거두라는 명이 내려올 거요."

그러나 정작 당사자인 도전의 안색은 굳어졌다. 염흥방이 그를 구명하기 위하여 애쓴 것은 백번도 더 고마운 일이었다. 하지만 이유를 불문하고 나라의 명을 거역하여 죄인으로 떨어진 몸이었다. 이인임은 그런 죄인조차 사사로이 은혜를 베풀어 회유하려는 것이었다. 나라에 엄연히 법이 있는데, 권력으로 함부로 법을 해치고 국사를 우롱하는 이인임의 처사에 도전은 분노마저 치밀었다. 도전은 담담하게 말하였다.

"지금 나는 임금의 명으로 귀양을 가는 것인데, 어찌 정승의 말에 따라 가고 말고 하더란 말이오? 임금의 명을 어길 수 없는 법이니 그대로 죄인의 몸으로 떠날 뿐이오!"

그 말을 전해듣고 이인임은 도전이 오히려 두려워졌다.

'다른 자 같았으면 벌써 달려와 부복하였을 텐데 정도전이라는 자는 대체 무얼 믿고 그리 오만하단 말인가. 나를 우습게 보다니 이 자는 다른 유생들과 달라. 그렇지만 네놈도 내게 굴복할 수밖에 없을 것이야!'

도전은 더 이상 지체하지 않고 유배의 길을 떠나며 소회의 일단을 시 「감흥(感興)」에 담았다.

내 수레에 기름칠하여 먼 길을 떠나

험한 저 태항산(太行山)을 올라가노라니

황하(黃河)의 물이 그 아래로 내리쏟는구나.

삼박(三亳)의 사이를 굽어보니

아득히 나라는 모두 달라지고

두 무덤만 마주서 과연 높구나.

어느 시대 사람이냐고 물었더니

용방(龍逄)과 비간(比干)이라 하네.

조국의 멸망을 차마 못 본 체할 수 없어서

충의의 심간(心肝)이 찢어지기에

대궐문 손수 밀치고 들어가

임금 앞에 언성을 높여 간했더라오.

예부터 한 번 죽음 뉘나 있으니

구차한 삶은 처할 바 아니지 않나.

천년이 지나 아득히 멀어도

영렬(英烈)히 가을 하늘에 비끼었구려.*

　용방은 불에 달구어 지지는 형벌을 받으면서까지 하(夏)나라 걸왕(桀王)의 학정을 막으려 했던 충신. 그리고 비간은 은(殷)나라 주왕(紂王)이 주색에 빠져 포학을 일삼자 끊임없이 충간을 드리다 잔인하게 죽음을 당했던 충신이었다. 도전은 용방과 비간의 심정 그대로였다.

　때는 우왕 원년(1375) 여름이었다.

　그러나 그 유형(流刑)의 길을 되돌아오는 데 무려 10년이라는 세월이 걸릴 줄은 아무도 몰랐다.

_ 2권에서 계속

---

* 膏車邁行役 登彼太行山 黃流弃其下 顧瞻三亳間 茫茫皆異國 雙墳對巍然
且間何代人 龍逢與比干 不忍宗國墜 忠義裂心肝 手排閶闔門 抗辭犯主顔
自古有一死 偸生非所安 寥寥千載下 英烈橫秋天

정도전

초판 1쇄 펴낸 날 2014.2.26

지은이   임종일
발행인   양진호
발행처   도서출판 인문서원

등 록   2013년 5월 21일(제2014-000039호)
주 소   (121-894) 서울시 마포구 양화로 56번지 동양한강트레벨 718호
전 화   (02) 338-5951~2
팩 스   (02) 338-5953
이메일   inmunbook@hanmail.net

ISBN   979-11-952090-1-9 (04810)
       979-11-952090-0-2 (세트)

이 도서의 국립중앙도서관 출판시도서목록(CIP)은 서지정보유통지원시스템 홈페이지
(http://seoji.nl.go.kr)와 국가자료공동목록시스템(http://www.nl.go.kr/kolisnet)에
서 이용하실 수 있습니다.(CIP제어번호: CIP2014003462)